BÉLIBASTE

Henri Gougaud est né à Carcassonne en 1936. Parolier de nombreuses chansons pour Jean Ferrat, Juliette Gréco et Serge Reggiani, il partage son temps d'écrivain entre les romans et les livres de contes.

Henri Gougaud

BÉLIBASTE

ROMAN

Éditions du Seuil

TEXTE INTÉGRAL

ISBN 978-2-7578-0478-0
(ISBN 2-02-006108-2, 1re publication
ISBN 2-02-006418-9, 1re publication poche
ISBN 2-02-030102-4, 2e publication poche)

© Éditions du Seuil, mars 1982

Le Code de la propriété intellectuelle interdit les copies ou reproductions destinées à une utilisation collective. Toute représentation ou reproduction intégrale ou partielle faite par quelque procédé que ce soit, sans le consentement de l'auteur ou de ses ayants cause, est illicite et constitue une contrefaçon sanctionnée par les articles L.335-2 et suivants du Code de la propriété intellectuelle.

Avertissement

Ce livre n'est pas une biographie de Guillaume Bélibaste, mais un roman inspiré par la vie du dernier des Parfaits cathares qui vécut en Occitanie au début du XIVe siècle. Ce que l'on sait de la vérité (ou de l'apparence) historique y tient une place respectable, mais non exclusive. L'auteur renvoie les amateurs de documents bruts à la source où il puisa lui-même : « Le Registre d'Inquisition de Jacques Fournier », traduit du latin médiéval par Jean Duvernoy et publié en trois volumes par Mouton Éditeur à Paris, La Haye et New York.

Prologue

Quand, en 1305, l'hérétique Guillaume Bélibaste, jeté hors de lui par une étrange et très méchante porte, se retrouva désemparé sur le chemin d'une discutable perfection, la foi des « Bonshommes » n'était plus portée, sur les terres de l'archevêque de Narbonne et du comté de Foix, que par quelques errants à bout de forces.

Deux siècles auparavant, l'hérésie cathare, peut-être venue, par l'Europe centrale, du vieil Iran de Zoroastre et de Manès, avait envahi le pays d'Oc. Le peuple avait trouvé, à ce grand vent de l'âme, un parfum de pureté et d'espérance nouvelles. Des hommes, que l'on appelait Parfaits, ou Bonshommes, ou Patarins, avaient su inventer les paroles capables de nourrir ce désir de pureté et cette espérance déraisonnable sans laquelle il n'est pas de vraie vie. Ils s'en étaient allés prêcher partout, dans les fermes et les auberges, sur les places publiques, le long des chemins. On les avait écoutés parce qu'ils n'étaient pas séparés du peuple par de quelconques privilèges ou des ornements de prélats. Ils travaillaient, comme tout le monde. Ils vivaient sobrement. Ils n'exigeaient de terres ni d'argent de personne. Ils ne désiraient pas bâtir de cathédrales ni de couvents : ils disaient que la seule vraie maison de Dieu était l'âme des vivants.

Ils avaient fait vaciller le pouvoir de l'Église catholique. Les évêques s'en effrayèrent tant qu'ils ne surent répondre à la parole des Parfaits que par le fer et le feu. Ils appelèrent le roi de France à leur aide et prêchèrent la Croisade contre leur propre peuple. Alors déferla sur le pays d'Oc l'innombrable piétaille des grands voyages assassins. En 1209, les trente mille morts de Béziers épouvantèrent plus qu'une Peste, comme si par-delà les corps trucidés les épées et les guisarmes avaient embroché Dieu. Suivirent trente-cinq ans de persécutions et de massacres. En 1244, deux cents Parfaits tombaient en cendres sur le bûcher de Montségur, dernière citadelle avant le ciel. Cette année-là, après tant de douleurs traversées, certains survivants ne furent pas loin de penser que le Père des bons esprits avait libéré par le feu ses meilleurs enfants des méchancetés du monde, et que les bourreaux n'avaient joué, en cette affaire, qu'un rôle subalterne et, somme toute, innocent.

Vers l'an 1300, la victoire de l'Eglise était acquise, mais point encore totale. De douloureux espoirs s'obstinaient encore. Les Parfaits qui subsistaient n'étaient plus que de misérables colporteurs mystiques cheminant au large des routes trop fréquentées. Ils avaient perdu la puissance rayonnante de leurs ancêtres et parfois, privés des livres qui affermissent le savoir et l'éloquence, ils ne savaient plus que chanter les louanges des morts. Les meilleurs d'entre eux portaient comme une croix leur fardeau de paroles sacrées, convaincus de leur fin prochaine. Les polices, désormais, suffisaient à les combattre. Elles leur firent une chasse acharnée. On les brûla, l'un après l'autre, avec leurs fidèles.

Bientôt ne resta, de ces gens du peuple et de ces fous de Dieu, que la bouleversante rumeur de leurs voix dans les minutes de leurs procès. Ainsi nous est parvenu le récit de quelques vies aventureuses et de douleurs parfois sublimes, parfois sordides. Guillaume Bélibaste et tous ceux qui peuplent ce livre vécurent en ces temps de débâcle. Ils furent des gens de chair et de sens, non point comme vous et moi, car aucune vie n'est à une autre comparable, mais comme Dieu, ou le hasard, les fit.

1

L'homme tomba dans l'herbe froide, les bras en croix. Ses mains s'ouvrirent lentement, crasseuses et velues, parmi les coquelicots du crépuscule. La lourde pierre sanglante qui venait de crever son front se logea entre son épaule et sa joue comme un museau d'animal gourmand d'affection. Au sommet de ses jambes écartées son sexe boursouflait ses bragues. La terre grasse et quelque chose d'amoureux dans l'air brumeux semblaient envelopper ce corps abandonné avec une tendresse enviable interdite aux vivants. Bernard Bélibaste se pencha vers la bouche sans souffle.

— Tu l'as tué, dit-il.

Il resta un moment accroupi, regardant son frère Guillaume, dont les yeux s'emplirent de larmes. Un long frisson le secoua. Il gémit et ne dit mot.

Derrière lui, dans l'enclos de pierres sèches, un chien s'ébroua longuement, s'assit sur son train et bâilla, la gueule dressée vers le ciel assombri. De-ci, de-là bêlaient des moutons affalés sur le sol de l'aire fumé par leurs excréments recuits. Les mouches qui les agaçaient, le figuier immobile, les lumières fragiles du village, en bas, derrière le feuillage des chênes verts, toutes choses familières depuis la prime enfance et souvent complices des élans du cœur, opposaient maintenant au regard de Guillaume une immense et naturelle indifférence. Il faisait doux en ce soir d'automne. Un homme pris au piège d'un meurtre ne troublait pas plus les musiques du temps qu'un insecte envolé ne dérange les étoiles. Un bruit de sonnailles lointaines annonça le troupeau que conduisait Raymond, l'aîné des Bélibaste. Il apparut contre le ciel, un long bâton au poing, poussa ses bêtes dans l'enclos, aiguillonnant les échines. Il aperçut le mort et ses frères accablés. Il ne s'en émut pas tout de suite : chaque chose en son temps. Les gestes du soir accomplis, il vint entre Guillaume et Bernard, posa ses mains sur leur épaule et, laissant aller la tête, contempla longtemps le cadavre. Il dit enfin :

– Allons voir le père.

Ils s'en furent, dévalant le sentier qui conduisait à Cubières, leur village. Bernard, en chemin, raconta le malheur. L'assassiné avait une fois de trop menacé les Bélibaste de les livrer aux sergents de l'archevêque de Narbonne s'ils s'obstinaient dans l'hérésie. Les malédictions de cet homme taciturne se perdaient d'ordinaire en grognements chaotiques. Cette fois, sans doute excité par le désir de l'or que les gens d'Église promettaient aux délateurs, il avait brandi des foudres trop ardentes. Guillaume l'avait assailli, une pierre brandie à deux mains au-dessus de sa tête. Il avait fermé les yeux au moment de frapper, s'en remettant au jugement des ténèbres.

– Dieu l'a voulu, dit Raymond.

Il faisait nuit quand ils franchirent le gué du ruisseau. Sur l'autre rive, à la lisière du village, était la maison Bélibaste. La lune tranchée par la ligne du toit éclairait l'aire à battre le grain où deux chiens réveillés bondirent en jappant à la rencontre des hommes. Le père apparut sur le seuil, ombre massive, et reconnaissant ses fils rentra dans la salle commune aux fenêtres étroites, aux solives bardées de jambons. Quand les trois frères comparurent devant lui, il était accoudé à la longue table à manger, un quartier de pomme à la pointe du couteau. Il suspendit son geste, regarda les gueules butées de ses garçons et flaira le meurtre avant que ne fût dite la première parole. La mère penchée sur la pierre de l'âtre tisonnait les braises sous le chaudron où mijotait la soupe perpétuelle. Elle se redressa à grand-peine, vint vers Guillaume, le vit si pâle qu'elle en eut un sanglot. Il baissa la tête. Elle aussi pressentit alors la mort de l'homme. Elle craignait depuis longtemps pareille fin. Elle s'éloigna, rajustant d'une main tremblante sa coiffe, et de l'autre entraînant Bernarde qui berçait son enfant au coin du feu. Les deux femmes disparurent par la porte de la chambre voisine encombrée de pommes mises à sécher sur le plancher. Le père dit simplement :

– Monseigneur Philippe d'Alayrac sera là dans deux heures. Nous lui demanderons conseil.

Puis il sortit à pas lourds dans l'air nocturne. Raymond et Bernard, alertés par la soudaine fatigue qui voûtait ce grand corps, l'accompagnèrent.

Philippe d'Alayrac était un de ces Parfaits vagabonds, éloquents et parfois saints que l'on respectait grandement dans les maisons hérétiques parce que, disait-on, « eux seuls cheminent dans la voie de la justice et du vrai savoir ». Ces hommes traqués ne devaient leur fragile sauvegarde qu'au dévouement de leurs fidèles, peuple décimé, clandestin, épars dans les villages. Les Bélibaste étaient les derniers « bons croyants » de Cubières. Ils cachaient avec soin leur dangereuse foi, haïssaient les cafards du faux dieu qui gouvernait le monde, mais fréquentaient sans faute les messes dominicales. Presque personne n'osait les soupçonner d'hérésie, d'autant qu'ils étaient assez pourvus en champs et vignes, vergers, volailles et moutons pour inspirer un respect affectueux au père supérieur de l'abbaye voisine qui s'invitait parfois à leur table. Cet ecclésiastique y était reçu avec un assaut de prévenances dont l'enflure transparente dissimulait à peine l'ironie de ses hôtes et la détestation.

Le père et ses trois garçons ne faisaient preuve d'humilité et d'amour véritables qu'en présence des rares

Parfaits qui franchissaient, toujours après la nuit tombée, le seuil de leur demeure. Les femmes de la maison s'effrayaient de ces dangereuses visites. Elles servaient le vin, la soupe, et se taisaient, plus attentives aux bruits du vent, aux aboiements des chiens, qu'aux longues palabres des hommes autour de la chandelle. Estelle, la mère, allait bientôt se coucher. Elle passait la nuit à supplier son ange intime, étranger à toute Église, de protéger son toit, ses biens et ses garçons. Bernarde, la jeune épouse de Guillaume, se rencognait dans l'âtre, son fils endormi contre son abondante poitrine. Elle vouait à cet enfant un amour exclusif et se désintéressait du monde, sauf à marmonner quelque méchante parole quand le vieux Bélibaste venait jeter une branche au feu. Guillaume redoutait les impertinences de sa femme, jeune matrone mal soumise qu'il avait aimée, au temps des culbutes dans l'herbe, pour son caractère accueillant et son inventive paillardise. Elle était devenue acariâtre et mesquine par acharnement à ne point accepter la condition de servante qui lui était sournoisement imposée par le vieux Bélibaste. Le cœur du trop jeune époux s'en était lézardé, tiraillé entre le respect qu'il devait à son père et l'affection franche qu'il éprouvait pour Bernarde, malgré ses inconvenances qui salissaient l'air de la maison.

Le soir du meurtre, resté seul dans la salle commune, Guillaume fut pris par l'envie soudaine et bouleversante de chercher refuge auprès de sa femme, de caresser furieusement son corps et de jouir d'elle dans un déferlement de tendresse panique. Il tenta de résister à ce désir aiguillonné par la mort d'un homme, tomba à genoux dans une prière violente et confuse où ne s'exprimait en vérité que l'effroi d'être abandonné sans secours face aux ténèbres qui l'assaillaient. Le flot de rage trouble qui le poussait hors de lui n'en fit que redoubler. Il courut en titubant à sa chambre. Il aperçut par la lucarne l'ombre de sa mère, sous la lune pleine, qui traversait la cour.

Son fils dormait dans une corbeille d'osier. Bernarde l'attendait droite au pied du lit, elle aussi désemparée, les yeux bouffis par les larmes. Il la renversa sur la paillasse et sanglota longtemps contre sa poitrine. Elle caressa doucement la joue rugueuse, la chevelure, la nuque de l'homme, comme l'on fait à un enfant malheureux. Quand il empoigna ses hanches et chercha des lèvres sa gorge, elle gémit :

— Guillaume, Guillaume, es-tu devenu fou ?

Mais elle s'abandonna presque aussitôt. Dans un grand remuement de nuit, ils firent l'amour à la hâte, sans tendresse, comme des voleurs défiant la mort qui guette derrière la porte entrouverte. Ils savaient que c'était pour la dernière fois.

Philippe d'Alayrac arriva en vue de Cubières vers minuit en compagnie d'un berger sourd-muet qui l'avait conduit par les sentiers de haute garrigue. Le vieux Bélibaste et ses deux fils aînés étaient allés les attendre à quelque distance du village et les conduisirent à leur maison par un long détour qui évitait les ruelles. Estelle était depuis longtemps retirée dans sa chambre. Guillaume s'était assoupi devant le feu. Le pas des hommes franchissant le seuil le réveilla. Il ralluma la chandelle, s'agenouilla devant le Parfait de grande et maigre taille, encapuchonné jusqu'aux yeux, et dit selon le rite :

— Bon chrétien, bénissez-moi et priez Dieu de me conduire à bonne fin.

Monseigneur Philippe, rejetant son capuchon, le prit aux épaules afin qu'il se relève et l'embrassa par trois fois. On lui offrit du pain et du vin, qu'il bénit. Puis, chacun ayant pris place autour de la table, il conta les malheurs du temps : à Limoux, Frabrissa la tisserande avait été publiquement dénoncée comme hérétique par sa fille aînée, et conduite à la prison de Carcassonne. Son mari et le plus jeune de ses fils avaient eu le temps de s'enfuir. Sans doute essaieraient-ils d'aller en Catalogne.

De bons croyants étaient établis à San Mateo. Ils les accueilleraient, s'ils y parvenaient jamais.

Il dit cela à voix égale, sans effroi, sans colère. Le cœur de Guillaume s'alourdit brusquement. Ce Parfait encore jeune était comme un vieillard parvenu au-delà de tout espoir. Il n'avait d'autre souci que d'amener convenablement les vivants au martyre, et les abandonnait au bord de l'abîme avec un signe d'adieu. Il ne lui serait d'aucun secours. Mieux valait qu'il s'abouche avec le berger muet qui pourrait le conduire sans encombre à Barcelone, en deux ou trois jours de marche vaillante. De là il s'embarquerait pour l'île de Majorque, on y trouvait aisément à vivre. Au diable ce village où l'on devait se méfier de tout, de ses voisins, de ses propres paroles, du flair des chiens, des grincements de porte. Au diable ce pays où le chemin quotidien était bardé de pièges invisibles. Au diable l'innocence à jamais perdue, au diable ce monde où il fallait attendre de rares nuits, à l'abri des regards, pour se chauffer l'âme à contempler un grain de lumière déposé en secret par un vagabond trop doux. Et si même cela n'était qu'une distraction insensée, qu'un détour dans une errance sans but ? On ne pouvait être assuré de rien, dans cette vie, sauf de rencontrer un jour ou l'autre un inévitable trou et de s'y défaire comme un nuage dans l'indifférence du ciel. Et si toute souffrance était inutile, tout espoir illusoire ? Quelle grotesque et sinistre farce que ce siècle ! Peut-être n'était-il que fou, ce pauvre Parfait, ce sermonneur fluet incapable de résister seul à un assaut de loup sur un sentier de montagne.

– Monseigneur Philippe te parle, dit le père sévèrement.

Il n'avait pas entendu. Au milieu de la table, la première chandelle était presque consumée. Bernard en alluma une autre et la planta sur la cire molle. En face de Guillaume, dans la lueur tourmentée, le visage de Philippe d'Alayrac était plus long et plus creusé qu'à l'ordinaire. Son regard était d'une anxiété presque enfantine. Guillaume murmura :

— Pardonnez-moi, je suis fatigué.

— Sans doute ne pouvais-tu échapper à ce meurtre, dit le Parfait. Tu as agi comme un animal cerné. A qui la faute ? A ces gens sans pitié qui nous chassent et nous font tant de mal. Tu as protégé les tiens, ils te doivent reconnaissance. Mais toi, peux-tu maintenant demeurer souillé par le sang d'un homme ? Guillaume, Guillaume, je crois que le vrai Dieu a voulu que tu trébuches. Je crois qu'Il t'a poussé hors de la vie des simples croyants pour te prendre en pogne, te triturer, te faire goûter au feu de la souffrance, te faire fondre en Son creuset et te purifier durement pour t'accueillir un jour dans Sa Gloire.

— Voilà de belles paroles, Monseigneur, répondit Guillaume, mais je ne les comprends pas. Je ne suis qu'un homme malchanceux qui doit maintenant quitter sa maison, sa famille et ses biens pour rester en vie. M'aiderez-vous ? Vous avez dit qu'en Catalogne il est des gens accueillants aux proscrits.

— Ne cherche pas à éviter l'épreuve que Dieu t'impose, reprit gravement Philippe. Ce serait là le vrai crime. Ta foi n'a jamais été très sûre, je le sais. Sans doute depuis ton enfance perdais-tu ton âme goutte à goutte, comme l'on fait quand le temps passe sans vraie tourmente, quand rien n'exalte ni ne contrarie le fil des jours. Sur ce meurtre tu dois désormais bâtir une nouvelle vie. D'ailleurs, que pourrais-tu faire d'autre ? T'enfuir seul, comme un tueur vulgaire, le cœur maigre et l'esprit obscur ? Tu deviendrais alors un perdu sans espoir, un gueux absurde.

— Je sais, murmura Guillaume. Le mort me poursuivrait partout.

— Affronte-le donc, répondit Philippe avec une sombre puissance qui semblait sourdre de ses entrailles. Mais sache qu'il est maintenant dans ton corps, et que ce combat durera peut-être toute ta vie. Guillaume, l'épreuve est un privilège, ne la refuse pas. Je t'offre de partir avec moi avant l'aube. Je te conduirai à Rabastens, où j'ai une maison. Je te cacherai et je t'instruirai aussi longtemps qu'il le faudra. Je te ferai Parfait.

– Moi, Monseigneur ? dit Guillaume, effaré. Je ne suis qu'un berger, j'aime jouir du corps des femmes et manger de la viande. Un Parfait, moi ?

– J'étrillerai tes sens.

– Je ne saurai jamais parler comme vous le faites, prêcher, nourrir la foi des bons croyants. Je n'ai ni votre patience ni votre savoir. Regardez-moi : je ne suis qu'un noiraud brutal. J'abîmerais Dieu.

– Dieu ? Il te tend, de sa demeure céleste, une corde. Tu peux te pendre ou te hisser. Choisis.

– Allons, vous vous jouez de moi. On ne peut pas faire son salut sur le corps d'un homme assassiné.

– On le doit, rugit sourdement Philippe. Bougre d'âne, quand on est comme toi tombé au fond d'un gouffre noir, que faire, sinon s'acharner à chercher la lumière ? Songerais-tu par hasard à te rendre aux sergents ? Préfères-tu tâter de l'imbécile justice des hommes, dis-moi ?

Guillaume eut un long soupir sanglotant, agita la tête de droite et de gauche, comme un prisonnier rétif, et répondit :

– Monseigneur, je vous ai demandé secours, et voilà que vous me perdez. Ni au-dedans ni au-dehors de moi je ne vois clair.

Il se pencha en avant jusqu'à faire vaciller de son souffle la flamme de la chandelle. Regardant bien droit le Parfait, il dit encore :

– Je vous suivrai, puisque vous le voulez. Mais il faut que je vous dise : n'espérez jamais faire de moi un pur esprit, comme vous l'êtes. Je n'ai, quand je le peux, de vraies bontés que pour mon corps. En vérité, je ne désire pas être pur, j'ai grande honte d'avouer cela. J'aime que m'échauffent des envies confuses, des songes secrets, des rognes, des joies que je sais passagères, mais qu'importe ! J'aime vivre sans excessive propreté, comme je l'ai fait jusqu'à présent. Enfin n'oubliez pas, Monsei-

gneur, que mon cœur n'est pas ferme. Je crois que j'ai un trou dans l'âme, par où Dieu tombe bien souvent.
— Tu souffriras assez pour n'avoir de recours qu'en Lui, dit doucement Philippe.
— Je ne sais pas souffrir comme il faudrait. Même à l'heure présente, ma douleur est supportable. Mais elle est sans fond. Je ne veux que m'accommoder ou me distraire d'elle, rien de plus. Je suis peureux, fuyard. Peut-on faire un saint de tout cela, dites-moi ? Non, Monseigneur. Vos paroles m'ont ému, certes, mais elles sont trop généreuses. Je ne pourrai jamais croire que Dieu, dans son ciel, se préoccupe assez de moi pour me tendre ni main ni corde.
— Crois-tu que je ne connaisse pas la méchante saveur de tes gâchis ? Moi aussi je patauge souvent dans le doute et la merde, dit Philippe.

Sa voix était sourde et lente. On entendait le bruit de la flamme dans l'âtre, rien d'autre. Même pas un aboi de chien dans la nuit lointaine, même pas un cri d'oiseau. Les hommes écoutèrent un instant ce silence. Ils pressentirent l'aube prochaine.

— Tu as dit tout à l'heure que j'étais un pur esprit. Si tu savais à quel point ce mot est injuste ! Je l'ai presque entendu comme une insulte. Mon pauvre Guillaume, je ne suis que ton frère. Partons, il est temps.

Il se leva et s'en fut lentement vers la porte, laissant le fils à l'étreinte puissante de son père. Puis Guillaume voulut dire adieu à sa femme et s'en fut à la chambre où elle dormait. Il s'avança dans la pénombre à pas retenus pour qu'elle ne s'éveille pas. Il aurait voulu l'embrasser sans un mot et s'enfuir. Un menu craquement de plancher la fit se dresser sur le lit que la lune éclairait vaguement. Elle murmura, haletante :

— Guillaume, Guillaume, où vas-tu ?

Il la prit aux épaules, palpant sa chaleur un peu molle, mais si familière et si douce que son cœur s'en effondra dans sa poitrine. Il dit, la bouche contre sa joue :

— Je pars à Rabastens avec Monseigneur Philippe d'Alayrac. Il me cachera.

Il se tut un instant, s'efforça d'affermir sa voix et dit encore :

— Tu me rejoindras dans quelque temps.

Il savait pourtant que leur commune existence s'achevait en cet instant, et que sans doute il ne la reverrait plus, ni vivante ni morte. Elle savait aussi. Ils n'avaient jamais imaginé qu'ils puissent se séparer ainsi, avant que toute affection ne soit éteinte, ou que la vie les ait quittés. Ils n'avaient pas de mots pour une pareille circonstance, ni de ce courage inutile qui fait les ruptures franches. Elle voulut lui donner en souvenir d'elle une chaîne d'argent qu'elle portait au cou, mais dans le noir elle ne parvint pas à la détacher. Il entendit son père l'appeler. Elle dit :

— A bientôt, mon homme. Garde-toi des méchants.

Mon homme : Bernarde l'avait ainsi nommé, fièrement, une seule fois auparavant depuis qu'ils vivaient ensemble. C'était au repas de leur noce, elle était un peu ivre, attablée parmi les rires au milieu de la cour ensoleillée. Dans l'obscurité de la chambre il perçut le même éclat de fierté. Elle venait de trouver le mot juste, le vrai cadeau pour l'adieu sans adieu. Il en fut heureux et déchiré, redécouvrant soudain en elle une secrète et rayonnante beauté qu'il avait crue défaite par l'usure des jours. Seuls le regard et le cœur de Guillaume s'étaient usés. Bernarde était intacte. Il répondit avec une conviction moins assurée :

— A bientôt, ma femme, et se dit qu'elle était décidément plus forte que lui, plus aimante et plus digne d'être aimée qu'il ne le serait jamais. Il s'approcha du berceau de son fils et le regarda dormir un long moment. Il ébaucha des gestes de tendresse qu'il ne sut achever, des mots d'amour qu'il ne sut dire. Le vieux Bélibaste apparut sur le seuil et fit de la main un appel impatient. Guillaume sortit à grands pas de la chambre. Il n'aurait pas été mécontent de s'en aller ainsi s'il avait eu l'espoir de revenir un jour.

2

Le corps du berger assassiné fut découvert au petit matin par deux compagnons qui logeaient dans une cabane, de l'autre côté de l'enclos. Ils s'en allèrent aussitôt alerter le prieur de l'abbaye qui les envoya chercher des gens d'armes à Saint-Paul-de-Fenouillet, où l'archevêque de Narbonne avait une maison de police. La fuite de Guillaume le désigna clairement comme coupable. Il n'y eut donc pas d'enquête.

L'émotion, au village, fut vive, mais point excessive. A l'heure de midi, Raymond et Bernard se répandirent parmi les gens assemblés sur la place, expliquant que leur malheureux frère s'était disputé avec le mort à propos de moutons égarés. Il n'avait pas eu l'intention de tuer. Il ne s'était pas méfié de la chaleur de son sang, voilà tout. Ils contèrent cette fable avec un désarroi convaincant et n'eurent aucune peine à éveiller la sympathie des hommes : Guillaume était des leurs, tous le connaissaient depuis l'enfance. Quelques-uns s'étaient sentis bien près de tomber en pareille trappe, un jour de querelle. Ceux-là affirmèrent avec force que personne ne pouvait être assez sûr de son esprit et de ses pognes pour condamner celui qui avait failli par emportement. De plus, le défunt n'était pas tout à fait innocent, puisqu'il avait provoqué son meurtrier. Il était mort par accident. Cela fit d'autant moins de doute que l'assassiné n'était pas du village. Il était venu, l'année passée, du pays de Sault, avec d'autres transhumants. On ne le fréquentait guère. En vérité, se disaient les frères Bélibaste, écoutant, l'air contrit, les palabres passionnées des hommes et les jérémiades criardes de quelques maritornes, ce berger n'avait eu que la malchance de surprendre une conversation compromettante, dans un creux de garrigue. Sacré Dieu oui, il était mort par accident.

Chacun convint cependant que Guillaume était passible de haute justice, et qu'il avait bien fait de s'enfuir. Nul ne douta qu'il courait à l'heure présente vers la Catalogne, où la police de l'archevêché ne pouvait le poursuivre. On le plaignit d'avoir eu à quitter sa terre, sa famille et son fils, qu'il ne verrait pas grandir. Des femmes le recommandèrent à la grâce de Dieu, avant d'aller consoler Bernarde.

Le vieux Bélibaste, dans la matinée, s'en était allé voir le prieur de l'abbaye et lui avait demandé, avant toute chose, de l'entendre en confession. Il avait habilement fait. Cet accès de piété désarma l'ecclésiastique, qui hésitait à accueillir chez lui sans nécessité le père d'un trop récent meurtrier. Mais une famille frappée par un tel malheur appelant spontanément le secours et le pardon de l'Église ne pouvait être accusée de vraie méchanceté. Assassin, soit, mais bon catholique : tel était décidément le fils de cet homme qui venait devant lui s'abîmer en singeries dévotes. Le prieur se laissa donc embobiner aussi aisément que les gens du village et ne soupçonna, en cette affaire, aucune manigance hérétique, malgré son flair affûté. Il se contenta de tancer modérément le vieillard pour avoir laissé fuir le coupable. Bélibaste demanda qu'une pénitence lui soit imposée, et promit de faire porter le soir même deux agneaux à l'abbaye.

Dans l'après-midi, un grand sergent rougeaud à gueule de pétardier vint à la ferme avec quelques gens d'armes. Il n'y trouva que Bernarde occupée à trier des légumes, assise devant la porte. Raymond et Bernard étaient à leurs moutons, le père au jardin et Estelle enfermée dans sa chambre où depuis l'aube elle ruminait la douleur d'avoir perdu un fils. L'escogriffe entra comme en terre conquise et fit quelque raffut à fouiller la maison. Il savait que Guillaume s'était enfui, on le lui avait dit au village, mais il était soupçonneux et se donnait volontiers de l'importance à jouer les justiciers intraitables.

A peine avait-il franchi le seuil, en rameutant d'un geste large ses soldats, que Bernarde, son enfant dans les bras, courait au jardin alerter le père. Elle le trouva sur le sentier, qui venait sans hâte, poussant de son bâton un caillou devant lui. Il avait aperçu les cavaliers, le long du ruisseau, et ne désirait pas assister à l'inspection brutale des gens de police pour ne pas avoir à s'insurger ou à ravaler sa honte. Il ne le dit pas à Bernarde, mais au coup d'œil oblique qu'il lui jeta, elle le comprit. Elle repartit vivement devant, le dos courbe, serrant plus fort son fils contre elle, effrayée mais rageuse et soudain décidée à ne pas laisser ces étrangers pénétrer seuls dans sa chambre. Elle les imagina triturant son linge et renversant d'un coup de soulier crotté la corbeille qui servait de couche à son garçon. Il lui sembla que la profanation serait plus supportable si elle y était présente. Elle galopa de plus belle. Elle arriva trop tard.

Quand elle entra, Estelle rallumait le feu dans la salle commune sans se soucier des bottes et des ferraillements qui traversaient en tous sens la maison. Elle alla déposer son enfant au berceau. Presque rien n'avait été dérangé. D'ailleurs, la chambre était petite et sommairement meublée. A l'évidence, elle ne pouvait cacher personne. On avait un peu bousculé l'alignement des pommes posées sur de vieux draps, le long du mur. Le coffre était ouvert. Les bottes d'oignons suspendues aux poutres du plafond frémissaient comme sous une brise : à l'étage, des bruits de talons résonnaient lentement.

Qu'avait-elle à espérer de la vie, maintenant ? Un autre homme, un jour, peut-être, hors de cette maison. Elle chassa l'idée à peine venue, craignant qu'elle ne porte malheur à Guillaume et ne le fasse trébucher sur le sentier lointain où il cheminait encore à cette heure. Elle avait l'étrange certitude que certaines pensées pouvaient être aussi dangereuses que des chiens lâchés, et attaquer invisiblement les êtres. Elle ferma les yeux, fit une prière pour le salut de l'époux perdu, puis elle revint dans la salle commune. Les soldats étaient sortis et bavardaient dans la cour. Seul, le sergent était encore là ; assis à califourchon sur le banc. Il parlait à Estelle qui lui tournait le dos, toujours affairée dans l'âtre. Il la désigna, regardant Bernarde, l'air fat. Il dit :

— Votre mère est-elle muette ou idiote, bonne femme ? Je lui demande où est son fils Guillaume, et voilà qu'elle me montre son cul.

— Ne la tourmentez pas, monsieur, répondit-elle. Un grand malheur est tombé sur cette maison. Mon mari s'est enfui. Qui sait où il est ? Dieu seul. Priez-Le donc afin qu'Il vous éclaire, et laissez-nous en paix.

Elle ajouta rudement :
— Et faites en sorte que vos gens ne volent pas nos pommes. Vous n'avez ici aucun droit de pillage.

Le vieux Bélibaste apparut sur le seuil et s'avança à pas traînards jusqu'au milieu de la pièce. Là il se tint digne, bouche close, jusqu'à ce que le sergent se lève et le salue. Alors il lui offrit un gobelet de vin.

La conversation fut longue et seul parla le père, faisant valoir, entre deux considérations bien sonnantes sur la dureté des temps, ses bonnes relations avec le prieur de l'abbaye et l'amitié dont l'honorait le procureur de l'archevêque de Narbonne, messire Pierre Girard, qui ne manquait jamais de dîner à sa table chaque fois qu'il venait visiter le village. Le sergent, fort circonspect et soucieux de ne pas être surpris par la nuit sur le chemin de Saint-Paul, s'en alla une heure avant le crépuscule, convaincu qu'à l'heure où il se glisserait dans son lit, Guillaume Bélibaste serait en vue de la mer. Demain matin, à jamais perdu pour la justice, il s'embarquerait sans doute pour une île catalane que le soudard faraud, chevauchant sous les chênes verts, imagina dorée comme un rivage d'Orient.

Cependant, Guillaume et Philippe d'Alayrac cheminaient depuis l'aube par les crêtes fauves des Corbières, dans le soleil éblouissant et froid. Des envolées de bourrasque ralentissaient parfois leurs pas, troussant furieusement leur vaste manteau sombre qui gonflait comme une voile quand ils en empoignaient frileusement les pans.

Aux premières heures, coupant à travers les rocailles et les buissons épineux, ils évitèrent les hameaux où le fils Bélibaste était en grand danger d'être reconnu. Vers le milieu de la matinée, ils s'arrêtèrent à l'abri d'un talus pour déjeuner en silence d'un morceau de pain et d'un oignon frais. Ils étaient près de Bugarach, dont ils apercevaient le clocher au-dessus des herbes jaunes. Ils entendirent sonner un glas dans les bouffées de vent. On enterrait quelqu'un, là-bas. Tout le village était sans doute aux funérailles, les champs et les sentiers alentour devaient être déserts. S'ils se remettaient à l'instant en route, ils ne risquaient aucune rencontre. Guillaume ricana :

– Voilà que nous aide un mort catholique.

Philippe d'Alayrac fulmina contre ces cornes – ainsi nommait-il les cloches – qui cornaient dans le ciel la morne plainte des bêtes cornues – ainsi nommait-il les curés – puis s'en fut à travers vignes dans le vent retrouvé. Guillaume prit le temps d'avaler une lampée de vin de sa gourde et lui courut après.

– Vois-tu, lui dit le Parfait qui marchait vivement, à grandes enjambées d'échassier, ce défunt me fait grande pitié. S'il n'eut de foi qu'en son prêtre, son voyage dans l'au-delà est sans espoir, car les gens d'Église n'ont pas pouvoir de remettre les péchés. Le poison de la puissance et l'or des ornements ont pourri leur âme. Misérables honneurs qui firent des docteurs du Christ des mercenaires du diable ! On les voit partout parader, ces gras du ventre, vêtus de pourpre et de lin blanc. Ils festoient à la table des riches, et quand ils sortent repus sur la place publique, ils rotent à la gueule des affamés, exigent qu'on les salue avec humilité et font flamber vifs sur les bûchers ceux qui refusent de les honorer, de forniquer comme ils le font et de manger de la viande. Et le ciel rougeoie comme le plafond de l'enfer ! Sont-ils en quelque manière utiles au monde, dis-moi ? Non. Ils sont impurs, et donc ne peuvent purifier personne. Quant à travailler, comment le pourraient-ils, les doigts encombrés de bagues et de pierres précieuses ? Ils dévorent le travail des autres et volent l'argent des naïfs. Sais-tu comment, Guillaume ? Ecoute : Un clerc va chez son pape à Rome, il lui compte dix à vingt livres sonnantes et son pape lui signe une charte sur laquelle il est écrit que quiconque donnera un denier au clerc aura cent quarante jours d'indulgences. Avec cette charte et sa croix sur le nombril, le merdeux va par le monde, cognant aux portes et pleurnichant dans le giron des matrones : « Pour Dieu, pour Dieu, faites-moi l'obole d'un sou et vous aurez en échange mille pardons. » Ah, les putassiers hypocrites ! Vrai Père des esprits saints, est-ce là bonne vie et bonne justice ? Guillaume, donne-moi ta gourde, j'ai soif.

La fureur, tandis qu'il buvait à la régalade, fit trembler sa main. Il s'aspergea le menton et s'essuya d'un revers de manche avec un air de dégoût. Le vin était un peu aigre. De l'autre côté du vallon, sur le chemin qui sortait du village, un bœuf tirait une charrette lente. Le mort était en terre, on revenait aux travaux quotidiens. Les deux fugitifs étaient maintenant assez éloignés pour ne pas s'en soucier.

Philippe alors s'agenouilla sur la garrigue pelée, parmi les cailloux et les touffes de thym gris, pour dire un long Pater fervent, le visage dans ses mains jointes. Guillaume voulut aussi prier, mais debout, contemplant le ciel lavé par le grand vent et la belle sauvagerie des collines à l'automne. Il essaya de s'élancer vers le Dieu sauveur dont il n'éprouvait pas en lui la sûre présence, il l'appela mais ne perçut aucune réponse, aucun signe. Le ciel resta vide et la terre, le vent cinglant ses oreilles restèrent la terre et le vent. Il se sentit comme un oiseau trop lourd battant des ailes et titubant dans la poussière à la poursuite grotesque d'une miraculeuse envolée. Il ferma les yeux, fouilla les ténèbres de son esprit, désespérant rageusement d'avoir jamais l'innocente légèreté des âmes libres. Pourtant, quand Philippe d'Alayrac se releva, il s'efforça de lui sourire et de paraître apaisé.

A l'horizon brumeux, ils distinguaient maintenant le château de Rennes, planté comme à la cime d'un couteau, près de la rivière d'Aude. Quand ils l'auraient atteint, ils pourraient aller sans crainte. Guillaume, au-delà, ne connaissait personne.

— A-t-on idée d'enfermer Dieu dans les églises, dit Philippe, humant l'air vif. N'est-Il pas partout chez Lui sous le toit du monde ? Qu'ont-ils fait de Sa Gloire, ces ouvriers de basses œuvres qui me rôtiraient sur l'heure s'ils m'entendaient ainsi bramer la vérité ? Guillaume, qu'ont-ils fait de la splendeur de Dieu ? Un homme saignant cloué sur une croix. Les fous ! Ils brandissent comme la plus sacrée de leurs reliques l'outil qui tortura le Christ. N'est-ce pas une belle infamie ? Sais-tu ce que je fais, moi, quand je vois une croix ? Je crache. Dis-moi, compagnon, si quelque malandrin fracassait le crâne de ton père d'un coup de gourdin, aimerais-tu ce gourdin ? Ferais-tu devant lui des génuflexions et le baiserais-tu dévotement ?

— Assurément non, répondit Guillaume, le cœur remué par une sombre allégresse. Dieu m'est témoin que je n'aime pas plus que vous les curés, et que si j'en rencontrais un sur cette lande, je pisserais volontiers sur sa tonsure pour soulager la rage qu'ils m'inspirent. Hélas, je n'en serais guère ravigoté. Au fond de moi, peu m'importe tout cela.

Un sanglot trembla dans sa gorge et des larmes mouillèrent ses yeux. Une bouffée de détresse l'envahit, le visage de Bernarde lui revint à l'esprit, et celui de son fils à l'instant de son départ. Il secoua la tête comme pour se défaire d'ue poigne pesante, renifla bruyamment. Philippe le prit par l'épaule avec affection.

– Ah, Guillaume, Guillaume, je vois que je ne t'ai guère distrait de ta douleur.

– L'espériez-vous, messire Philippe ? Quand j'ai tué cet homme près de notre bergerie, un torrent de boue noire m'a submergé. Je crains que rien ne m'en puisse laver. Mon enfance, ma maison, ma femme, mon fils ne sont déjà plus que des souvenirs salis, et si lourds que je voudrais qu'ils tombent de ma mémoire et s'enfoncent dans la terre derrière mes pas. Maintenant, entre ma vie qui pue et la mort qui m'effraie grandement, je ne veux plus m'embarrasser de pensées ni d'espoirs, mais simplement laisser aller ma carcasse où vous voulez bien la conduire. Je vous le dis encore, Monseigneur : n'exigez rien de moi que l'obéissance d'un idiot.

– Tu revivras, fils. Comme les défunts renaissent en d'autres peaux, tu revivras purifié. Pour l'instant, marche mon âne, la route est longue et Dieu nous attend à Rabastens !

Avant le crépuscule, ils arrivèrent au bord de l'Aude et franchirent la rivière près du bourg de Couiza par un large pont aux parapets de pierres sèches où ils rencontrèrent quelques paysans qui s'en revenaient des champs, portant sur leurs épaules la lourde fatigue de la journée. Leur regard, comme le soleil, était presque éteint. Ils saluèrent les voyageurs d'un geste ensommeillé, et passèrent leur chemin sans plus de cérémonie.

L'indifférence de ces gens ragaillardit Guillaume et le gonfla d'une reconnaissance enfantine. Le meurtre n'était pas inscrit sur son visage, comme il le croyait. Il était un homme ordinaire, rien ne semblait peser sur lui que le fardeau du temps. Il pouvait parler, on lui répondrait avec simplicité. Peut-être même ajouterait-on l'agrément de quelques considérations sur la couleur du ciel, présage de beau lendemain. Il se sentit délivré de la peur et de la pesante douleur qu'il ruminait depuis qu'il avait quitté Cubières. Il s'enquit, auprès d'un vieillard, d'une auberge où il pourrait passer la nuit avec son compagnon. L'homme tendit son bâton à bout de bras, désignant le sentier qui grimpait vers Antugnac, sur le versant de la haute vallée. Ils avaient encore à marcher et il faisait déjà sombre.

Ils parcoururent leur dernière heure de chemin à tâtons dans les ténèbres où ils ne furent accompagnés que par de lointaines huées d'oiseaux nocturnes et de loups. Ils aperçurent enfin une lueur et secouèrent la morne humidité qui leur glaçait le dos. Une lanterne était posée sur un banc de pierre devant une bâtisse trapue, flanquée d'un auvent où dormaient des poules entre les pattes de quelques mules. Près de la porte, un jeune porc puant frottait son échine contre la muraille et voulut entrer dans la salle commune avec les voyageurs. Une grosse femme à la figure trop blanche et boursouflée le chassa à grands coups de torchon, puis, regardant Philippe et Guillaume avec une insistante méfiance, grogna qu'ils arrivaient bien tard. Le Parfait la salua d'un signe de tête, récitant dans sa bouche le Notre Père, car il craignait quelque danger.

Deux hommes d'armes jouaient aux dés près de la cheminée où flambait un grand feu sous un chaudron noir, et dans le coin le plus reculé de la vaste salle enfumée, devant une chandelle, un moine à la mine austère achevait de dîner. L'aubergiste envoya sa femme remplir les deux cruches au puits et accueillit les nouveaux venus avec jovialité. Il les invita à s'asseoir, un large sourire crasseux au travers de la trogne, en leur demandant sans détour d'où ils venaient, et où ils allaient. Philippe répondit, désignant Guillaume, qu'il avait convaincu ce fils de son oncle d'abandonner sa bergerie des Hautes Corbières, et le conduisait en toulousain, où il espérait le faire entrer au service de Dieu. Il sut à merveille user de phrases à double sens et se faufiler sans tout à fait mentir au travers des questions embarrassantes. Le mensonge était, pour un Parfait, un péché passible de dures pénitences. Il l'évita et sourit, satisfait.

– Fort bien, fort bien, fit le bonhomme en remuant sa lourde tête.

Puis, faisant mine de torcher la table, il ajouta à voix basse :

– Pardonnez-moi, brave homme, mon intention n'était pas d'être indiscret, mais de considérables hérétiques traînent encore par chez nous, et si par malheur j'en hébergeais quelqu'un, l'évêque d'Alet me ferait mille misères.

– N'ayez pas peur, répondit Philippe, nous sommes de vrais chrétiens.

Guillaume approuva d'un grand rire un peu contraint. Les deux soudards suspendirent un instant leur jeu pour jeter un coup d'œil à ces bonnes gens. Ils échangèrent de vagues salutations, puis se laissèrent distraire par la grosse hôtesse qui revenait en se dandinant, portant ses cruches ruisselantes. Elle les déposa dans un coin de l'âtre et s'empressa auprès du moine avec servilité. Alors l'enfroqué se leva en faisant savoir qu'il désirait se coucher. La matrone prit aussitôt la chandelle et, trottinant devant lui, l'accompagna à l'étage où étaient les lits.

Guillaume, pris d'un grand besoin de vider ses entrailles, sortit dans le pré. Philippe s'en alla converser avec l'aubergiste qui s'affairait devant le feu. L'autre parut heureux de sa compagnie, parla avec animation des pluies et des gens. Puis il dit soudain, illuminé comme un homme simple offrant son amitié :

– Voulez-vous m'aider, compère ? A nous deux, le dîner sera bientôt fait.

Il s'en fut aussitôt vers la resserre et revint avec un poulet aux pattes liées. Il le tendit à Philippe en disant, la mine gourmande :

— Égorgez donc cette bête pendant que je pèle les oignons. Que diriez-vous d'une poêlée de sang cuit ? Rôtie le temps d'un coup de couteau dans le saloir, ah, l'ami, avec une fricassée d'échalotes, vous m'en conterez merveilles !

Philippe d'Alayrac eut un vif mouvement de recul et son visage s'altéra. Dans le regard du bonhomme apparut une lueur de méchanceté soupçonneuse. Il savait, comme tout le monde en ce pays, que les Parfaits s'interdisaient expressément de tuer, fût-ce une volaille, et de manger de quelque viande que ce soit, sauf de poisson. Il grogna, à mi-voix menaçante :

— Eh bien, messire, j'ai idée que ces bonnes mangeailles catholiques vous inspirent quelque dégoût.

— Que non, que non, répondit Philippe, Dieu m'en garde ! Votre cuisine est belle et bonne, mais sûrement trop chère, je le crains. Nous n'avons d'argent que pour la paillasse. Nous voyageons avec notre pain et quelques œufs, comme font les pauvres.

— Égorgez tout de même ce poulet, dit l'homme, sèchement. Vous me rendrez service.

Le très méfiant balourd, sans quitter du regard l'hérétique, fit un signe aux soldats, abrutis de vin et de fatigue, qui grimpaient lourdement à l'étage. L'un d'eux, son ceinturon autour du cou, son épée battant son ventre, trébucha contre une marche en lâchant quelques jurons épais. L'aubergiste accourut à son secours et lui demanda d'attendre encore un peu avant d'aller au lit. L'autre le rabroua. Guillaume, entrant à cet instant, vit Philippe hagard, tenant d'une main un poulet par les pattes, et de l'autre un couteau dont il ne savait que faire. Il comprit aussitôt que son compagnon était pris dans un piège où il risquait fort de s'empêtrer mortellement.

— Donnez-moi donc cette volaille, monsieur le Toulousain, dit-il. Si je vous laisse faire, vous allez la gâcher.

Il empoigna la bête et en un tournemain la saigna proprement au-dessus d'une poêle. Puis, se penchant vers Philippe, il murmura :

— Chance pour vous que je ne sois pas encore Parfait, Monseigneur.

Il ne put s'empêcher de brandir en riant ses mains dégouttant de sang devant le visage de son vénérable ami qui recula en se bouchant le nez et s'en alla bouder ostensiblement à la place du moine. L'aubergiste rit aussi, mais ses soupçons n'étaient pas tout à fait dissipés. Guillaume Belibaste fit tout son possible pour endormir sa méfiance, et, se pourléchant de sang cuit, railla son frère patarin avec une étrange allégresse :

— Depuis qu'il est au service de l'archevêque de Toulouse, il se pique, figurez-vous, de lire le latin, et répugne à travailler de ses mains. D'ailleurs, il fut toujours très maladroit à la cuisine, sauf pour trousser le jupon des servantes. N'est-ce pas, mon cousin, que vous êtes un franc paillard, malgré vos airs de saint homme ? Avouez-le donc, nous sommes ici en bonne compagnie !

Il savait, parlant ainsi, qu'il scandalisait grandement Philippe. Il s'étonna d'y prendre plaisir, d'éprouver une jouissance sournoise à le rabaisser, sous prétexte de le tirer d'affaire, au rang des gens dont on peut rire sans crainte ni honte. Plus encore, il se délecta, avec une sorte de hargne vengeresse, à démontrer que sa rusticité était pour l'heure plus utile à leur salut que le savoir sacré de son compère Parfait.

Quand il se retrouva avec lui couché dans la chambre commune où dormaient déjà bruyamment les deux spadassins et le moine, il se sentit embarrassé. Il voulut lui demander pardon. Mais Philippe, qui avait jeûné, lui tourna le dos et tira, d'un geste rageur, la couverture sur sa tête.

Ils arrivèrent au bord du Tarn après une semaine de voyage, couchant la nuit chez des croyants que Philippe connaissait, ou dans des étables d'auberges assez peuplées de gens et de chevaux pour y passer inaperçus, mais trop infestées de vermine pour pouvoir y dormir à l'aise.

L'esprit de Guillaume s'allégea au fil des jours : il découvrait le monde. La plaine du Toulousain lui parut un pays loyal. L'air était avenant et doux le long des rivières lentes, on voyait de loin les maisons et, au crépuscule, les lumières. Il oublia d'avoir peur, s'enivrant même de ce piquant alcool de liberté invisiblement présent dans les paysages que rien ne borne, sauf les lointaines brumes transparentes où se perdent les griffures des labours. On parlait dans cette contrée un langage moins rugueux qu'en ses austères Corbières. Il lui plut. Il s'exerça à l'imiter, bavardant parfois étourdiment avec des colporteurs entre deux bourgs, ou quelque paysan de rencontre poussant sa vache sur un chemin sans maisons.

Philippe, qui ne conversait jamais pour le seul plaisir d'amuser la langue dans la bouche, s'irritait fort de ces imprudentes incontinences. Il en fit plusieurs fois durement reproche à Guillaume, puis, le temps passant, il s'enferma dans un silence dont on ne pouvait savoir s'il était douloureux ou paisible. Enfin, les derniers jours, le corps mortifié par trop de vents contraires, trop d'espace traversé, il ne fit que prier, cheminant loin derrière son compagnon sur qui retomba le carcan de la détresse. La fatigue brumeuse, le berger assassiné de plus en plus obscur, Bernarde et son fils s'allièrent alors pour l'accabler, et il marcha le dos voûté, comme un portefaix.

Le jour de la Toussaint, vers midi, apparurent enfin au loin les clochers des deux églises de Rabastens et la rousseur des toits derrière les rives feuillues du Tarn. Philippe alors imposa à Guillaume une ultime halte au bord de sa nouvelle vie. Assis contre un peuplier, contemplant à l'horizon les nuages ventrus, comme s'il déchiffrait l'écriture d'un livre, à nouveau il parla.

– Guillaume, dit-il, sache que tu sortiras de ma maison moins lourd que tu ne vas y entrer. Pendant un an tu perdras de la chair et des sens. Ainsi tu feras de la place à Dieu dans ton corps. Tu souffriras, je t'avertis. Mais tes douleurs seront franches ; salubres, et non point infectes comme celles que charrient tes humeurs présentes. Petit frère, regarde le ciel ; les champs, les chemins, regarde l'automne, là-bas, sur Rabastens. Il est au centre de ce village une chambre où tu vivras durement enfermé. Plus tard, Rabastens tel que tu le vois présentement sera planté au centre de ton esprit comme une cité céleste. Peut-être ne peux-tu comprendre encore ce que je te dis, mais ne l'oublie pas, et savoure l'air vif de ce jour, car c'est le dernier de ta vieille vie. Demain, tu auras quitté le monde des hommes ordinaires.

« Plus jamais tu ne mentiras, ni ne forniqueras, ni ne goûteras à la viande animale. En outre, de la Saint-Martin au prochain Noël tu traverseras les quarante jours de ton premier Carême. Tu ouvriras ce temps de purification par deux semaines strictes au pain sec et à l'eau de fontaine. Tu jeûneras aussi de pareille manière tous les lundis, mercredis et vendredis. Hors ces jours, tu pourras manger des légumes bouillis, mais tu seras privé de poisson, d'huile et de vin. Avant qu'une année ne soit écoulée, une quarantaine avant Pâques, une autre avant la fête de saint Pierre, tu feras encore Carême. Alors ta carcasse sera assez cuite et ton âme aiguisée.

« Il te faudra aussi apprendre l'Évangile de Jean, la prière du Consolament et les gestes du rituel. Je t'enseignerai tout cela avec l'aide de mon aîné Raymond de Castelnau qui fit de moi, l'année de mes vingt ans, un chrétien véritable. Ainsi s'accomplira ton noviciat. Autrefois, après nos trois Carêmes, nous allions en Lombardie recevoir l'adoubement du diacre de notre communauté. J'y fus, Raymond aussi, et les frères Authié qui connurent le martyre. Mais le voyage est devenu trop périlleux, et nous fûmes tant décimés que nous ne savons plus où demeure ce père, s'il est encore en vie. Tu devras te contenter de la bénédiction de mon aîné et de la mienne. Elle ne sera pas frelatée, car nous sommes des églises vivantes, comme tous les hommes de notre sorte. Cette année d'études et de mortifications sera donc comme une grossesse de l'Esprit Saint. A son terme, tu reviendras parmi les hommes avec une âme nouvelle. Tu auras le droit de réciter le Pater, d'appeler Dieu sur la tête des croyants et de les consoler.

Quand Philippe se tut, Guillaume pleurait. Il ne voyait plus devant lui qu'un brouillard tremblant à travers le balancement frémissant des peupliers. Il frissonna à l'unisson des arbres et dit enfin, geignant comme un enfant puni :

– Monseigneur, faut-il que je prête maintenant serment sur mon salut ?

Il espérait un répit. Tant qu'il serait seul à gouverner son corps et ses humeurs, aussi proche que soit l'instant de l'enfermement, rien ne serait irrémédiable. Mais le Parfait lui répondit que l'heure, en effet, était venue. Alors, une bourrasque de révolte envahit l'esprit de Guillaume. L'envie violente lui vint de se défaire du filet où il se voyait pris, de s'arracher au piège doux mais épouvantable comme une noyade dans lequel il se mourait déjà, et de fuir au large dans un grand hurlement comme s'il avait mille diables aux trousses. Pourtant, les jambes pliées enfermées dans ses bras, regardant au loin, il ne bougea pas et s'entendit prononcer les paroles du serment. Puis, effrayé, il balbutia quelques fadaises sur son indignité, l'esprit à la dérive, pleurnichant qu'il ne méritait pas tant d'honneur et qu'il serait peut-être parjure. Philippe l'écouta d'abord avec étonnement, puis ses joues maigres rougirent.

– Tu parles comme un péteux, rugit-il si furieusement qu'il postillonna. Je ne t'élève pas à une quelconque gloire mais te condamne à porter l'Esprit, à le porter lourdement jusqu'à ta mort, entends-tu ? Et ne me raconte pas encore que tu le laisseras tomber par les trous de ton âme. Je l'accrocherai à ton cœur, à tes poumons, à ta langue. Je le coudrai dans ta peau si serré que tu ne pourras pas l'arracher, misérable couillon ! Tu seras une église vivante, comme je le suis. Et s'il le faut tu flamberas avec mille enfants dans ton ventre, comme Pierre et Guillaume Authié. Un honneur, cela ? Imbécile ! Laisse donc ces amuse-curés, et viens-t'en travailler !

3

Au bas étage de sa maison, Philippe d'Alayrac avait une fabrique de drap où trois tisserands besognaient, dans l'étroite lumière tombée d'une fenêtre aux vitres serties de plomb, parmi des monceaux de toile et de fil partout entassés sur le carrelage. Une porte à deux battants voûtés donnait, entre deux ormes, sur la place Notre-Dame-du-Bourg, une autre, à l'opposé, humble et branlante, sur un jardin inculte abandonné aux mules et enclos d'un mur bas. La première était toujours fermée, la seconde toujours ouverte. On voyait ainsi venir d'assez loin les gens, par le chemin tracé dans l'herbe.

Une servante nommée Alazaïs venait de temps en temps faire quelque ménage dans l'atelier, et empaqueter les pièces de drap pour les mener à vendre. Elle était, comme les trois tisserands, hérétique fieffée, vénérait Philippe et l'aimait aussi, secrètement, d'amour cru, ce que le Parfait faisait semblant de ne pas soupçonner. Elle l'accompagnait aux marchés voisins, aux foires lointaines, poussant les mules chargées et rameutant les chalands sur les marches des églises. Dès qu'ils étaient en compagnie publique, elle jouait avec son maître les couples mariés pour qu'il ne puisse être soupçonné de chasteté coupable. Il leur arrivait parfois de faire halte dans une auberge où ils devaient coucher sur la même paillasse. Alazaïs, alors, ne fermait pas l'œil de la nuit, écoutant l'homme respirer à côté d'elle, se nourrissant l'âme de sa chaleur charnelle et parlant à Dieu avec son corps, l'humidité du ventre et les élans du sang dans les artères, comme seules savent le faire les femmes. Philippe, lui, semblait dormir sans rêves, l'esprit posé dans le vaste désert du ciel.

Souvent, il l'abandonnait sur une place pour partir seul, par d'inconfortables sentiers, ranimer le feu divin chez les croyants de la contrée. Alazaïs revenait alors à Rabastens avec les mules et répondait aux gens curieux de l'absence du maître qu'il s'en était allé visiter des drapiers de sa confrérie en Provence ou en Espagne. Pendant ces absences, qui duraient parfois plusieurs semaines, elle s'inquiétait du moindre ferraillement de cavalier dans la rue.

Ce jour de Toussaint, quand il revint avec Guillaume Bélibaste, elle était occupée à tremper du drap neuf dans le Tarn, sous l'auvent du lavoir communal, à la lisière du village. Elle courut vers eux dès qu'elle les vit paraître au détour du chemin. Dans son contentement à revoir Philippe en bonne santé elle s'agenouilla devant lui, le saluant imprudemment selon le rite hérétique. Heureusement, il n'y avait personne alentour. Mais la mauvaise humeur de l'austère Parfait, que les pleurnicheries de Bélibaste avaient allumée, en fut ravivée. Il l'embrassa sèchement et s'en alla à grands pas, sans l'attendre. Le temps qu'elle empile son linge mouillé et qu'elle hisse la corbeille sur sa tête, il était déjà hors de vue. Son pas sonna un moment dans la ruelle, au-delà des remparts. A peine entré chez lui il monta dans sa chambre, s'y enferma et n'en voulut plus sortir jusqu'au lendemain.

Sa brusquerie n'ébrécha guère la satisfaction d'Alazaïs. Elle s'en revint, devisant comme un oiseau, avec Guillaume qui la trouva émouvante et bien tournée. Elle s'occupa de l'accueillir dans la vaste maison, de le nourrir abondamment et de l'installer au deuxième étage, dans une petite chambre propre et confortable qui sentait bon les herbes médicinales. A la nuit tombée, il s'attarda à converser avec elle devant la cheminée de la cuisine, lui racontant sa vie, et par quels sombres détours du destin il était venu à Rabastens. Cubières, tandis qu'il en parlait, lui sembla infiniment lointain. Il avait fait en une semaine plus de chemin qu'en toute son existence, et pour la première fois depuis qu'il avait quitté Bernarde il se trouvait près d'une femme, dont la foi lui était familière, dans la paisible intimité d'un coin de feu. La pièce, alentour, était obscure. La lueur des flammes colorait le visage d'Alazaïs. Elle l'écoutait avec, dans le regard, une compassion naïve. A grands coups sourds dans la poitrine il sentit monter en lui une envie moite, presque douloureuse, d'infinie confiance et de tendresse dans son giron. Il se tut. Elle fut troublée car elle n'était pas accoutumée au désir des hommes. Elle repoussa doucement les mains de Guillaume en disant, la voix tremblante :

— Mon Dieu, mon Dieu, voilà que vous voulez faire du chagrin à Monseigneur Philippe.

Elle lui baisa furtivement la joue, et, le pan de ses jupons à la main, s'en alla vivement. Il resta à contempler le feu jusqu'à ce que les bûches soient consumées. Il était plein d'une sombre vigueur, mais perdu très loin de son salut.

Le lendemain, Philippe l'amena avec lui par les ruelles et les carrefours saluer les notables et se faire connaître des voisins. Il le présenta comme son cousin, venu de ses Corbières arides où il vivait mal pour apprendre un métier dans son atelier. Maigre fable que messire d'Alayrac entortilla subtilement, sans mentir d'un seul mot. Car il était vrai que Guillaume ne pouvait rester oisif. Tous les Parfaits se faisaient une loi infranchissable d'user leurs mains ou leur cervelle à gagner leur vie. Certains travaillaient dans le village où ils avaient leur toit, d'autres sur les chemins où ils offraient à chacun selon sa foi : aux âmes affamées, du feu d'esprit, aux foules négligeables, des babioles de colportage.

— Tu seras artisan, lui dit Philippe. Pierre Garcia t'enseignera à fabriquer des peignes à tisser. Il est patient, et c'est un bon croyant.

Guillaume Bélibaste vécut donc ses premières semaines à Rabastens dans un coin de la fabrique en compagnie de ce Garcia, petit vieillard au regard bleu, aux gestes parcimonieux, mais d'une habileté qui semblait, à son apprenti, miraculeuse. Il avait, malgré sa science, un air perpétuel de timidité vulnérable, il ne parlait guère, bégayait parfois en souriant comme un soleil. Certains jours il n'enseignait rien, et pourtant Guillaume, en sa seule présence, s'enrichissait d'ingéniosités nouvelles. Cet homme était limpide comme une eau de source, ou comme un saint, et l'ignorait. Outre l'art de fabriquer des peignes à tisser, Bélibaste avait le sentiment de recevoir de lui d'impalpables offrandes que le moindre mot de reconnaissance aurait, il le savait, dissipées comme des illusions. Un soir, il voulut dire à Philippe ce qu'il ressentait à travailler avec ce maître ouvrier, mais ne parvint pas à trouver les mots justes. Le Parfait le regarda s'embrouiller dans ses phrases avec une patience un peu agacée, puis, sans lui répondre, lui rappela les règles qu'il devait observer pour mener à bien son noviciat. Alors, vexé de n'avoir pas su se faire entendre, Guillaume se plut à composer secrètement dans son esprit l'image d'un dieu paternel et complice qui avait l'apparence et le sourire de Pierre Garcia. Le lendemain, le vieux tisserand le félicita pour les progrès considérables qu'il avait accomplis, et lui dit qu'il était content de lui. Puis il ajouta avec une conviction naïve :

— Tu es un bon garçon.

Alors Guillaume se souvint du berger assassiné. Il s'étonna que son maître puisse se tromper aussi lourdement sur son compte, et l'image divine, dans son esprit, se ternit.

Cependant, tous les soirs, à peine la chandelle mouchée, il se bâtissait sous les draps de son lit des paradis impurs et exaltants dans lesquels Alazaïs jouait, selon l'humeur, les cariatides de bordel somptueusement ornées ou les saintes mères humbles et fessues. Dans la journée il ne la voyait qu'à l'heure des repas et s'appliquait à l'ignorer, affectant d'être captivé par les discours de Philippe quand elle venait remplir les écuelles. Il éprouvait pour elle une rancœur que rien ne justifiait, sauf l'agaçante certitude qu'elle lui était inaccessible, et se confortait à croire que sa froideur la faisait un peu souffrir. En vérité, la fine mouche voyait si clair en lui qu'elle ne pouvait s'empêcher de le taquiner à tout propos, d'attiser son feu et de rougir de plaisir trouble à ses gestes impatients. Ainsi s'établit entre eux un jeu secret fait de désir irrité et d'amitié inavouable, que la servante gouverna jusqu'aux abords du noviciat.

Le jour de la Saint-Martin, Guillaume entra dans son premier Carême droitement, comme un bœuf dans le labour, avec l'orgueilleuse certitude qu'aucune femme n'était digne de le suivre en pareille aventure. Il oublia donc quelque peu Alazaïs. Elle n'en fut pas troublée. Au contraire, elle se fit discrètement prévenante, tout au long de la première et difficile semaine de jeûne, choisissant pour lui le pain tendre qu'elle agrémentait parfois de grains d'anis et de tisanes. Philippe ne manquait pas de surveiller les maigres repas de son novice, et hors ces brefs instants de connivence sévère, le laissa macérer dans sa faiblesse et ses douleurs de ventre. Bélibaste les supporta sans aucune sérénité, mais éprouva une sorte de joie rageuse à mortifier son corps trop vigoureux qu'il n'avait pas su tenir en bride quand il l'aurait fallu, le maudit soir du meurtre sur les hauteurs de Cubières. L'idée lui vint d'offrir jour après jour son poids perdu à celui qu'il avait tué, comme l'on paie tribut au diable, pour se débarrasser de lui. Cet étrange commerce soutint sa hargne, mais il s'enferma peu à peu dans un sombre silence et, les derniers temps de l'épreuve, n'accepta de fréquenter personne, ni Philippe, ni Alazaïs, ni Pierre

Garcia qui vint pourtant le voir une fois dans sa chambre pour lui sourire un long moment, sans un mot.

Le jour où il sortit du Carême, il neigeait sur Rabastens. Il en fut heureux comme un enfant, et surpris. L'hiver était venu sans qu'il s'en aperçoive. Pour la première fois de sa vie il n'avait pas éprouvé sa montée par coups de givres et de brouillards, de brisures de branches, de retours éphémères du soleil sur la garrigue. Ce jour-là, enveloppé dans son manteau, il traîna ses chausses dans la vaste maison, comme un convalescent. Il écouta les bruits d'une oreille nouvelle, il lui sembla qu'il découvrait les couloirs et les salles pour la première fois. Tout était bizarrement neuf. Entrant dans la cuisine, il embrassa Alazaïs et vint se chauffer près d'elle sur la pierre de l'âtre où elle cuisinait, affairée devant un grand feu de Noël. Il s'aperçut alors que ses sentiments avaient changé : il était maintenant capable d'amour sans désir. Il savoura ce sentiment puissant et paisible en se promettant de ne pas en oublier le goût, quand son trouble serait revenu avec ses forces. Il était pâle, amaigri, il était devenu frileux mais plus fier et plus fort. Quelque chose en lui avait changé à son insu pendant qu'il survivait reclus dans sa famine noire. Il avait été étrillé et se sentait plus propre. Quand Philippe vint déjeuner, il le salua selon le rite, tout frémissant d'une gratitude irraisonnée, et le Parfait le serra sur son cœur avec de grandes démonstrations d'affection. Puis il lui offrit une grosse pomme que Guillaume croqua en riant, sans paroles. L'après-midi, il descendit à l'atelier voir Pierre Garcia. Le vieil artisan lui parut moins rayonnant et plus timide qu'à l'ordinaire, peut-être parce que son apprenti était plus lumineux. Il prit une assez piètre leçon de gestes : ses doigts étaient à nouveau maladroits et sa tête lui pesa vite. Il ne s'en irrita pas.

Le soir venu, il s'assit à la longue table de la cuisine en face de Philippe, dîna d'un confortable pâté de poissons du Tarn et but un gobelet de vin. Il en fut enivré juste assez pour que son esprit, délivré de toute entrave, s'en aille doucement dériver vers les mystères célestes. Le feu haut dans la cheminée lui chauffait délicieusement le dos. Dieu, dans ces conditions, lui parut accessible. Il le dit au Parfait d'un air illuminé qui ne le trompa guère. Philippe sourit avec indulgence et répondit qu'il devait se méfier des illusions.

– Dieu n'est pas un jambon à la cime d'un mât de Cocagne, lui dit-il. Nul ne peut s'élever vers Lui. Il est au contraire comme une amande dans le noyau d'un fruit. Tu devras creuser toutes tes peaux, les dures et les tendres, les visibles et les invisibles, pour que tu sois enfin assuré de Sa présence dans ton corps. C'est un long et douloureux travail.

– Je le mènerai à bonne fin, dit Guillaume, pourvu qu'Il me prête vie. Car là est ma dernière crainte : mourir stupidement avant d'avoir fini ma tâche.

– La mort, pour les hommes mal accomplis, n'est qu'une traversée nocturne vers un corps nouveau. Si Dieu te l'impose, tu poursuivras ton travail dans une autre vie, voilà tout. Quand tu auras accepté de vivre et de mourir selon le bon vouloir de Dieu, tu seras sur le chemin de Sa lumière.

– J'aimerais bien être assuré de renaître, dit Guillaume, rêveusement. Mais j'ai peur de douter toujours, malgré la foi que vous me donnez.

– Tu es un réjouissant idiot, dit Philippe en riant. Les bons croyants, justement, aspirent à ne point renaître mais à rejoindre le paradis des purs. Il est vrai que tu n'es pas encore un bon croyant. Écoute donc cette histoire, qui est digne de foi : un homme, que connut mon aîné Raymond de Castelnau, cheminait un jour avec un compagnon dans les montagnes d'Ariège. A un détour du chemin, il lui sembla reconnaître ce pays où il n'était pourtant jamais venu au cours de sa vie. Et soudain, avisant un rocher planté dans les broussailles, lui vint un souvenir plus vieux que sa naissance.

Le Parfait se tut, car les yeux de Guillaume, lentement,

se fermaient. Son menton heurta sa poitrine. Il releva vivement la tête et vit Philippe lui sourire à travers les brumes du sommeil.

– Allons, dit-il, il est temps que tu te couches, petit frère. Un farci de poissons, un gobelet de vin et une platée de philosophie, cela fait trop lourd pour un novice qui sort d'une quarantaine maigre.

Ce soir-là, Guillaume se coucha sans se dévêtir, tant son corps était engourdi. La bouche dans son oreiller, il imagina la présence près de lui d'une femme idéale et maternelle qui avait les traits mêlés d'Alazaïs et de Bernarde. Il s'endormit presque aussitôt en se disant que Dieu tenait son cœur au chaud.

Noël et les premiers mois de l'an passèrent sans que rien ne vienne troubler la paix sévère de l'hiver dans la maison que gouvernait messire Philippe. Guillaume traversa de longues journées neigeuses au plus moelleux de l'atelier, dans la lumière pâle d'une lucarne où il s'était fait un nid de pelotes de vieux fil et de chutes de drap. Là, Pierre Garcia, avec une patiente maîtrise, acheva de délier les doigts de son apprenti. Il semblait se plaire infiniment dans la compagnie de Guillaume et prit, à l'heure de midi, l'habitude de cuisiner leurs deux repas dans la cheminée de la fabrique. Ainsi, peu à peu, comme s'il suivait une pente naturelle, le maître devint imperceptiblement serviteur. Il donnait à Belibaste du « Monseigneur » depuis la bonne fin de son premier Carême, et l'autre se laissa ainsi nommer avec un orgueil puéril que tempérait parfois un semblant d'ironie dans le regard ensoleillé de l'artisan.

Le soir, il retrouvait Philippe et Alazaïs dans la grande cuisine. Le Parfait lui lisait l'Évangile de Jean, tandis que la servante rapiéçait des vêtements devant le feu. Ces soirées étaient si douces, et devinrent si chères au cœur de Guillaume, qu'il se mit à détester les rares visites de quelques amis en mal de réconfort. Il en vint deux ou trois fois, et il se conduisit grossièrement avec eux, les rabrouant et refusant de leur parler, bien qu'ils fussent des frères hérétiques. Philippe traita ces écarts avec indulgence. Son disciple, croyait-il, était impatient d'apprendre les textes sacrés, et le moindre instant perdu le contrariait.

En vérité, entre son Monseigneur et la jeune servante, Guillaume savourait une intimité sans souci. A l'un il avait abandonné la conduite de sa vie, à l'autre il vouait un amour désormais fraternel et chaleureux. Ses forces revenues n'avaient pas ramené son désir d'elle. Il la serrait volontiers dans ses bras en l'appelant sa bonne fée, elle lui donnait alors un baiser sonore sur la joue, et ils riaient ensemble. Elle aussi se sentait parfaitement heureuse et comblée avec ses deux hommes, Philippe qu'elle vénérait comme une image sainte, Guillaume dont elle aimait les troubles, les rugosités et les élans. Lui, elle le sentait à portée de ses sens.

Ainsi passa le temps jusqu'au dimanche de fin février où Bélibaste entra dans le deuxième Carême de son noviciat. Il le fit presque joyeusement, assuré de souffrir, mais convaincu qu'il ne faillirait pas. Il sentait encore présente la vigueur nouvelle qui avait germé dans son cœur, à la fin de la précédente épreuve. Certes, elle s'était un peu amollie au fil des jours, pas autant cependant qu'il ne l'avait craint. Il supporta donc sagement la première semaine de jeûne strict. Sa faiblesse dolente lui fut même assez douce pour qu'il se croie parvenu sans encombre au-delà des plus dures souffrances de sa vie. C'est dors que d'incompréhensibles ténèbres s'abattirent sur lui. Un matin, Alazaïs le trouva prostré sur son lit, le corps secoué de sanglots, pleurant abondamment, le regard fixe, sans que bougent les traits de son visage. Elle s'effraya et s'en fut prévenir Philippe. Le Parfait répondit que Guillaume affrontait ses diables, et qu'il fallait le laisser.

Si Bélibaste l'avait entendu parler ainsi, sans doute

l'aurait-il irrémédiablement haï, car une énorme vague de rage morne ravageait à cet instant son esprit. Toutes les paroles qu'il avait gobées, tous les discours sacrés qu'il avait voulu croire nourrissants lui paraissaient maintenant dérisoires, privés de sens et de substance. Il battait sa coulpe d'avoir donné dans ces sornettes, d'avoir accepté de faire sottement l'ange devant ce d'Alayrac dont la bouche n'était gonflée que de vent sonore. Absurde lui paraissait l'existence qu'il s'était faite à coups de mensonges peureux, illusoire la lumière promise. L'espoir n'était qu'une béquille pour aller debout à la tombe. Mais à quoi bon aller debout, puisque l'on était tous promis à l'immense coucherie des morts ? Les saints et les assassins, les putains et les bonnes mères puaient pareillement dans leur dernière caisse et fabriquaient, au bout du compte, la même terre noire sous les herbes et les arbres. Telle était la plus sûre des vérités. Dans ces conditions, mieux valait vivre sans espoir en évitant les douleurs trop cuisantes, et fuir quand le hasard vous jetait en péril. Il s'était au contraire précipité dans des macérations qui ne pouvaient le conduire, par des peurs redoublées, qu'à de plus terribles souffrances. La persécution, la prison, le bûcher, voilà où les stupidités présentes le poussaient. Et pourquoi tout cela ? Pour le service d'un dieu chimérique, pour une gloire de nuage. Car il le sentait furieusement, dès qu'il ne s'aveuglait pas à se nourrir de lueurs imaginaires, à se bercer de rêveries dévotes, Dieu n'était décidément nulle part, ni en lui ni ailleurs.

Ainsi rumina-t-il d'interminables jours, butant contre l'absurde partout où il tournait l'esprit. Un soir, il fut pris de violentes douleurs d'entrailles et crut qu'une maladie mortelle le rongeait. Il voulut quitter cette maison et ces gens, Philippe, Alazaïs, Pierre Garcia, dont la foi lui semblait une misérable folie. Mais il était trop faible. Sans doute pourrait-il, en volant quelque nourriture, reprendre des forces. Pour aller où ? L'Espagne était lointaine, il se ferait prendre en chemin, et jeter en prison. Cubières lui était interdit. Le désespoir l'accabla plus durement encore au souvenir de Bernarde. Il l'appela à son secours, mais aucune image réconfortante d'elle ne lui vint à l'esprit. Seul lui apparut le berger assassiné dans la demi-conscience où il était tombé. Il le vit debout au milieu de sa chambre, le crâne ensanglanté. Il hurla. L'apparition s'effaça. Il resta un moment haletant, assis sur son lit en bataille. Il faisait infiniment noir, au-dedans de lui et au-dehors. Il scruta cette obscurité silencieuse, incapable de savoir en quel sens était tourné son lit, où étaient la fenêtre, la porte. Il entendit du bruit. Quelqu'un gravissait l'escalier.

Une lueur de chandelle traversa vaguement le plafond. Philippe entra, tenant d'une main le bougeoir, de l'autre serrant sur son torse nu une cape jetée de travers sur ses épaules. Derrière lui, dans l'entrebâillement, apparut la tête ébouriffée d'Alazaïs. Alors Guillaume s'enfonça sous sa couverture et se tourna rageusement contre le mur en gueulant qu'il ne voulait voir personne. Il sanglota longtemps et finit par s'endormir dans un soupir tremblant. Quand il se réveilla, la lumière pâle de l'aube baignait sa chambre. Un grand vent mouillé avait décroché les volets qui battaient à coups sourds la muraille. Philippe était toujours là, grelottant et voûté, assis sur un tabouret. Toute la nuit il avait veillé son frère comme l'on veille les morts, priant sans trêve. Ses traits tirés, sa cape pendouillante qui dissimulait mal sa poitrine maigre et blanchâtre, ses pieds l'un sur l'autre recroquevillés lui donnaient un air pitoyable, infiniment vulnérable. Il regarda Guillaume avec anxiété, comme un amoureux humilié espérant le redoux. Bélibaste s'assit péniblement sur son lit, la tête basse. Son visage était gris, son crâne douloureux. Une boule de sanglots mal apaisés dans sa gorge l'empêchait de parler. Ils restèrent un long moment face à face, silencieux, semblables à deux aventuriers épuisés par une longue et périlleuse fuite. Guillaume enfin posa sa main sur l'épaule du Parfait, ils se penchèrent en avant et leurs fronts se joignirent, comme pour s'empêcher l'un l'autre de tomber. Alors Philippe parla, à voix basse et fiévreuse. Il dit :

— J'ignore si nous serons un jour sauvés, si même ce mot n'est pas dénué de sens. Mais je sais que nous devons traquer un trésor toujours plus lointain, inaccessible, illusoire sans doute, simplement parce qu'en notre vie ne nous fut pas donné d'autre chemin, d'autre choix que cette folie. A la poursuite de cette chimère, il te faudra traverser toutes les montagnes, tous les déserts, toutes les tempêtes, tout ce que la géographie des rêves peut élever d'obstacles. De temps en temps tu redresseras l'échine et te révolteras contre l'invisible cravache qui te pousse en avant. Parfois, au seuil d'une nuit effrayante, tu refuseras d'avancer, comme font les ânes rétifs. Mais partout où tu devras passer en quête du trésor qui n'existe pas, même à travers flammes, de gré ou de force tu passeras. Ne cherche aucune raison à cela, il n'y en a pas. Il n'y a pas de sens, Guillaume. Il n'y a qu'un espoir sans objet à porter sur un chemin sans fin.

— La mort est une fin, répondit Guillaume. La paix sans images, sans pensées, la paix immobile. Je ne souhaite qu'elle.

— Alors prends ton couteau et tranche-toi la gorge.

— Non, je ne peux pas faire cela, j'ai peur. Je n'ai pas assez de courage pour mourir, pas assez de foi pour vivre.

— La foi est un ornement de l'âme, elle n'est pas nécessaire. Qu'il te suffise d'obéir aux hasards et aux ordres apparemment absurdes de ta vie, comme tu l'as fait jusqu'à présent. Plus tu résisteras, plus tu te rebifferas, plus tu souffriras. Voilà tout ce que je peux te dire d'assuré, car j'ai vécu ce que tu vis.

Philippe se leva et s'en alla sans un regard pour son compagnon qui resta assis, le visage dans ses mains. Les étranges paroles du Parfait avaient usé son désespoir qui s'était comme racorni, un peu détaché de lui. Pour en éprouver l'état, il plongea à nouveau dans ses ruminations. Il lui fallut faire un effort pour renouer le fil de sa rage. Comment savoir s'il n'avait pas agi faussement en venant s'enfermer dans cette maison ? Avait-il vraiment suivi l'inévitable pente de sa vie ? Il aurait pu fuir en Catalogne après le meurtre. Pourquoi ne l'avait-il pas fait ? Parce que son foutu Monseigneur l'avait embobiné, pardi. « Non, se dit Guillaume. Parce que je savais que l'assassiné me poursuivrait et me rendrait fou. Philippe a dit vrai : je n'avais pas le choix. »

Les ténèbres n'étaient plus aussi opaques. Il entra dans une sorte de gris, courbatu comme s'il venait de traverser une volée de grêle, mais assez ravigoté pour ricaner de ses propres douleurs. Il n'espérait plus en aucune béatitude, la tempête avait été trop rude. Le bonheur qu'il avait éprouvé avant d'entrer dans ce deuxième Carême lui parut infantile, et il ne souhaita pas le retrouver. La force qui maintenant montait en lui était noueuse, austère. Il se dit que le temps, peut-être, la polirait, la rendrait indestructible et rayonnante. Il se mit à guetter l'éclosion d'une lumière dans sa grisaille d'âme. Mais rien ne vint. Il finit sa quarantaine sans joie ni souffrance nouvelle, ne laissant pas affecter son esprit par la faiblesse de son corps, qu'il supporta comme un fardeau.

A la messe de Pâques où tous les gens de la maisonnée allèrent ensemble, Guillaume, regardant les dévots catholiques sur le parvis de Notre-Dame-du-Bourg, eut l'impression confuse qu'une main divine le tenait désormais séparé d'eux, à l'abri de leur mollesse et de leur malfaisance. Au seuil de l'église, Alazaïs demanda à Philippe, en grimaçant comiquement, s'il lui fallait faire le signe de croix. Le Parfait lui répondit qu'un tel geste serait utile à chasser les odeurs d'encens de sa figure. Tous s'amusèrent fort de cette réponse, mais Guillaume Bélibaste, entré le dernier, noua ses mains derrière le dos et refusa ostensiblement de se signer, avec le sentiment jouissif et teigneux de provoquer le diable. Il sentit alors une lourde poigne se poser sur son épaule. Il se retourna vivement, pris d'une soudaine terreur. Un homme courtaud, au visage carré, au crâne presque ras, lui tendit du bout des doigts de l'eau bénite, en souriant. Il reconnut aussitôt le Parfait Raymond de Castelnau, qu'il avait deux fois rencontré au village d'Arques, dans une famille de croyants où son père l'avait amené.

A la sortie de la messe, ceux de la maison d'Alayrac se retrouvèrent sur la place pour fêter, à grandes exclamations joyeuses, l'arrivée de ce pacifique hérétique dont l'allure de paysan fruste et placide inspirait à tous un respect affectueux. Philippe, content et volubile, le prit par le bras et l'entraîna à grands pas vers la maison. Alazaïs et Pierre Garcia s'attardèrent un peu, devisant avec les voisins, au soleil neuf, comme l'on fait avant d'aller déjeuner, les dimanches de printemps. Guillaume, que l'air fringant de Pâques émoustillait, s'en alla marcher par les ruelles, jouant à saluer les gens avec une onction de curé. Il éprouva une joie amère à singer ainsi les manières ecclésiastiques, se disant qu'il était un prochain Monseigneur et devait donc s'appliquer à cultiver ce port de tête, ces lenteurs de gestes et de démarche qui font les gens importants. Msis il n'était plus assez naïf pour prendre un vrai plaisir à de pareilles simagrées.

Cette deuxième quarantaine de jeûne avait décidément consumé bien des scories. Il ne se sentait plus trouble en son tréfonds, mais d'un noir brillant et dur. Il n'espérait plus en ces bondissements joyeux de la vie dont on s'exalte quand on est jeune. Il n'avait pourtant que vingt-six ans. Il se sentait sévère, désabusé et fatigué comme un vieux juge. Les femmes n'éveillaient plus en lui qu'un sentiment pâle et sans fièvre. Toutes celles qu'il avait convoitées, il les laissait maintenant s'évader de son esprit sans plus s'émouvoir de leur nudité imaginée, ou des parures obscènes dont il les avait attifées au fil de ses rêves. La chasteté, qu'il avait tant redoutée, lui paraissait désormais facile et morne. Il n'en attendait aucune indulgence divine, aucun surcroît d'âme, mais il était décidé à l'assumer pour ne pas faillir à sa promesse, et parce que tel était le chemin tracé.

En vérité, il ignorait où le conduisaient les détours de sa vie, mais il avait décidé qu'ils n'étaient pas hasardeux. Curieusement, sa traversée de la douleur avait eu pour résultat de le contraindre à un nouvel espoir. Il avait ramené du fond de ses ténèbres une lueur faiblarde qu'il s'efforçait sans cesse d'aviver, par effroi de retomber, sans elle, dans d'invivables enfers. Il fallait que son existence ait un sens. Il était comme un assoiffé perdu dans le désert, assuré de mourir s'il ne découvre pas une fontaine à portée de ses forces : il marche, sans savoir si l'eau est proche, lointaine, inaccessible, ou simplement absente de partout. Il marche parce qu'il n'a d'autre choix que de parier sur l'eau. Ainsi Bélibaste pariait sur le sens. De ce maigre viatique il se servit comme d'un bâton d'aveugle pour cheminer sans souffrances excessives jusqu'à la fin de son noviciat.

Il apprit, comme un écolier studieux, ce qu'il devait savoir. Son maître lui répéta tous les jours l'Évangile de Jean, le Pater et les autres prières du rituel. Raymond de Castelnau lui donna quelques sermons à méditer. Il s'appliqua à retenir sans faute les paroles qui lui furent dites, mais jamais ne se préoccupa d'en savourer le suc. Cette assiduité bornée agaça Philippe, qui voulut allumer quelque émerveillement dans le regard de son disciple, un soir de longues palabres, à grandes envolées affectueuses. Guillaume lui répondit qu'il était un paysan sans entendement et qu'il n'osait pénétrer trop avant dans les discours sacrés de peur de les salir avec son âme crottée. Le Parfait, ému aux larmes, l'embrassa en lui disant :

– Tu es plus pur que tu ne l'imagines. Ton salut est proche, petit frère.

Bélibaste, ce soir-là, se retira dans sa chambre, plus léger de cœur et d'esprit, plus humble et content qu'il ne l'avait été depuis son arrivée à Rabastens.

Pourtant, un jour, il se rebiffa. Ce fut quand Philippe et Raymond son compère se mirent en tête de lui conter comment ce monde avait été créé. Raymond de Castelnau avait un livre qu'il gardait toujours avec lui et feuilletait à hauteur de son nez, avant chaque prière, pour en respirer le parfum, d'un air de gourmet. Parfois, il le prenait dans sa main et se mettait à caresser sa couverture de cuir comme s'il lissait le poil d'un chat. Alors chacun savait qu'il allait parler de choses graves et profondes.

Ce jour-là, Alazaïs s'étant retirée après avoir levé le couvert et jeté au feu une brassée de bois avec les reliefs du repas, Raymond épousseta la table, posa devant lui son grimoire et l'ouvrit avec un tel air de solennité que Bélibaste en demeura muet. Philippe approcha la chandelle des feuilles de parchemin, se pencha par-dessus l'épaule de son aîné et lut un moment, hochant de temps en temps la tête. Puis il dit à Guillaume :

— En ce livre est rapporté l'entretien très secret de saint Jean avec le Christ, qui révèle la vérité sur la Création du monde. Nous t'avons dit tout ce que tu devais savoir pour être un bon chrétien, sauf cette vérité, à laquelle les simples croyants n'ont pas accès. Nous allons maintenant te la donner.

Guillaume, un bref instant, espéra une révélation, une lumière nouvelle, une fontaine, enfin, pour sa soif. Le feu, dans l'âtre, crépitait joliment. Raymond de Castelnau se mit à lire. Il écouta, comme un chasseur à l'affût. Il entendit que Satan était autrefois assis à la droite du Père, au plus haut des sept cieux, et qu'un jour il descendit. Il se fit ouvrir les portes de l'air par l'ange du deuxième ciel, les portes de l'eau par l'ange du premier ciel. Puis il remonta jusqu'au septième ciel, attisant la révolte des anges contre le Père. Alors le Père s'irrita et Satan fut déchu. On lui enleva la lumière de Sa Gloire, sept queues furent attachées à son cul, avec lesquelles il entraîna le tiers des anges dans sa chute. Au plus bas des cieux il établit son trône. Il fit le soleil, la lune, la milice des étoiles, les tonnerres, les pluies, les grêles, les neiges.

– Et Satan ordonna à la terre de produire tout être vivant, récitait lentement Raymond, un doigt levé devant sa figure. Et Satan ordonna à la mer de produire les poissons. Et Satan prit du limon de la terre et fit l'homme à sa ressemblance, et il ordonna à l'ange du deuxième ciel d'entrer dans le corps de limon. Et Satan fit un autre corps en forme de femme et il ordonna à l'ange du premier ciel d'y entrer. Les anges pleurèrent beaucoup en voyant sur eux cette enveloppe mortelle.

Le visage de Guillaume, au fil des mots, s'était modifié. Son air, maintenant, était béat et vaguement idiot. Philippe s'efforça un moment de ne pas le remarquer, mais il en fut tant agacé qu'il n'y put tenir, et lui demanda sèchement pourquoi il souriait.

– C'est un joli conte, répondit-il.

Cette réponse scandalisa les deux Parfaits. Raymond de Castelnau ferma brutalement le livre et l'enfouit dans un petit sac de toile qui pendait à son cou. Philippe traita son novice de bête brute. Guillaume fut secoué par l'assaut. Il baissa la tête d'un air contrit puis rougit, ronfla du nez, les sourcils en bataille, s'agita sur son tabouret. Enfin il balaya la table d'un revers de main, et rugit :

– Hé, que m'importe à moi d'avoir été créé par Dieu ou par diable ! Je ne veux rien apprendre que la manière de traverser convenablement la vie, et de me dépêtrer des douleurs qui me cuisent. Je n'aime pas Satan, qu'il ait taillé ou non ma tunique de peau. Moi, fils de dame Estelle Bélibaste, je veux trouver le chemin qui conduit au Père Saint. Par toutes les putes de la chrétienté, il faut qu'il soit en quelque lieu accessible à ce front !

Et se cognant du poing le crâne, il se tut.

– Sache donc, répondit Philippe en s'efforçant à la patience, qu'en toi est un ange prisonnier de ta chair, et que tu dois t'efforcer de l'entendre, de le délivrer et de le suivre. Ce que je te dis là est écrit dans le livre.

Raymond ressortit le grimoire de son sac, les mains tremblantes, et lut, brandissant son index :

– Le Christ parle ainsi : « Mon Père m'a demandé de descendre en ce monde pour que je fasse connaître Son nom aux hommes, et celui du diable malin. »

Et posant ses mains sur les feuillets de parchemin il ajouta, avec une conviction telle que des larmes illuminèrent ses yeux :

– Guillaume, le Christ est venu pour éveiller l'Esprit dans la matière satanique dont nous sommes pétris. Car il est l'Esprit. Voilà pourquoi c'est par lui seul que nous baptisons. Voilà pourquoi nous haïssons les démons qui l'ont crucifié et l'instrument de son supplice.

Bélibaste s'apaisa, soumis par une fatigue soudaine. Lourdement accoudé à la table, il dit :

– J'accepte et je veux croire, puisqu'il le faut. Dites-moi encore les paroles que l'on doit apprendre. Je ne les comprends pas clairement mais je ne veux pas les trahir, s'il m'est donné d'instruire un jour des croyants.

Le lendemain, par un matin de printemps bleu, parfumé et doux, il entra dans son troisième Carême. Il ne souffrit pas mais s'ennuya beaucoup. La présence d'Alazaïs, qui l'avait tant ému, lui devint indifférente. Au regard de Guillaume elle avait perdu sa fraîcheur de femme nouvelle et ses prévenances, maintenant, l'agaçaient. Elle faisait semblant de n'en rien voir mais éprouvait de lourdes mélancolies. Peut-être commençait-elle à aimer jalousement cet homme qui avait voulu trop vite la conquérir et s'était trop tôt lassé. Philippe pâtit aussi de son inconstance. Bélibaste l'avait longtemps considéré comme un sage inaltérable vêtu de seul esprit. Or, Monseigneur peinait, doutait, ronflait la nuit, pétait dans les couloirs et se laissait aller, parfois, à des énervements trop féminins. Bref, il souffrait de failles bêtement humaines. Mais son disciple les jugeait inacceptables et n'était pas loin de penser que l'âme du Parfait, après tout, n'était pas beaucoup plus fringante que la sienne. Seul, Pierre Garcia, qui s'était attaché à son service exclusif, trouva grâce en son cœur. Mais il l'aimait avec condescendance et n'attendait aucun secours de lui.

Guillaume traversa donc une quarantaine désabusée que seules vinrent distraire quelques visites nocturnes de croyants en fuite ou de messagers. Il eut ainsi des nouvelles de sa famille et se réjouit que personne, parmi les siens, n'ait eu à souffrir par sa faute. Bernarde allait bien, se dévouait aux soins des vieux et parlait tous les jours de lui à son fils, qui grandissait sans encombre. Son frère Bernard lui fit dire qu'il serait à la foire d'été de Laroque-d'Olmes, et qu'il espérait l'y rencontrer. Guillaume accueillit ces messages avec une sérénité dont il n'aurait pas été capable quelques mois auparavant. Lui, le cadet turbulent, considérait maintenant sa famille lointaine avec le détachement affectueux d'un chef spirituel.

Il était devenu définitivement maigre, et paraissait plus grand. Ses yeux enfoncés entre les sourcils saillants et les joues creuses semblaient plus noirs encore et brûlaient d'un feu douloureux mais dompté. Les souffrances du jeûne, l'obscur travail des livres et des discours dans son crâne avaient fait de lui un homme d'apparence austère et d'une solide lenteur. Il était désormais incapable de flairer sans nausée le sang d'un poulet, mais se sentait beaucoup plus puissant que ses frères et ses anciens compagnons de Cubières. Cependant, son cœur n'était pas en paix. Il n'avait appris qu'à tenir son désarroi en lisière, par quelques certitudes qu'il sentait provisoires, plantées dans son esprit comme des palissades.

Pourtant, la fin de ce dernier Carême vint dans un frémissement de joie neuve. Quand Guillaume entra dans la cuisine ensoleillée, le matin de la délivrance, il avait ce sourire enfantin qu'aucune épreuve, aucun trébuchement, aucune noirceur ne put jamais tout à fait effacer de son visage. Alazaïs en eut un bondissement d'amour, et ils s'embrassèrent en riant, pour la première fois depuis longtemps. Il l'accompagna jusqu'au lavoir, dans la puissance allègre du printemps. L'eau du Tarn était vive et transparente, les voix portaient loin dans l'air bleu. Il s'assit au bord du fleuve, tandis que sa compagne trempait sa corbeille de drap sous l'auvent, les manches retroussées, joyeuse et vivace, comme si elle aussi avait tété les sucs de la terre avec l'immense couvée des arbres, des herbes, des fleurs. Les yeux mi-clos, il laissa aller son esprit, et jouer des traits de lumière éblouissante à travers ses cils. Un bourdonnement d'abeille autour de sa tête, un grincement de charrette sur l'autre rive du fleuve, la chaleur du soleil sur ses épaules firent monter en lui une énorme bouffée de bonheur simple et parfait. Il se leva bien droit, contempla le ciel. Il lui sembla qu'une musique traversait son corps et qu'une prière sans paroles déferlait de lui comme une vague impalpable, emplissant le monde.

Alors il se souvint de cet instant d'automne où il avait voulu prier en plein vent, sur la garrigue, avec Philippe. C'était le jour où il avait fui Cubières. Il s'était senti aussi inerte et pesant qu'un caillou. Depuis, son esprit avait traversé l'enfouissement torturant de l'hiver et la sacrée froidure. Se pouvait-il qu'il renaisse ainsi tout neuf, aussi simplement, aussi miraculeusement qu'un brin d'herbe ? Il osa appeler Dieu, en riant sans raison, pour Lui dire qu'il était là, vivant, planté dans le printemps. Le grincement de la charrette s'éteignit sur la rive du Tarn, l'abeille s'enfuit droit vers un champ de tournesols. Dans l'ombre du lavoir il y avait une femme aux gestes ordinaires. Il ne fallait jamais appeler Dieu, jamais, peut-être, Le nommer, même pas penser à Lui. Dieu n'existait pas. Il fallait seulement savourer Ses miracles, furtivement, comme un enfant voleur de ciel.

Il revint vers la maison avec Alazaïs. Portant ensemble la corbeille de linge mouillé, ils marchèrent au pas de promenade, en silence. Alazaïs souriait, jetant à la dérobée de brefs coups d'œil à Guillaume, comme font les filles avec leur amoureux quand il n'ose pas parler, mais Guillaume ne pensait pas à l'amour. Il était bonnement perdu dans ses songes. Une fois franchis les remparts, il sembla s'éveiller dans l'ombre des ruelles et pressa le pas. Une voisine qui s'en revenait de son jardin les accompagna, en jacassant abondamment, jusqu'à la place Notre-Dame-du-Bourg, où ils rencontrèrent Philippe et Raymond de Castelnau qui bavardaient sous un orme, avec un petit groupe d'hommes endimanchés. Alazaïs prit alors la corbeille par les deux anses, la hissa sur sa tête et dit à Guillaume, d'un air ambigu, assez bas pour que nul n'entende :

– Merci.
– De quoi ? fit l'autre, faussement bougon.
– Merci de m'avoir aidée.

Elle avait les joues rosées et les yeux brillants. Elle eut un petit rire, virevolta et s'éloigna seule vers le perron de la maison d'Alayrac.

Ce fut au soir de ce dimanche de Pentecôte que Guillaume Bélibaste fut consacré Parfait. La cérémonie eut lieu dans la vaste cuisine devant trois chandelles plantées sur la table où dînèrent d'abord, outre Philippe d'Alayrac et Raymond de Castelnau, Pierre Garcia et les deux autres tisserands de la fabrique. Alazaïs ne fut pas conviée à cette assemblée d'hommes et resta humblement assise près de la cheminée. A la fin du repas, Raymond fit un sermon sur la malfaisance des pouvoirs et des richesses qui enchaînent durement l'esprit à la diabolique matière. Il dit ensuite que les âmes grossières devaient pérégriner de corps en corps, s'affinant et se purifiant dans les souffrances terrestres jusqu'à ce qu'elles soient dignes d'être accueillies au Paradis du Père. Il raconta quelques histoires pour illustrer cette croyance. Puis il prêcha, devant les hommes captivés, la simplicité de cœur et de vie des bons croyants. Les deux fenêtres étaient restées ouvertes, car il faisait très doux. Des cris d'hirondelles traversaient le long crépuscule. On entendait, sur la place, des piaillements et des rires d'enfants, des voix paisibles de gens sur le pas de leur porte. Guillaume, abandonné à une sorte de mélancolie voluptueuse, écoutait les bruits du dehors mêlés aux paroles du dedans, et dans de menues harmonies de tons et de mots, de chants d'oiseaux et de silences, croyait entendre battre le cœur du monde.

Puis la nuit vint, l'air fraîchit, les bruits un à un s'éteignirent, et Alazaïs s'en alla fermer les volets. Alors, dans la cuisine, chacun se tut un long moment, au seuil de l'instant sacré. Guillaume s'aperçut que le visage de Philippe était pâle, et que sa bouche tremblait légèrement. Il s'étonna. Il n'était pas ému, lui, ni craintif. A un signe que fit Raymond ils se levèrent tous les trois et Philippe ordonna à Bélibaste, au nom du Père Saint, de s'agenouiller sur le carrelage, ce qu'il fit en joignant les mains. Il entendit évoquer au-dessus de sa tête baissée les noms de ceux qui l'avaient précédé dans la voie périlleuse où il s'engageait. Rares étaient ceux qui avaient échappé au bûcher. Le bon Prades Tavernier et Pierre Authié, le plus pur et le plus noble de tous, avaient brûlé les derniers sur des places publiques. Il les avait connus dans son enfance et se souvint de les avoir regardés comme d'inaccessibles savants. Dans quelques minutes, il serait des leurs.

Philippe récita le Pater en tenant l'Évangile de Jean sur les cheveux du novice, puis Raymond imposa ses mains à la place du livre et prononça à voix haute et claire les paroles du Consolament. Tout était dit. Monseigneur Guillaume Bélibaste se releva et embrassa par trois fois les Parfaits. Alazaïs vint lui baiser la main et lui fit un pauvre sourire. Des larmes brillaient dans ses yeux. Les trois tisserands, l'un après l'autre, s'agenouillèrent devant lui et reçurent sa bénédiction, après quoi ils prirent congé. Raymond de Castelnau, lui aussi, se retira dans sa chambre. Seule, Alazaïs resta un moment pour ranger la vaisselle et recouvrir le feu de cendres. Elle était triste comme une veuve.

Quand Guillaume et son aîné Philippe furent seuls, ils parlèrent longtemps à voix basse, car le silence était partout parfait, de choses ordinaires, des croyants abandonnés dans des villages trop lointains, des manières de détourner les soupçons dans les auberges. Puis Guillaume dit qu'il avait un instant senti la présence de Dieu, ce matin, au bord du Tarn. Philippe sourit et ne répondit pas. Alors ils allèrent dormir, fatigués comme deux ouvriers au terme d'une longue journée de labeur.

4

Peu de temps après l'ordination de Guillaume, Raymond de Castelnau quitta Rabastens pour Toulouse, où les croyants encore vivants supportaient à grand-peine la fréquentation quotidienne des polices et des bourreaux. Les hérétiques citadins devenaient fous, le cœur cloué par les hurlements des torturés, l'esprit grillé sur chaque bûcher dressé pour d'autres, sur la place Saint-Étienne. Raymond s'en alla donc à leur secours, tout fringant, impatient et joyeux car il aimait grandement les tapages de cette ville et sa lumière ocre, un peu arabe, assez subtile et vivace pour s'insinuer partout, jusqu'au fond des plus crasseuses venelles.

Philippe et Guillaume décidèrent alors de partir ensemble pour un long voyage dans la plaine de la Garonne et du Lauraguais, jusqu'à la foire de Laroque d'Olmes où ils devaient rencontrer Bernard Bélibaste et un berger de Montaillou nommé Pierre Maury. Alazaïs voulut aller avec eux. Guillaume en fut content et se plut un moment à imaginer la traversée de l'été en sa compagnie, par des routes ensoleillées, des villages inconnus, des auberges peuplées de saltimbanques et de colporteurs. Mais sa rêverie tourna court, car il se trouva soudain planté devant cette évidence, qu'il n'avait pas encore eu le temps d'avaler : il était à jamais séparé des hommes et des femmes ordinaires. Il devrait se tenir jusqu'à son dernier souffle à la discipline rigoureuse que lui imposait sa condition de

Parfait. L'amour charnel, la bonne chère, le mensonge même véniel lui étaient pour toujours interdits, et il risquait la plus abominable des morts au moindre trébuchement de fortune. Du coup, il envisagea sa vie prochaine comme l'on mesure l'étendue d'un désastre.

Le jour du départ, il était d'humeur massacrante et refusa de confier à l'échine d'une mule le sac de peignes à tisser qu'il lui fallait vendre sur les marchés. Il préféra le porter sur son dos, comme si ce fardeau suffisait à le déguiser en besogneux inoffensif, et sortit de Rabastens en maugréant contre lui-même des bordées de sarcasmes. Il n'était pas loin de penser, pour l'heure, que neuf mois de jeûne et d'études n'avaient fait naître en lui qu'un seul sentiment solide et durable : la peur des grands chemins.

Mais dans le plantureux foisonnement de l'été, ses frayeurs furent bientôt évanouies. La saison était rassurante. Les gens d'armes rencontrés au bord des routes, à l'ombre des grands arbres où ils faisaient volontiers la sieste, étaient insouciants, débonnaires, et rêvaient de femelles caniculaires plus que de gibier mal pensant. Un sergent, l'œil allumé par la fraîcheur avenante d'Alazaïs, l'accompagna toute une matinée quand il apprit qu'elle n'était pas l'épouse de Philippe, mais sa sœur, et la cousine de Guillaume. Il lui fit une cour volubile qui amusa fort la donzelle, mais irrita secrètement ses deux compagnons ; rassurés cependant de n'inspirer aucune méfiance à cette grande gueule de paillard. Après le déjeuner, pris au bord d'une source, le matamore proposa de les accompagner plus avant, invitant Alazaïs à grimper sur son cheval. Elle n'aurait pas dit non, mais Philippe déclina l'offre et affirma qu'ils n'avaient pas besoin de protection.

– La chaleur est l'alliée des voyageurs, dit-il avec un sourire ambigu. Elle amollit la méchanceté des brigands.

L'autre n'insista pas, mais s'enquit de l'auberge où ils comptaient passer la nuit prochaine. Alazaïs vint alors au secours des deux Parfaits qui eurent en même temps l'envie jouissive d'égarer le godelureau, bien qu'il leur soit interdit de mentir. Elle l'expédia vers Toulouse, où ils n'avaient aucune intention d'aller, ce qui les mit tous les trois de bonne humeur jusqu'à la fin du jour.

Dès les premiers hameaux où il vint avec Philippe visiter des croyants, Guillaume se mêla aux batteurs de moisson, parlant récoltes et fruits mûrs avec une compétence si naturelle que les gens, reconnaissant un des leurs en ce nouveau lettré, lui firent fête et l'aimèrent aussitôt. Belibaste, parmi eux, sut se faire complice des longs silences paysans, retrouva avec délices ses gestes et son langage de berger, ne parla jamais de Cubières mais y pensa toujours. Il fit ses premiers sermons devant ces assemblées, quelques soirs de belle confiance. Mais sa langue n'était pas assez bien déliée. Philippe dut l'aider et l'instruire encore, ce qu'il fit patiemment à l'ombre des croix plantées aux carrefours déserts, ou dans la vieille paille des granges abandonnées, parmi les mulots et les lézards de muraille, tandis qu'Alazaïs veillait aux alentours.

Ainsi passa un mois d'apprentissage vagabond que rien ne vint troubler, sauf d'éphémères disputes avec des voyageurs, dans des auberges où l'on fraternisait à l'excès entre gens de même race errante. Philippe avait horreur de ces promiscuités, ce qui amusait Guillaume et Alazaïs : eux, les puanteurs ne les effrayaient guère, et ils se mêlaient aux gens avec une complaisance que leur compagnon jugeait vulgaire. Cependant, par prudence, ils couchèrent autant que possible à la belle étoile, ou dans des maisons amies. Bélibaste s'accoutuma avec un plaisir profond, doux et fort, à leurs arrivées nocturnes dans ces demeures inconnues où ils étaient espérés. Dès le seuil, on s'agenouillait devant lui en disant à voix basse les paroles rituelles. Cela le faisait frémir jusqu'aux moelles. Outre la fierté de se sentir important, il éprouvait désormais le dur bonheur d'être une source nourricière pour des gens dont il ignorait parfois le nom. Il découvrit ainsi un sentiment nouveau, dans ces nuits clandestines où l'on vivifiait les mystères autour d'une chandelle : la fraternité d'âmes. Ainsi, à partager le danger de rester éveillé dans le sommeil du monde, il oublia ses peurs et ses doutes.

Ils arrivèrent à Laroque-d'Olmes aux environs du 15 août, sous une pluie battante. La taverne où ils firent halte, à la lisière du village, empestait le chien mouillé et la vieille soupe aux choux. Heureusement, le vent soufflant en rafales malmenait assez la porte de planches pour que l'air soit à peu près respirable dans l'antre surpeuplé. Il y avait là une foule de marchands, de maquignons querelleurs, de colporteurs, de matrones laitières assises devant le feu, leur panier de fromages serré sur la bedaine, de putes et de soudards, d'enfants errants acharnés à mendigoter des reliefs d'écuelles ou des fonds de gobelets. Tous ces gens de bons et de mauvais chemins étaient entassés sous les poutres noires, houleux et parlant fort, aussi maussades que le temps, traînant les pieds sous les tables parmi les volailles, les ballots et les cochons de lait, appelant, dans l'épaisse fumée des corps, à grands braillements et gestes de noyés, des mangeailles et des cruches de vin.

Philippe, dès le seuil, se raidit et fit une grimace de nausée au spectacle de ce grouillement. Guillaume et Alazaïs qui le suivaient, courbés sous l'averse, le poussèrent dedans. Ils restèrent un long moment debout près de la porte, cherchant, dans le champ de trognes, Pierre Maury et Bernard Bélibaste. Ils ne les aperçurent pas, et Philippe voulut aussitôt partir en quête d'un refuge plus accueillant. Alazaïs dut crier, dans le vacarme, pour lui faire entendre qu'en ce temps de foire ils n'en trouveraient pas. Quelques soldats les bousculèrent sans les voir, et Guillaume, pourtant à l'aise d'ordinaire dans les cohues publiques, fut pris tout à coup d'un épuisant pressentiment. Cet entassement de peuple lui parut infiniment méchant. Un conte, autrefois entendu à Cubières, lui revint à l'esprit dans une soudaine lumière. On y parlait des chemins qui conduisent au paradis, au purgatoire et à l'enfer, chacun semé de maisons avenantes, de haltes austères ou de tavernes infestées de monstres lépreux. Il lui parut, avec ce sentiment d'évidence que l'on éprouve parfois dans les rêves, qu'il était là au seuil d'une taverne sur le chemin d'enfer. Il flaira un malheur proche que rien, pourtant, n'annonçait, et voulut lui aussi s'en aller, malgré le tonnerre que l'on entendait rouler sur la montagne voisine. Il entraîna Alazaïs dehors, et Philippe les suivit. Alors il vit arriver son frère Bernard, qui courut vers lui dès qu'il l'aperçut, bondissant d'un bord à l'autre du chemin pour éviter les flaques d'eau. Pierre Maury le suivait, il claquait des dents et frissonnait dans sa tunique mouillée. Il s'empressa de décharger Guillaume de son sac, avec un bon sourire, et les deux frères s'étreignirent longuement, les larmes ruisselant avec la pluie sur leur visage, balbutiant des mots de retrouvailles que l'émotion bousculait dans leur bouche.

– Mon Dieu, mon Dieu, dit Bernard, comme te voilà maigre ! Tu as une figure de Christ.

Et Guillaume répondit en sanglots rayonnants :

– Frère, mon bon frère, donne-moi des nouvelles de la maison. Mère Estelle ? Et Bernarde ? Et mon fils ?

Ils s'en furent devant, se tenant l'un l'autre par l'épaule, indifférents au vent et à l'averse. Bernard parla de la vie à Cubières, qui allait paisiblement. Dame Estelle avait beaucoup vieilli l'hiver passé. Elle ne quittait plus guère le coin du feu. Bernarde s'occupait des soins du ménage. Elle avait acquis de l'autorité et gouvernait maintenant la maisonnée, avec l'assentiment du père qui s'était pris de passion simplette pour son petit-fils. Il jouait souvent avec lui. Sa vigueur s'était un peu émoussée, mais son intelligence et sa ruse faisaient toujours merveille auprès des gens de l'abbaye. Messire Girard, le procureur de l'archevêque de Narbonne, était venu dîner deux fois avec le prieur. Un agneau et un tonnelet de vin avaient suffi pour que ces foutus clercs bénissent Guillaume comme un mort regretté. Quant à Raymond, le frère aîné, un jour qu'il était allé à Limoux se mettre au service de Monseigneur Amiel de Perles qui avait besoin d'un guide pour traverser les Hautes Corbières, il avait rencontré la nièce de ce Parfait et s'était entiché d'elle. Ces temps-ci, il n'était pas souvent à la maison, car il allait la voir chaque fois qu'il n'avait pas à s'occuper des bêtes. Sans doute l'épouserait-il bientôt. Enfin, les femmes de la famille avaient chargé Bernard de messages et de larmes d'affection pour Guillaume. Bernarde avait tenu à lui faire savoir qu'elle lui gardait son corps et son âme, bien qu'il fût un « croyant consolé », et qu'il serait toujours son homme.

Bernard Bélibaste parla ainsi avec application, attentif à n'oublier aucun détail qui puisse conforter les souvenirs et raviver la chaleur rassurante de la maisonnée dans l'esprit de son frère. Puis il voulut savoir quelle avait été sa vie depuis leur séparation. Guillaume répondit brièvement qu'il avait suivi le chemin tracé. Il ne voulut rien dire de ses souffrances. Il préféra laisser entendre, sachant que ses moindres paroles, ses sourires et ses grimaces seraient fidèlemernt rapportés à Cubières, que son noviciat avait été facile, qu'une foi nouvelle s'était épanouie dans son esprit, et qu'il était heureux.

Derrière les deux frères, cheminaient Alazaïs, Philippe et Pierre Maury, qui tirait vaillamment les mules sur le chemin détrempé, expliquant à ses compagnons qu'il était depuis deux jours à Laroque-d'Olmes avec Bernard, et qu'ils avaient trouvé à loger dans l'étable d'une auberge, de l'autre côté du village.

– Nous y serons à l'aise tous les cinq, dit-il, et les mules aussi.

Philippe, pataugeant dans la boue, eut envie de lui répondre qu'il ne survivrait pas s'il n'avait bientôt un lit et une chambre chauffée pour y sécher ses hardes. Il geignit comme un vieillard perclus de douleurs, mais ne dit rien. Il ne voulait pas mécontenter cet homme qu'il aimait, et qui semblait si content d'avoir un abri à proposer.

Quand ils arrivèrent à l'auberge, la pluie avait cessé et les gens sortant sur la place pour y traiter plus commodément leurs affaires, la salle commune s'en trouva presque vidée. Ils purent ainsi profiter un moment du feu et s'occuper de leur repas. Pierre avait acheté une marmite de terre et du poisson qu'il mit à cuire, tandis que les autres s'ébrouaient, tendaient leurs mains au-dessus des flammes et réchauffaient leurs os. Puis il prit à part Philippe et lui dit :

— Monseigneur, sachez que ma jeune sœur Guillemette habite ici, à Laroque, mais qu'elle ne peut nous héberger, car son mari n'est pas un homme de bien. Il la bat souvent, et sans cesse la menace de la vendre aux Inquisiteurs. J'ai beaucoup de chagrin de la savoir malheureuse. Je voudrais lui venir en aide, mais ne sais comment.

— Pierre, lui répondit le Parfait, il me semble que nous ne devons pas la laisser en d'aussi mauvaises mains.

— Elle est mariée, messire, bel et bien ficelée à son Bertrand par la loi de l'Église.

— Que nous importe ? dit Philippe en riant. Toi qui es d'une famille de bons-croyants, tu sais bien que les sacrements catholiques ne valent pas un pet au regard de Dieu. Si elle n'aime pas cet homme, elle doit se séparer de lui.

— Vous en parlez à votre aise, Monseigneur, mais où irait-elle ? A Montaillou, chez nos père et mère ? Son mari viendrait assurément la chercher, et Dieu sait alors de quelle mauvaise action il serait capable. Je ne peux davantage l'amener avec moi, la vie des bergers transhumants n'est pas pour une femme.

— Pierre, Pierre, ne sommes-nous point frères ? répondit Philippe en souriant tristement. Donne rendez-vous à ta sœur demain après la nuit tombée devant la croix du cimetière. Nous passerons par là en quittant le village.

Tu la conduiras avec Alazaïs à Rabastens, elle y sera en sécurité. Je vous rejoindrai dans deux ou trois semaines. Auparavant, Guillaume Bélibaste et moi devrons aller visiter les fidèles du Carcassès. Sois sans crainte. Ma maison est vaste, il y a beaucoup à s'occuper. Elle aidera les tisserands à l'atelier.

Pierre serra vivement les mains du Parfait, sans un mot, car des gens qui venaient d'entrer semblaient tendre l'oreille à leur conversation. Puis il s'en alla rejoindre Guillaume et Bernard qui bavardaient intarissablement devant la cheminée. Il connaissait les Bélibaste depuis longtemps, ayant travaillé plusieurs saisons au village d'Arques, près de Cubières, pour son cousin Raymond Maulen. Il était de leur âge, mais au temps des bergeries ne parlait guère avec eux, et préférait la compagnie de leur père, qu'il admirait pour sa ruse et sa vigueur de patriarche. Cependant, Guillaume, maintenant qu'il était Parfait, méritait à ses yeux une attention nouvelle. Non point que Pierre soit un hérétique bigot, mais son ancien compagnon des collines avait enduré le grand feu des purifications majeures, et cela lui importait.

– Méfiez-vous, messire, lui dit-il à voix basse. Il y a là des gens malveillants.

Bélibaste fut surpris de s'entendre traiter avec un respect si bien sonnant. Pierre Maury l'avait toujours tutoyé, rudoyé même à l'occasion, quand ils étaient bergers ensemble. Il en fit la remarque d'un air un peu railleur. L'autre répondit :

– Je parle au chrétien Parfait, non point à Guillaume.

Puis il sortit devant la porte de l'auberge, où Alazaïs regardait rouler les nuages, toute seule, enveloppée dans un grand châle. Elle lui fit un petit signe de la main et un sourire mélancolique. Il l'invita à l'accompagner chez sa sœur Guillemette, le temps que le repas soit cuit.

– Non, dit-elle, j'ai froid. Je suis mal en ce pays.

Pierre haussa les épaules et s'en fut. Il était soucieux du bien-être de tous mais n'était pas inquiet, parce que depuis bientôt trois ans il ne savait plus l'être. Il avait cessé de se préoccuper de son sort, peut-être à tout jamais, un matin d'hiver, dans sa bergerie. Le ciel, ce jour-là, était infiniment gris, la terre infiniment blanche. Il neigeait. La jeune femme qu'il aimait était couchée, morte, dans la paille. Il avait vingt ans, elle aussi. En quelques jours il l'avait vue se défaire, consumée par une fièvre infernale qu'aucune décoction d'herbes, aucun exorcisme, aucun secours de Dieu ou du diable n'avaient pu réduire. Ils avaient vécu ensemble deux ans de bonheur exclusif, en se moquant de la morosité des autres et se dévorant à tout propos la bouche avec, dans le regard, cet éclat de lumière que détestent tant ceux qui ne savent pas aimer. Deux ans durant, il avait oublié sa famille et la foi de son enfance, se souciant aussi peu des sacrements de l'Église que de la bénédiction des Parfaits. Il avait épuisé d'un coup toutes les bontés de la vie. Sa compagne enterrée, il s'en était revenu vers son village. Nul, parmi les siens, n'avait su deviner si son cœur était à jamais glacé ou simplement serein. Il avait alors décidé de suivre son âme partout où elle le mènerait, sans jamais se préoccuper de son confort ni de sa sécurité.

Dépouillé de tout espoir de bonheur, il avait retrouvé une foi sans questions, et s'était mis au service des Parfaits. Il était en ce temps-là un jeune homme au regard et aux silences de vieillard. Il séjournait chez son cousin d'Arques quand Prades Tavernier avait été arrêté. Les croyants de ce village, épouvantés à l'idée que leur saint homme les dénoncerait tous dès son premier interrogatoire, puisqu'il ne pouvait pas mentir, avaient décidé d'aller aussitôt à Lyon, où le pape était alors en villégiature, se confesser devant lui et demander leur pardon. Pierre avait refusé de les suivre, proposant même à ses amis de garder leurs moutons jusqu'à ce qu'ils reviennent, sans rien demander en échange, sans seulement savoir s'il ne serait pas vendu pour une absolution. A leur retour, ses compagnons convertis de neuf lui avaient fermé leur porte avec une hargne de peureux. Il vivait maintenant de transhumances, aussi seul que possible, et s'en était venu à la foire de Laroque-d'Olmes acheter deux béliers pour son présent patron, qui ne le savait pas hérétique. Mais il ne songeait plus à ce devoir subalterne. Les béliers, il les donnerait à conduire à quelque voisin, et reviendrait à son pâturage, si Dieu lui prêtait vie, quand il aurait sauvé sa sœur.

Il la rencontra dans le champ voisin de sa maison, où elle ramassait de l'herbe pour ses lapins. Il lui demanda si elle voulait bien partir avec lui à Rabastens, chez Monseigneur Philippe d'Alayrac. Elle lui répondit avec une joie vengeresse qu'elle le ferait volontiers, car Bertrand son mari l'avait encore battue ce matin. Elle aurait tôt fait son balluchon : elle n'avait pour tout bien que sa robe de mariage et un drap de lit.

Le lendemain, vers midi, Bernard Bélibaste s'en alla, et son frère l'accompagna jusqu'à la lisière du village. Au milieu du chemin, ils s'embrassèrent sans un mot, si longuement que des marchands s'en revenant de la foire les bousculèrent en leur lançant des quolibets obscènes. Quand ils s'arrachèrent enfin l'un à l'autre, Guillaume ne put contenir son désarroi et avoua qu'il était bien malheureux de ne plus vivre à Cubières, parmi les siens. Puis il baissa la tête et dit :

– Adieu. Veille sur ma femme et mon fils. Que le Père des bons esprits te garde.

Tandis que Bernard s'éloignait, il resta planté là, tellement absorbé à tenir en bride ses sanglots qu'il ne voyait plus rien et n'entendait du monde qu'une rumeur lointaine. Ainsi perdu, il se sentit soudain agrippé par la manche. C'était un enfant errant, qui lui demanda l'aumône en geignant. Il était édenté, difforme. Il avait à la joue une balafre infectée que des mouches agaçaient. Il était coiffé d'un lambeau de chapeau trop grand pour sa tête, vêtu d'une guenille qui le couvrait à peine jusqu'aux cuisses et ses gros genoux poussiéreux tremblaient. Mais dans ses yeux brûlait une haine noire, adulte, effrayante, que ses efforts pour inspirer la pitié ne parvenaient pas à dissimuler. Guillaume le regarda avec dégoût, et pour que ce monstre irrespirable s'éloigne vite de lui, prit dans son sac un morceau de pain et le lui tendit. L'autre s'accrocha affreusement à la besace, la fouillant à grands griffements, poussant des grognements de chien. Guillaume, pris d'irrépressibles frissons, se défit à grand-peine de lui et s'en alla. Mais comme il marchait à grands pas au milieu du chemin, il sentit que le bancal le suivait. Il en fut horrifié comme si la fourche du diable lui fouaillait le dos. Il s'efforça pourtant de ne point courir. L'enfant eut tôt fait de le rattraper et se mit à danser autour de lui une sorte de gigue désossée, chaotique, en grimaçant et braillant d'une voix de crécelle :

– Que le Père des bons esprits te garde ! Que le Père des bons esprits te garde !

Seuls, les hérétiques nommaient Dieu ainsi, et Guillaume se souvint tout à coup avoir aperçu ce démon tordu, affalé dans l'herbe, au bord du chemin où il avait embrassé son frère. Pris de rage panique, il le chassa à coups de pied, à coups de poings aveugles en le suppliant de se taire. Le monstre s'enfuit mais s'arrêta à bonne distance pour lui lancer des cailloux et gueuler encore, avec une haine débridée :

– Que le Père des bons esprits te garde !

Jusque dans la foule des bestiaux et des hommes qui encombraient les ruelles, Bélibaste entendit au loin sa voix et ses ricanements.

Sur la place, il retrouva Philippe et Alazaïs occupés à vendre leurs pièces de drap. Il leur dit en tremblant qu'ils devaient partir sur l'heure, car il y avait ici une odeur de catastrophe. Philippe le traita d'extravagant et se détourna pour interpeller des chalands avec un enjouement qui sonnait faux. Alazaïs lui demanda à voix basse si quelqu'un l'avait reconnu.

– Non, répondit Guillaume. Mais depuis hier, des présages me poussent au cul vers la rase campagne. Si Philippe et toi ne voulez pas me suivre, je m'en irai seul. Je vous attendrai sur le chemin de Lavelanet.

Alazaïs le prit par le bras et le serra si fort qu'il en eut un sursaut.

– Nous avons rendez-vous à la nuit tombée avec la sœur de Pierre Maury, dit-elle. Nous ne pouvons pas partir avant.

Elle dit cela fiévreusement, mais son visage resta lisse et tranquille dans la bousculade lente des badauds. Alors, deux gens d'armes nonchalants s'arrêtèrent devant l'étal et regardèrent Bélibaste en palpant distraitement les tissus que Philippe déroulait à grands gestes de bateleur. L'un d'eux fredonna, l'air malin :

– Compère, il paraît que vous êtes hérétique.
– Qui vous a dit cela ? répondit Guillaume.
– Un pauvre infirme. Un enfant sans cervelle.
– Où est-il, ce bâtard puant ? Où est-il, que je le tanne ?

Il bouscula les deux sergents et, le cou tendu au-dessus de la foule, chercha du regard le bancal, qu'il n'aperçut pas. Il aboya furieusement des malédictions exagérées, s'attira quelques approbations bravaches et ripostes putassières, mais sa convaincante colère désarma la méfiance des gens d'armes, qui s'en allèrent en haussant les épaules. Du coup, Guillaume fut pris d'un éclatant fou rire. Comme un tonneau débondé, à grandes cascades il fut bientôt libéré de ses angoisses et se retrouva joyeux et pétulant comme un enfant au jeu. Voilà bien ce qu'annonçaient les présages et les pressentiments qui lui pesaient tant : une alerte, un danger maintenant dissipé. Il n'y avait plus rien à craindre. Sa bonne humeur retrouvée fit merveille : bavard, truculent, charmeur, gesticulant comme un jongleur en parade, il vendit toutes ses marchandises dans l'après-midi.

Or, l'enfant bancal, dissimulé à l'abri de la foule, des chariots et des murailles, n'avait cessé de l'observer. Au crépuscule, quand Bélibaste et ses compagnons quittèrent la place, joyeux et parlant fort, il les suivit sur le chemin du cimetière. Devant la croix, il reconnut la silhouette frêle de Guillemette. Elle serrait contre sa poitrine son paquet de hardes en jetant alentour des coups d'œil inquiets. Dès qu'elle aperçut Pierre Maury et Philippe d'Alayrac, qui marchaient devant les mules, elle leur fit signe de se hâter. Il y eut de soudains chuchotements autour d'elle, un étrange empressement, et tous ces gens s'enfoncèrent dans la nuit, comme des voleurs. L'enfant bancal, accroupi sur le mur éboulé du cimetière, attendit que s'éteignent les pas et le bruit des voix dans l'air nocturne, puis s'en alla frapper à la porte de Bertrand, qui resta close. Il ne vit pas la moindre lueur de chandelle entre les planches mal assemblées, et conclut que le bonhomme était encore à bavarder sur la place, avec quelques marchands attardés. Il y courut et ne le trouva pas. Il erra sans but, espérant peut-être dénicher un abri point trop misérable pour la nuit. Sa dérive le conduisit à la taverne où il se mit à détrousser quelques ivrognes qui ronflaient, le front contre la table, dans une flaque de vinasse. Alors il aperçut Bertrand, qu'il ne cherchait plus. Il jouait aux dés, plus qu'à demi soûl, sur la pierre de l'âtre. Le puant infirme s'approcha et lui dit à l'oreille qu'il lui donnerait de surprenantes nouvelles de Guillemette contre la promesse d'une paillasse sous un toit étanche. L'autre l'empoigna par les cheveux et l'attira dans un coin reculé de la taverne.

— La promesse d'abord, dit le bancal.

Croix de bois, croix de fer, Bertrand promit. Alors l'enfant lui raconta ce qu'il avait vu.

— Le marchand de peignes à tisser est un hérétique, dit-il. C'est lui qui a enivé ta femme.

Ils sortirent ensemble, et l'affreux boiteux tenant par la main son compère, que la fureur et les vapeurs du vin faisaient trébucher aux moindres aspérités de la nuit, le conduisit jusqu'au mur du cimetière. Là, il désigna le chemin de Lavelanet.

Bélibaste et ses compagnons cheminèrent au clair de lune sans un instant de halte, Pierre Maury en tête, tirant par le licou les mules que montaient Guillemette et Alazaïs, Philippe priant derrière et Guillaume sur ses talons se retournant souvent, attentif aux bruits des ténèbres. Au petit jour, ils s'arrêtèrent dans une ferme abandonnée pour dormir jusqu'à l'heure de midi. Mais les rayons du soleil au travers des volets battants et la sarabande des rats, des loirs, des oiseaux dans le toit crevé, les réveillèrent bien avant. Ils décidèrent alors de se séparer, jugeant peu prudent de se montrer ensemble à Lavelanet, où il y avait une maison de police. Il fut convenu que Pierre Maury rejoindrait Guillemette et Alazaïs à Foix, où elles devraient se rendre seules avec les mules. Auparavant, il lui fallait conduire Guillaume et Philippe jusqu'à Saint-Jean-d'Aigues-Vives où il connaissait un berger qui pourrait guider les Parfaits vers la vallée de l'Aude.

La séparation fut brève et grave. Chaque fois qu'ils se quittaient, ces hommes et ces femmes se disaient adieu comme s'ils ne devaient plus se revoir ici-bas. A peine les traces de pas effacées sur les chemins divergents, il n'y avait plus d'espoir et peut-être plus d'indiscutable vie, qu'en Dieu. L'impalpable, l'invisible étaient de plus sûrs ancrages, de plus justes et sages alliés pour l'attente que la confiance dans la solidité du monde, dans la vigueur des muscles et des désirs, exposés à trop de morts possibles. Tous les chemins passaient donc par le ciel. Les gens se séparaient sur la terre horizontale et aussitôt cherchaient dans les nuées des formes de visages. Alazaïs et Guillemette disparurent, le soleil dans le dos, derrière une ondulation de colline. Philippe et Guillaume prièrent longtemps avant de se décider à se détourner, face au vent.

A Lavelanet, ils achetèrent du pain et s'en allèrent déjeuner dans une taverne où ils retrouvèrent un groupe bruyant de maquignons qui s'en revenaient de Laroque. Philippe s'assit aussi loin que possible de ces gens, dont il redoutait les questions. A la dérobée, il traça un cercle sur son pain, du bout du doigt, et ainsi le bénit, puis il le donna à Guillaume afin qu'il le partage. Un des maquignons, le voyant faire, poussa du coude son voisin en parlant à voix basse. Pierre s'en fut au cellier demander une cruche de vin au tavernier.

Alors un grand vacarme se fit devant la porte, qu'un coup de pied ouvrit. Un homme apparut sur le seuil. Philippe le reconnut aussitôt pour l'avoir aperçu, la veille, sur la place de Laroque où il vendait des tonneaux. C'était Bertrand. Il était flanqué d'une bande de gens d'armes ferraillants qui envahirent la salle commune en traînant leurs bottes. Les deux Parfaits ne firent pas un geste et continuèrent à mastiquer leur pain avec application. Philippe regarda simplement Guillaume et murmura :

– Que Dieu te donne foi et courage, petit frère, car nous allons souffrir.

Bélibaste ne répondit pas et se raidit. Bertrand l'empoigna par le col, le mit debout et lui cracha au visage. Derrière la bousculade des gens accourus, Pierre Maury se faufila et s'enfuit au soleil par la porte ouverte. On lia les poings des deux Parfaits et on les conduisit à la maison de police, assez proche de l'église pour qu'en cette fin d'après-midi on y entende la rumeur assourdie des chants de Vêpres.

Le frère dominicain et le bayle de la ville, aussitôt appelés, ne s'intéressèrent guère aux déboires matrimoniaux de Bertrand, à qui l'on interdit l'accès de la salle où devaient être interrogés les deux hérétiques. Le notable et le moine s'assirent derrière une table. Une croix, au-dessus d'eux, était accrochée à la muraille. Bélibaste, le temps d'un élan, fut tenté d'appeler à son aide le crucifié

de bois qui le regardait en pleurant des larmes de sang. Mais il entendit Philippe prier, à côté de lui. Il baissa la tête et fit de même, s'abandonnant et défiant aussi le monde, car il savait que son Pater distinctement dit serait entendu comme un aveu. Les soldats se tenaient autour d'eux, étroitement. Il y eut un instant de silence où tous ces gens semblèrent écouter la rumeur de la vie, dehors. Puis le moine regarda les deux Parfaits. Son visage était austère, ses yeux intelligents et tourmentés. Il demanda simplement à Philippe qui avait créé la terre des hommes. Une pareille question ne permettait pas de ruser. D'ailleurs, Philippe n'en eut pas envie. Il répondit :
— Satan, l'ange déchu.

Le bayle agita son gros cul sur sa chaise, rougit violemment et rugit :
— Savez-vous bien ce que vous dites ?

Ce gueulement parut à Guillaume si incongru et dérisoire qu'il fut pris d'un léger vertige. Il s'attendait à plus de solennité tragique. Les deux figures si dissemblables du notable et du religieux lui semblèrent presque risibles tant elles étaient ordinaires et pourtant irréelles. Trop simples, trop familiers lui parurent pareillement les bruits autour de lui, l'odeur de vieux bois qui régnait dans cette salle aux murs cabossés. On lui posa, comme au travers d'une brume lumineuse, des questions qui lui parurent sans importance, car il avait soudain l'impression d'être étranger dans son esprit, et planté à côté de son corps. Il entendit sa bouche répondre tout droit et simplement qu'il s'appelait Guillaume Bélibaste, qu'il était un hérétique majeur et travaillait, depuis l'initiation reçue de son frère ici présent, à répandre sa foi dans le peuple. Puis, écoutant Philippe dire que Guillemette et Alazaïs étaient allées à Foix, il pensa avec une sorte d'allégresse qu'elles avaient quelques chances d'être sauvées. Rien ne fut demandé sur Pierre Maury. Son nom ne fut pas prononcé. A la fin de l'interrogatoire, dans le remuement des bottes et des tabourets qui les environnait, Philippe se pencha

vers Bélibaste et murmura contre sa joue, avec une exaltation que son compagnon jugea excessive et détestable :
– Guillaume, Guillaume, tu n'as pas été parjure, Dieu soit loué. Maintenant, tu es un croyant véritable.

Les deux Parfaits furent enfermés dans une cave où l'on enchaîna leurs poignets à la muraille. Philippe se perdit en nouvelles prières. Il s'était depuis longtemps préparé à une telle épreuve. Bélibaste, dans l'obscurité moite, se réveilla de l'étrange endormissement des sens qui l'avait tenu hors de son corps tout au long de sa comparution devant le moine. Il fut aussitôt assailli par un tourbillon d'images et de paroles violentes où se mêlaient leurs derniers jours à Laroque-d'Olmes et d'aveugles appels à ses père et mère, qui risquaient de subir par sa faute les pires persécutions. Mais cette vague de fureur ne dura guère, car une déroutante évidence s'imposa à son esprit : s'il n'avait pas avoué au moine les vérités demandées, son esprit se serait perdu à jamais dans un désespoir plus violent que tous les désespoirs imaginables. Il se dit cela avec une totale certitude, mais sans savoir par quelle étrange maladie de son cœur et de ses sens il en était ainsi.

Il n'avait pas failli. Quelle bizarre folie que la vie en ce monde ! Il était un croyant véritable. Il se répéta ces mots et eut envie de ricaner. Deux larmes roulèrent sur ses joues mais il n'éprouva aucun chagrin. Au contraire, il se sentit sain et fort. Peut-être parce que son esprit était vide de pensées et d'images, il découvrit, dans le silence obscur, une sorte de jouissance à écouter les menus craquements de ses membres, le bourdonnement du sang dans ses tempes, les battements rassurants dans sa.poitrine. Alors il perçut en lui une force intacte et comme indépendante de ses errements. Un fleuve imperturbable était à l'œuvre dans son corps. Ce fleuve ne charriait ni peurs, ni doutes, ni questions, mais le baignait et le traversait sans souvenir de source, sans espoir d'océan, satisfait de sa seule et pleine puissance. Bélibaste écouta longuement en lui ce roulement de vie brute, insouciante, indifférente aux effrois du monde, et pourtant harmonieuse, grave, chaleureuse. Il lui sembla entendre, très confuse et lointaine, la rumeur de l'éternité.

— Il faut prier, Guillaume. Nous n'avons subi qu'un interrogatoire bénin, je n'ai même pas eu de fièvre. D'autres viendront, plus sévères, et peut-être des tortures avant le bûcher. Puise des forces en Dieu, petit frère.

La voix lasse de Philippe le fit sourire. Il se dit qu'il n'avait plus rien à apprendre de cet homme estimable mais trop sèchement dévot pour sentir la présence de Dieu jusque dans le souffle des poumons et les grouillements du ventre. Il répondit en tirant sur ses chaînes :

— Aie confiance, compère, nous serons peut-être sauvés. Putain de diable, je ne suis pas encore mûr pour la mort, moi !

5

Quand Pierre Maury sortit de la taverne, il eut un instant d'égarement et resta planté, ébloui par le soleil, le cœur en débandade, ne sachant où aller avec, à la main, la cruche de vin qu'il venait de prendre au cellier. La tête dans les épaules, il attendit qu'une pogne s'abatte sur sa nuque. Mais des gens accourus à la nouvelle que l'on arrêtait des hérétiques le bousculèrent, et il se retrouva presque seul au milieu de la place. Réalisant alors que nul ne prenait garde à lui, il déposa sa cruche sur la margelle du puits communal et s'enfonça dans la plus proche ruelle. Il n'y rencontra personne sauf deux vieilles devant leur porte et un forgeron dans son antre grand ouvert, qui suspendit son martèlement pour le regarder passer. Pierre en eut une bouffée d'inquiétude, mais les bruits d'enclume reprirent allègres dans son dos, et l'accompagnèrent par quelques détours jusqu'à une étroite poterne qui donnait sur la rase campagne. Il la franchit, jeta un coup d'œil de droite et de gauche, ne vit qu'un âne broutant l'herbe de la muraille. Alors il largua toutes amarres et s'en fut, galopant comme un affolé à travers champs, l'esprit plein de vent.

Il ne reprit son souffle qu'à la ferme abandonnée où il avait fait halte avec ses compagnons au retour de Laroque-d'Olmes. Il lui fallait rejoindre au plus vite Guillemette et Alazaïs sur le chemin de Foix. Heureusement, elles ne pouvaient avoir fait grand-route depuis midi. Il s'assit à l'ombre du mur, essuyant d'un revers de manche son front cramoisi par la chaleur de la course, attendit que les battements de son cœur soient un peu apaisés et s'en alla à leur poursuite, hors des chemins, par les rochers et les ruisseaux. Il les rattrapa près du hameau de Roquefort, au bas de la cascade de la Turasse où elles trempaient leurs pieds dans le trou d'eau, les jupes troussées jusqu'aux genoux, en riant comme des pucelles chatouillées. Il apparut sur le talus et descendit vers elles dans un pesant bourdonnement de mouches et d'abeilles, parmi les rayons de soleil tombés des grands arbres. Les filles coururent à sa rencontre. Il leur dit :

— Messeigneurs Philippe et Guillaume ont été arrêtés. Il ne faut pas aller à Foix.

Alazaïs poussa un cri épouvanté, se précipita dans les bras de Guillemette et toutes deux embrassées se mirent à sangloter. Pierre, les laissant un moment s'épancher, s'en fut au bord de l'eau se rafraîchir le visage.

Immobile parmi les chants d'oiseaux, dans la rumeur de la cascade et des feuillages, il écouta les obscures sensations de son âme. Il faisait toujours ainsi devant les dangers et les carrefours. Il ne pesait jamais ses chances à la balance de la raison mais suivait son flair, son cœur, ou les pressentiments de la volonté du Père divin enraciné en lui comme un arbre, aussi tranquille et muet qu'un arbre. Or, il avait beau ruminer l'événement qui l'avait lancé à toute bride hors de Lavelanet, il n'y percevait aucun goût d'irrémédiable catastrophe. Non point que le sort des deux Parfaits lui soit indifférent, au contraire : il estimait avoir quelques chances de les sauver s'il confiait sa propre sauvegarde à la grâce de Dieu, agissait avec diligence et ne s'encombrait pas de frayeurs subalternes. Il se mit donc à réfléchir avec soin, comme un artisan devant un travail difficile. Guillaume et Philippe ne pouvaient être jugés à Lavelanet, puisqu'en cette ville ne siégeait aucun tribunal d'Inquisition. Ils seraient sans doute conduits à Carcassonne où ils resteraient enfermés au Mur une bonne semaine avant de comparaître. Il disposait donc d'une dizaine de jours pour tenter de les faire évader. S'il n'y parvenait pas en ce délai, tout espoir serait alors perdu. Empêchés de mentir par leur promesse faite à Dieu, ils dénonceraient devant les juges Inquisiteurs tous les croyants qu'ils connaissaient, et seraient brûlés le lendemain.

Il dit tout cela aux deux filles d'un ton grave et appliqué, sans se laisser émouvoir par les jérémiades qui l'interrompaient à tout bout de phrase. Il devait maintenant rameuter les fidèles de la région et collecter auprès d'eux assez de pièces d'or et de biens désirables pour soudoyer quelques soudards. Après quoi il irait à Carcassonne et s'installerait au bordel du Château Vert où il savait que les gardiens de la prison avaient leurs habitudes. S'il n'arrivait pas trop tard, avec l'aide de Dieu dans ce repaire du diable il achèterait en un tournemain les complaisances nécessaires, et les deux Parfaits n'auraient plus qu'à pousser la porte de leur cachot.

Quant à Guillemette et Alazaïs, Pierre leur conseilla, en attendant, d'aller demander asile au berger de Saint-Jean-d'Aigues-Vives qu'il connaissait pour être un croyant sûr. Mais Alazaïs refusa tout net. Elle annonça d'un air buté son intention de courir à Rabastens où Pierre Garcia et les autres tisserands de la fabrique risquaient d'être arrêtés, si les affaires tournaient mal.

– Par les raccourcis que je connais, j'y serai avant les gens d'armes, dit-elle. Alors chacun, dans notre maison, fera ce qu'il voudra. Moi qui n'ai pas d'autre foyer, j'y resterai, vaille que vaille, et s'il le faut, j'y mourrai.

Guillemette décida de partir avec elle. Pierre les embrassa et les quitta sans un mot de plus.

Le lendemain de grand matin, Guillaume Bélibaste et Philippe d'Alayrac, les poings liés sur le ventre et tenus en laisse par deux cavaliers, quittèrent sous bonne escorte la place de Lavelanet, où s'était assemblée une foule de curieux graves et silencieux, avides de voir de près ces maîtres hérétiques promis au martyre. Tandis qu'un homme d'armes frayait un chemin à la troupe parmi ce menu peuple, Philippe se mit à prier fièrement, à haute voix, espérant un écho, quelques élans de compassion ou peut-être un éveil d'âme dans les yeux de ces gens au front soucieux qui les regardaient s'en aller. Guillaume resta muet, traitant en lui-même son compagnon de foutu curé. Une insurmontable pudeur à exposer ainsi sa foi en façade nouait sa voix dans sa gorge. Il priait pourtant lui aussi, mais sans paroles, simplement attentif à ne point se détacher d'une présence profonde dont il sentait à chaque pas la puissance et l'allégresse. Elle l'enveloppait comme un manteau, elle emplissait aussi sa poitrine. Avec elle il se mit en chemin, la tête haute et le regard perdu dans l'air doux du matin, entendant à peine les litanies de Philippe, les cliquetis des chevaux et des ferrailles.

Ils sortirent de Lavelanet par la route de Mirepoix, et surent ainsi qu'on les conduisait à Carcassonne. Dès qu'ils furent en rase campagne, Philippe, privé de témoins, abandonna son maintien de prédicateur et se renfrogna, la gorge brûlée par la poussière que soulevaient les chevaux. Alors Guillaume lui demanda pourquoi il se taisait, et ajouta en ricanant :

– Hé, mon frère, n'avez-vous de foi que devant le peuple ? Ces arbres, ces herbes et ce vent qui nous accompagnent ne valent-ils pas que l'on chante aussi pour eux la gloire de Dieu ? Et peut-être quelques Pater de plus changeraient-ils ces soldats en agneaux, qui sait ?

– Guillaume, répondit Philippe, fais-moi grâce de tes méchancetés, j'ai assez de douleurs.

Il dit cela dans un imperceptible sanglot, trottinant pitoyablement derrière les cavaliers qui les traînaient à bout de corde. Leurs mains liées commençaient à gonfler, et la chaleur pesait déjà lourd sur leurs épaules. Bélibaste aussitôt regretta ses sarcasmes, sachant bien que son compagnon était plus frêle et moins résistant que lui. Il le vit presque en désarroi, et se sentit soudain le cœur tout empli d'affection.

– Pardonnez-moi, Monseigneur, dit-il. Je vous aime de tout mon cœur. Vous êtes en vérité plus courageux que moi. Vous auriez pu recevoir un coup de trique à prier comme vous l'avez fait.

Il pencha sa tête de côté pour effleurer celle de Philippe en une brève caresse d'amitié, mais les cavaliers, tirant négligemment sur la corde, les firent trébucher. Ces gens semblaient éprouver une indifférence très lointaine pour les deux hommes qu'ils traînaient et qui souffraient, les dents serrées, grimaçant au soleil, aveuglés par la sueur qui ruisselait dans leurs yeux. Ces soudards, cheminant à tapecul sur leur monture, parlaient paisiblement de futilités quotidiennes, de filles, de lièvres et de perdreaux, comme de bons garçons en promenade. Ils ne se préoccupaient pas plus de leurs prisonniers que s'ils avaient conduit des ânes à la foire. Guillaume, laissant aller son corps au rythme pendulaire que l'amble des chevaux imposait, éprouva tout à coup le sentiment bizarre que ces hommes d'armes ne bougeaient pas sur la même terre que lui, qu'ils n'étaient pas chauffés par le même soleil, et ne voyaient pas les mêmes arbres, les mêmes courbes du chemin. Et pourtant leur langage, leurs gestes, leurs visages étaient ordinaires, familiers. Il se dit, avec un étrange élan du cœur, qu'il connaissait le goût de leur soupe et de leur vin, l'odeur de leur maison, de leur jardin. Il pensa qu'il aurait pu, lui aussi, vivre leur vie, être de ces hommes qui mènent leurs semblables comme des bêtes par le licou, sans pour autant être plus cruels ou insensibles qu'il ne l'était. D'autres, qui avaient vécu la même enfance que lui, s'étaient faits soldats, par envie ou nécessité. Un coup de vent, un coup d'ivresse, un inconnu rencontré auraient pu le pousser, lui aussi, dans leurs ferrailles bringuebalantes. Il se serait exactement conduit comme ceux-là qui le faisaient souffrir, si loin de lui, à l'autre bout de la corde.

« Eux et moi sommes pareils, se disait-il. Simplement, une lente dérive dans les brumes de l'existence a creusé cette distance infranchissable qui nous sépare, celle d'un chien à un homme. Et maintenant, sur ce chemin poussiéreux, lesquels de nous vont à la paix, à la torture, à l'accomplissement véritable, à la sagesse ? Lesquels sont les damnés, les justes, les bons ? Aucun, peut-être. Peut-être faudra-t-il se séparer, au bout du compte, sans qu'aucun juge, visible ou invisible, n'ait été convoqué pour en décider, et chacun reprendra son vagabondage solitaire dans son couloir de vie. Ou peut-être un de ces épais spadassins, souffrant d'inexprimables et très secrètes douleurs, est-il plus proche de l'enviable paix des profondeurs que nous-mêmes, misérables prisonniers pourtant désignés avec plus d'évidence à la pitié et au secours de Dieu. Personne n'en peut rien savoir. Pareils, se disait Guillaume, pareils jusqu'au tréfonds des viandes, des inquiétudes, des espoirs et de l'ignorance devant les ténèbres de l'instant qui tient, ainsi sommes-nous. Et cette corde que vous tirez nous tient ensemble autant qu'elle nous sépare, bonnes gens qui me faites saigner les poings en devisant tranquillement de bordels imaginaires. »

Il dit haut et clair, presque jubilant, en heurtant l'épaule de son compagnon :

— N'allez-vous point trop mal, Philippe ?

Philippe ne répondit pas. Il trottait, presque aveugle, dans un halo de poussière, de cliquetis et de bruits de sabots. « Il va mal », pensa Guillaume. Il tira violemment sur sa corde, et le cavalier qui la tenait se retourna. Il dit, contrefaisant l'épuisé, le regard aussi suppliant que possible :

— Si vous voulez nous amener vivants à Carcassonne, monsieur le sergent, accordez-nous quelque repos.

La troupe fit halte. Le sergent descendit de cheval et vint examiner de près ses prisonniers. Le chemin traversait un ombrage de grands chênes. Philippe s'effondra dans l'herbe, haletant, et ferma les yeux. Un jeune soldat s'agenouilla près de lui et aspergea ses lèvres d'un jet de gourde. Tous mirent pied à terre, étirant leurs membres engourdis à grands bâillements paresseux. Guillaume s'assit parmi eux. A lui aussi le garçon offrit à boire en le regardant avec curiosité, sous son casque trop vaste. C'était un adolescent fluet qui semblait n'avoir jamais vu un homme aux poings liés. Guillaume le remercia et lui dit :

— Je suppose que vous allez profiter de votre séjour à Carcassonne pour vous donner un peu de bon temps, petit frère.

— Oh non, répondit l'autre en riant. Je suis trop jeune. J'irai visiter mon oncle qui travaille au grand moulin sur l'Aude.

— Moi, dit un gros rouquin sentencieux, j'irai acheter une coiffe pour ma femme.

— Et moi je croupirai sur un carré de paille pourrie, dit Guillaume.

Le rougeaud soupira.

— A chacun sa vie, dit-il sentencieusement.

« Heureusement que le voyage ne durera guère, pensa Bélibaste avec mélancolie. Sinon, ces hommes me deviendraient aussi chers que moi-même, et je souffrirais de me séparer d'eux. » Il s'approcha de Philippe qui reprenait lentement des forces et voulut le réconforter en lui disant qu'ils avaient de la chance dans leur malheur, car ces gens d'armes étaient de braves bougres. Philippe répondit en faisant la grimace :

— Je m'efforce de ne pas les détester. Ils sont tout de même la tourbe du peuple.

— Hé, messire, dit Guillaume, je suis aussi de cette tourbe-là.

Il sentit un moment son cœur comme une eau claire.

En traversant Mirepoix, Philippe reconnut quelques croyants dans la foule assemblée pour les regarder passer.

Cela le réconforta. Le lendemain, il en vit d'autres, plus nombreux, à Fanjeaux et à Montréal. Il pensa que la nouvelle de leur arrestation était maintenant partout connue, et se plut à imaginer des remuements de peuple et de sourdes révoltes en leur faveur, car il entretenait au fond de ses rêves une foi un peu puérile dans le rayonnement de son Église. Mais son orgueil militant n'était plus assez vif pour nourrir une grande espérance. Beaucoup de Parfaits plus considérables que lui avaient été brûlés sans que nul ne se révolte parmi leurs fidèles. Et puis il s'était accoutumé à considérer le martyre comme une épreuve redoutable mais salutaire et libératrice. Peut-être ne souhaitait-il pas y échapper. Trop de rigueurs, trop de fatigues avaient presque tari son envie de vivre.

Ils arrivèrent à Carcassonne dans l'après-midi de leur troisième jour de voyage. Avant de franchir le seuil de la prison, Bélibaste se retourna pour saluer les soldats qui l'avaient conduit jusque-là. Ils avaient l'air pressés de s'égayer en ville. Seul, le freluquet, sous son casque trop grand qui courbait ses oreilles, lui fit un signe d'amitié. Guillaume emporta ce visage dans sa mémoire, avec un pan de ciel et une courbe scintillante de la rivière d'Aude, dans la verdure lointaine.

Deux gardiens mornes et massifs comme des abatteurs de bœufs, poussant devant eux les prisonniers, les conduisirent par un couloir sombre jusqu'à une porte de bois armée de clous et d'énormes loquets, dont le cliquetis résonna sinistrement sous les voûtes. Ils furent libérés de la corde qui liait leurs poings et jetés dans la salle assez vaste où les saisit aussitôt une épouvantable puanteur de crasse et de merde. Ce lieu était peuplé d'hommes silencieux qui attendaient là d'être jugés, la plupart affalés sur des débris de paille moisie, quelques-uns dérivant d'un mur à l'autre, la savate lourde et le regard hébété. Leurs gestes semblaient englués dans une fatigue insurmontable. Les moins accablés tournèrent à peine la tête vers le seuil, estimant distraitement la condition des nouveaux venus à leur visage et au vêtement de bon tissu sous la poussière. Philippe, livide et très droit, respirant, le nez pincé, aussi loin que possible de ces gens, aperçut un étroit passage percé dans la muraille, par où entrait la lumière grise qui éclairait la salle. Il s'y précipita, enjambant les corps étendus, et sortit dans une petite cour où l'infection n'était pas moindre. Au sommet des hauts murs tranchés obliquement par le soleil, croassaient des corneilles qui, de temps en temps, traversaient le carré de ciel bleu visible d'en bas, où régnait une ombre perpétuelle. Là, des nuées de mouches bourdonnaient dans les angles noirs d'excréments, des rats fouillaient d'indéfinissables immondices, parmi des touffes d'herbes humides.

Philippe s'avança dans ce bas-fond avec le sentiment d'affronter un enfer trop intime pour qu'il ait jamais osé l'imaginer. Il avait une horreur panique de l'ordure gluante. Subir le fouaillement des interrogatoires, il y était prêt. Souffrir l'abomination de la torture, le cassement des os, la salaison des plaies, il l'avait accepté à genoux dans les tempétueux débats de son Dieu et de ses diables. Même la mort dans le feu sec et pur l'exaltait comme la gloire d'un couronnement, malgré les effrois de son corps. Mais la souillure de ce cloaque lui était insupportable. Il ne pourrait pas y rester propre, s'asseoir sans toucher quelque chose d'abject, s'appuyer contre un mur sans que ruissellent de froides purulences dans son dos. Il eut un long soupir sanglotant, comme font les enfants devant une trop dure épreuve. Guillaume Bélibaste, s'approchant derrière lui, toucha son épaule.

– Philippe, dit-il doucement, reposez-vous, vous me semblez en avoir grand besoin.

– Laisse-moi. Je veux rester debout et immobile jusqu'à ce que l'on me sorte d'ici.

Son effort pour assurer sa voix ne put tout à fait endiguer son désarroi. La bouche tremblante, il retint à grand-peine ses larmes, et Guillaume le regarda avec étonnement. Il s'empressa, prenant dans les siennes ses mains froides.

– Ne désespérez pas, dit-il. J'ai parlé avec quelques-uns de ces gens. Certains sont ici depuis quinze jours. Nous avons du temps avant de souffrir. Oh, mon maître, je n'aime pas vous voir ainsi. Que devrais-je faire, moi, si vous pleurez ?

– Veille à ce que les rats ne s'approchent pas de mes pieds. Je ne peux pas supporter la méchanceté de cet endroit.

– Quoi, vous avez peur des crottes et de la pouillerie des petites bêtes ? N'avez-vous donc jamais rien subi de plus cuisant que ce baptême merdeux ?

– Non, répondit Philippe rageusement. Evente-moi, Guillaume, cette puanteur m'étouffe.

Bélibaste obéit en riant et dit avec malice :

– Vous m'avez assuré un jour que la lumière divine brûlait au plus profond de nos nuits. Est-il plus épaisse nuit que celle de nos culs, Monseigneur ? Moi, au temps des bergeries, j'ai appris à m'accoutumer aux bouses. Elles étaient le pain quotidien de mes savates et ne m'ont jamais incommodé, sans doute parce que j'étais un homme très ordinaire. Mais je crois maintenant, parce que vous me l'avez appris, que l'on peut trouver Dieu au fond de la fange. Peut-être est-ce là le travail qui vous est imposé.

– J'ai peur que ces horreurs molles ne débordent dans mon âme, Guillaume.

– Qui sait si votre âme n'a pas besoin d'être un peu salie ? Vous êtes trop fier, Philippe. Votre acharnement à vous garder immaculé me donne parfois l'envie de vous asperger de boue pour vous rabaisser un peu à la taille commune. J'ai longtemps considéré votre impeccable droiture comme un signe de sainteté inaccessible pour l'imparfait disciple que j'étais, mais je me demande maintenant si elle ne cachait pas de ces faiblesses, de cette misère basse que vous savez secourir avec tant de diligence et de grandeur d'âme, mais que vous refusez de montrer derrière votre orgueilleuse façade. Vous vous croyez plus grand que les autres ? Hé, mon bon frère, vous n'êtes que distant. Je ne dis pas cela pour vous accabler, car à ma manière je ne suis pas mieux loti que vous. Depuis que nous vivons ensemble sous le regard de Dieu, tous nos gestes me semblent suspects de je ne sais quelle noirceur hypocrite. Il y a de l'indigne sottise à s'imaginer que l'on préserve la pureté de son cœur en répugnant à poser le pied sur l'empreinte d'un rat, et du déshonneur à se persuader que de grands lavements d'âme peuvent effacer un meurtre commis. Eh bien nous sommes sots, indignes et peu honorables, voilà tout. Nous sommes des mendiants aveugles qui traînons nos misères dans un monde de mendiants aveugles. Nous ne sommes pas meilleurs que les autres, et sans doute sommes-nous promis à de plus graves fatigues parce que nous avons à porter Dieu sur nos épaules, en plus de nos fardeaux ordinaires. Venez parler aux gens qui sont ici prisonniers avec nous, c'est votre rôle. Ils ont besoin d'espoir. Venez donc vous accroupir dans la vermine, afin que le Père soit à bonne portée pour bercer ses enfants.

Philippe sourit faiblement, les yeux brillants de larmes. Il hocha la tête un long moment, avec une humilité très douce. Puis il dit :

— Voilà un bien beau sermon, Guillaume. J'étais en grand danger de faillir, et tu m'as fait du bien. Donne-moi ton bras et allons ensemble ravigoter ces malheureux. Il me semble que l'odeur de merde est moins pénible maintenant.

— C'est que vos narines s'y accoutument, répondit Bélibaste.

A peine revenus dans la salle, un homme se planta devant eux et leur demanda, l'air puissant et paillard, pour quelle faute ils étaient en prison. Dans la moitié de sa face, défoncée du front au menton, l'œil manquait, et il épongeait sans cesse son orbite avec un chiffon immonde.

— Moi, dit-il fièrement, je suis voleur.

— Dieu vous garde, répondit Guillaume. Notre crime est d'être de bons chrétiens.

On entendit quelques ricanements, et lentement des corps haillonneux firent mouvement vers eux. Ils furent bientôt environnés de malfrats, d'assassins et de mendiants sordides au visage buté, chaotique. Philippe se mit à leur parler avec douceur, et autour de lui s'allumèrent dans les regards des lueurs d'intérêt goguenard ou de respect inquiet. Il aurait voulu prêcher comme un saint illuminant et simple, mais ses efforts pour puiser en lui des paroles convaincantes creusèrent douloureusement ses traits et le firent trébucher sur les mots. Alors, usant de son art de prédicateur, il détourna ses phrases vers un sermon qu'il connaissait par cœur et récitait parfois, quand la lassitude l'accablait, certaines nuits de palabres secrètes dans les maisons amies. Il dit ainsi que Dieu était partout où souffrait un homme capable d'amour, et qu'il fallait le chérir comme le père et la mère dans le souvenir, comme le fils et la femme espérée. Certains l'écoutèrent avec un air de gratitude, tandis que d'autres semblaient chercher dans leur mémoire l'empreinte d'un enfant depuis longtemps enfui.

Il se tut enfin, le souffle court. Tous ces crasseux patibulaires agglutinés autour de lui le privaient d'air et l'oppressaient abominablement. Le brigand borgne, qui semblait régner sur ce lieu, ouvrit les bras pour se faire place, le prit aux épaules et l'embrassa avec une affection de gros chien. Son haleine était pourrie. Philippe le serra contre lui et fit un grand effort pour ne pas se raidir et paraître chaleureux. Puis, tandis que la plupart des autres, à nouveau pris par leur dérive morne, se dispersaient, un vieillard très maigre lui tendit la main. Philippe la prit dans les siennes et se pencha pour la baiser. Il vit alors qu'elle était couverte de croûtes et que deux doigts manquaient. Une insurmontable nausée roula dans sa gorge, mais il s'obligea à poser les lèvres sur les moignons violacés. Il ferma les yeux et sentit sa joue caressée. Ce fut trop. Il se précipita vers la cour mais n'eut pas le temps de sortir. Il s'accrocha comme un naufragé à un bout de chaîne rouillée qui pendait de la muraille, et vomit à grands hoquets.

– Monseigneur, mon bon frère, vous êtes incorrigible, lui dit Bélibaste accouru à son secours. Je vous ai demandé de donner à ces gens quelque espoir, et voilà que vous vouliez guérir les écrouelles.

Ils trouvèrent une place dans un coin et s'y couchèrent. Philippe pleura longtemps.

Pierre Maury arriva cinq jours plus tard à Carcassonne et s'assura d'abord que Philippe d'Alayrac et Guillaume Bélibaste n'étaient pas en danger de comparaître avant une semaine devant le tribunal de l'Inquisition. Il avait dans son bagage un grand carré de drap neuf, deux paires de souliers en cuir de Tolède que lui avait vendues à bas prix un cordonnier de Quillan, vingt pièces d'or et une petite bourse de deniers. Depuis qu'il avait quitté Guillemette et Alazaïs, il n'avait cessé de courir les villages et les fermes où il connaissait des croyants. Chacun lui avait donné ce qu'il pouvait pour sauver ces deux Parfaits qui avaient assez de noms dans leur trop pur esprit pour décimer une trentaine de familles.

Il était maintenant à pied d'œuvre, et comme rien ne pressait, il prit le temps de dormir un jour entier dans les hautes herbes du bord de l'Aude. Au crépuscule, son sac autour du cou, il s'en vint au bordel du Château Vert. C'était une bâtisse de torchis, bancale et d'aspect sinistre, plantée au bord du chemin de Narbonne, à portée de voix des remparts. Tandis qu'il longeait le mur du cimetière, il entendit des cris de filles dans un fracas de bataille. Il craignit quelque mauvais coup et attendit que le remue-ménage s'apaise, avant de s'aventurer jusqu'au seuil de cette fiévreuse maison où il allait devoir risquer de nombreuses vies.

La salle, grouillante de gens et de lueurs de chandelles, se perdait au loin en pénombres de caverne. Elle lui parut trop vaste et trop peuplée. L'hôtesse qui l'accueillit était une de ces ogresses sentimentales capables de museler en un tournemain le pire matamore, mais aussi prompte à s'attendrir devant un freluquet. Il vint vers elle à pas timides. Cette imposante reine, plantée, les poings sur les hanches, au milieu de sa basse-cour d'escogriffes domptés et de femelles lourdement fardées, prit sa mesure en un coup d'œil de maquignon. Son redoutable regard aussitôt s'embua. Ce jeune homme était à l'évidence un de ces innocents égarés qu'elle affectionnait tant. Pierre, voyant bien comment séduire la matrone, ne fit rien pour corriger sa gaucherie. Il la salua avec une politesse campagnarde et s'efforça de paraître effarouché. Elle le prit sous son aile et, tenant au-dessus de sa tête une cruche de vin, parmi les hommes affalés entre les seins des putes, le conduisit à une table écartée. Alors, avec un sourire maternel qui fit trembler ses bajoues, elle lui demanda s'il voulait une fille. Ne sachant trop que répondre, il prit un air désemparé, jetant en tous sens des regards effrayés. L'hôtesse l'examina avec une attention nouvelle, et pressentit quelque anguille sous roche. Ce nigaud-là n'était pas en goguette mais en perdition, voilà ce qu'elle pensa. C'était ce que Pierre voulait. Elle s'assit en face de lui. Il se pencha vers elle et, posant les mains sur ses bagues, sans réfléchir, comme l'on s'abandonne à la grâce de Dieu, il la supplia de l'aider.

De toute façon, il y avait trop de monde en ce lieu. S'aboucher avec des inconnus lui paraissait infiniment plus hasardeux que de pousser son avantage auprès de cette alliée imprévue. Maintenant, de sa réponse dépendait peut-être sa vie, celle des deux Parfaits emprisonnés et des familles qui leur avaient donné asile. Son cœur se mit à battre si fort qu'il n'entendit plus les bruits de la salle, estompés en une lointaine rumeur. Il pouvait encore inventer un délit anodin, si elle se faisait trop soupçonneuse ou menaçante, mais l'évasion de ses amis serait alors compromise. Le visage de la grosse femme s'était figé, et dans ses yeux rétrécis brillait une lumière vive et froide. Elle grogna :

— Si tu as tué un homme, va-t'en.

— Dieu garde, répondit Pierre avec empressement, je n'ai tué personne. Je veux au contraire sauver des vies.

Elle comprit. Son regard s'adoucit un peu. Pierre en eut une bouffée de soulagement.

— Hérétiques ? dit-elle en haussant les sourcils.

Il lui fallait maintenant franchir le dernier pas et se mettre à sa merci. Il ne put se résoudre à répondre. Elle le fit pour lui. Baissant la tête et regardant ses mains, elle murmura d'un ton tout à fait affirmatif :

— Hérétiques.

Alors, il sortit de sa besace sa bourse de deniers et la poussa devant elle en disant :

— J'ai confiance en vous, madame, ne me trahissez pas. Et si vous ne pouvez m'être d'aucun secours, soyez tout de même bénie.

Elle soupesa le petit sac de monnaie, soupira d'un air contrit, le mit dans sa ceinture et se leva. Puis, se ravisant, elle reprit la bourse et la laissa tomber sur la table en regardant Pierre avec une sorte d'abandon et d'infinie lassitude.

— Je ne veux pas d'argent, dit-elle. J'aime mieux que tes amis prient pour moi.

Elle s'éloigna. Il emplit à ras bord son gobelet de vin. Sa gorge était sèche et sa main tremblait. Elle revint au bout d'un instant et lui dit :

— Va devant la porte et attends que deux hommes viennent vers toi. Je te préviens, tes sous de cuivre ne suffiront pas. Ils veulent de l'or.

Pierre serra ses mains avec une exaltation enfantine, en bredouillant :

— Ma bonne mère, ma bonne mère.

— La paix, rugit la femme.

Et se retournant vers la bordélique assemblée :

— Voyez-moi cet imbécile qui voulait baiser la patronne !

Il sortit, environné de braillements et d'énormes insultes.

Vers minuit, Guillaume fut réveillé par une main qui secouait son épaule. Philippe était déjà debout. Ils suivirent l'ombre du gardien, trébuchant aux corps entassés. Il y eut des grognements et des paroles indistinctes, quelques cris haletants, puis la porte se referma derrière eux. Dans le couloir, éblouis par la lumière des torches, ils furent poussés jusqu'à la cour d'entrée où les guettait une sentinelle dont ils ne purent voir le visage. L'homme leur dit, en entrebâillant le portail :

— Votre ami vous attend au pied de la barbacane.

Ivres d'air vif, ils dévalèrent la colline en courant à travers les ronciers, et ne s'arrêtèrent qu'au bord de l'Aude. Le reflet de la lune tremblait sur l'eau tranquille. Ils entendirent un chant de rossignol, et un long sifflement sous les arbres. Pierre Maury courut vers eux. Ils s'étreignirent tous les trois avec force, longuement, mêlant leurs larmes. Puis Philippe s'agenouilla sur la berge pour laver son visage dans la rivière, et tandis que les autres s'éloignaient sans l'attendre, il éleva vers la lune ses mains ruisselantes en chantant, avec une étrange sauvagerie, une brève prière d'actions de grâce.

6

Ils cheminèrent au bord de l'Aude dans les bruits menus de la nuit, Pierre devant, battant les buissons qui parfois fermaient le sentier, et brisant les branches de noisetiers à hauteur de visage pour que ses compagnons n'en fussent pas fouettés. Guillaume le suivait en s'empiffrant de pain frais ; car ces cinq derniers jours il avait jeûné : la soupe en prison était trop impure, et les croûtons trop farcis de vers. Philippe marchait derrière, la mine fraîche et le cœur délivré de toute entrave. Bélibaste, de temps en temps, se retournait pour l'encourager, et se réjouissait de le voir porter haut sa tête maigre. Les murailles de Carcassonne, plus sombres que la nuit, et les indécises lumières des veilleurs sur les remparts s'effacèrent bientôt. Ils coururent en désordre chaque fois que le couvert des arbres laissait apparaître la lune, ou que des champs s'ouvraient devant eux. Ils ne rencontrèrent que des bruissements d'animaux et des oiseaux effrayés.

A l'aube, éreintés, ils firent halte et se cachèrent sous un surplomb de rocher. Tandis que les deux Parfaits s'endormaient dans l'ombre humide où des feuilles mortes s'étaient accumulées, Pierre Maury veilla, contemplant à l'horizon une longue nuée qui avait de l'or dans la bouche. Le matin était transparent et paisible. Aucun bruit humain ne troublait le chant des oiseaux et le bourdonnement éphémère des libellules au bord de l'eau. Pierre, les yeux à demi clos pour mieux savourer la lumière et la paix du monde, se laissa un moment dériver dans une somnolence sans images. Mais peu à peu, comme le soleil montait à l'est, des pensées pesantes envahirent son esprit.

Il n'avait guère dormi depuis longtemps et devait encore conduire ces hommes en Catalogne, sans espoir d'aucun profit, d'aucun bienfait pour tant de dangers courus. Pourquoi donc faisait-il cela ? La question, à peine posée dans son esprit, lui parut incongrue, presque indécente. Il pensa au Parfait Prades Tavernier qui lui avait dit un jour :

– Pierre, tu es de ces hommes qui marchent les pieds au Ciel.

Il avait ri sottement, ne sachant décider si le bonhomme se moquait ou lui faisait un compliment. Alors, Prades lui avait expliqué fort sérieusement que ses pieds obéissaient à la volonté du Ciel, et que sa tête ne faisait que suivre sans comprendre. Ainsi il cheminait à l'envers des autres. Mais parce que Dieu le conduisait, il ne se trompait jamais de route. Ces paroles l'avaient toujours réconforté dans ses moments de lassitude. Cette fois encore elles lui firent du bien. Mais sa tristesse ne fut guère allégée, car il devrait bientôt annoncer à Guillaume de bien douloureuses nouvelles.

Philippe se réveilla le premier, et d'abord se pencha sur la rivière pour se frotter d'eau avec un soin extrême, comme s'il avait à laver cent ans de souillures. Puis il sortit une miche de pain du sac commun, la bénit, et s'en trancha un bon quart. Assis le dos bien droit contre le rocher, il savoura avec recueillement son retour à la vie, puis demanda tranquillement des nouvelles de Guillemette et d'Alazaïs. Pierre lui dit qu'elles avaient décidé d'aller à Rabastens et d'y rester, vaille que vaille. Alors Philippe pâlit, et brandissant les poings au-dessus de sa tête, bredouilla des mots de colère qui ne lui étaient pas coutumiers.

– Pourquoi ne les as-tu pas conduites chez un de nos

bons croyants ? dit-il. A Rabastens, un jour ou l'autre, des gens d'armes viendront, et Dieu sait ce qu'ils feront de ces sauterelles !

– Elles n'ont pas voulu me suivre, répondit Pierre, en haussant les épaules.

– Hé, il fallait les fesser !

Ces éclats de voix firent sortir Guillaume de son abri, les cheveux pleins de feuilles. Pierre lui tendit une gourde de vin et lui dit, sans le regarder :

– Je suis allé à Cubières.

Bélibaste but une longue goulée, puis son dos se voûta et il attendit, l'air sombre, en s'essuyant lentement la bouche.

– La maison de votre père était ouverte mais il n'y avait personne. La table, les bancs, les tabourets étaient entassés pêle-mêle, le chaudron renversé dans les cendres du foyer, les cruches brisées, la huche et le garde-manger éventrés. J'ai vu cela du pas de la porte, à la tombée du jour. Je n'ai pas voulu entrer de peur de me faire surprendre. Sans doute les gens du village ont-ils aidé les soldats au pillage, car le poulailler était ravagé, et il n'y avait plus de lapins au clapier. J'ai appris par un de vos bergers que le prieur de l'abbaye était monté à la pâture avec ses moines pour confisquer vos troupeaux. Il m'a dit aussi que l'on avait conduit votre famille à Saint-Paul-de-Fenouillet, sauf Raymond, votre frère aîné, qui était à Limoux quand les hommes d'armes sont venus. A mon avis, votre épouse Bernarde ne sera pas trop durement traitée : on ne garde pas en prison les mères avec un enfant à la mamelle. On l'enfermera quelque temps dans un couvent, et si elle vous renie avec assez de conviction, on la laissera bientôt aller librement.

Guillaume, debout, resta un long moment le visage dans ses mains, sanglotant nerveusement, sans larmes, puis il dit :

– Père Saint, faites qu'elle m'insulte devant ses juges, qu'elle m'accable de tous les péchés, qu'elle me déteste sincèrement pour tout le mal que je lui ai fait, qu'elle jette mon souvenir aux ordures. Père Saint, faites qu'ils soient tous parjures, mon père, ma mère, mon frère. Qu'ils n'aient pas le courage absurde de s'obstiner dans leur foi, qu'ils se soumettent à la loi du plus fort. Père Saint miséricordieux, je vous supplie de les garder en vie.

Philippe vint près de lui, le prit aux épaules avec affection, lui parla doucement :

— Guillaume, dit-il, la seule prière juste est celle-ci : que la volonté de Dieu soit faite. Il ne faut pas souhaiter que la vie reste emprisonnée dans l'enfer où nous sommes. Tous ceux qui ont l'entendement du bien ne peuvent espérer que le Bien suprême : une place auprès du Père.

— Tais-toi, répondit Bélibaste rageusement, tais-toi, je suis malheureux comme un chien perdu, je saigne, je suis en lambeaux. Que peuvent me faire tes mots de confiture ? Que me veut-on, à la fin ? Qu'ai-je fait qui mérite de si durs malheurs ? J'ai tué un homme. Pour payer cela je me suis arraché à ma femme, à mon fils, à ma maison, j'ai jeûné jusqu'à l'os, j'ai fait le vœu de vivre errant, chaste, sobre. Je n'ai pas manqué à ma parole. N'ai-je pas au moins gagné que ma famille vive en paix, que mes père et mère meurent dans leur chambre, comme de bonnes gens ? Dieu me hait. Il torture des innocents que j'aime pour mieux me réduire à merci, pour m'écraser l'esprit, et il jouit de me maintenir en enfer. Mais pourquoi moi ? Pourquoi me poursuit-il avec tant d'acharnement ? N'y a-t-il pas à châtier sur Terre plus méchant homme que Guillaume Bélibaste ?

Il se laissa tomber près de Philippe qui, pour ne pas entendre les blasphèmes de son compagnon, s'était agenouillé et priait, les mains jointes. Guillaume, posant la tête sur son épaule, dit encore avec une tendresse désespérée :

— Dieu ne t'entend pas, Philippe. Il n'a pitié de personne. Il a détruit la maison que je portais dans le cœur. Je n'avais plus où aller dans le monde, maintenant je n'ai même plus d'abri en moi où me reposer. Me voilà errant de corps et d'âme. Mais n'aie pas peur, je ne faillirai pas. Qu'importe que personne ne m'aime au Ciel. J'ai fait le serment de marcher jusqu'à la mort sur le chemin tracé, je marcherai.

– On vient, dit Pierre Maury, désignant au loin une barque sur les scintillements de la rivière. Guillaume, prenez le sac, et vous, messire Philippe, ne vous attardez pas à vous laver la figure, on risquerait de vous voir.

Ils s'en allèrent en débandade sous les grands arbres.

Ils arrivèrent en Catalogne après quatre jours de sentiers, de landes, de courses et de haltes brèves, par les Corbières pelées et les monts Albères. Ils ne parlèrent guère pendant tout ce temps : chacun resta enfermé dans son corps et préoccupé de sa seule fatigue. Ils firent un long détour pour éviter la région d'Arques et de Cubières. Une nuit de grand vent, ils se perdirent et cheminèrent en aveugles, se tenant par la main sur des caillasses désolées et des garrigues déchirantes où semblaient siffler à leurs trousses tous les démons du pays des morts. Au matin, ils étaient en vue de Perpignan. Les gens d'armes de Carcassonne ne pouvaient les poursuivre en cette terre aragonaise. Ils s'accordèrent donc une pleine journée de repos à l'ombre de trois pins parasols, sur une colline fauve où leur parvenait la brise revigorante de la mer.

C'est alors que Philippe fut tenté de rebrousser chemin. Depuis leur première halte au bord de l'Aude, il avait marché à contrecœur. Il lui paraissait indigne d'abandonner Alazaïs à son sort, et sa maison de Rabastens à la ruine. Sans doute se disait-il qu'il n'était en état de secourir personne, mais il pouvait au moins souffrir avec les siens, si Dieu voulait qu'ils souffrent. De plus, les Parfaits n'étaient plus assez nombreux en Toulousain pour ce qui restait encore de fidèles. Avait-il le droit de préférer sa sécurité au service des bons chrétiens ? S'il acceptait l'exil, que deviendrait la juste foi dans les familles où il l'entretenait depuis tant d'années ? Elle s'étiolerait et s'éteindrait. Il dit tout cela à ses compagnons, presque distraitement, comme l'on réfléchit à voix haute. Bélibaste lui fit remarquer qu'il y avait aussi beaucoup de croyants réfugiés en Catalogne, et que ceux-là valaient bien les autres.

— Sans doute, répondit Philippe, mais ce ne sont pas mes enfants.

Pierre Maury lui dit alors qu'il ferait une grande folie s'il revenait seul en Toulousain.

— On connaît maintenant votre visage dans tous les bourgs où vous êtes passé quand vous avez été amené à Carcassonne. Vous rencontrerez à coup sûr quelqu'un qui vous reconnaîtra, on vous arrêtera, et vous ferez le malheur de vos fidèles en voulant les sauver. Ayez pitié d'eux, Monseigneur. Attendons en Catalogne que l'on vous oublie. Allons d'abord à Torroella-de-Montgri et à San Mateo. Dans l'un ou l'autre de ces villages, je sais que vivent des gens de ma famille et quelques croyants d'Ariège. Nous leur laisserons Guillaume, et si vous le voulez encore, je repartirai avec vous.

Philippe poussa un long soupir en hochant la tête. Ils n'en parlèrent plus. Le lendemain, ils reprirent leur route parmi les herbes sèches et les buissons bas, dans une rumeur d'insectes pareille au crépitement d'un éblouissant brasier.

Le troisième jour de septembre au début de l'après-midi, ils entrèrent à Torroella-de-Montgri, exténués par la chaleur de fournaise qui semblait immuable en ce pays. Quelques femmes vêtues de noir dans l'ombre des murailles les saluèrent et se détournèrent aussitôt avec une pudeur majestueuse. Leurs hommes étaient aux champs ou faisaient la sieste derrière les volets croisés, et sans doute s'interdisaient-elles de parler à des inconnus en leur absence. Les voyageurs gravirent d'un pas pesant la ruelle pavée qui conduisait à la place de l'église. Ils demandèrent à un jeune bouvier qui faisait boire ses bêtes à la fontaine communale si des étrangers vivaient ici. Le garçon leur indiqua une maison accolée à un vieux pan de rempart maure. Ils y allèrent.

Philippe frappa à la porte entrebâillée, qui s'ouvrit seule. Ils entrèrent dans la pénombre fraîche où ils ne virent d'abord personne après l'aveuglante lumière du dehors. À l'étage, un bruit de pieds nus résonna. Au fond de la salle, par une autre porte basse que fermait à demi un vieux drap, une jeune femme apparut, portant un panier de légumes sous le bras. Elle se tint un instant immobile sur le seuil, dévisageant les nouveaux venus d'un air craintif; puis reconnut Philippe et son visage s'éclaira. Elle poussa un cri de surprise, courut vers l'escalier, appela, avec une excitation joyeuse :

– Arnaud, Blanche, venez vite, Monseigneur d'Alayrac est dans notre maison !

Alors Philippe la reconnut aussi. C'était la sœur d'Arnaud Marti, un Parfait de bon renom que Pierre Authié avait ordonné à son premier retour de Lombardie; et dont la famille vivait à Junac, en Ariège. Il lui avait rendu visite un jour de printemps, mais n'avait guère vu les filles de la maisonnée, Blanche et Raymonde, car à peine était-il entré qu'elles s'étaient enfuies au jardin en riant sous cape. Sans doute, ce jour-là, l'avaient-elles épié par la fenêtre ouverte, à son insu.

Arnaud accueillit les voyageurs avec une grande émotion. Il leur offrit à boire de l'eau fraîche et leur demanda avec avidité des nouvelles du pays. Tandis que Blanche et Raymonde s'affairaient à préparer un repas, Philippe et Guillaume racontèrent leur arrestation et leur fuite, les souffrances endurées, les dommages que leur Église avait subis cette dernière année. Depuis que l'on offrait aux délateurs les biens des hérétiques, la méfiance et la méchanceté régnaient partout dans les villages, les prisons étaient pleines d'innocents et les Parfaits encore vivants erraient parmi les âmes en ruine comme dans les décombres d'une Peste, réconfortant les désespérés jusqu'à succomber eux-mêmes à la désespérance. Sans Mercadier, Amiel de Perles, Raymond de Castelnau et Pons de Châteauverdun étaient les derniers debout dans cette débâcle.

– Que Dieu les garde, répondit Arnaud. Mon frère Thomas m'a promis de venir cet automne avec un de ces Parfaits qu'il est allé chercher à Toulouse. Mais il est un peu simple d'esprit, et je ne peux avoir confiance en lui. Ici, je meurs de solitude. Je sens se rouiller dans ma gorge de si belles paroles que je ne peux dire à personne ! Seul, le Crucifié sait combien je souffre de ne pouvoir retourner en notre pays d'Ariège où tant de mes fidèles, depuis un an, s'en sont allés sans moi en terre. Je ne peux pourtant laisser mes sœurs toutes seules, sans ressources. Tous les jours je supplie Dieu de m'envoyer quelqu'un de notre croyance à qui je pourrai les confier. J'ai peur de trépasser avant qu'il ne soit venu.

Une petite fille ensoleillée apparut à la porte du jardin, brandissant avec un air de triomphe une poignée d'herbes et de coquelicots froissés. Elle courut en babillant vers Guillaume, lui tendit ses fleurs en grimpant sur ses genoux. Raymonde se précipita, la prit vivement dans ses bras.

– C'est ma fille Sibille, dit-elle en rougissant. Pardonnez-la.

Guillaume sourit. Le regard effarouché de la jeune femme lui fit bondir le cœur, ce fut comme un jaillissement de source dans la poitrine. Il s'affola un peu de plonger dans ces yeux noirs aux tréfonds mélancoliques. Raymonde Marti n'avait guère plus de vingt ans. Ses seins étaient menus et ses hanches larges. Il s'en voulut de remarquer cela et se sentit rougir lui aussi. Un bref instant, les voix et les bruits de la maison lui parvinrent lointains.

– Mon ami, mon ami, notre Père vous a entendu, dit Philippe en saisissant avec force les mains d'Arnaud. Guillaume Bélibaste est un chrétien confirmé, je réponds de lui, vous pouvez laisser vos sœurs à sa garde. Si vous le voulez, nous repartirons ensemble, vous et moi, sur nos bonnes terres où tant de travail nous attend. Car nous savons bien où est notre destin. Ici, en cet exil, nous sommes trop loin de lui, cela n'est pas bon. La fainéantise et le sommeil du cœur nous guettent. Si nous n'y prenons garde, nous serons bientôt secs comme de vieilles couleuvres, et nous changerons de peau. Dieu nous en protège ! Mon frère Arnaud, j'ai cheminé jusqu'ici contre mon gré, mais je sais maintenant pourquoi notre Père m'a poussé : c'est de vous qu'Il avait souci, et Il voulait que je vienne vous sauver.

Arnaud Marti fut bouleversé par ces paroles. Au fond de la salle, Blanche et Raymonde, courbées sur le foyer où elle préparaient la soupe et ranimaient le feu, suspendirent leurs gestes pour écouter cet homme à peine arrivé qui décidait de leur vie avec tant d'enthousiasme. Elles n'osèrent pas le regarder, s'essuyant lentement les mains, l'air rêveur, à leur tablier de toile. Aux exclamations d'Arnaud, elles surent que leur avenir était scellé. Il s'en irait bientôt avec Monseigneur d'Alayrac, sans aucun regret de se séparer d'elles. Blanche eut envie de pleurer. Raymonde rudoya les bûches qui ne voulaient pas s'enflammer puis, arrangeant ses boucles sous sa coiffe, elle se mit à épier Bélibaste, leur prochain maître, à le « flairer de l'œil », comme disait Pierre Maury en parlant de ses rencontres de hasard. Quand la petite Sibille s'en fut à nouveau jouer avec Guillaume, elle se détourna et fit semblant de n'en rien voir.

Philippe et Arnaud Marti, s'exaltant à parler de leur prochain retour dans leur pays et de l'œuvre qu'ils voulaient y accomplir, oublièrent tout à fait leurs sœurs et compagnons. Pierre Maury ne s'en formalisa pas et s'endormit doucement sur son tabouret. Mais Bélibaste conçut un grand dépit d'être tenu à l'écart de la conversation. Il s'irrita du courage de ces deux hommes, de leur esprit aventureux. Il se sentit misérablement couard, lui qui ne rêvait plus que de paix et d'oubli douillet. Il mena un tapage ostensible avec Sibille, cherchant à agacer ces malotrus qui lui donnaient mauvaise conscience et se souciaient de lui comme d'une figue pourrie. Quand les femmes eurent servi le repas et que l'enfant se fut éloignée de lui, il ne put contenir sa mauvaise humeur et se mit à lancer des réflexions malsonnantes que Philippe fit semblant de ne pas entendre. Alors il s'en alla parler avec Raymonde qui rêvassait au seuil du jardin.

– S'ils ont envie de mourir, dit-il sombrement, libre à eux d'aller se fourrer entre les dents des loups.

– Mon frère ne nous aime pas, répondit-elle. Il est prêt à subir tous les maux pour ses lointains fidèles, mais il ne supporte pas d'être contrarié par ses sœurs. Il fut toujours ainsi.

– Monseigneur d'Alayrac est du même tonneau, dit Guillaume.

Elle eut un élan de compassion, aussitôt retenu. Elle dit timidement :

– Vous avez eu beaucoup de malheurs.

Bélibaste eut envie soudain de la prendre par la main et d'aller marcher avec elle au-delà des murailles, vers la colline. Il se plut à jouer secrètement avec ce désir, qu'il sentait partagé. Que diraient Philippe et Arnaud ? Pour le coup, ils se préoccuperaient de lui. Ils se scandaliseraient. Peut-être même renonceraient-ils à partir, pour ne pas laisser les deux femmes en son indécente compagnie.

– Je ne suis pas un homme bon, dit-il.

Elle répondit avec une vivacité d'enfant :

– Oh si, vous l'êtes. Je le vois bien.

Elle baissa la tête, tout à coup embarrassée, et rentra dans la maison. Bélibaste la suivit. Philippe et Arnaud, captivés l'un par l'autre, n'avaient même pas remarqué leur absence. Ils bavardaient toujours, à grands flots de paroles fraternelles.

– Messire Marti, dit Guillaume, décidé à ne plus tolérer leur connivence, racontez-nous donc vos tribulations.

Votre compère d'Alayrac connaît peut-être les gloires et déboires qui vous ont conduit à l'exil, mais moi, je les ignore.

Il se servit une grande rasade d'eau et prit un air niais pour que nul ne soupçonne ce qu'il désirait en vérité : connaître la vie de Raymonde.

– Laisse-nous donc en paix, répondit Philippe.

Guillaume grogna un juron, se leva si brusquement qu'il renversa son tabouret, et s'en alla errer par le village.

Il sentit aussitôt le soleil puissant, les maisons basses, les ruelles tranquilles, taillés à sa mesure, et si accueillants qu'il en oublia ses compagnons enfermés en eux-mêmes. Des hommes qui rentraient des champs le saluèrent en l'examinant avec une curiosité un peu méfiante. Il leur répondit en langue catalane et ces gens, se sentant aussitôt en bonne parenté paysanne, engagèrent avec lui une conversation joviale. Il s'enquit d'un tisserand, qu'il alla visiter. Il se présenta à lui comme un artisan en peignes à tisser venu vendre ses services en Catalogne. Voyant que l'autre manifestait à son égard un intérêt encourageant, il lui proposa de bon cœur son aide à la besogne. Sur le seuil de l'échoppe minuscule ils parlèrent métier, un bon moment. Quand il s'en alla, le bonhomme l'invita à revenir le voir quand il voudrait. Sur la place de l'église il rencontra le curé du village, déjà prévenu de l'arrivée des trois étrangers. Cet ecclésiastique replet désirait évidemment savoir si les nouveaux venus étaient faits de bon bois catholique. Bélibaste lui fit d'excessives démonstrations de respect filial que le gros prêtre goba béatement, les mains croisées sur sa bedaine. Décidément, ce pays lui plaisait. Il parvint même à échanger quelques mots avec des femmes à la fontaine avant de revenir tout ragaillardi chez les Marti.

Philippe et Arnaud étaient au jardin à bavarder encore en faisant les cent pas parmi les oignons et les choux. Raymonde, au coin de l'âtre, s'occupait à coiffer l'ample chevelure de sa sœur Blanche. Guillaume s'approcha d'elles et se mit à parler avec enthousiasme du village et des gens qu'il venait de rencontrer. Elles l'écoutèrent d'un air un peu farouche, mais il lui sembla que sa compagnie leur était agréable et qu'elles cherchaient à lui plaire. Alors, avec des mines de confesseur paternel, il leur demanda quelle était leur vie à Torroella, et surtout quels malheurs les avaient poussées à fuir leur pays. Blanche lui répondit d'un ton moqueur :

– Le mari de Raymonde est mort l'an dernier au Mur de Carcassonne, si c'est ce que vous voulez savoir.

Puis elle poussa un cri pointu, car sa sœur venait de lui tirer les cheveux. Guillaume fit semblant de s'offusquer : il ne voulait pas être indiscret. Raymonde, le voyant vexé, décida d'ouvrir sa vie devant cet homme étrangement exigeant qu'elle sentait si proche d'elle, et tiraillé par des élans trop chaudement charnels pour être de ces Parfaits imperturbables qu'elle connaissait. Elle le fit avec une gravité recueillie, une raideur un peu craintive qui semblait dire : puisque nous allons vivre ensemble, voici mon offrande de bon accueil, voici mon trésor de drames, je n'ai rien de plus cher à donner.

– Mon père, dit-elle, était maître de forge à Junac. C'était un homme riche, et le plus assidu des bons chrétiens. Le vieux seigneur du pays, qui était de notre croyance, l'aimait et le respectait grandement. J'étais la bonne amie de sa fille Esclarmonde, à qui j'ai laissé ma robe de mariage et mon trousseau quand j'ai dû fuir. Mais j'ai toujours détesté ses fils, Pons, Pierre et Gaillard. Ils étaient fanfarons et brutaux. Ils firent notre malheur.

« L'année où Monseigneur Pierre Authié ordonna mon frère Arnaud fut sans doute la plus heureuse et la plus faste de notre vie. Presque tout le village assista à la cérémonie, qui se tint toute une durée de nuit, jusqu'à l'aube, dans le colombier de notre maison. Ce fut une belle fête. Nous n'avions pas à nous cacher, puisque le seigneur qui régnait sur Junac était des nôtres et nous protégeait des méchants. J'étais insouciante et très rieuse en ce temps-là. Je n'imaginais pas que ma famille puisse être un jour brisée, je considérais les prudences de mon père comme des manies de vieillard. J'en plaisantais souvent avec Esclarmonde quand nous allions agacer mon frère Thomas, le simple, qui travaillait aux champs seigneuriaux.

« Je connus la première vraie douleur de ma vie l'année suivante, quand notre mère Fabrissa mourut. On ne la pleura guère, sans doute parce qu'elle avait vécu trop discrètement. Mais je savais, moi, qu'elle était notre bonne magicienne. Elle nous protégeait, j'ignore comment. Elle était là, et aucune tempête ne pouvait nous atteindre. Elle s'en est allée, et mille diables nous sont tombés dessus.

– Tu oublies Piquié, dit Blanche avec un drôle de sourire acide. J'étais sûre que tu oublierais Piquié.

Raymonde rougit mais n'eut pas un regard pour sa sœur. Bélibaste, le visage tendu vers elle, appliqua toute sa bienveillance, toute sa volonté muette à l'encourager. Elle eut un air de fierté têtue qui l'emplit de tendresse.

– Il était le meilleur ami de mon frère Arnaud, dit-elle. Il n'avait aucun bien, il vendait sur les marchés les truites qu'il attrapait dans les torrents. Il habitait le plus souvent chez nous. Mon frère, dès qu'il fut ordonné, voulut que je l'épouse. Je lui ai obéi de bon cœur, car je ne désirais pas quitter notre maison. Piquié était un bon garçon. Il fut un bon mari et me donna Sibille. Je l'ai servi fidèlement, une pleine année.

« Ce furent là les derniers temps de paix que je vécus à Junac. Peu de temps après la mort de notre mère, mon mari, mon frère Arnaud et mon père furent appelés à comparaître devant les Inquisiteurs de Carcassonne. Arnaud et Piquié décidèrent de ne pas s'y rendre, et je crois qu'ils firent bien. Mon père y alla seul, convaincu qu'il le fallait pour éviter à notre famille les pires tracas. Il revint très abattu. Il ne voulut rien nous dire de ce qui s'était passé, mais ordonna à mon frère de boucler ses bagages et de fuir au plus vite en Catalogne, ce qu'il fit.

Piquié l'accompagna. Il était convenu qu'il reviendrait aussitôt qu'Arnaud serait en sécurité, car nous avions besoin de lui à la forge. Mais il se fit arrêter sur le chemin du retour. On m'a dit qu'il était mort d'une infection à la prison de Carcassonne.

« Ainsi nous sommes restées seules avec mon père, Blanche, moi et la petite Sibille qui venait de naître. Ce furent des jours tranquilles et tristes. Mon père ne sortait plus guère de son atelier. Blanche et moi passions nos journées aux champs, Esclarmonde venait souvent, sur le coup de midi, déjeuner avec nous dans la cabane où l'on remisait les outils, Un jour, je la vis accourir sur le sentier en pleurant comme au temps de notre enfance, quand ses frères la battaient, Gaillard de Junac, son aîné, venait de recevoir convocation du tribunal d'Inquisition. Il était, nous dit-elle, comme un chien enragé, hurlant partout que ceux de notre famille l'avaient dénoncé. Quand nous sommes rentrées chez nous au soir tombé, nous avons trouvé notre père mort dans la cuisine, étranglé. Les trois frères d'Esclarmonde s'étaient enfuis. La dernière fois que Thomas est venu nous voir à Torroella, il nous a dit que le vieux seigneur de Junac avait trépassé de chagrin et de honte.

Elle se tut. Pendant un long moment, on n'entendit aucun bruit dans la maison, sauf les babillements de Sibille qui jouait sous la table. Puis les femmes reprirent leurs travaux, plus lentes, plus pensives qu'auparavant, comme après une longue prière. Guillaume, maintenant qu'il savait ce qu'il voulait, regretta d'avoir poussé Raymonde à se confier à lui. Il était comme un lourdaud à qui l'on vient d'offrir un cadeau immérité. Il eut envie de dire à cette femme trop émouvante qu'elle ne devait lui faire aucune confiance, mais il n'était plus temps. Il la sentait désormais accrochée à lui comme à une planche de salut. Une méchante fatigue lui tomba sur l'esprit. Tous ces gens qui avaient traversé sa journée se changèrent en autant de petites hantises turbulentes. S'il ne se tenait pas plus sévèrement, il risquait de se blesser durement à ce monde, et surtout de s'encombrer de sentiments trop lourds. Il désira le sommeil de l'âme, le silence, la paix, même au prix de la tristesse et d'une solitude sans espoir.

— Moi, dit-il, j'ai tué un homme.

Il se leva, regarda Raymonde sans bonté. Elle baissa la tête. Il alla se coucher.

Une semaine plus tard, Philippe d'Alayrac et Arnaud Marti quittèrent Torroella-de-Montgri sans avoir un seul jour cessé de parler et de prier ensemble. Guillaume et Pierre Maury les accompagnèrent une pleine journée. Des corbeaux, plusieurs fois, se posèrent en croassant devant eux, sur le sentier, ce que Bélibaste considéra comme un mauvais présage. Il les chassa rageusement, à coups de cailloux, mais ne dit rien, et chemina en fulminant contre ces fous dont il avait bien tort de se soucier puisqu'ils ne cherchaient que leur malheur. Philippe, à l'entrée du pont bossu où ils se séparèrent, étreignit son compagnon avec une affection intacte, malgré ces jours où il avait semblé se désintéresser de lui.

— Guillaume, lui dit-il, garde-toi des méchants et des démons qui parfois te tiraillent l'esprit. Tu dois encore maigrir du cœur comme tu as maigri du corps. Seules, les aspérités de la vie et la soif de Dieu peuvent t'aider à cela. Moi, je n'ai plus rien à t'apprendre.

— Ne vous préoccupez pas de mon salut, répondit Bélibaste. Prenez plutôt soin du vôtre. J'ai grand-peur que vous n'ayez à souffrir de partir ainsi avec tant d'impatience. Vous êtes un écervelé. Je voudrais vous détester pour la sottise que vous faites. Mais à quoi bon essayer de vous convaincre ? Il est trop tard.

— Mon destin est de vivre et de mourir parmi les miens, dit Philippe. Le tien est sans doute différent. Adieu, Guillaume. Nous ne serons séparés que dans l'apparence des choses.

– Adieu, Philippe. Pardonnez-moi les chagrins que j'ai pu vous faire.

Ces mots leur furent un grand arrachement. Ils s'embrassèrent encore et se tournèrent le dos, chacun pleurant la vie de l'autre.

7

A la fin de l'automne Pierre Maury s'en retourna dans les Corbières, chez son ancien patron Raymond Peyre pour qui il avait acheté deux béliers à la foire de Laroque-d'Olmes. Il avait à conduire ses troupeaux en hivernage et promit de revenir au printemps avec des nouvelles du pays. Guillaume Belibaste vécut sombrement ces premiers temps d'exil. Passé quelques jours d'heureuse paresse, inquiet pour Philippe, certes, mais délivré de lui comme un écolier de son maître, peu à peu lui vint une tristesse qu'il ne parvint pas à secouer. Un matin, il se réveilla au fond d'un trou d'idées noires, l'esprit, le cœur, le corps même empêtrés dans d'invisibles filets. Il était à nouveau jeté bas par le chasseur intraitable qu'il imaginait acharné à ses trousses depuis l'aube de grand vent où il avait fui Cubières avec un meurtre sur le dos.

Dans cette agréable maison de Torroella où régnait, ce jour-là, cette sorte de silence ensoleillé qui contraint à la somnolence, il se vit comme un traqué dépouillé de tout, butant contre une insurmontable muraille. Il s'avisa qu'il avait, jusqu'à présent, espéré confusément un arrangement, une issue à ses débâcles, un havre où il pourrait faire halte de bon cœur au terme de la longue épreuve que Dieu lui imposait. Cette espérance de victoire et de paix l'avait, depuis son séjour à Rabastens, peu ou prou tenu debout et acharné à vivre. Or, tout était allé de mal en pis. Le monde, derrière lui, s'était effondré sous ses pas de pèlerin insensé, engloutissant sa maison, son pays, tous les visages de sa vie, ses parents, ses frères, sa femme et son fils, Alazaïs, pour qui il éprouvait encore une affection nostalgique, Pierre Garcia, le vieux tisserand, Philippe. « Je porte malheur à ceux que j'aime », se dit-il. Et il se mit à traîner de malheureux jours, ne sachant plus que faire.

Il avait promis à Philippe que même sans espoir, même en aveugle, il suivrait le chemin tracé. Or, il ne voyait plus, devant lui, le moindre sentier. Après tant de fatigues et de douleurs il était soudain contraint à une immobilité déconcertante, comme une âme dénuée d'intérêt distraitement oubliée, autant par Dieu que par diable, sur un désert brumeux. Il était désormais un Parfait sans paroles, sans fidèles à conforter, sans brebis à conduire, sans mourants à consoler. Les voies de la rédemption lui étaient fermées. Il ne pouvait pourtant trahir ses vœux et ses serments, refaire en sens inverse le chemin parcouru : une obstination, une crainte étrange plus puissante que ses fatigues le lui interdisaient. Il récitait donc sans y croire son Pater à chaque heure du jour, bénissait distraitement le pain, s'abstenait de viande et de mensonge avec la plus extrême mauvaise humeur, s'interdisait toute insouciance.

Mais il ne put même pas s'enfermer dans ses rituels moroses en attendant patiemment l'éclaircie, car de jour en jour il sentit mûrir en lui, et malgré lui, un très désespérant amour pour Raymonde. Il porta cela en pleine poitrine comme une fleur vénéneuse et lourde qui grandissait parfois jusqu'à l'étouffer, jusqu'à dévorer ses prières dans sa gorge. La jeune femme, elle aussi éprise, était devenue passionnément vigilante, quoique toujours farouche, épiant les moindres signes d'affection de Guillaume pour s'en saisir comme une affamée. Il l'évitait autant qu'il pouvait mais butait constamment sur elle, sur son regard quand il levait la tête, sur ses gestes, ses mains qui l'effleuraient toujours quand elle servait à table, sur ses paroles aussi, car souvent, après de longs silences, ils ouvraient d'un même élan la bouche pour dire le même mot, et s'interrompaient aussitôt, en riant et rougissant.

Blanche alors les raillait sans pitié. Elle n'était dupe ni des airs bougons de Guillaume ni des timidités de sa sœur. Elle surveillait l'un et l'autre avec des mines d'adolescente acide qui faisaient enrager Raymonde. Guillaume s'efforçait de se tenir au large de leurs disputes, sachant bien que cette petite teigne jouissait d'un avantage imparable : elle était fort capable, si on la poussait à bout, d'étaler crûment, un jour, les sentiments que l'on voulait tenir inexprimés, sinon tout à fait cachés. Pour l'instant, elle s'amusait à de petites tortures, invitant impromptu Sibille à grimper sur les genoux de son « père », ou s'excusant avec force sous-entendus d'intervenir dans une conversation anodine.

Un soir, pourtant, toute ambiguïté faillit être levée. Blanche n'étant ni plus ni moins agaçante que d'habitude, Raymonde se mit à pleurer et lui demanda étourdiment pourquoi, grand Dieu, elle était aussi insupportable. L'autre répondit posément, avec un air de défi triste :

– Tu le sais bien, ma sœur. Vous aussi, messire Guillaume, vous le savez. Et regardez Sibille entre vous. Elle ne parle pas encore, elle tient à peine sur ses jambes, elle ne comprend pas ce que nous disons, mais elle sait, cela se voit dans ses yeux.

Elle baissa la tête en reniflant, tout à coup pitoyable comme une enfant abandonnée. Guillaume se sentit vaciller au bord du gouffre où cette méchante fille le poussait. Il n'avait pas le droit d'aimer ouvertement une femme sous peine de n'être plus rien qu'un impardonnable parjure. Il s'enfuit à grands pas dans le jardin où l'air froid de la nuit allégea un peu son esprit. Il s'en alla droit devant lui au travers des plants de légumes, franchit la clôture et s'éloigna sur le sentier qui grimpait dans la garrigue, le cœur en débandade, remué par une rogne chaotique, incapable de trouver autre chose à faire, pour sortir du guêpier où il s'était fourré, que de marcher jusqu'à épuiser son corps. Il s'acharna longtemps à ne rien entendre que le bruit de ses pas sur les cailloux et le battement de son sang dans ses tempes, à ne rien voir que l'obscurité plus paisible autour de lui qu'en sa tête. Au sommet de la colline, parmi les rochers lunaires et les buissons gris, il se tint debout, immobile, se lavant le visage de vent. Ainsi, le regard perdu, il se mit à réciter le Pater, froidement, sans contrition, sans amour, avec une sorte de rage contre Dieu dont il n'espérait plus aucune aide, aucun ordre.

Il pria comme l'on se fait le cœur net, pour s'assurer de l'absence de ce Père, qu'il jugeait indigne. Aucune lumière ne répondant à son appel, il s'estima délivré de toute obligation, et se mit à attiser les rêves qui l'étouffaient. Il avait fait ce qu'il devait, demandé secours à son maître divin dans le grand péril où il se trouvait. L'abandon n'étant pas de son fort, rien de ce qui allait survenir ne pourrait, plus tard, lui être reproché. Puisque Blanche le poussait à tuer en lui le bon chrétien, « que son imbécile volonté soit faite », se dit-il. Il se confierait à Raymonde. Elle, au moins, l'écouterait, le comprendrait, pleurerait avec lui. Il essuierait ses larmes avec des caresses, il la prendrait aux épaules et se réchaufferait à sa chaleur, il partagerait avec elle la douce misère de ses désirs. Il n'accomplirait pas la gloire de Dieu mais connaîtrait la tendresse et le corps d'une femme, ce paradis des pauvres en espoir. Décidément, il était vain de s'inventer des puretés quand on n'était qu'un homme abandonné. Toutes les grâces lui avaient été refusées. Il ne pouvait plus rester en pareille sécheresse. Peut-être avec Raymonde découvrirait-il un autre chemin rédempteur. Elle le sauverait peut-être, par des voies imprévisibles. Ainsi rumina-t-il un long moment, excitant sa rancune contre Dieu pour tenir en lisière les bouffées de mauvaise conscience, la voix obscure, ténue, qui le traitait de fou, de tricheur stupide, et le mettait en garde contre les catastrophes qu'il allait provoquer.

Il redescendit vers le village sans avoir fermement décidé de la conduite à suivre. Il obéirait au premier regard, au premier mot de Raymonde quand il entrerait dans la salle commune. S'il la sentait aussi désemparée que lui, il franchirait le pas. Sinon, il avait encore à dire les prières du soir avant d'aller dormir. Cette fois, cheminant tranquillement, il prit le temps de contempler la nuit, qui lui parut innocente et douce. Il eut envie de s'attarder dans sa fraîcheur revigorante. A l'entrée du jardin, un rossignol chantait dans le cerisier. Il s'approcha pour l'écouter un moment à son aise. L'oiseau se tut. Il s'éloigna, le chant reprit. Il se dit que dans cet arbre un être invisible, simple et savant lui donnait ainsi le conseil de ne pas brusquer les choses, de ne pas éteindre le chant de l'âme en s'approchant d'elle trop près, et le feu doux des désirs en les assouvissant. En vérité, maintenant qu'il avait quelque peu fatigué son corps à marcher dans la nuit, il se dit qu'il pouvait au moins pour ce soir garder fermées les portes de son jardin secret et rêver seul, à l'abri des gestes irréparables.

Il s'approcha de la maison et vit bouger une lueur de chandelle dans la lucarne de l'étage. Raymonde était dans sa chambre. Ses projets contradictoires s'écroulaient ainsi bêtement. Il ne la verrait pas ce soir. Demain, la vie reprendrait son cours habituel, mêmes travaux, mêmes regards, mêmes paroles ambiguës, et le cœur, se dit-il, n'aura fait que vieillir. Il entra sans bruit dans la pénombre de la salle commune. Dès le seuil, il eut un sursaut de mauvaise surprise. Blanche était encore là, assise devant le feu presque éteint. Il hésita un bref instant à monter aussitôt se coucher, d'autant qu'elle faisait semblant de ne pas remarquer sa présence. Mais comme il posait sa main sur la rampe de l'escalier, elle dit :

— Messire Guillaume, si vous touchez à ma sœur, je vous dénoncerai comme hérétique, je ferai votre malheur et le sien, peu m'importe, car vous n'êtes pas un bon chrétien. Vous êtes un mauvais diable, un hypocrite et un voleur.

Elle se mit à pleurer à gros sanglots. Bélibaste, bouleversé par le chagrin de cette pauvre fille plus que par ses menaces, sentit son cœur vidé de tout courage. Il vint vers elle et répondit en geignant :

— Blanche, Blanche, que Dieu te garde, je veux bien que tu fasses ce que tu as dit si je manque à mes devoirs. Je ne veux pas la guerre dans cette maison. Je t'aime, toi aussi. Je t'aime autant que Raymonde et je n'ai pas de mauvaises pensées.

Ces dernières paroles eurent peine à sortir de sa gorge, car il les voulut vraies de toutes ses forces, mais s'entendit mentir. Blanche le regarda d'un air très soupçonneux en s'essuyant le nez.

— Ne faites pas tant de grimaces, dit-elle. Je ne vous crois pas.

Elle se leva et s'en fut à grand tapage faire son lit dans un coin de la pièce. Le lendemain, Bélibaste resta en prières dans sa chambre et jeûna toute la journée, avec une mauvaise humeur extrême, par pénitence.

Dans les jours qui suivirent, rien ne fut dit ou fait qui pût rompre la paix. Blanche cessa de railler et devint franchement revêche et boudeuse, tandis qu'une connivence nouvelle s'établissait entre Guillaume et Raymonde. L'incartade de l'adolescente les ayant, en quelque manière, délivrés de leurs doutes, tous deux se savaient maintenant unis intimement, peut-être à jamais. Etrange et difficile amour, en vérité. Dans la journée, ils mesuraient au plus juste leurs mots d'affection, et faisaient effort pour mêler Blanche à leurs conversations. Le soir, après le dîner, Bélibaste berçait longuement dans ses bras la petite Sibille, au coin du feu, sous le regard de sa mère. Puis, quand l'enfant était endormie, il déposait un baiser sur sa joue rebondie avant de la remettre à Raymonde qui, elle aussi, posait ses lèvres où Guillaume avait posé les siennes. Ainsi s'exprimèrent longtemps, sans autres mots, sans autres gestes, leurs plus profonds élans.

Aux environs de Noël arrivèrent à Torroella Thomas

Marti, le simple d'esprit, et un autre hérétique d'Ariège nommé Jean Rocas. C'était un soir de long silence au coin du feu. Ils franchirent le seuil de la maison, poussés par une rafale de vent glacé, crottés comme des chevaux de labour. Thomas, éructant des mots incohérents, gémissant, bégayant, tordant en tous sens sa gueule ahurie maculée de boue et de larmes, étreignit ses sœurs avec une affection dévorante qui les effraya. Rocas débarrassa son grand corps maigre du vaste manteau qui l'enveloppait, mit un genou en terre pour saluer Guillaume selon le rite et vint chauffer ses doigts au feu en disant :

— Il est arrivé malheur.
— Philippe ?
— Oui. Et Arnaud Marti.

Bélibaste, les poings contre ses tempes, ferma les yeux. Une explosion d'apocalypse embrasa son corps et son esprit. Dans ce soudain chaos, ce fut la fureur qui d'abord lui vint à la bouche.

— Il n'a eu que ce qu'il méritait, ce fou, ce foireux, dit-il. Je l'avais prévenu. Que pouvais-je faire d'autre, Dieu du ciel ? Moi, je ne suis pas de ceux qu'un Monseigneur d'Alayrac daigne entendre. C'est votre Arnaud qui lui a mangé le cœur. Philippe l'a suivi conune un âne qui trotte.

Blanche poussa un rugissement d'écorchée, et brandissant ses griffes, se précipita sur lui. Il la saisit aux épaules, la secoua en lui hurlant en pleine figure :

— Il ne vous a jamais aimées, ni toi ni ta sœur ! Il ne vous a jamais aimées !

Elle s'effondra en sanglotant sur la pierre de l'âtre, tandis que Raymonde, infiniment paisible et tendre, couchait Sibille dans ses bras, posait sa joue contre la sienne. Elle s'éloigna lentement, courbée comme une vieille, et dans le coin le plus obscur de la pièce, se mit à bercer son enfant et sa douleur en chantonnant une prière.

C'est ainsi que l'on accueillit les deux morts dans la maison de Torroella. Puis la colère tomba et vint l'accablement sur les têtes baissées. Alors Jean Rocas parla.

— Peu de temps après la Toussaint, dit-il, messeigneurs Philippe d'Alayrac et Arnaud Marti arrivèrent sans encombre à Toulouse pour y rencontrer Raymond de Castelnau, mais comme messire Raymond était alors en voyage, ils s'installèrent pour l'attendre chez un de mes amis nommé Poitevin. Ce bon croyant habitait sur le pont de Bazacle, où il avait un moulin à blé. C'est là qu'une servante vint les chercher, un dimanche matin, pour les conduire auprès d'une vieille mourante de nos fidèles qui ne voulait pas trépasser sans consolation. Ils y furent, firent ce qu'ils devaient auprès de la bonne femme, et s'en retournèrent.

« C'est alors que la servante les trahit. Cette bougresse était depuis peu de temps au service de la moribonde, qui ne savait presque rien d'elle. A peine messires Philippe et Arnaud sortis de la maison, elle courut au couvent des Frères Prêcheurs où l'évêque de Toulouse était invité à déjeuner après la grand-messe. Elle trouva sa grasse personne qui plaisantait avec des novices, à l'instant de passer à table. Elle tomba à ses genoux en lui disant ce qu'elle savait. Le prélat et ses moines l'écoutèrent avec une jubilation très benoite, et dans leur contentement décidèrent qu'il leur fallait croquer ces hérétiques avant même de festoyer. Ils se rendirent en troupe chez la vieille femme, qui était plus qu'à demi morte et ne voyait que brume. Ils s'agenouillèrent autour de son lit en ricanant sous cape et, contrefaisant les Parfaits, ils n'eurent aucune peine à lui faire dire tout ce qu'ils désiraient entendre. Quand elle n'eut plus rien à avouer, l'évêque se dressa devant elle en brandissant sa crosse et les insignes de son état. Il la menaça, et la supplia de renier sa foi avant de mourir. La bonne femme lui répondit : « Prenez ma pauvre et misérable vie si cela vous plaît, mais vous n'aurez pas mon âme. » Alors on appela des soldats qui saisirent le lit aux quatre pieds et amenèrent la malheureuse ainsi couchée au Pré du Comte, où elle fut brûlée sur l'heure. Après quoi, le prélat et sa mauvaise engeance de moines s'en retournèrent fort satisfaits à leur festin, tandis que la servante conduisait des gens d'armes chez Poitevin, où se cachaient messeigneurs Philippe d'Alayrac et Arnaud Marti.

« Ils étaient seuls dans la maison quand la troupe y entra. D'après ce que nous ont dit les voisins, messire d'Alayrac se laissa prendre sans résister, mais notre pauvre Arnaud se débattit furieusement et fut blessé au visage d'un coup de lance. La joue trouée, crachant son sang à la gueule des deux soldats qui voulaient lui lier les poings, il parvint à se dégager et à sauter par une fenêtre qui donnait sur la Garonne. On retrouva son corps trois jours plus tard dans les pilotis d'un lavoir.

« Quant à messire Philippe, il a été brûlé sur la place Saint-Étienne, il y a de cela quinze jours. J'étais parmi la foule qui assista à son supplice, avec d'autres croyants. Il y avait aussi Monseigneur Raymond de Castelnau qui s'était posté au bord du chemin afin que son bien-aimé compagnon puisse l'apercevoir en allant au bûcher. Il le vit en effet, et lui sourit avec un grand courage. Au moment de mourir, malgré les flammes qui les séparaient, les prêtres avec leurs croix, les soldats avec leurs piques, il ne quitta pas du regard messire Raymond qui fit pour lui les gestes de la Consolation et le bénit, au grand risque d'être pris, car beaucoup de gens se bousculaient autour de lui. Puis les vêtements de Philippe s'enflammèrent. Alors il poussa un hurlement qui fit trembler les grands crucifix dans les poings des prêtres, et l'on n'entendit plus rien que le ronflement et le crépitement des flammes. Le lendemain matin, ses cendres furent dispersées avec celles du bûcher. Notre frère est maintenant dans les plis du manteau de Dieu, partout où souffle le vent.

« Monseigneur Raymond de Castelnau m'a demandé de venir vous porter ces nouvelles. Il m'a dit aussi de vous annoncer sa visite pour le printemps prochain, si Dieu le veut. Je suis passé à Junac chercher Thomas, et dans le Sabarthès où j'ai vu Pierre Maury ; Pierre vous conseille d'aller à San Mateo, où vivent sa tante Guillemette et d'autres gens de Montaillou. Il viendra vous y rejoindre, sans doute avec messire Raymond.

Nul ne dit mot après le récit de Jean Rocas. Dans la cheminée, les bûches s'étaient éteintes en salivant leur sève. Personne ne les ranima. Il faisait grand vent, dehors. L'arche de Torroella grinçait, gémissait comme une bête. Dans la salle commune, on ne semblait pas l'entendre. Chacun, ramassé dans son coin de pénombre, couvait une énorme soûlerie de rancune morne et de désespérance.

Rocas et Thomas Marti finirent par s'endormir, la figure contre la table, et Blanche aussi sur son lit, secouée de longs sanglots. Guillaume et Raymonde, assis côte à côte devant le foyer, restèrent à contempler les cendres. Raymonde, de temps en temps, pleurait doucement, puis s'apaisait. Passé minuit, le vent tomba et il se mit à neiger. Le silence, le froid, l'obscurité, firent se blottir l'un contre l'autre les deux perdus qui n'avaient pas la force de porter leur âme plus avant dans cette nuit, et ne savaient où la poser, à qui la rendre. Guillaume prit la jeune femme par l'épaule, elle laissa aller la tête contre la sienne. Il pensa sans émotion que ce geste marquait la fin de sa vie de Parfait, et que tout serait simple désormais. Ils restèrent ainsi un long moment. Puis Raymonde eut un nouvel accès de larmes. Il voulut pleurer lui aussi, pour alléger la détresse qui à nouveau l'étouffait, mais il ne put. Il dit à voix basse :

— Je ne saurai jamais si Philippe me jugeait indigne de le suivre, ou s'il m'aimait trop pour m'exposer aux souffrances qu'il a subies.

— Il te jugeait indigne et il t'aimait, répondit Raymonde.

Elle le tutoyait pour la première fois. Elle le fit avec naturel, et cette sorte de grâce compatissante qui illumine parfois les vieilles épouses après cent ans d'amour. Guillaume en fut frappé comme par une foudre, comme par un miracle. « Miracle du malheur, se dit-il. Pour toucher au cœur d'une vie, au plein centre de la sombre forêt des désirs et des songes, un mot suffit, infaillible et simple comme un trait de soleil. Et pour que ce mot vienne à la bouche, il ne faut point d'effort, ni de ruse, ni d'acharnement à se fouiller, à viser juste, mais simplement assez de malheur pour que tout soit brûlé, tout perdu, tout, jusqu'au fond du crâne. En ai-je cherché, des chemins, des détours pour me conduire à bon port dans le cœur de cette femme et dans la maison de Dieu. Ainsi je n'ai fait que m'emprisonner dans d'inextricables buissons. Allons, mon Père Saint, je sais maintenant ce qu'il me faut. Donnez-moi des flammes, donnez-moi de l'incendie s'il Vous plaît, donnez-moi assez de souffrance et de désespoir, d'humiliations et d'effrois, donnez-moi assez de merde pour que brûlent mes entraves jusqu'aux racines. Il m'en faudra beaucoup, je Vous préviens, beaucoup plus qu'en cette présente nuit de pur amour et de deuil, car je suis solide, et me tient une faim de vivre que Vous aurez du mal à m'arracher. Vous m'avez déjà brûlé plusieurs fois, mon Bon Père, et voyez : je suis toujours revenu à la vie dans des ronciers plus vivaces. Maintenant, parce que Vous m'avez tué Philippe, parce que cette femme me rend parjure devant Vous et méprisable au regard de mes semblables, croyez-Vous que Vous avez assez vidé mon crâne pour ne le remplir que de Vous ? Non, à nouveau, je renaîtrai, je le sais, je renaîtrai pour Vous maudire, et maudire plus encore ce qui me sépare de Votre lumière. »

– Raymonde, Raymonde, dit-il, tiens-toi à distance de moi, ne me tente pas, ne me fais pas confiance, tu pourrais en mourir.

Elle posa la joue sur l'épaule de Guillaume et répondit doucement, le regard perdu :

– Je n'ai jamais rien demandé à personne, ni à Dieu ni à diable. Le flot des hasards et des misères m'a portée où je suis, auprès de vous qui me parlez de tentation une nuit de malheur, mon pauvre homme, comme si je portais l'enfer dans mes entrailles. Je n'ai rien à donner que ma vie, si tant est qu'elle soit utile à quelque chose. Je ne veux pas vous tenter. J'espère simplement un peu de compassion, un peu moins de solitude. Je voudrais avoir moins froid. Et votre main sur mon épaule me dit que vous avez envie d'être méchant avec ma peau parce qu'elle vous fait penser à des coucheries. Je vous en supplie, n'écoutez pas ma peau, elle n'est pas aussi désirable que vous le croyez. Ecoutez plutôt mes paroles qui demandent secours, écoutez le chagrin où je suis, bercez-le, s'il vous plaît, bercez-le tendrement, Guillaume, vous ferez une bonne action.

Elle soupira. Guillaume la serra plus fort contre lui, il voulut parler, mais les paroles restèrent dans sa gorge. Alors elle dit encore :

– A quoi bon mentir et ruser, je sais que vous m'aimez, et je vous aime aussi. Je crois qu'il nous faut obéir à celui qui a fait nos cœurs et nos esprits comme ils sont, car le plus grand péché est sans doute de refuser l'amour quand il vient dans une vie, malgré le mal qu'il fait. Guillaume, il nous faut vivre ensemble comme mari et femme. Je souhaite que vous acceptiez de bon cœur ma présence auprès de vous, et mon bon vouloir à vous rendre service. Moi, je ferai mienne cette douleur perpétuelle qui vous habite, et je me nourrirai de votre bonté. Vous semblez ignorer que vous êtes bon. Vous l'êtes, Guillaume, je le sais : vous avez parfois des sourires d'enfant. Pour le reste, je veux bien être chaste comme vous le serez, comme il vous faut l'être. Je n'aurai aucun mérite à cela, car je n'ai pas beaucoup de goût pour les plaisirs du lit. La tendresse quotidienne m'importe davantage, et je me sentirai comblée de vous voir vivre dans notre maison avec ce poids de mari et de père que vous prenez au fil des jours. Votre présence, même muette, même indifférente à mes petits tracas, me fait du bien. Vous me rendez solide, paisible, et me donnez envie d'avoir toutes les charités du monde. D'ailleurs, depuis que vous êtes là, je joue l'épouse à votre insu, j'en éprouve de grandes douceurs secrètes, et je sais bien que cela ne vous déplaît pas. Je ne prépare plus les repas comme avant, je le fais en épouse. En épouse je prends soin de Sibille, et il me plaît de la menacer de vos gronderies quand elle n'est pas sage. Votre présence a changé le sens de mes gestes, de ma vie. Je vous le dis, car les hommes ne savent pas voir ces choses-là. Ne m'abandonnez pas, Guillaume. Ne tuez pas vos sentiments, ce serait un grand péché. Vivons comme nous devons, sans trahir les serments que vous avez faits, ni le cœur que Dieu nous a donné, et la mort viendra toujours trop tôt nous prendre l'un à l'autre.

Elle se leva et s'en fut ouvrir les volets. Il ne neigeait plus. Le ciel était encore noir, à peine devinait-on la pâleur de l'aube à l'horizon, mais le jardin et la colline étaient infiniment blancs, luisants, silencieux. Avec le froid cette blancheur entra dans la maison. Il y eut dans l'air, autour des corps qui se dépêtraient du sommeil, une peine à vivre déchirante dans une douceur de berceau. Jean Rocas, Thomas Marti et Blanche regardèrent longuement, sans rien dire, ce temps à mourir d'innocence. Il y avait du pain sur la table. Guillaume vint le bénir et le partager. Raymonde s'en alla chez la voisine chercher un tison pour rallumer le feu.

Rocas et Thomas Marti restèrent une bonne semaine à Torroella, espérant un redoux qui ne vint pas. Bélibaste supporta leur présence comme une épreuve, mais fit de méritoires efforts pour ne rien laisser paraître de son agacement à les voir confinés jour et nuit dans sa maison, à ne rien faire et à puer le sommeil crasseux. Il s'enferma dans un silence que Raymonde respecta avec un air malheureux et résigné qui le mit en rage contre le monde entier. En vérité, il ne savait plus comment se conduire. Il désirait furieusement, lui, coucher avec ce corps qui le frôlait à tout instant de la journée, et qui venait sans cesse se vautrer au beau milieu de ses prières. Comme il croyait Raymonde plus pure que lui, il n'osait pas lui en faire l'aveu, craignant qu'elle l'en aime moins. Il voulait être digne de ce très simple et chaste amour qu'elle lui avait offert, et qu'il craignait d'abîmer avec sa balourdise d'homme. Pendant quelque temps, cela lui importa plus que ses serments à Dieu.

La veille de leur départ, Rocas et Thomas le firent tomber de ses nuées. Les deux hommes ayant décidé de faire route, malgré la neige, avec un convoi de marchands qui revenait d'Espagne et s'en allait en Toulousain, ils demandèrent à Monseigneur Bélibaste sa bénédiction et un sermon bien senti pour leur tenir l'âme au chaud pendant les froidures qu'ils allaient affronter. Du coup, Dieu se réveilla dans le cœur de Guillaume. Il parla, ce soir-là, de l'amour divin avec une passion très charnelle, une vigueur, une conviction dont il ne se croyait plus capable. Il bouleversa ces gens qui l'écoutaient tête basse, et s'émut lui-même profondément, car il sentit que ses paroles venaient, dans une sorte d'ivresse sacrée, de plus loin que son esprit. Il pleura presque de s'entendre exprimer un savoir qu'il croyait ignorer. Quand il eut parlé, Rocas voulut recevoir la Consolation, au cas où il rencontrerait la mort en route. Bélibaste fit ce qu'il devait sur la tête de cet homme, puis il l'embrassa avec une extrême gratitude.

– Monseigneur, dit le bonhomme, c'est moi qui vous dois tous les mercis du monde.

– Ne crois pas cela, Rocas, répondit Guillaume. Ce sont les bons chrétiens comme toi qui me tiennent en vie. Dieu veuille que d'autres viennent avant que mon âme ne soit perdue.

Aucun ne vint. L'hiver passa, aussi désespérant dans les cœurs que sur les toits. Quand les amandiers fleurirent devant la maison, Guillaume décida de quitter Torroella avec les deux femmes et l'enfant. Il ne trouvait plus à gagner sa vie dans ce trop petit village. Le pain manquait. Raymonde et Blanche commençaient à se haïr.

8

Un matin de grand soleil froid ils s'en furent vers le sud, poussant un âne chargé de leurs maigres bagages. Ainsi commença un long exode que Sibille vécut comme une promenade infinie. Elle se muscla de joie de vivre à se frotter au vent piquant, aux rencontres imprévues, aux paysages neufs. Elle égaya les durs chemins printaniers en tenant à tout le monde, les oiseaux et les herbes, les arbres et les gens, d'intarissables parlotes. Ainsi, par la seule vertu de son innocence, elle empêcha bien souvent Guillaume et Raymonde de dégringoler dans les bas-fonds du désespoir. Ils quémandèrent inlassablement du travail dans les fermes et les villages. Ils parvinrent à survivre, cheminant par d'interminables détours vers San Mateo, le but de leur voyage. Blanche se contenta de les suivre, rétive et morose. Ils finirent par ne plus se préoccuper d'elle, négligeant même de la réprimander quand elle regardait avec un air d'envie les hommes de rencontre.

Aux environs de Pâques ils arrivèrent à Cervera, où Bélibaste trouva à s'engager comme journalier chez un paysan d'un hameau voisin. Il y passa quelques journées à piocher des vignes, tandis que Raymonde vendait des herbes médicinales et des peignes à tisser dans les fermes alentour. Ils gagnèrent ainsi assez d'argent pour manger deux fois par jour, et s'installèrent dans l'unique taverne du village. C'était une masure misérable bâtie de rondins et de torchis lépreux. On y dormait sous les combles, à demi abrité de la pluie et du vent par des tuiles disjointes, on y mangeait et buvait dans la salle basse très crasseuse et enfumée comme un four : noirs étaient le plafond et les poutres, noirs les tabourets et les quatre tables bancales, noires même les volailles qui picoraient la terre battue. Heureusement, une étroite fenêtre était toujours ouverte sur la verdure et le torrent. Près d'elle, l'âcre odeur de fumée était assez tempérée pour que le lieu soit vivable. Là se tenait Bélibaste au retour de ses vignes, avec les femmes et l'enfant. Ils y étaient servis par une vieille sorcière d'hôtesse qui faisait grand-peur à Sibille. Cette créature, vêtue de chiffons et de bijoux extravagants, passait ses journées à cuire des soupes immondes dans son trou de cheminée, et ses nuits attablée seule devant une cruche de vin à se soûler et se vanter, jusqu'à ce que le sommeil la prenne, d'avoir été jadis la perle d'un bordel de Lérida. Parfois Blanche avait pour elle d'étranges bontés filiales qui scandalisaient sa sœur et faisaient ricaner Guillaume.

Un soir, comme ils étaient en train de dîner, trois jeunes hommes à la mine conquérante franchirent le seuil en parlant haut la langue de Toulouse. Bélibaste aussitôt leur ouvrit ses bras et les invita à sa table, avide de se rafraîchir le cœur au beau parler de son pays. Ces gens bavardèrent un instant sans se faire prier, puis appelèrent à grands cris la mégère aubergiste, déjà presque soûle et somnolente, pour lui demander du vin et lui flanquer dans les pognes un couple de perdrix à cuire. Alors Raymonde, à voix basse, dit à Guillaume de se méfier d'eux : ces gueulards n'avaient souci que de boire et de bâfrer. Ils n'étaient certainement pas de leur croyance. Bélibaste en convint, se renfrogna, et piqua du nez dans son écuelle de sardines en lançant sous la table un coup de pied rageur à Blanche. La teigne, qui bâillait et s'ennuyait ostensiblement avant que ces godelureaux n'arrivent, pétillait maintenant de l'œil, la figure rose comme un bouquet.

Il lui donna l'ordre d'aller se coucher. Elle fit semblant de ne pas entendre, frétillant aux fanfaronnades du plus déluré des trois bougres qui lui dit, avec un air de paon à la parade, s'appeler Bernard Laufre. Il avait fait autrefois serment d'amitié éternelle avec ses deux compagnons ici présents, Jean Maurs et Pons Barailler. Comme ils n'avaient plus de travail au pays, il les conduisait chez sa tante, à Montblanch, où cette bonne et vieille femme avait des terres et du bétail à revendre.

Guillaume et Raymonde, voyant arriver les perdrix rôties, prirent brusquement congé en prétextant une grande fatigue. Blanche resta en compagnie des jeunes gens. Une cuisse rissolée lui fut offerte, qu'elle se mit à grignoter avec des mines de souris gourmande. Guillaume, gravissant l'échelle qui menait aux combles, lui jeta un coup d'œil sévère. Elle lui répondit d'un pied de nez, en riant. Il grogna une insulte qui fit se retourner Bernard Laufre, surpris par cette hargne soudaine. Blanche lui dit :

– Mon beau-frère a des douleurs de cervelle qui certains soirs le rendent méchant comme un loup. Parfois même, on le dirait possédé du diable. Si je vous disais toutes ses bizarreries, je vous ferais bien rire.

Bélibaste alla se coucher près de Raymonde. Sibille se nicha contre la poitrine de sa mère en geignant doucement. Depuis leur départ de Torroella, le souci exclusif de survivre les avait détournés des tourments du cœur et de l'âme. Certains jours, Guillaume en avait presque oublié sa condition de Parfait. Malgré la patiente affection de Raymonde, il rêvait encore amèrement, de temps en temps, d'user sa vie jusqu'à la corde dans une solitude obtuse et laborieuse, sans plus se soucier ni de Dieu ni du monde. Et voilà maintenant que ces trois farfadets venaient le déranger dans ses retranchements. Et Blanche, la guêpe, en profitait pour le piquer et réveiller ses vieilles peurs à petits coups de menaces voilées. Il se mit à rager à voix basse contre ces gens qui encombraient sa vie. Raymonde lui prit la main en murmurant :

— Soyez prudent, Guillaume, je vous en prie. Ne vous mettez pas en colère, cela nous porterait malheur. Si vous voulez, nous partirons demain matin, et nous laisserons Blanche aux trois hommes.

Il se retourna contre la muraille, boudeur, buté, et ne répondit pas.

Ils ne dormaient pas encore quand les autres montèrent se coucher. Ils les entendirent rire et plaisanter longtemps. Sibille se réveilla en pleurant. Blanche, poussant de petits cris de femelle échauffée, fit quelque tapage à se défendre, dans l'obscurité, des empoignements de Bernard Laufre. Finalement, elle descendit auprès du feu et se coucha sur la pierre de l'âtre, la tête sur les genoux de la vieille pute de Lérida ivre morte, qu'elle appelait sa bonne mère.

Le lendemain était un dimanche. Vers le milieu de la matinée, les trois garçons et Blanche, riant et se bousculant par le gué du torrent, s'en furent au village où l'on sonnait la grand-messe. Ils revinrent sur le coup de midi. Blanche, le visage coloré par l'air vif, semblait heureuse et insouciante. Elle confia un panier de provisions à la vieille grognarde et s'en alla jouer avec Sibille devant la porte, sans se soucier de ses compagnons qui entraient dans l'auberge comme des éclopés de guerre, ni de Guillaume et Raymonde qui les accueillaient en remuant les tables et les tabourets, pour leur faire place : Pons Barailler était malade. Ses deux frères jurés l'aidaient à marcher, tant bien que mal. Il se tenait le ventre en grimaçant, livide, secoué de nausées. Il n'eut même pas la force de grimper au grenier pour se coucher. On lui installa une paillasse devant la cheminée. Il s'y laissa tomber en rotant de terribles hoquets et se mit à grelotter sous la méchante couverture que l'on avait jetée sur son corps.

— Voyez-moi ce pauvre bougre, dit Guillaume. La messe lui est restée sur l'estomac. Il lui faudrait la vomir, sinon je crains fort qu'il ne trépasse.

Tandis que la sorcière, la tête dans la cheminée, s'affairait à touiller une épaisse soupe d'herbes pour Barailler, Blanche déballa des morceaux de jambon et des saucisses que les garçons avaient achetés au village. Bélibaste, reniflant ces victuailles, fit une grimace de dégoût et s'en écarta, l'air offensé. Il s'assit sur le rebord de la fenêtre, étendit une serviette blanche sur ses genoux, posa dessus sa miche de pain et la bénit, avant de s'en trancher un quartier. Bernard Laufre le regarda faire, puis s'approcha de son compagnon qui rêvassait sur le seuil en mangeant sa viande. Il lui dit :

— Par mon âme, cet homme est un hérétique, j'en mettrais ma main au feu. L'as-tu entendu médire de la messe ? Voilà maintenant qu'il ne veut pas de notre bonne chère. Nous devrions le faire arrêter. Monseigneur l'évêque de Pamiers nous en donnerait beaucoup d'argent.

Jean Maurs hocha la tête d'un air tourmenté, réfléchit longuement.

— Si tu veux m'en croire, dit-il, ne nous mêlons pas de ses affaires. Imagine que tu te trompes, et que nous fassions le malheur d'un innocent. Nous porterions ce péché comme une dent gâtée dans la bouche. Il nous empoisonnerait la vie.

— Je te dis que c'est un salaud d'hérétique, répondit Laufre en jetant un regard sournois dans la salle commune.

— Tu as peut-être raison, mais si nous le faisions prendre, il nous faudrait encore aller en prison avec lui jusqu'à ce qu'il soit jugé, et comparaître à son procès. C'est la loi.

— Hé, compère, nous serions grassement payés pour cela.

— Grassement, oui. Grasses sont les plantes qui poussent sur la merde. Laisse cet homme en paix, Bernard.

— Non. Je le surveille. Il vaut de l'or, des bénédictions et des indulgences d'évêque.

Il revint dans la salle. Sibille courut à sa rencontre et lui tint un discours d'oiseau en lui offrant un bout de pain.

Il la prit dans ses bras avec une affection un peu gauche. Il la câlina un moment.

Cependant, Pons Barailler allait de mal en pis. Il avait d'affreuses coliques, son visage creusé ruisselait de mauvaise sueur et ses yeux lourdement cernés regardaient les vivants avec un tel effroi qu'on n'osait plus lui parler, ni même s'approcher de sa paillasse, d'autant qu'il avait chié vert dans ses bragues et qu'il puait insupportablement. La sorcière en plaisanta, elle se mit à caresser sa figure en chantonnant de douces paroles ordurières, avec des mines de nourrice. Les hommes se détournèrent. Raymonde sortit avec Sibille. Seule, Blanche, se tenant au large, regarda, fascinée, l'hôtesse accroupie dans la pénombre auprès du moribond. Cette vieille mère pourrie s'affairait, avec une sorte de grâce gourmande, à jouer la sage-femme de la Mort. Elle soulevait la couverture souillée et flairait dessous en gloussant, faisant tinter ses colliers de cuivre comme un hochet sous le nez du pauvre Pons, puis lui barbouillait la gueule de soupe qu'il ne pouvait avaler, le couvrait de briques chaudes et de cataplasmes, berçait son corps suant, merdeux, à bout de forces, avec une jouissance abominable, en nasillant :

– Je connais les hommes, il leur faut des mamans dans la tête et des chéries sur le ventre. Dors, mon petit, je suis ta maman, je suis ta chérie, ta maman, ta chérie.

Et Barailler s'accrochait à son cou, à ses cheveux, à ses rides, et Blanche voyait bien que cela seul aidait le mourant et l'apaisait, qu'il n'y avait rien d'autre à faire que de se vautrer avec lui tendrement dans l'ordure pour amadouer sa mort. Les larmes lui montèrent aux yeux, elle fut prise soudain pour cette misère d'un élan d'amour aussi passionné que l'étaient parfois ses flambées de jalousie, ses sauvagries, ses fausses indifférences. Elle s'approcha de la cheminée où s'étreignaient la vieille ivrognesse et le moribond.

Elle tomba à genoux et les enlaça en sanglotant. Bélibaste, qui priait près de la fenêtre, se retourna. Depuis un moment, il ne pouvait s'empêcher de jeter de brefs coups d'œil à leurs remuements obscurs qui le bouleversaient trop pour qu'il ose les regarder franchement. Il se précipita pour arracher l'adolescente à cet effrayant embrassement. Elle se dressa, lui fit face et dit rageusement :

— Vous et vos prières, et vos belles paroles, et vos consolations, que faites-vous pour ce pauvre homme ? Si mon frère Arnaud était là, il serait près de lui, à souffler Dieu dans sa bouche. Mais vous, vous n'êtes pas plus utile à ceux qui souffrent qu'une vieille carcasse d'âne au bord d'un chemin. Allez roucouler dans le giron de ma sœur, et laissez-nous en paix.

La vieille femme souleva la tête de Pons Barailler au creux de son épaule. Ensemble ils regardèrent Guillaume d'un air implorant, comme si soudain ils espéraient de lui un secours fraternel, comme s'ils reconnaissaient en lui le même bois d'épave dans lequel ils étaient taillés. Bélibaste se raidit. Que lui voulaient ces gens ? Pourquoi le suppliaient-ils ainsi ? Pourquoi s'imaginaient-ils que lui, un vagabond, un paria, pouvait quelque chose pour eux ? Éperdument, il regarda Blanche. De quel droit cette fille imprévisible, cette folle, le rappelait si durement à l'ordre ? Pourquoi lui fouettait-elle ainsi le cœur avec son air d'ange impitoyable ? Il eut envie de se justifier misérablement. Il ne saurait jamais accompagner Barailler jusqu'au seuil de la mort, il n'en était pas capable, il avait trop peur que ses compagnons ne le dénoncent comme hérétique. D'ailleurs, Bernard Laufre et Jean Maurs avaient déjà parlé d'aller chercher un curé. Ces gens n'étaient pas de sa religion, il ne leur devait rien, pas même un adieu s'il voulait partir sur l'heure et se sauver de leurs possibles méchancetés. Mais pensant tout cela il sentit son âme se fendre. Il se mit à trembler comme un arbre secoué. Il s'approcha de Pons.

— Cette nuit je serai près de toi, lui dit-il. N'aie pas peur.

Il n'y avait personne d'autre qu'eux dans l'auberge.

Des villageois venus boire étaient repartis aussitôt, flairant sous les poutres trop basses une fin de vie qui ne les regardait pas. Bernard Laufre et Jean Maurs étaient assis devant la porte à ruminer leur chagrin, et de vagues projets de départ. Le ciel blanchissait. Dans la fraîcheur de la fin d'après-midi, Raymonde et Sibille revenaient lentement de promenade. Guillaume les vit au loin. Un sanglot l'étouffa. Il se tourna vers Blanche.

– Dieu te garde, lui dit-il, ton cœur est plus pur que le mien. Si je suis pris, ce sera par ta faute.

Elle répondit fièrement, en grimaçant un sourire de défi :

– Je ne vous veux aucun bien, messire Guillaume. Vous n'êtes pas un vrai croyant. Mais je vous aiderai à consoler Barailler. Bernard Laufre ne viendra pas vous surprendre. J'en fais mon affaire.

Bélibaste regarda longuement ce visage qui dissimulait trop d'intime souffrance, trop de fêlures et d'élans bridés pour n'être pas attirant. « Elle porte elle aussi sa croix, se dit-il. Et tout l'amour qu'elle ne peut pas dire l'assèche, la brûle de la tête au fond du ventre. » Il tendit la main pour caresser sa joue, mais elle recula comme un animal effarouché.

– Allez donc prier, dit-elle, vous en avez besoin.

Il s'en fut au fond de la salle. Blanche ranima les braises dans la cheminée pour mettre la soupe à cuire. Comme il commençait à faire froid dehors, Laufre et Maurs rentrèrent. Ils s'installèrent devant le feu, enveloppés dans leur houppelande. Raymonde s'approcha de Bélibaste renfrogné dans son coin. Il avait l'air si buté qu'elle n'osa pas lui poser de questions. Elle se tint humblement assise à son côté et se mit à repriser un vieux vêtement dans la lueur de la chandelle, levant le nez de temps à autre pour surveiller les gestes et les visages alentour. La vieille hôtesse s'en alla pousser les verrous. Pons Barailler somnolait. Il ne semblait plus souffrir mais ce n'était pas de bon augure.

Quand ils eurent avalé leur soupe, les deux compagnons du moribond se penchèrent sur sa paillasse en parlant à voix basse. Blanche vint aussitôt entre eux, et rencontrant la main de Bernard Laufre comme par inadvertance, la prit dans la sienne. Elle lui demanda ce qu'il complotait avec son ami. Le jeune homme répondit :

— Je crois qu'il nous faut aller chercher un prêtre. Pons est au plus mal.

— Laissez-le dormir, dit-elle. Si demain il ne va pas mieux, nous serons toujours à temps de faire ce qu'il faut.

Puis elle ajouta dans un souffle, en faisant en sorte que Jean Maurs n'entende pas :

— Je vais me coucher. Vous devriez faire de même.

Elle regarda le garçon avec une impudeur grave et fière. L'autre rougit. Ses mains s'égarèrent sur la croupe de la fille. La sorcière, derrière eux, gloussa d'un air morne. Blanche se dégagea et s'en alla souhaiter la bonne nuit à sa sœur. Raymonde la saisit rudement au poignet.

— Je t'ai vue exciter cet homme, lui dit-elle. Que vas-tu faire, petite garce ?

— La pute pour ton Guillaume, répondit-elle.

Elle tourna les talons et grimpa vivement aux combles. Raymonde, éberluée, regarda Bélibaste.

— Cette nuit je dois consoler Barailler, dit-il. Laisse-moi en paix.

Raymonde ne voulut pas aller dormir. Elle resta pelotonnée au fond de l'auberge avec Sibille endormie dans ses bras. Quand les autres furent montés à l'étage, Guillaume attendit encore un long moment dans l'obscurité en essayant de prier. Les bruissements de paillasse, les petits cris étouffés de Blanche le firent enrager et pester contre toutes les foutreries du monde. Enfin il s'approcha doucement de la cheminée. La vieille était assise sur sa chaise basse, les yeux grands ouverts dans la faible lueur du feu. Il s'accroupit près du mourant. Suant de peur, le cœur tonnant, il murmura :

– Tu m'entends, Barailler ?

Le pauvre bougre battit des paupières, essaya de parler, grogna.

– Je vais t'accompagner où tu dois aller, Barailler, souffla Guillaume. Veux-tu bien de moi ?

La sorcière ricana en pointant un doigt obscène vers le plafond qui grinçait lourdement. Bélibaste, à genoux, les mains sur les oreilles, se mit à parler à voix basse, comme en un délire saccadé, la bouche presque accolée à celle du moribond qui respirait à longs souffles rauques.

– Dieu pardonne tes fautes, Barailler, Il te console par ma voix, Il te bénit, Il t'attend, Il espère ton retour, tu es Son fils parti en voyage, il y a longtemps, parti traîner dans les putasseries du monde. Il te voit revenir maintenant, Il sait que tu es fatigué, que tu souffres, et Il prépare une grande fête de retrouvailles, car toi tu as peut-être oublié ton Père à courir les chemins derrière des ombres, mais Lui ne t'a jamais oublié, et sur le seuil de Sa maison Il pleure et Il rit tellement Il est content de t'accueillir bientôt, Son cœur est tout gonflé d'indulgences, Barailler. Il sait bien que tu as fait quelques saloperies en traversant ta vie, qu'importe, Il m'a envoyé près de toi pour que mes prières te lavent. Les douleurs de la mort te relaveront, et quand Il te baisera le front, tu seras propre comme un sou neuf. Alors, s'il te plaît, Barailler, toi qui vas voir le Père en face dans Sa maison, je te supplie de Lui parler de moi. Dis-Lui que par malheur j'ai tué un homme, et que depuis je suis comme un aveugle courant après la paix qui se dérobe toujours. Dis-Lui que je tombe souvent, que je ne suis ni vertueux ni intelligent, que je ne comprends rien à ma vie, que je ne sais où je dois aller, ni ce que je dois faire. Dis-Lui que je doute de Sa bonté, de Sa justice. Dis-Lui que parfois je Le déteste. Dis-Lui qu'au moins une fois Il réponde à mes prières, qu'Il m'insulte, qu'Il me renie, qu'Il me maudisse, mais qu'Il me réponde. Ainsi soit-il.

Il posa la main droite sur la tête de Barailler et se mit à

réciter le premier des sept Pater de la Consolation. La vieille ronflait sur sa chaise basse, tenant serrée contre sa poitrine une cruche de vin presque vide. Quelques braises rougeoyaient encore dans la cheminée. La lueur froide de la lune éclairait vaguement les tables et les poutres jusqu'au fond de la salle où Raymonde veillait, attentive aux craquements du plancher à l'étage. Le bourdonnement de litanie s'enfla dans l'ombre où priait Belibaste. Raymonde entendit distinctement « Pater Noster » dit en un souffle puissant, et la cinquième prière emplit soudain l'auberge. Alors elle vint vers lui à pas menus, agitant ses mains pour le faire taire. Passant près de l'échelle, elle entendit un bruit de voix dans les combles, et des piétinements précipités. Blanche cria :

– Messire Guillaume, messire Guillaume, prenez garde à vous !

Bernard Laufre était déjà en bas, tenant une lanterne. La tête ébouriffée de Jean Maurs se haussa par-dessus son épaule. Ensemble ils virent Bélibaste agenouillé qui maintenant récitait avec une ardeur provocante son septième Pater, sans se préoccuper du tapage qui tout à coup l'environnait. La vieille se réveilla, but une lampée de vin et contempla d'un air stupide les deux garçons à moitié nus, immobiles au pied de l'échelle.

– Je t'avais bien dit qu'il était hérétique, grogna Laufre. Va chercher le curé et des hommes avec des fourches. Il ne faut pas que ce brigand nous échappe.

Blanche se précipita contre la porte et fit face à la salle, le regard sauvage, prête à l'assaut. Raymonde ceintura Jean Maurs en hurlant. Il se défendit mollement.

– Par Dieu, bonne femme, lâchez-moi. Je n'ai pas l'intention de faire ce qu'il dit. Tout cela peut attendre le jour.

Laufre, furibond, posa sa lanterne sur une table et se mit en posture d'empoigner Bélibaste qui s'approchait, transfiguré, dans le rond de lumière. Il tremblait, pris d'une sorte de rage jubilante.

– Me voilà content, dit-il. J'ai fait ce que je devais.

Maintenant, compère, vous pouvez abattre votre poing sur ce bec qui vient d'appeler Dieu au chevet de votre compagnon.

L'autre se trouva tout déconfit de voir qu'il ne se défendait pas. Il prit un tabouret et le glissa sous ses fesses en disant :

– Je ne veux pas votre malheur mais diable, je sais qui vous êtes, et je serais grandement coupable si je ne vous dénonçais pas. Je ne pourrais plus me confesser loyalement. Je me moque de vos croyances, mais point de mon salut.

– Je pourrais vous en dire autant, bonhomme, répondit Bélibaste. Je me moque de vos croyances, point de mon salut. Cependant, nous ne sommes pas égaux. Vous avez le pouvoir de me faire griller sur un tas de bûches. Moi, je suis démuni de tout, et j'en remercie Dieu. Je préfère mes pires débâcles à votre puissance. Elle me ferait horreur, si je l'avais.

– Taisez-vous, dit Laufre. Vous ne m'entortillerez pas avec vos méchantes ruses. Si vous avez à pâtir de la justice, c'est que vous êtes malfaisant.

– Ce n'est pas moi qui fais le mal, ici, c'est vous. Si j'avais quelque malice, je serais peut-être corneur de messe ou prieur d'abbaye, mais je ne m'échinerais pas à trimbaler Dieu sur les chemins comme un âne bâté, au risque de mille morts. J'ai tout à perdre à vivre comme je le fais, j'ai tout à souffrir : la misère, la peur, la haine de vos maîtres. N'est-ce point là une preuve de ma bonne foi ? Quand un homme marche ainsi contre la paix de son corps et la tranquillité de son cœur, n'est-il pas digne, au moins, de pitié ? Croyez-vous que je me plais dans cette solitude où vous me voyez ? Il fait froid, hors du troupeau, je vous le dis, bonnes gens. Je gèle, moi. Croyez-vous que je n'aimerais pas bêler avec vous, bien au chaud parmi vos petites âmes ? Trotter paisiblement sur le chemin battu, sans crainte de me perdre ? Être convenable, enfin ? Ah, me frotter l'échine aux bottes des puissants, sentir ma tête caressée par le souffle des prêtres, être respecté des polices, quelle jouissance ! Croyez-vous que j'ai renoncé par malice à ces béatitudes ?

— Vous êtes un pauvre fou, hurla Bernard Laufre en frappant du poing sur la table.

— Alors, accordez-moi un regard compatissant et passez votre chemin. C'est ainsi que l'on fait quand on n'est pas insensible aux infirmités du monde.

Barailler se mit à gémir sur sa paillasse. Jean Maurs s'agenouilla près de lui et souleva sa tête pour le faire boire. Raymonde et Blanche vinrent à son aide. Il y eut un instant de tendre misère autour du moribond. Laufre demanda comment il allait. On ne lui répondit pas. Il en fut désemparé et se tourna vers Bélibaste.

— Demandez à Dieu de le sauver, dit-il. Si mon pauvre Pons ne meurt pas, je ne ferai rien contre vous.

— Allez donc laver le foutre de vos bragues avant de donner de tels ordres, répondit Guillaume.

Il s'en fut jeter une bûche au feu et laissa le garçon planté là, bouche bée. Comme Blanche venait vers lui, il chercha secours dans son regard, mais elle se détourna.

— Il me semble qu'il n'a plus de fièvre, dit Jean Maurs.

— Ne vous réjouissez pas, répondit Guillaume. Il va mourir.

— S'il meurt, vous mourrez aussi, grogna Laufre, buté.

Il se planta devant la fenêtre, tournant le dos à tout le monde. L'obscurité était encore épaisse. Un vent mouillé secouait les feuillages au bord du torrent. Il regarda les nuages rouler devant la lune et en oublia un instant la puanteur de la mort, la sécheresse des mots et des menaces. Il entendit un chant de coq au fond des ténèbres. Dans ce monde qu'il avait jusqu'ici traversé sans soucis, innocent comme un loup aventureux, il sentit un appel d'ombre inquiète et remuante. Il se dit soudain que jamais encore il n'avait pris le temps de contempler la nuit, et maintenant il lui semblait que c'était elle qui le regardait, elle qui voulait lui parler avec l'exaltation confuse des muets qui s'acharnent désespérément à se faire entendre. Il en fut troublé, presque effrayé. Il se perdit un long moment à poursuivre d'obscurs roulements de pensées et d'indéchiffrables bruissements d'âme. Quand Raymonde posa la main, timidement, sur son épaule, il sursauta comme un enfant pris en faute. Elle aussi voulait lui parler, comme la nuit. Sa bouche trembla, mais elle resta silencieuse. Elle avait un regard d'animal qui espère. Il se sentit vaincu. Il dit, rageusement :

– Eh bien, quoi, je ne suis pas un ogre.

Elle eut un élan pour l'embrasser, mais il haussa les épaules et s'éloigna d'elle. Alors elle courut vers Guillaume, les yeux pleins de larmes rayonnantes, et lui dit, assez haut pour que chacun l'entende, que Bernard Laufre était le meilleur homme du monde.

Pons Barailler mourut le lendemain dans l'après-midi, seul près de la cheminée où cuisait la soupe du soir. Guillaume et Raymonde étaient à leurs travaux, la sorcière ramassait de l'herbe pour ses lapins dans un champ voisin, Bernard Laufre et Jean Maurs s'en étaient allés avec Blanche au village, chercher le curé et son saint sacrement. Ils revinrent trop tard. La soupe, sur le feu, bouillait et débordait. Tandis que Blanche s'occupait d'ordonner les bûches sous la marmite, le prêtre aspergea le mort d'eau bénite en récitant quelques patenôtres, puis il l'abandonna à ses deux compagnons qui l'enveloppèrent dans sa couverture et le portèrent au cimetière où il fut enterré sur l'heure.

Revenus à l'auberge, les deux garçons se soûlèrent abondamment pour endormir leur chagrin. Ils écoutèrent jusqu'au fond des cruches la vieille hôtesse dévider les fastes de sa vie au temps où elle était madone de bordel, puis Bélibaste les hissa à l'étage et les embrassa avant qu'ils ne s'effondrent en hoquetant sur leur paillasse. Il n'avait plus aucun souci pour sa sécurité : Laufre n'avait rien dit au curé. Désormais, il ne pouvait plus le dénoncer sans risquer d'être accusé de complicité d'hérésie.

Cette nuit-là, Guillaume et Raymonde s'endormirent en se donnant la main, heureux et fatigués comme après une bataille gagnée, et sans désir l'un de l'autre. Cela aussi leur fut une victoire. Le temps d'une rêverie avant le sommeil, une tendresse invincible leur emplit le cœur, et ils se crurent enfin sauvés de tous les périls imaginables.

A la pointe de l'aube, Bernard Laufre et Jean Maurs se levèrent pour reprendre leur route. Blanche fut réveillée par une bouche qui cherchait la sienne. Laufre lui disait adieu. Elle lui prit la tête à deux mains et l'embrassa furieusement, comme une perdue. Il dit à voix basse :

– Je vais à Montblanch, chez ma tante. Elle s'appelle Condors. Souviens-toi : Condors, à Montblanch.

Elle vit dans ses yeux une hésitation de promesse, un regret de bonheur, peut-être de l'amour, de l'envie de grand vent.

– Si Dieu veut, dit-elle.

Elle non plus ne promit rien. Elle l'accompagna jusqu'au gué du torrent, pieds nus dans l'herbe mouillée du petit jour. Leurs mains se délièrent au bord de l'eau, et il ne se retourna pas.

9

La première fois que Guillaume et Raymonde firent l'amour ensemble, ce fut un jour de mai, à l'ombre d'un figuier, sur un lit d'herbe tendre arrachée de la vigne. A l'heure de midi elle vint le surprendre à son travail, rieuse, avec un panier de pain frais. D'aussi loin qu'elle le vit, elle lui fit un grand signe et se mit à courir à sa rencontre, bondissante parmi les buissons de la garrigue. Lui, appuyé sur sa pioche, se sentit heureux comme en ces instants miraculeux où le cœur soudain s'accorde à l'harmonie du monde. Ils déjeunèrent face à face, se caressant du regard et parlant à peine, juste assez pour savourer leur solitude sous l'abri de feuillage transparent. Aucun bruit humain ne leur parvenait, même pas le tintement lointain de la forge que Guillaume entendait parfois, quand le vent soufflait du village. Ce jour-là, la brise ne portait que le bruissement des collines.

Quand ils eurent fini de manger, elle se renversa dans l'herbe fraîchement coupée. Elle ferma les yeux. Il vint agacer le coin de sa bouche, d'un brin de paille. Elle sourit, il se pencha doucement. Alors elle le regarda d'un air désemparé, prit son souffle comme pour parler, il s'abattit sur elle, et ce fut soudain comme une étreinte de retrouvailles après des siècles de séparation. Ils roulèrent ensemble dans un tourbillon confus d'ombre et de lumière, puis s'empêtrèrent en gémissant dans leurs vêtements. Guillaume empoigna les cuisses blanches et tièdes dans le tumulte des jupons, et les seins haletants bondirent, aussitôt saisis comme des proies, et le ciel s'engouffra dans la bouche de Raymonde, la terre dans la bouche de Guillaume, et ce fut la première nuit du monde en plein midi, puis le premier matin, puis la renaissance du soleil dans le feuillage, les bruits de la brise, la paix retrouvée.

Alors vint la tendresse, la lente exploration du visage et de la chevelure, des épaules nues, des menus secrets de la peau. Raymonde, les yeux clos, s'offrit dans l'herbe creusée au bon vouloir des mains, aux questions du regard. Tout son corps disait : « Vois, je suis faite ainsi », ce fut une grande confession paisible. Guillaume, découvrant la nudité de cette femme qu'il croyait connaître et n'avait jamais vue, s'avançait du bout des doigts, attentif, frémissant, comme à la découverte d'un miracle. Il n'y avait plus rien au monde que ce visage, ces courbes, cette blancheur palpitante. Les emportements de la vie étaient enfin apaisés, à portée de caresse. Les douleurs passées, les espérances, les chemins à venir, la grande roue des jours, les collines fauves et vertes alentour, les vignes, la garrigue, les oiseaux lents dans le ciel, le soleil et l'ombre du figuier, tout cela avait enfin un centre et c'était Raymonde couchée dans ce creux d'herbe. Il s'abîma longtemps dans la découverte prodigieuse et simple de ce corps, riant aux tressaillements du ventre sous l'effleurement des doigts, baisant la cime des seins, les infimes sourires au coin des lèvres. Ils jouirent encore, puis vinrent les gestes à nouveau quotidiens, des lenteurs de réveil parmi les vêtements dispersés.

Elle se rhabilla et rajusta sa coiffe, il chercha ses sabots jetés par-dessus tête à l'instant du chambardement des chausses. Elle resta debout appuyée contre l'arbre et le regarda d'un air un peu inquiet attacher son couteau de berger à sa ceinture. Elle craignait maintenant qu'il sombre dans le remords, qu'il lui reproche d'être venue et qu'il ne l'aime plus. Quand il leva la tête, il la crut boudeuse et vint lui caresser le bout du nez. Alors elle lâcha la bride à son bonheur, se précipita dans ses bras et l'étreignit avec une force qui le fit geindre et rire aux éclats.

Comme il avait pris du retard à la vigne, elle se mit à l'ouvrage avec lui, ramassant à pleines brassées les herbes piochées, vive, joyeuse, infatigable. Ils ne prirent que de brefs instants de repos, des haltes de sourires et de clignements d'yeux ensoleillés, sans paroles pour ne point troubler leur profonde connivence, leurs musiques intimes. Puis à l'horizon apparurent les premiers feux du crépuscule. Alors ils s'en revinrent à regret vers le village. Tant qu'ils cheminèrent sur la garrigue déserte ils se tinrent enlacés, l'esprit doucement dérivant dans le grincement mélancolique des grillons. Mais parvenus sur le chemin large, ils rencontrèrent quelques paysans et des chariots chargés de femmes. Ils répondirent à peine aux salutations de ces gens, en se déliant l'un de l'autre, comme s'ils craignaient que l'on devine sur leur visage la trace de leurs embrassements. Quand le toit roux de l'auberge fut en vue dans le creux du vallon, elle le retint et lui fit face. Les joues rosées, les yeux brillants, elle lui dit simplement :

– Nous sommes bien tous les deux.

Elle chercha dans ses yeux une approbation, une provision de certitude avant que le regard des autres ne les sépare. Il répondit :

– Je me sens tout neuf, comme si j'étais mort et revenu au monde. J'ai envie d'être bon.

Elle appuya le front contre sa poitrine en poussant un long soupir. Alors, pour dissiper tous les nuages possibles, il dit encore, avec une conviction un peu exagérée :

– Raymonde, faire l'amour avec toi n'est pas une faute.

Au loin, la cheminée fumait droit dans le ciel calme. On entendait de longs cris d'hirondelles. Il y avait dans l'air une douceur limpide et déchirante. Quand Sibille, qui jouait devant la porte de l'auberge, les vit apparaître au bout du sentier, elle courut vers eux et bondit dans les bras de sa mère en riant follement. Beaucoup plus tard, Bélibaste se souvint de cet instant. Ce fut le plus beau, le plus étrangement heureux qu'il ait jamais vécu.

Depuis la mort de Pons Barailler, la vieille hôtesse traitait Guillaume avec un respect considérable et vaguement craintif. Elle ignorait tout des batailles hérétiques qui troublaient le comté toulousain. De plus, l'esprit de cette femme était semblable aux forêts : foisonnant, mystérieux et sauvage, vivant d'instinct plus que de raison. Elle prenait donc son client pour un de ces sorciers savants dont on peut espérer des miracles ou craindre les pires maux. Bélibaste n'en était pas mécontent et jouait volontiers auprès d'elle de ce prestige de mage. Ce soir-là, elle conduisit à sa table, avec des mines d'entremetteuse, quelques villageois qui lui présentèrent sournoisement leurs eczémas et leurs plaies purulentes. Il pria donc sur ces misères, les bénit très cérémonieusement et administra des plantes vertueuses que Raymonde avait cueillies au hasard des sentiers. Cela fit quelque peu ricaner Blanche qui vint lui faire la révérence en l'appelant « messire docteur » avant d'aller se coucher. Lui-même, quand il fut seul avec Raymonde dans leur coin de grenier, s'amusa fort de la naïveté de ces gens. Mais le lendemain, le curé de Cervera, qui avait eu vent de ces manigances, vint le trouver à la vigne, et lui posa des questions soupçonneuses. Un médecin, passe encore, ce jeune prêtre à la tête de Maure voulait bien le tolérer, pour peu qu'il ne s'attarde pas trop longtemps dans son village. Mais un hérétique, il était prêt sur l'heure à le jeter lui-même au feu, et à disperser ses cendres au vent.
– Ces gens qui ne suivent pas les préceptes de la Sainte Église font pleurer des larmes de sang à Notre-Seigneur Jésus-Christ, dit-il. Ils salissent l'air du monde, je les déteste de toutes mes forces. Dieu merci, il n'y en a guère dans notre peuple. Mais il en vient de votre pays, et nous

devons nous garder d'eux. Je sais que certains vivent chastes. Il paraît que vous n'êtes pas de ceux-là.

– En effet, répondit Guillaume, tout à coup amer et ricanant. J'ai une femme et une enfant.

– Dieu les garde, dit le curé sans la moindre bonté.

Bélibaste cracha dans ses mains et se remit à l'ouvrage avec un acharnement redoublé. L'autre le regarda un moment travailler, l'air chafouin, sans rien dire, puis s'en fut.

Dès lors, Cervera ne fut plus une retraite assez sûre. Les jours qui suivirent furent mal embouchés, fébriles, méchants à vivre. Un homme, qu'on n'avait jamais vu à la taverne, vint tous les soirs surveiller Bélibaste et les femmes. Il s'asseyait à proximité de leur table et les regardait manger en vidant tranquillement des gobelets de vin. Guillaume dut se cacher pour bénir le pain et fit semblant de mâchouiller quelques bribes de jambon qu'il enfouissait dans sa tunique, à la dérobée, mais il ne put savoir si l'autre était dupe.

Un matin, pressentant la catastrophe proche, il s'en alla voir le fermier qui l'employait à la vigne et lui demanda son salaire. Le travail n'étant pas tout à fait terminé, on ne lui donna que la moitié du prix convenu. Il s'estima volé, protesta et fut chassé à coups de pied et de canne ferrée. Il revint à l'auberge poussiéreux, déchiré, fou de rage. Il rassembla ses hardes en menant grand tapage, rameuta Blanche et Raymonde et leur ordonna de le suivre. Blanche, qui s'attardait à embrasser la vieille hôtesse, fut empoignée par les cheveux et poussée sur le chemin à grand renfort de malédictions.

Dès qu'ils furent assez loin du village, les deux femmes, trottinant derrière Guillaume qui marchait comme un forcené, commencèrent à se disputer. Blanche menaça de ne plus suivre ce méchant bonhomme qui avait déchiré sa coiffe et maintenant la jetait sur les routes avec sa sœur, sans daigner dire quelle mouche le piquait. Raymonde se mit à la tirailler en la houspillant. Ces criailleries leur firent perdre quelque distance sur Bélibaste qui s'en alla seul devant, bastonnant furieusement son âne gris sur lequel trônait Sibille parmi les balluchons. Ils cheminèrent ainsi une bonne heure. Quand les deux péronnelles, toujours occupées à se quereller, le rattrapèrent au détour d'une colline, la rogne leur tomba d'un coup dans les sabots.

Elles restèrent plantées là, à regarder bouche bée l'âne abandonné qui broutait l'herbe du talus, et Guillaume qui demandait l'aumône à des cavaliers richement harnachés qu'il venait d'arrêter au milieu du chemin. Il courait de l'un à l'autre, tenant Sibille dans ses bras, faisant pour un denier mille mercis avec une servilité grotesque, et accablant chacun de compliments geignards. Au noble personnage qui allait en tête de la troupe il tendit l'enfant à bénir, baisa le pan de son manteau, le harcela avec tant de grimaces que l'autre lui jeta quelques pièces d'un air dégoûté et le repoussa de la botte avant d'éperonner son cheval. Une fois ces gens éloignés, Bélibaste compta ses sous dans la poussière soulevée, indifférent aux reproches de Raymonde, qui étouffait de honte.

— A-t-on idée de s'humilier ainsi ? lui dit-elle. Guillaume, vous n'êtes plus mon ami.

— On m'a volé ce matin une semaine de travail, répondit tranquillement Bélibaste. Je viens d'empocher une part du salaire que ce putain de fermier me devait. Une petite part, mais je veux bien tenir le monde pour quitte.

Il fit tinter les pièces de cuivre dans sa main avec un air de triomphe enfantin, et ajouta :

— Sais-tu qui étaient ces cavaliers ? Un chanoine et sa bande.

Raymonde, le voyant si jubilant, se détourna pour sourire.

— Vous êtes aussi répugnants l'un que l'autre, dit Blanche.

Ils reprirent leur route. Comme sa sœur restait à traîner loin derrière, Raymonde dit à Bélibaste qu'elle l'aimait de plus en plus, bien qu'il soit un voyou. A voix basse, elle espéra que Blanche les quitterait bientôt.

— Je suis pour toi le plus mauvais parti possible, lui répondit Guillaume. Pas assez courageux pour être un franc voleur, pas assez saint pour pardonner les injustices qui me sont faites, je ne suis qu'un fuyard perpétuel, tant sur Terre que dans mon cœur. Amoureux à mourir de remords et de tendresse, je ne peux être ni ton époux ni ton frère. Impuissant à tenir mes serments, mais incapable de trahir tout à fait le Dieu qui s'obstine à ne pas crever dans mon âme, je ne suis plus d'aucune famille. A-t-on jamais vu un homme aussi ridiculement perdu ?

— Perdu tu es, perdue je suis. Je veux aller où tu iras, dit Raymonde.

— Seule me pousse sur les routes la peur du bûcher qui me court aux trousses. Je n'ai plus l'espoir de faire le bien pour racheter le meurtre que j'ai commis. Je ne serai jamais en paix, jamais vainqueur d'aucune bataille, jamais martyr. Car il ne suffit pas, pour mourir en gloire, d'avoir été traqué par les corneurs de messe. Il y faut aussi cette foi qui me manque. Un jour, on me jettera au feu comme un panier d'ordures. Pauvre femme, quel bonheur peux-tu trouver à suivre un si misérable bonhomme ?

— Je t'aime, répondit Raymonde d'un ton d'évidence tranquille.

— C'est vrai, soupira Guillaume. Tu es assez folle pour cela, et j'en suis bien content.

Le lendemain dans l'après-midi, au sortir d'une étouffante forêt de chênes verts, d'amandiers et de buissons fleuris, où pépiait un peuple innombrable d'oiseaux, la haute citadelle de Lérida apparut au fond de la plaine, superbement dressée au cœur d'un foisonnement de maisons rousses, de clochetons, de remparts ocre qui dégringolaient, sur les pentes abruptes du ciel, vers une rivière scintillante. Après tant de sentiers déserts, de tanières puantes, Bélibaste et les deux femmes en furent émerveillés comme s'ils s'avançaient vers une cité céleste. Le chemin était large, facile, les gens avenants dans les champs et les vignes, les chariots nombreux, l'air enfin vivant, lavé de toute sauvagerie, traversé de bruits clairs, de voix lointaines.

L'âne, lui aussi ragaillardi par cette atmosphère d'humanité fringante, se mit à trotter au milieu de la route. Raymonde et Blanche lui coururent au train, riant et poussant des cris pointus. Des enfants braillards les suivirent. Guillaume s'attarda à cheminer parmi des portefaix accablés de ballots, et des marchands qui s'en venaient de Barcelone avec des cuirs arabes, des boulettes de musc et des sabres courbes. Il apprit ainsi qu'un mercier de Toulouse les avait précédés d'une semaine sur ce chemin de Lérida. Ce pouvait être Raymond de Castelnau. Il espéra des nouvelles de sa famille, de Bernarde et de son fils qui devait avoir, maintenant, une belle allure garçonnière, la chevelure drue et la vivacité de coq des enfants Bélibaste. Il avait à peu près le même âge que Sibille. Guillaume se dit qu'il ne le reconnaîtrait pas, s'il le voyait, que son fils aurait peut-être peur de lui, ou qu'il le regarderait avec indifférence, ses yeux noirs grand ouverts, semblables aux siens.

Passé le pont de pierre sur le rio Segre, ils se retrouvèrent dans une foule nonchalante de badauds, de mendiants, de colporteurs, d'ânes et de moutons en bandes craintives, de vendeurs d'eau, de sergents approximatifs, très basanés et crasseux, qui faisaient sonner leurs quincailles hétéroclites dès que passait une fille à portée de leurs mains. Tout ce peuple allait et venait par la porte de la ville flanquée de deux hautes tours carrées. Là-haut, entre les créneaux, on devinait des casques et des baudriers dans des éclats de soleil. Guillaume et les deux femmes restèrent un moment le nez au vent à contempler les murailles et la cohue rassurante, à flairer l'air citadin, odeurs humaines, étable sèche et cuir mélés. Puis Blanche voulut aller en ville voir les fontaines sur les places publiques, les soldats de la citadelle, et surtout cette taverne splendide et vénéneuse où l'hôtesse de Cervera s'était jadis vendue avec enthousiasme pour des trésors évanouis. Guillaume la laissa partir seule à la découverte, malgré l'inquiétude de sa sœur. Il lui donna rendez-vous au bord du rio Segre, où il laissa son âne et Sibille à la garde de Raymonde, et s'en alla vers un vaste campement établi, dans une rousseur de soleil arabe, entre le rempart et la rivière, sur une esplanade poussiéreuse.

Il y avait là des bohémiens, des Maures, des enfants sans père en route vers la mer, toutes sortes d'étrangers misérables, d'indéfinissables errants, poussés là par on ne savait quel exode. Cette vague humanité croupissait dans un entassement de vieux chariots, de baches en loques, parmi des feux anémiques où cuisaient des ordures et des reliefs de viande pourrissante. Certains vaquaient à leur survie avec une indifférence morne et les gestes lents des affamés. D'autres, assez vigoureux pour n'être que de passage dans cette misère, jouaient aux dés sur des lambeaux de couvertures, ou traçaient des signes de bonne aventure dans l'ombre des roulottes, pour un denier fébrilement empoché. Si des gens de Toulouse ou de Provence vivaient à Lérida, ils devaient être là, dans cette poussière où bougeaient ces vivants presque fantomatiques.

Bélibaste s'avança parmi eux, espérant un visage connu, un bruit de langage familier. Il interpella de jeunes garçons, à voix assez forte pour que l'on entende alentour son parler des Corbières, et leur promit une pièce d'argent s'ils lui ramenaient quelqu'un de son pays. Les autres s'égaillèrent à grands cris et revinrent bientôt en poussant devant eux un homme de forte stature. Il était vêtu comme les bergers de la vallée de l'Aude, mais ses souliers bâillaient, et ses habits semblaient avoir traversé toutes les neiges et les soleils d'Occident. Il avait un air de jeunesse fatiguée. Il s'appelait Pierre Capdeville.

Dès que Guillaume lui eut dit son nom, il mit un genou en terre en l'appelant « Monseigneur », et le salua selon le rite des bons croyants. Bélibaste le releva, l'embrassa en balbutiant de grands mercis à Dieu pour ce fidèle tombé du ciel, puis il lui prit le bras et ils descendirent vers la rivière, oubliant le monde autour d'eux, se pressant l'un l'autre de questions avec l'avide fraternité des exilés. Guillaume apprit ainsi que depuis son évasion de la cité de Carcassonne, on parlait de lui parmi le peuple de son pays comme d'un héros insaisissable. Il en fut grandement surpris.

– On ignore donc que je suis réfugié en Catalogne? demanda-t-il.

– On le sait; répondit Capdeville. Mais Monseigneur Philippe d'Alayrac, prêchant devant les prisonniers qui partagèrent sa dernière nuit, a révélé que vous veniez de temps en temps secrètement en terre d'Ariège et en Toulousain pour visiter les bons croyants. Il a défié les Inquisiteurs de mettre la main sur vous. Il a dit que Dieu vous tenait en sa sainte garde, et aux gens qui ont entendu ses paroles, il a demandé de les répéter partout, afin que l'espoir en vous ne s'éteigne pas.

Guillaume s'arrêta au milieu du chemin pour entendre cette nouvelle, les poings sur les hanches, rouge de rogne. Puis il se mit à brailler :

– L'imbécile ! Le fou ! Ne pouvait-il faire en sorte que l'on m'oublie, au lieu d'aiguillonner les polices à mes trousses ?

– Votre courage et votre prestige font beaucoup de bien aux bons chrétiens de chez nous, répondit Capdeville. Je connais des villages et des fermes où l'on prie maintenant pour votre sauvegarde.

– Sacrédieu, je n'ai jamais voulu cela, moi ! hurla Bélibaste. Je ne suis qu'un pauvre homme, un pécheur misérable. Par tous les saints, je te jure que je ne vaux pas un pet de lapin !

– Vous avez une trop piètre opinion de vous, Monseigneur. Philippe d'Alayrac, qui était très clairvoyant et vénérable, vous estimait beaucoup, à ce qu'on m'a dit.

Guillaume soupira sombrement et ne répondit pas. Le visage de Philippe lui vint à l'esprit. « Clairvoyant, certes, il l'était, se dit-il avec une rancune admirative. Il savait bien que sans lui j'étais en grand danger de m'en aller à la dérive et de perdre la foi. Ce bougre d'obstiné a remis au peuple le soin de me pousser au cul sur le chemin de Dieu. Et me voilà maintenant avec ces gens lointains qui me gonflent d'importance et se soucient de moi. Philippe, Philippe, quelle mauvaise farce m'as-tu jouée ? Tu le savais, misérable, que ta bonté seule m'obligeait à vivre à ta hauteur. Comme tu as dû ricaner, le jour où l'idée t'est venue de me flanquer sur le dos l'amour de tes fidèles, les mille ronflements de leurs prières bêtasses pour la sauvegarde de Monseigneur Bélibaste ! Ce Monseigneur-là n'existe pas, et je le détesterais autant qu'un couillon de curé, s'il existait ! Comme il m'aimait, mon Dieu, ce fou que j'avais presque oublié, comme il m'aimait ! »

Ils arrivèrent au bord de l'eau, où l'âne broutait le feuillage bas d'un noisetier. Raymonde, près de lui, jouait avec Sibille.

– Voici toute ma famille, dit Bélibaste en les désignant. Je n'ai personne d'autre au monde. Depuis que je me suis enfui de notre pays, je n'y suis jamais revenu. Monseigneur d'Alayrac a prétendu le contraire pour se moquer des Inquisiteurs.

– Moi, répondit Capdeville, je vous ai répété ce qu'on m'a dit. Je ne comprends pas pourquoi ces nouvelles vous déplaisent, mais vous devez avoir des raisons très louables, car je sais que vous êtes un homme de bien.

La joie de Raymonde à rencontrer quelqu'un de son pays fut troublée par l'air maussade de Guillaume, qui s'assit à l'ombre et ne voulut rien dire. Pierre Capdeville raconta qu'il avait comparu devant un tribunal d'Inquisition, trois ans auparavant. Mais les moines n'avaient pu le convaincre de trahison envers l'Église, et lui avaient rendu la liberté, à condition qu'il joue les hérétiques, se fasse admettre parmi eux, et vienne ensuite les dénoncer. Bien que ce marché lui répugne, il avait fait semblant de l'accepter pour qu'on le laisse en paix, et s'en était retourné chez lui. Mais il avait trouvé sa maison vide : sa femme et son jeune fils s'étaient enfuis pendant sa détention au Mur de Carcassonne. Alors, sans emporter le moindre bagage, à l'heure même de son retour, il était parti à leur recherche. Depuis trois ans il n'avait pris aucun repos, courant en tous sens le Languedoc et la Provence, jusqu'en Lombardie. Il était repassé par Toulouse et l'Ariège peu de temps après le brûlement de Philippe d'Alayrac, et maintenant il fouillait la Catalogne.

– Toute ma vie, dit-il, je les chercherai, si Dieu m'impose cette peine, car je n'ai pas d'autres amours.

Raymonde le plaignit beaucoup et lui offrit du pain avec des fruits sauvages qu'elle avait cueillis en chemin. Puis elle lui demanda s'il connaissait Pierre Maury.

– Je l'ai rencontré à Puigcerda, répondit Capdeville. C'était aux premières fleurs d'amandier. Il m'a dit qu'il allait à Flix, pour garder les troupeaux de Barthélemy Companho. Je sais aussi qu'il devait faire route avec un Parfait nommé Raymond de Castelnau.

Ces paroles firent bondir Bélibaste sur ses pieds. Il se mit à ramasser les balluchons, à grands gestes désordonnés, pour les charger sur son âne.

– Femme, dit-il, nous partons à Flix. Capdeville, je te bénis. Enfin me voilà content.

– Monseigneur, lui dit le pauvre homme, sachez qu'il vous faudra marcher deux jours par des chemins très sauvages. Et voyez, la nuit ne va pas tarder.

– Guillaume, Guillaume, quel diable vous pousse ? gémit Raymonde. Ne pouvons-nous attendre demain ?

Blanche revint à cet instant, tout excitée, les joues roses et les yeux encore pleins de merveilles. Elle gazouilla un moment, papillonnant autour de Raymonde. Lérida, à l'entendre, était un trésor de cavaliers courtois, de fontaines sur de vastes places, de maisons aux façades sculptées, de boutiques pareilles à des forêts d'étoffes multicolores, de parfums et de bibelots, de fards et de teintures d'Arabie. Il y avait près du donjon de la citadelle une auberge cossue où l'on pouvait dormir dans de vrais lits et manger sur des tables vernies comme des lutrins d'église. Certes non, ce n'était pas le bordel où l'hôtesse de Cervera avait pourri sa jeunesse. C'était un rendez-vous de riches marchands, de chevaliers et de dames convenables.

– Ne pourrions-nous y dîner et coucher? dit-elle. Messire Guillaume, je paierai ma part et celle de Raymonde sur mes économies. J'ai là deux pièces d'or héritées de mon père. Je veux bien les donner pour une nuit sous une couette de duvet d'oie.

Raymonde, pour une fois, fut sa complice. Les deux sœurs firent une allusion malicieuse à ces sous de chanoine mendiés sur la route, et Bélibaste se laissa convaincre en bougonnant. Pierre Capdeville lui dit qu'il était bien content de le savoir logé à l'abri des filous et des vermines. Il lui proposa de veiller sur son âne jusqu'au lendemain matin. Guillaume fut agacé par sa générosité. Il se sentait lui-même incapable de la moindre bonté.

– Tu iras au ciel, mon bonhomme, lui dit-il un peu brusquement. Je te promets que tu verras les anges, et peut-être la figure du Père Saint.

– Soyez mille fois béni pour ces bonnes paroles, répondit Capdeville avec une innocence illuminée. Je crois en vérité que Dieu vous a envoyé parmi nous pour rendre aux malheureux la force de vivre. Quand je vous ai rencontré, j'étais au fond du désespoir. Et voilà que maintenant je me sens à nouveau plein de courage.

– Chance pour toi, dit Guillaume. Moi, personne ne m'aide à sortir de mes trous, quand j'y tombe.

L'auberge était aussi accueillante que Blanche l'avait dit. On leur servit, entre deux chandeliers d'étain, un vin d'Aragon d'une délicieuse fraîcheur, et des galettes parfumées à l'anis. Ils s'en émerveillèrent comme d'un festin dans un palais royal, à voix basse, car ils se sentaient étrangers parmi ces meubles massifs, ces tentures et ces gens bien vêtus qu'ils n'osaient regarder. Ils dînèrent en s'appliquant aux bonnes manières, avec une raideur timide. Puis, le vin aidant, ils se laissèrent aller à rire sous cape de quelques notables rougeauds qui traversaient la salle, tout imbus de noblesse vulgaire, en saluant de loin des femmes. A la fin du repas, Guillaume raconta ce que lui avait dit Pierre Capdeville. De Philippe d'Alayrac et de ses tortueuses bontés, il parla avec une sorte d'allégresse et de sombre affection. Il exagéra un peu la vénération dont il était maintenant l'objet en terre toulousaine, par la grâce de ce maître fou. Raymonde ne sut que penser de ces nouvelles. Elle se sentit à la fois inquiète et fière. Elle dit, l'air ambigu :

— Je savais bien, moi, que vous étiez digne de tout l'amour du monde.

— Sauf quand il me persécute et lorgne tes jupons, ajouta Blanche.

Elle était un peu ivre et somnolente. Personne ne lui répondit. Alors, elle prit dans ses bras Sibille, qui dormait déjà, et alla se coucher.

Guillaume s'enferma dans un silence taciturne. Il se rumina que Raymonde ne comprenait rien à l'exaltation qui le remuait, qu'il serait toujours seul avec ses fautes, incapable de répondre à l'espérance que son nom soulevait. Et pourtant, comme il aurait voulu être ce pur héros aimé du peuple ! Mais non, son âme était trop grossièrement taillée, trop pesante, trop peureuse, trop encombrée de petits désirs. Le destin dont on voulait l'affubler était trop grand pour lui. Il resta un moment tiraillé entre le bouleversant bonheur de n'être pas oublié des gens de son pays, et la honte de ne point mériter tant de sollicitude. Il espéra une parole de délivrance de cette femme qui le regardait avec inquiétude et ne trouvait rien d'autre à faire, pour apaiser d'aussi profonds tourments, que de poser la main sur la sienne.

– Je sais que vous souffrez du bien que vous me faites quand vous me caressez, dit-elle.

Non, elle ne comprenait rien. Elle était seulement effrayée du mal que l'on pourrait faire à son fragile trésor d'amour. Elle chercha le désir d'elle dans les yeux de Guillaume. Il en fut troublé. Après tout, elle était peut-être là, la délivrance, dans la tendre coucherie qui se préparait au fond des regards. Il s'abandonna à la tentation de remettre à demain les questions, les doutes, les souffrances, de déposer sa honte au pied d'un lit. « Demain, se dit-il, elle n'en sera pas plus lourde. » Il caressa la joue de Raymonde. Elle sourit et furtivement baisa ces doigts qui l'effleuraient.

La chambre était vaste et si haute qu'à la lueur de la chandelle on en devinait à peine les poutres. Il y avait là quatre grands lits aux lourds montants de bois alignés dans la pénombre, séparés par des paravents. Blanche dormait près de Sibille enfouie sous l'édredon. On ne voyait d'elle qu'une touffe de cheveux noirs. Raymonde choisit le lit le plus éloigné d'elles. En riant doucement elle en éprouva des deux mains le moelleux et se laissa tomber en avant, le visage dans l'oreiller. Guillaume souffla la chandelle. Par la lucarne ouverte entraient la pleine lune et le chant des rossignols.

Blanche se réveilla la première. La chambre était encore silencieuse mais dehors, sur le pavé de la place, on entendait quelques piétinements de chevaux. L'aube était calme et pâle. On sentait, à la vigueur tranquille des chants d'oiseaux, que la journée serait belle. Blanche se leva pour aller secouer sa sœur. Derrière le paravent, le lit le plus proche du sien était vide et n'avait pas été défait. Elle se sentit soudain abandonnée. Son cœur se mit à cogner contre sa poitrine. Elle appela, d'une petite voix plaintive. Elle entendit un chuchotement précipité, un bruit de draps remués au fond de la salle. Elle y courut. Elle vit Raymonde qui s'habillait à la hâte et Guillaume assis au bord du lit, ébouriffé, le torse nu et les bragues ouvertes. Il la regarda, l'air stupide. Elle se précipita sur lui en hurlant. Ils roulèrent ensemble sur le lit. Ce fut une bataille brève et terrifiante comme l'agrippement de deux fauves. Raymonde empoigna sa sœur par la taille pour l'arracher à Guillaume qui se débattait à grandes ruades. La furie, échevelée, les bras battant l'air, se retourna contre elle, la repoussa et la gifla violemment. Tous les trois restèrent un moment à se regarder, haletants. Une longue griffure traversait la joue de Bélibaste. Blanche se mit à sangloter et lentement recula vers la porte en reniflant ses larmes, la bouche tordue.

– Vous êtes un parjure, dit-elle, un diable, un abominable salaud. Et toi, ma sœur, que Dieu te damne pour cette coucherie. Je ne veux plus vous voir, jamais, jamais, jamais.

Elle répéta ce mot comme on lance des coups de griffes désespérés. Raymonde vit dans son regard une bouleversante débâcle, peut-être un grand appel au secours. Elle s'abattit sur le lit en pleurant, les mains sur les oreilles pour ne pas entendre les pas de sa sœur dévaler les escaliers.

Guillaume et Raymonde portant Sibille dans ses bras quittèrent derrière elle l'auberge et descendirent vers le rio Segre où les attendait Pierre Capdeville avec leur âne et les balluchons. Comme ils franchissaient la porte de la ville, ils virent au loin, à l'entrée du pont, Blanche qui parlait avec lui. L'homme avait l'air désemparé. La jeune fille caressa l'âne gris entre les oreilles, posa la joue sur son musceau et s'en fut en courant par le sentier du bord de l'eau. Quand Guillaume eut rejoint Capdeville, il lui demanda durement :

– Que t'a dit cette folle ?

– Elle veut que je la conduise chez Bernard Laufre, à Montblanch, répondit l'autre, tête basse.

Bélibaste le prit aux épaules et le secoua, mais le bonhomme ne voulut pas le regarder.

— Que t'a-t-elle dit encore ?

— Laissez-moi, répondit-il. Retournez à vos affaires, bonnes ou mauvaises, peu m'importe. Je ne suis pas assez savant pour juger de votre conduite, et n'ayez crainte, je ne parlerai de vous à personne, même pas à Dieu dans mes prières.

Il tourna les talons et s'en alla tristement, le dos voûté. Bélibaste tomba à genoux au milieu du pont en poussant un rugissement de désespoir, et se mit à crier dans son dos :

— Va dire aux gens de chez nous que je suis un menteur, un homme de mauvaise foi ! Qu'ils me maudissent et m'effacent de leur mémoire ! Je ne vaux rien, entends-tu ? Je ne vaux rien !

Un long moment il s'égosilla et sanglota. Puis son âne vint lui lécher la figure, et Sibille enfouit la tête dans son cou, pour le cajoler. Raymonde l'aida à se relever. Ils s'en allèrent sur le chemin de Flix, à pas lourds, comme des vagabonds sans espoir.

10

Sur le haut pâturage où il le retrouva parmi ses moutons, Bélibaste embrassa Pierre Maury avec un feu de larmes dans le regard et des vagues de tremblements qui débordaient de son corps. Puis, plantés face à face dans la belle herbe drue, ils se regardèrent longuement, auréolés d'insectes et de cette lumière de fin de printemps où tout semble dit de la paix du monde. Un bref instant, Guillaume se crut revenu, après tant de tribulations, à ces jours calmes où ils étaient bergers ensemble sur les hauteurs d'Arques ou de Cubières. Ce parfum de bonheur lointain le fit gémir et étreindre encore son compagnon avec tant de fougue que Pierre en fut presque effrayé. Il se dit que Monseigneur Guillaume devait à peine sortir d'une longue traversée de tourments pour éprouver une aussi violente famine d'affection.

A peine arrivée, Raymonde s'était assise sur le pré, à l'écart de leurs embrassements. Elle était exténuée et si triste que Pierre lui demanda des nouvelles de Blanche, craignant qu'elle ne soit morte en chemin. Elle lui répondit avec un air de grande lassitude que sa sœur s'était éprise d'un blanc-bec et qu'elle s'en était allée le rejoindre à Montblanch, où il habitait. Il sentit qu'on lui cachait un drame mais n'en demanda pas davantage. D'ailleurs, Guillaume l'accablait maintenant de questions. Etait-il retourné à Cubières ? Ses père et mère étaient-ils encore en vie ? Savait-il où étaient ses frères, et Bernarde ? Et son fils, l'avait-il vu ?

— Votre famille, lui dit Pierre Maury, a presque entièrement péri dans les malheurs qui ont ravagé notre pays depuis que vous en êtes parti. La mienne n'a pas été mieux traitée. De la maison de mon père, à Montaillou, il ne reste pierre sur pierre et ma tête, comme la vôtre, est mise à prix. Mes cousins d'Arques m'ont vendu pour quelques indulgences. Cependant je ne vaux pas grand-chose auprès de vous. Je ne suis que valetaille d'hérétique, tandis que l'on mise de l'or sur votre capture. Vous êtes devenu un personnage important.

— Je sais, répondit Guillaume. J'ai rencontré à Lérida une sorte de fou nomade qui me l'a dit. J'ai souffert de solitude, je me suis beaucoup sali depuis la mort de Philippe et j'ai grandement besoin du réconfort d'un aîné dans la détresse où je suis. Il paraît que Raymond de Castelnau est venu avec toi en Catalogne.

— Je vais vous conduire à lui. Il loge chez un Sarrasin nommé Cabitog, où vous pourrez loger aussi, le temps de refaire vos forces. La maison est au bord de l'Ebre, et assez éloignée du village pour qu'on y soit tranquille. Jusqu'à ces derniers jours, personne ne nous voulait de mal ici. Mais de mauvais bougres sont passés la semaine dernière. Ils venaient de Toulouse et posaient d'inquiétantes questions. Monseigneur Raymond m'a dit qu'il les connaissait et que nous devions les tuer, s'ils nous découvraient. Pour l'instant, il gagne son nécessaire à pêcher dans l'Ebre quelques poissons qu'il va vendre de temps en temps sur le perron de l'église. Nous vivons comme Dieu veut, c'est toute la consolation que nous ayons à nos misères.

Ils s'en allèrent ensemble chez Cabitog. C'était un brave homme très sale qui ne comprenait rien aux conversations que l'on pouvait avoir en sa présence, et répondait à toutes les questions par de vigoureux hochements de tête. Quand Pierre Maury lui eut dit que Bélibaste et Raymonde étaient de ses amis, il les accueillit avec de grands grognements souriants, sur le pas de sa porte. Il fit de lourdes démonstrations de tendresse devant Sibille qui se précipita en pleurant dans le giron de sa mère, puis il précéda les nouveaux venus dans une cuisine assez claire encombrée d'herbes, de monceaux de branches et de paniers. Cabitog, quand il n'était pas berger, fabriquait des balais de fougères.

Le lieu était misérable mais point sordide. Il sentait bon le bois sec, et sur les murs autrefois blanchis, cabossés comme des parois de caverne, bougeait la lumière scintillante du rio Ebre qui entrait à flots par un trou de fenêtre chaque fois que le vent soulevait le rideau. Il y avait près de la cheminée une sorte de tanière obscure occupée par une litière de feuilles. C'était la chambre du bonhomme. Il fallait ramper, pour y entrer, sous l'échelle qui grimpait au grenier. Raymond de Castelnau logeait là-haut, sous la pente du toit, où assurément il y avait de la place pour trois.

Raymonde avec Sibille monta aussitôt se coucher, bien que le soleil fût encore haut. Elle se sentait infiniment malheureuse. Guillaume, depuis Lérida, ne lui avait pas adressé la parole. Elle aurait plus facilement supporté d'être malmenée. Elle avait remis le plus clair de sa vie à cet homme. Ses méchancetés ne l'effrayaient pas, car elle les savait passagères, toujours suivies de retours de tendresse. Mais la moindre peur d'abandon l'asséchait et la laissait sans forces. Elle chercha une lueur dans l'obscurité de son esprit. Le mutisme de Guillaume, tout au long du chemin, avait été plus profond, plus noir qu'une bouderie. Il ressemblait à une fin d'espoir, à une mort intime. Elle savait bien que s'il ne confessait pas leur amour à Raymond de Castelnau, il se perdrait dans des bas-fonds de remords où elle ne pourrait pas le suivre. Mais s'il le faisait, c'était elle qui serait perdue. Elle n'oserait plus regarder messire Raymond en face, elle s'en étoufferait de honte. Et Guillaume, en quel état sortirait-il de sa purification ? Libéré, remis sur pied, bardé de rigueur nouvelle et peut-être de haine pour cette femme qui l'avait détourné du chemin des Parfaits. Il se déferait d'elle.

Elle eut un sursaut de rage, voulut courir sur le chemin du village à la rencontre de Monseigneur Raymond pour lui parler la première, et lui demander grâce. Mais à quoi bon ? Elle en perdrait plus sûrement Guillaume. Il n'y avait pas d'échappée. Alors, comme font parfois les proies cernées, elle ne se débattit plus et se résigna. Debout devant la lucarne ouverte sur l'Ebre elle serra Sibille contre son ventre, pencha la tête et laissa couler ses larmes dans la chevelure de sa fille. Elle attendit ainsi, sans plus rien vouloir, que s'épuisent tout le sel et toute l'eau de son corps, et que le diable la prenne, s'il avait envie d'elle, ou que Dieu lui porte secours, s'Il voulait. Des heures silencieuses passèrent ainsi et sa douleur, peu à peu, se tarit. Elle oublia les espérances que charrie le temps. Elle se sentit simplement vivante en ce grenier, avec ce visage d'enfant qu'elle caressait contre son ventre, vivante comme tout ce qui respire sans questions l'air du monde, sans feu ni lieu où reposer son âme, mais sans plus de ténèbres où la perdre.

Comme le jour déclinait, elle entendit Raymond de Castelnau entrer dans la cuisine. Elle n'en tressaillit même pas. Les exclamations de Guillaume lui parurent presque joyeuses. Elle éprouva de l'amertume à imaginer souriant, radieux peut-être, l'homme qu'elle aimait si désespérément. Elle vint au bord de la trappe pour tenter d'apercevoir son visage, mais elle ne vit passer, au pied de l'échelle, qu'un pan de manteau brun. Les deux hommes sortirent.

Raymond de Castelnau et Bélibaste s'en furent vers un bouquet de saules au bord de l'eau. Sur le chemin vint un chariot chargé de fenaisons. Raymond salua l'homme qui marchait derrière, son aiguillon sur l'épaule. L'autre se détourna, cracha par terre et passa son chemin. Quand l'attelage se fut éloigné :

— Nous serons bientôt en danger, grogna le Parfait. Le curé de Flix a dit en chaire, l'autre dimanche, que de mauvaises gens du Toulousain traînaient leurs chausses en Catalogne et tentaient de pervertir le peuple. Depuis, on me tourne figure. Si je n'avais pas espéré ta venue, j'aurais déjà quitté ce village. Il est dit que nous ne pourrons nulle part nous reposer en ce monde.

— Si je ne vous avais pas trouvé, répondit Guillaume, je ne sais si j'aurais eu le courage d'aller plus loin. Les fautes que je porte sont trop lourdes.

Il dit ces mots sourdement, avec tant de peine que Raymond en fut alarmé. Il s'arrêta sous les saules, prit aux épaules son compagnon et le regarda attentivement. Bélibaste, en vérité, avait beaucoup changé depuis la belle nuit de son ordination, dans la grande cuisine de Rabastens. Son visage s'était durci, tanné. Des rides sillonnaient maintenant son front bombé. Surtout, son regard n'avait plus de ces éclats de candeur qui l'avaient fait aimer d'Alazaïs, ni de ces airs de bonne volonté butée qui inspiraient tant de confiance à Philippe. Un feu était passé dans ces yeux, qui avait tout brûlé. Ne restait plus que du tourment noir, une sorte de sécheresse brûlante. « Mais au tréfonds, se dit Raymond, cet homme est encore pur. Son désespoir n'est pas vide, il a quelque chose des grands chagrins enfantins. » Il lui sourit avec bonté et lui demanda :

— Pleures-tu parfois ?

— Souvent, répondit Guillaume. Depuis que Philippe est mort, si j'avais eu autant de bonnes paroles dans la bouche que de sanglots dans la gorge, je serais un saint.

— C'est bien. Les larmes sont la pluie de l'âme. Elles lavent toutes les crasses.

— Vous en parlez à votre aise, dit Guillaume avec une hargne soudaine. Lavé, moi ? Allons, vous ne savez pas qui je suis.

Il hésita un instant, puis d'un coup débonda violemment son cœur et se mit à hurler :

— Je couche avec Raymonde Marti, avec la sœur d'un bon chrétien martyrisé, entendez-vous ? Et je mène avec elle de sacrés sabbats, je vous le dis ! Je m'en pourlèche ! J'en crève !

Raymond le prit précipitamment par le bras et l'entraîna au loin, le long de la rivière, pour qu'il ne puisse être entendu de la maison de Cabitog.

— Je ne peux plus prier sans avoir envie de vomir, gueulait Guillaume. Aurez-vous encore le front de prétendre que je suis de votre religion ? Je mens, je fornique, je me fous de vos béatitudes. Allons, rendez-moi mes serments et reprenez ce Dieu que vous m'avez fourgué. Je n'en veux plus. Vous avez cru que j'étais un homme de bien, vous vous êtes trompé. Nous n'en parlerons plus si je peux reprendre la vie que je n'aurais jamais dû quitter. J'étais insouciant, autrefois, j'étais estimé des soudards et je me sentais bien dans la complicité des imbéciles. Il me faut à nouveau tout cela, et le droit de mentir sans douleur, comme tout bon vivant, le droit de me graisser le menton de couennes de porc et de cuisses de lièvre, le droit de respirer l'haleine d'une femme, de tenir dans mes pognes le cul d'une femme, et de mourir avec la bonté, avec la sagesse d'une femme dans l'âme. Vous qui n'avez jamais baisé que des livres moisis et la gueule du vent, vous ne pouvez rien comprendre à l'amour qui me tient. Les femmes valent Dieu, Monseigneur, elles valent Dieu.

— A moi tu n'as rien promis, répondit Raymond de Castelnau avec simplicité. Je ne peux donc te rendre ce que tu ne m'as pas donné. Cependant, je veux bien te bénir et te remettre à la grâce de notre Père. Tu ne dois rien à personne, sauf à Lui.

— Vous parlez comme un corneur de messe, vous êtes un hypocrite. Sacrédieu, je sens bien que je ne pourrai jamais me dépêtrer du filet où m'a pris ce malandrin de Philippe. Je le déteste autant que je l'aime. Je le hais. Savez-vous ce qu'il a fait, avant de mourir ? Il m'a fourré dans les bonnes grâces de notre peuple. Il m'a vendu à vos fidèles. Il les a trompés sur le poids du cœur, le salaud. Voyez dans quel état il m'a mis : saint en Ariège, brigand en Catalogne. Comment puis-je vivre ainsi ?

— Hé, tu m'agaces, à la fin, dit Raymond. Cesse de t'imaginer que le monde tourne autour de tes paillasses. Tu te crois important ? Tu ne l'es en aucune sorte. Tu te crois méchant ? Tu te vantes. Tu es comme un enfant assis dans sa merde et qui pleure. Je veux bien te torcher, mais ne me demande pas de te plaindre, j'ai trop de travail. Notre terre est ravagée, nos frères sont massacrés, torturés, brûlés, la foi partout se perd. Et toi, pendant ce temps, tu brandis ta bite d'âne en exigeant de Dieu, qu'Il se penche sur elle. Pauvre fou ! Tu brailles, tu geins, tu appelles au secours pour un trébuchement, tu ne fais qu'ajouter ton grain d'angoisse à l'angoisse du monde. Tu ne sais pas aimer. Nos pays brûlent, Guillaume, il faut charrier de l'eau. Laisse aller la vie, elle ne vaut rien, oublie-la, et porte secours à qui le demande. C'est tout ce que tu dois. Maintenant, si tu veux que je te lave, agenouille-toi.

— Avez-vous dit que mes fautes n'étaient pas graves, messire Raymond ? balbutia Guillaume, les larmes aux yeux.

— Je ne sais pas ce que sont des fautes. Je sais les malheurs de Dieu parmi nous. Je sais qu'un homme qui tombe accablé devant sa bergerie en ruine a besoin d'une main sur son épaule. Je sais que les mourants ont besoin de nous pour nouer leur balluchon de vie et s'en aller confiants sur les chemins de l'au-delà. Mais je sais aussi qu'il est des douleurs invincibles. J'en connais le goût. Il est mortel, Guillaume. Il glace l'âme. Le mal véritable ne peut être vaincu, il est trop fort, trop profondément enraciné dans le monde. Aucune prière ne peut rien pour qui voit s'enflammer le corps de son frère sur un bûcher, ne peut rien pour la femme qui vient de subir dix soldats entre ses jambes, sur son lit brisé par les bottes et les sabres. Ceux qui servent ce mal-là sont les vrais méchants, Guillaume. Tu n'es pas de leur confrérie. Tu n'es tout au plus qu'un couillon, toi, un pétardier qui prend une giclée de bouse sur la peau pour la trace d'une blessure inguérissable. Vivre est un travail salissant. La sueur, la poussière des errances, la crasse des jours ne comptent pas. Seules comptent les moissons, les lueurs allumées que d'autres nourriront, les bénédictions muettes, toutes choses qui poussent et fructifient sur le versant du cœur. Ceux qui se gardent propres ne récoltent guère, en fin de compte. Allons, cesse de renifler. Se salir n'est pas de mauvais aloi. Mais ne point se laver serait une répugnante impudence. A genoux, te dis-je. Tu jeûneras une semaine au pain et à l'eau. Cela rafraîchira la marmite qui te sert de tête. Maintenant, répète avec moi les sept Pater de la Consolation.

Au bord de la rivière, Guillaume ferma les yeux. Il s'efforça de n'être rien qu'un murmure de paroles sensées dans le bruissement du vent et des insectes, les musiques menues des vagues contre la berge. Raymond resta debout, les mains posées sur la tête de son compagnon. Ils récitèrent ainsi leurs prières, puis s'en revinrent lentement vers la maison, dans le jour finissant.

– Je partirai demain pour San Mateo, dit Raymond. J'emmènerai ta Raymonde avec moi. Je la confierai à Guillemette Maury, la tante de Pierre, qui vit là-bas avec sa fille Jeanne. Toi, tu resteras ici. Pierre te trouvera du travail au pâturage. Quelques mois à trimer dur feront du bien à tes humeurs. Puis tu viendras me rejoindre et tu prendras la charge de nos fidèles réfugiés en Catalogne. Moi, je retournerai à Toulouse. Nous devons nous garder en vie, Guillaume, car nous ne sommes plus assez nombreux à porter la vraie parole de Dieu. Amiel de Perles a été brûlé à la fin de l'hiver. Pour le conduire au bûcher, on lui a mis aux dents un mors de cuir, de peur qu'il ne parle au peuple avant de mourir, et le soulève. Ne restent maintenant que Sans Mercadier en Lauraguais et Pons de Châteauverdun je ne sais où. On l'a vu récemment prêcher dans des tavernes de Béziers. Il a tant de jeunesse et si joli visage que des femmes le cachent, partout où il va. Il paraît même que des nonnes lui ont sauvé plusieurs fois la vie, par pitié pour sa beauté. Il est peut-être le meilleur d'entre nous et sera bientôt pris, car il est imprudent. Écoute bien ce que je te dis : tu ne dois pas mourir sans avoir fait au moins un disciple. Ce que Philippe et moi t'avons donné, tu dois le donner à d'autres. Fais ton travail d'allumeur d'âmes, et va ton chemin : De toute façon, il mène à Dieu.

Guillaume fit « oui » de la tête, avec vigueur, en serrant dans la sienne la main de Raymond. Comme ils arrivaient devant la maison, ils aperçurent Cabitog qui s'en revenait de la colline, un fagot de fougères sur l'épaule. Il leur fit un grand signe, comme s'il voulait attraper la première étoile apparue dans le ciel. Des grillons chantaient dans l'herbe, il faisait doux. Avant de franchir le seuil, les deux compagnons respirèrent un instant la bonté du monde, puis Raymond de Castelnau dit encore, le regard lointain :

– Ce soir, nous avons du poisson pour dîner. La journée va finir sans malheurs. Tout est bien.

Après qu'ils eurent mangé près de la cheminée, Raymond décida d'aller dormir sur le pâturage, dans la cabane de Pierre Maury. Guillaume en fut soulagé, car il redoutait de ne pouvoir parler librement à Raymonde avant de se séparer d'elle. Cabitog lui donna une grande paillasse et des couvertures. Ainsi chargé il grimpa au grenier où la jeune femme se tenait recroquevillée près de la lucarne, dans la lueur de la lune. Elle ne bougea pas quand Guillaume apparut par le trou de la trappe, mal assuré sous son fardeau. Elle ne l'aida pas à ordonner le lit dans la pénombre. Mais quand il vint s'accroupir près d'elle, elle jeta les bras autour de son cou dans un élan d'amour terrorisé et l'étreignit, toute tremblante, le visage contre sa poitrine.

Guillaume la berça de paroles tendres en caressant sa chevelure. Raymond de Castelnau l'avait efficacement soigné. Il se sentait solide maintenant, capable de tenir ses démons en bride. L'amour lui saignait au cœur, il avait mal, mais la douleur était franche et ne l'accablait pas. Raymonde perçut cette force nouvelle. Elle se dit que Guillaume l'aimait toujours et savait ce qu'il fallait faire. Elle se pelotonna plus étroitement contre lui, comme pour se creuser un refuge sûr, un nid obscur à l'abri des tourments du monde.

– Nous ne serons pas longtemps séparés, murmura-t-il.

Il avait dit le mot difficile à entendre et sentit deux mains comme des serres d'oiseau se crisper sur ses épaules. « Ainsi, pensa-telle, je vais devoir vivre sans lui. » Doucement à l'oreille, en cherchant les phrases les plus simples, les plus rassurantes possibles, il lui dit ce que Raymond avait décidé.

– L'hiver prochain je viendrai te rejoindre, et nous vivrons ensemble dans la même maison, et nous ne nous quitterons plus.

Elle leva vers lui son visage ruisselant de larmes, le regard illuminé par l'espoir.

– Tu comprends, dit-elle, j'ai peur de me perdre si tu n'es pas près de moi. Le monde est trop grand.

Elle bredouilla ces mots de la petite voix d'enfant qui lui montait aux lèvres quand le cœur lui battait trop fort. Guillaume lui baisa la joue avec une tendresse si mélancolique qu'il en geignit des mots d'amour désordonnés. Assis contre la muraille brute du grenier, ils restèrent enlacés toute la nuit, dressant l'oreille aux moindres grincements de l'ombre, chacun jouissant de sa vie dans la chaleur de l'autre.

Quand l'aube vint, Guillaume entendit un bruit de pas sur le chemin, le long du rio Ebre. Raymonde sommeillait sur son épaule. Il posa les lèvres sur sa nuque, parmi la chevelure dénouée. Elle poussa un long soupir tremblant et s'éveilla. On frappa à la porte. Elle s'agrippa à ses vêtements, se raidit. Il se délia d'elle et descendit ouvrir. Devant la maison, Raymond de Castelnau, enveloppé dans son grand manteau sombre, assurait son paquetage sur le dos de sa mule. Il se tourna à peine vers Guillaume quand il apparut sur le seuil, tout frissonnant dans la grisaille du petit matin, et lui demanda si Raymonde était prête. Bélibaste ne lui répondit pas, mais il se mit à ricaner en lui disant qu'ainsi vêtu il ne lui manquait plus que la faux sur l'épaule pour avoir l'air d'un messager de la Mort. Puis il remonta au grenier où Raymonde l'attendait, droite au milieu de la pièce, son paquet de hardes sous le bras. Elle avait enfoui à la hâte ses longs cheveux noirs sous sa coiffe, elle était mal attifée, pâle et résignée comme une mendiante. Guillaume était pareillement ébouriffé et dépenaillé. Un rayon de soleil entra par la lucarne. Ils se regardèrent en souriant l'un de l'autre.

– Homme de Dieu, dit-elle avec une affection désespérée, ne laisse pas trop aller ta mise en mon absence. Sois convenable et surtout garde-toi, car je souffrirais trop si tu mourais avant moi.

Il se détourna et prit doucement dans ses bras Sibille qui dormait encore. Raymonde descendit. Il la suivit avec l'enfant, enveloppée dans des chiffons, qui se frotta les yeux et se mit à pleurer. Il l'installa sur la mule en la caressant tendrement, en bredouillant des paroles d'espoir et de bénédiction, la bouche pleine de sanglots.

– Ma fille, dit-il, mon petit amour, nous nous reverrons bientôt, je t'aime, l'hiver viendra vite.

Raymonde, en présence de messire de Castelnau, se tint la tête baissée et n'osa plus regarder Guillaume. Les deux hommes s'embrassèrent. Dans les yeux de son aîné, Bélibaste vit passer une sorte de jubilation rageuse et pensa brusquement qu'il n'oublierait jamais ce visage, à cet instant.

Quand ils eurent disparu derrière le bouquet de saules,

Guillaume grimpa sur le pâturage. Il n'avait plus charge de femme, sauf dans le cœur. Il était un homme seul et libre dans ce monde qui s'éveillait. Sans fautes à ruminer, sans remords à traîner, il ne souffrait plus de ses rages de Dieu. Son seul bagage était maintenant un lot de prières, de gestes sacrés, et l'amour de Raymonde qui lui poignait la poitrine. Sur la crête de la colline, il aperçut au loin la bergerie de Pierre Maury et l'enclos où dormaient encore les moutons. Planté dans l'herbe mouillée il flaira le ciel, accorda son esprit aux frémissements du petit matin et découvrit à la vie une saveur nouvelle, dont il s'efforça de s'imprégner aussi profondément que possible. C'était un goût de terre et de fleurs, une sorte de parfum de joie sur un fumier de peines.

Bélibaste fut engagé par Barthélemy Companho, le patron de Pierre Maury, pour construire un nouvel enclos sur la pâture. Avec lui travaillèrent un autre réfugié d'Ariège nommé Pierre Issaura, et quelques errants sarrasins très rugueux et taciturnes. Il vécut ainsi jusqu'à l'hiver dans la compagnie de ces hommes, partageant leurs mangeailles frugales autour des feux du soir, et leur cabane aussi puissamment puante que la tanière d'une horde de loups. Ce fut un temps de labeur âpre et de sommeil de l'âme. Dès l'aube, il fallait aller à la forêt débiter des rondins, puis les traîner sur le pré à grandes suées silencieuses. Entre les coups de hache ou de maillet en plein soleil les paroles étaient rares, souvent hargneuses. Chacun poussait sa vie dans la canicule harassante de l'été, sans que nul ne veuille regarder plus loin que le prochain pas, la prochaine halte et l'automne à venir qui les délivrerait. Les Sarrasins, certains soirs, s'enivraient autour des feux et dansaient en se frottant le ventre contre des femmes imaginaires, les yeux fermés sur des mirages d'orgies. Guillaume et Pierre Issaura se tinrent à l'écart de ces sombres fêtes, qui parfois finirent dans des rugissements de transes et des éclairs de couteaux. Ils profitèrent de ces instants d'isolement pour fortifier leur amitié. Ces soirs-là, dans l'ombre noire de la cabane, ils parlèrent de leurs familles perdues, de leurs lointains jardins, jetant inlassablement, comme des bûches au feu, des mots à leur mélancolie.

Chaque fois qu'il le pouvait, Pierre Maury venait voir Bélibaste sur le chantier. Parfois, ils allaient s'asseoir à la lisière de la forêt, pour parler à l'aise. Dès qu'ils se trouvaient seuls ensemble, Pierre le saluait selon le rite des bons croyants, et jamais ne se posait à côté de lui, mais en face, pour marquer qu'ils n'étaient pas de la même condition. Il faisait ainsi sans humilité avec une sorte de simplicité exigeante et fière. Car s'il appelait à tout propos « Monseigneur » son ancien compagnon des Corbières, Guillaume sentait bien que ce n'était point par révérence, mais pour l'obliger à ne pas oublier, dans ses fatigues de forçat, qu'il avait charge de lumière et de bénédictions.

Les premiers temps de leurs retrouvailles, Guillaume, bien qu'il ne pensât qu'à cela, n'osa pas demander à son compagnon dans quelles circonstances avaient péri ses parents et ses frères. Il avait peur d'en souffrir trop. Pierre, attentif à ses silences, évita d'en parler le premier. Mais il pressentit que les vieilles douleurs de son Monseigneur s'envenimeraient s'il ne lui disait pas ce qu'il savait. Un jour que Bélibaste avait l'air assez ferme et serein, il se décida donc à réveiller les morts.

– Votre frère Bernard, dit-il avec douceur, serait aujourd'hui près de nous, si Dieu l'avait voulu. Je l'ai rencontré à Puigcerda, il y a quelques mois, où il me fit d'ailleurs grand-peur. J'étais ce jour-là sur la place de l'église à chercher quelqu'un de chez nous. Je me sentis soudain empoigné par la nuque et l'épaule, comme font les gens d'armes pour se saisir d'un homme. Je me crus perdu. J'entendis un grand rire dans mon dos. C'était Bernard. J'avoue, sur le coup, lui avoir durement reproché cette mauvaise farce. Mais il m'embrassa avec tant de contentement que je me mis à rire avec lui. Quand je lui eus dit que vous étiez en Catalogne et que j'espérais vous y retrouver, il en pleura presque de bonheur. A l'instant même il décida de faire route avec moi. Par malheur, deux jours plus tard il fut pris de fièvre et de douleurs de poitrine. Je l'ai soigné une pleine semaine sans pouvoir le guérir. Il est enterré au cimetière de Puigcerda. Voyez-vous, Monseigneur, nous devons nous résigner à ne rien comprendre à nos vies. Votre frère avait eu beaucoup de chance : il était sorti sans trop de mal du tribunal d'Inquisition. On l'avait simplement condamné à ne plus revenir à Cubières, et à porter une croix d'étoffe cousue sur son vêtement. Chanceux, peut-être le fut-il, en fin de compte, jusqu'à son dernier souffle. Je ne l'ai pas quitté un instant pendant sa maladie. Je crois que notre Père Saint lui voulait du bien, car il n'est pas donné à tout le monde, en notre méchante époque, de trépasser dans les bras d'un ami.

Bélibaste ferma les yeux et se raidit pour écouter ces paroles. Il pensa qu'en d'autres temps il se serait révolté contre ce mauvais coup de Dieu, il aurait braillé sa haine du monde. Ces vieilles colères lui parurent puériles. Il ne souffrit même pas comme il aurait dû. Pour la première fois, il sentit confusément en lui la présence d'un autre Guillaume qu'aucune douleur ne pouvait plus atteindre. Il dit simplement :

– Et mon père ?

– Il s'est laissé mourir de faim dans la prison de Saint-Paul.

– Allons, dit Guillaume, va jusqu'au bout de ce que tu sais.

– Votre mère Estelle a été laissée libre. Elle a quelque temps mendié sur les chemins. On a trouvé son corps dans une bergerie abandonnée, au début de l'hiver. Raymond, votre frère aîné, est sans doute vivant, mais nul ne sait ce qu'il est devenu. Bernarde va bien, je l'ai rencontrée sur le marché d'Arques, elle était avec votre fils. Il vous ressemble de plus en plus. Elle m'a dit de vous embrasser, si je vous voyais. Votre ancienne épouse vit maintenant avec un homme de Cubières.

– Qui ?

– Monseigneur, répondit Pierre, vous en savez assez maintenant. Je vous trouve bien pâle pour un vivant, et votre air buté ne me dit rien qui vaille. S'il vous plaît, dites une prière sur ma tête, tant pour moi que pour vous, car nous avons souffert ensemble aujourd'hui. Moi à remuer ces vieilles choses, vous à les entendre.

– N'aie pas peur, dit Guillaume. Je sens que mon passé s'éteint, tout doucement. Il n'en reste plus que quelques braises pour me brûler, parmi les cendres. Je n'ai plus grand-mal. Mais j'ai froid.

A la fin de l'automne ils partirent ensemble à San Mateo où Raymonde s'était établie avec Sibille dans une petite maison basse couleur de terre, sur le chemin de Valence. Après avoir dîné chez Guillemette, la tante de Pierre Maury, Bélibaste s'en alla seul la retrouver. Depuis une semaine elle ne sortait plus de chez elle, de peur qu'il n'arrive en son absence. Il faisait presque nuit. Quand il aperçut la lueur de la chandelle derrière la fenêtre, il laissa tomber son balluchon au milieu du chemin, et se mit à courir comme un mourant de soif qui voit une fontaine.

11

Bélibaste, dans la lumière de son premier matin à San Mateo, fit le tour de sa maison et la contempla avec une émotion de vieille bête. Elle était bâtie de pierres et de boue, coiffée de tuiles moussues, de lauzes et de folle avoine, elle semblait solide, elle inspirait l'affection. Il se plut à imaginer qu'elle avait lentement germé, poussé, grandi parmi les herbes comme les quelques arbres qui l'environnaient, nourrie autant qu'usée par les pluies, les soleils, le vent nuageux de ce début d'hiver.

Au bout du chemin droit le village était proche : un rempart sinueux, ébréché, ceinturait un empressement désordonné de toits autour d'un clocher de pierre ocre, carré. Sa maison se tenait seule à l'écart du troupeau, comme une brebis dédaigneuse. Il en fut fier. Sur le pas de la porte il contempla les champs qui grimpaient en pente douce vers les garrigues grises, les collines fendues par de larges saignées de terre rouge. Les Corbières, dont les paysages peuplaient son esprit, étaient parfois semblables, et la pierre du seuil, sous ses pieds, était incurvée par l'usure. Il en éprouva un sentiment de familiarité qui lui chauffa le cœur. Ces murs étaient décidément plantés où il fallait, taillés à sa mesure. Une exaltation délicieuse l'envahit. Il parvint un instant à se convaincre que cette porte ouverte, ces bruissements d'arbres et d'oiseaux, ces couleurs de l'air, ces courbes des collines attendaient depuis toujours sa venue. Il était enfin chez lui. Ici, désormais, il voulait vivre et mourir.

Raymonde revint du ruisseau voisin, deux cruches luisantes au bout des bras. Elle lui sourit et l'embrassa furtivement en franchissant le seuil. Elle avait les gestes affairés d'une ménagère et le teint vif d'une amoureuse. Sa maison était enfin vivante, maintenant que son homme était là. Tout au long de cette première matinée, elle suspendit plusieurs fois son travail pour le regarder, avec une joie fière, traverser la cuisine, s'asseoir à la table ou grimper à la chambre aménagée sous le faîte du toit. Il n'y avait là de place que pour un lit et une chaise. C'était une sorte de réduit accolé à la muraille et soutenu par deux troncs d'arbres lisses plantés au milieu de la salle commune, habillés de bottes d'ail et d'oignons. Sibille avait sa paillasse entre la cheminée et la pierre de l'évier éclairée par une lucarne, la seule ouverture percée dans les murs. De cet intérieur très humble, étroit et sombre, Raymonde s'était évertuée, pendant ses longues semaines d'attente solitaire, à faire une vraie maison familiale. Elle avait entretenu une propreté rigoureuse, balayant plusieurs fois par jour le sol de terre battue, veillant au feu dans l'âtre, priant aussi pour nourrir l'air autour de la table, le rendre accueillant et paisible. Elle aussi voulait croire qu'ils étaient désormais au bout de leurs errances.

Cependant, ils savaient bien qu'ils ne pourraient jamais se reposer sans méfiance en quelque endroit du monde, ni jouir de la liberté des bonnes gens. Ils ne seraient jamais de bonnes gens. La veille, avant de s'endormir, Raymonde avait brièvement parlé d'un jeune homme de Pamiers établi depuis quelques jours à San Mateo. Elle le jugeait suspect, c'était peut-être un espion. Il s'appelait Arnaud Sicre. Guillaume, remâchant ce nom de sucre et d'acier, était resté longtemps les yeux ouverts dans le noir, travaillé par une peur confuse.

Mais la jeune femme autant que lui-même avaient une telle nostalgie de cette innocence familiale tant de fois pleurée, tant de fois rêvée, qu'ils décidèrent d'y goûter une pleine journée, comme l'on s'offre une halte dans l'emportement du temps. Ce premier jour de retrouvailles, ils se voulurent heureux à toute force. Raymonde fit donc un grand ménage, puis s'installa devant la cheminée pour repriser des chausses, près de Guillaume qui s'occupa tout l'après-midi à tailler des branches droites, avec une application placide, pour refaire ses doigts à la fabrication des peignes à tisser. « Dieu, comme nous sommes bien ensemble », disaient leurs regards, leurs moindres gestes, et pourtant, quelle mélancolie, au fond de l'âme, les poignait ! Peut-être avaient-ils trop joliment espéré ces instants de paix. Peut-être n'avaient-ils plus l'habitude du bonheur. Comme s'évapore la saveur d'un rêve, ils le sentirent fuir à chaque seconde, battre de l'aile à chaque battement de cœur. Quand le crépuscule vint, ils restèrent au coin du feu, immobiles, à contempler les flammes. Pour rien au monde ils n'auraient avoué le vague désarroi qui roulait dans leur tête.

Le lendemain, Guillaume s'en alla visiter la famille Maury qui vivait dans une maison de torchis assez vaste mais bancale, accolée au rempart extérieur, près de la porte de Valence. La grosse Guillemette, les mains croisées sur le ventre, l'accueillit avec force exclamations et babillements. C'était une femme d'âge mûr, rougeaude, aux yeux bleus perpétuellement souriants, mais sans chaleur profonde. Bélibaste la jugea sournoise. En vérité, elle était capable d'extrême dévouement autant que de la pire médisance. Elle fit mille compliments à ce nouveau Monseigneur dont elle espérait des grâces privilégiées, et s'empressa à lui servir des fruits et du pain en lui racontant les travers des uns, les bontés des autres, la vie de tous : sa fille Jeanne lui donnait bien du souci. Elle avait dix-huit ans, elle était sèche et méchante : une asperge au vinaigre. Jean Maury, le frère de Pierre, habitait aussi chez elle. C'était un silencieux, un renfrogné. Heureusement, sur la place de San Mateo, à deux pas de l'église, était installé un cordonnier de Carcassonne nommé Mofferret : Lui seul était aimable avec elle. Mais elle fit la grimace, et se cogna du doigt le front : Mofferret était un peu sot. D'autres réfugiés vivaient à Morella, d'autres encore à Tortosa et aux environs de Beceite. Messire Raymond de Castelnau s'était établi dans un hameau voisin, chez des fidèles catalans qui n'inspiraient guère confiance à dame Guillemette, car ils ne parlaient pas la langue de Toulouse. Elle fit l'éloge de Monseigneur Raymond, mais point trop, pour ne pas avoir l'air de le préférer à Bélibaste.

Guillaume profita d'un moment où elle reprenait son souffle pour lui demander ce qu'elle pensait du nouveau venu de Pamiers qui inquiétait Raymonde. Elle lui répondit, la mine extasiée, qu'il était timide et joli garçon. Manifestement, elle rêvait déjà de lui fourguer sa fille, et de s'offrir un gendre facilement gouvernable. Il n'insista pas. Il n'apprendrait d'elle rien d'intéressant sur Arnaud Sicre.

Il cherchait le moyen de se dépêtrer de cette femme et de fuir sans trop d'impolitesse quand Jeanne entra, un panier sous le bras. Elle fut aussitôt vivement poussée devant Monseigneur et contrainte de plier le genou, ce qu'elle fit avec une maladresse revêche, sans un mot, avant d'aller dans le coin de l'évier remuer bruyamment des écuelles. Guillemette, redoublant de gestes et de roucoulades, s'escrima à distraire Bélibaste de cette maigrichonne énervée. Jeanne détestait visiblement sa mère et sans doute, aussi, les Parfaits. Guillaume en fut émoustillé et eut envie de l'amadouer, mais il ne fit aucune tentative. Il se contenta de la lorgner avec insistance. La matrone, agacée par son manège, saisit la première occasion de l'entraîner à l'écart pour médire à voix basse de sa fille qui ne lui ressemblait en aucune manière et menaçait au moindre différend d'aller confesser la vie de la famille

au curé de San Mateo. Elle se demanda en soupirant s'il ne vaudrait pas mieux, pour la santé de son âme, qu'elle meure. Puis elle se plaignit de son neveu Pierre Maury qui était déjà reparti, de grand matin, dans ses pâturages.
– Jeanne n'a d'affection que pour lui, dit-elle. S'il était là plus souvent, j'aurais moins peur de cette diablesse. Mais il se moque bien des malheurs de sa pauvre tante.

Par la porte ouverte, Guillaume aperçut la silhouette sombre de Jean, l'aîné des Maury, courbé sur des ceps effeuillés, au bout de la vigne. Il s'en alla le saluer, abandonnant dame Guillemette sur le seuil de sa cuisine. Puis il fit un détour le long du rempart pour ne pas avoir à repasser devant la maison, et par une poterne basse entra dans San Mateo qu'il n'avait pas encore eu le temps de visiter.

La ruelle qui grimpait vers la place de l'église était étroite comme un couloir de prison, encombrée de chiures et d'immondices que fouillaient quelques porcs bourbeux, noirs comme des diables. Guillaume dut les bousculer pour passer outre, glissa sur des épluchures et faillit s'étaler. Il jura, entendit un rire de femme derrière une lucarne, chercha un visage et ne vit personne. Il se dit plaisamment que ce village n'était peut-être peuplé que de présences sans corps, de fantômes moqueurs. Il fit sonner son pas sur le pavé, se sentit bien vivant, assuré dans sa peau. Il déboucha derrière l'église. Sur la petite place occupée par quatre vieux platanes qui ombrageaient un puits, des enfants jouaient à poursuivre des pigeons. Des martèlements de forge résonnaient, tout proches. Un vieillard, assis contre la margelle, tressait des volées d'osier. San Mateo, décidément, sentait bon la paix humble et la rudesse un peu craintive. Guillaume, dans un grand élan confiant, décida d'aimer ces gens et ce village. Il demanda en langue catalane où était la boutique de Mofferret, le cordonnier. On lui désigna une porte obscure dans un renfoncement de muraille. L'échoppe était là, tout près.

Il y fut accueilli par un petit homme sans âge, au dos voûté, au bon regard, qui fit aussitôt place, dans son réduit très étroit, à ce Monseigneur dont on lui avait vanté le grand courage. Il avait lui-même été emprisonné une pleine année au Mur de Carcassonne pour avoir offert des souliers à messire Pierre Authié, d'heureuse mémoire. A sa sortie de prison, il n'avait retrouvé ni femme ni enfants. Des larmes lui montèrent aux yeux à remuer ces souvenirs. Il se détourna, s'essuya le nez d'un revers de main. Puis il dit, à nouveau enjoué :

– Savez-vous qu'un apprenti m'est venu de Pamiers, la semaine dernière ? Il s'appelle Arnaud Sicre. Sa mère Cécilia fut une bonne croyante, je l'ai connue autrefois. Elle est morte saintement, et le pauvre Arnaud s'est retrouvé seul avec de grandes blessures au cœur, comme nous tous ici. C'est un bon garçon, il est fort impatient de vous voir, car il vous estime infiniment. Depuis que nous travaillons ensemble, nous n'avons cessé de parler de vous. Hier encore, il me demandait si vous alliez bientôt venir. Je l'ai envoyé à la forge chercher une alène neuve, il ne va pas tarder. Attendez-le donc, Monseigneur, il en sera content.

Bélibaste n'attendit pas longtemps. Il vit un jeune homme traverser la place, poussé par le vent : fluet et maigrement vêtu, traînant ses bottes trop hautes, trop grandes. C'était Arnaud.

Guillaume s'était autrefois convaincu, pour tempérer ses détresses, qu'en cas de danger grave il serait averti par un pressentiment, un présage, un événement incongru, une odeur de mort. Arnaud Sicre était là, devant lui, sur le pas de la porte. Il souriait, l'air vaguement incrédule. Il semblait indécis, il ne savait que faire de ses mains. Guillaume chercha un signe dans ses yeux sombres un peu fuyants, autour de son visage encore encombré de traces d'enfance mais déjà durci par de rudes fatigues, des traversées de flammes. Ce jeune homme ne lui inspirait rien, ni chaud ni froid. Il avait la carrure étroite. Des mèches de cheveux raides, qu'il chassait de brefs mouvements de tête, balafraient ses joues. Il était un peu gauche, comme les gens malhabiles à manier les mots. Mais il y avait au fond de son regard cette sorte de fascination un peu agressive que les adolescents éprouvent parfois devant un personnage envié. Cela ne déplut pas à Bélibaste. Il le fit entrer dans l'échoppe de Mofferret. Le front dans les godasses et les lanières suspendues aux poutres du plafond, il le prit aux épaules pour le faire agenouiller devant lui et le bénir. Mais le garçon se méprit, s'avança d'un pas maladroit et l'embrassa.

– Qui t'envoie ? demanda Guillaume.

– Personne, répondit Arnaud. Le hasard. Dieu, peut-être. Depuis qu'on m'a chassé de ma maison de Pamiers, je cherche du travail et des gens de bonne religion pour vivre en leur compagnie. Jusqu'ici, je n'en avais pas trouvé. Peut-être repartirai-je bientôt, je ne sais.

Il fit un geste vers l'est, où était la mer. Guillaume ne fut guère satisfait par ces réponses, mais l'indécision d'Arnaud l'émut. Peut-être était-il de ces gens jetés sur les chemins par les malheurs du temps, tiraillés par les vents contraires de la liberté et de la nostalgie, errants perpétuels à force de chercher un lieu où poser leur sac. Ce garçon avait perdu le plus clair de son âme à vagabonder contre son gré, cela se voyait aux coins de sa bouche arquée, à ses gestes un peu brusques, à ses menues sournoiseries de bête peureuse. Guillaume lui demanda s'il avait rencontré des Parfaits, en terre d'Ariège.

– Quand ma mère vivait, répondit Arnaud, Monseigneur Philippe d'Alayrac venait souvent chez nous. Je l'aimais.

Il dit ce dernier mot avec un étrange abandon et resta bouche bée, comme si le plus incongru de ses secrets venait de surgir de sa gorge contre sa volonté. Il regarda Mofferret. Un appel au secours traversa ses yeux, mais il se détourna presque aussitôt et se mit à chercher furieusement ses outils pour se mettre au travail. Bélibaste, le voyant ainsi bouleversé, pressentit des douleurs profondes maladroitement réveillées. Un élan de compassion le poussa vers lui. Ils étaient frères, puisque le même maître avait nourri leur esprit, brûlé leur cœur. Guillaume voulut lui dire cela, mais l'autre sortit en bougonnant qu'il avait oublié de payer le forgeron.

En vérité, si Arnaud Sicre, au temps de son enfance, avait éprouvé pour Philippe d'Alayrac une affection débordante, personne, jusqu'à ce jour, n'en avait rien su, ni sa mère Cécilia, ni le Parfait, qui d'ailleurs ne s'était jamais occupé de lui. L'aurait-il fait, Arnaud se serait sans doute enfui, il aurait cherché refuge sur sa paillasse, la tête contre le mur, tant il était, en ce temps-là, farouche et reclus dans ses sentiments. Il avait bâti sa passion silencieuse pour son exclusive jouissance, accroupi dans le coin le plus obscur de la cuisine. Il l'avait nourrie à écouter avidement Monseigneur d'Alayrac discourir à voix presque basse, à observer ses longues mains blanches bouger à peine dans la lueur de la chandelle. Il n'avait alors guère plus de douze ans et savait changer les paroles qu'il ne comprenait pas en magies parfois effrayantes, toujours délicieuses. Ce pouvoir, il l'avait perdu dans les jupons des premières filles troussées. Après la mort de sa mère, il avait presque tout oublié de son enfance. Seul, le souvenir des longues soirées émerveillées auprès de Philippe le Mage était resté sacré et préservé dans les saccages de sa vie.

Sa mère Cécilia avait trépassé peu de jours avant que de pauvres gens torturés ne crachent son nom à la figure des moines. On avait donc chassé Arnaud, son seul héritier, hors de sa maison, et confié ses vignes à l'abbé du faubourg Saint-Antonin-de-Pamiers, où il vivait. Quand ce malheur survint, il avait dix-neuf ans, et depuis quelques saisons déjà, du grand vent dans la cervelle : ni Dieu ni frères n'avaient plus guère de place dans ses rêveries turbulentes. La confiscation de ses biens aggrava ses méchancetés. Il se mit à détester les hérétiques, leur pauvreté, les désastres et les désordres que leur foi avait semés dans ce pays, et d'abord dans sa vie. Ces pègreleux, pensait-il, avaient fait le malheur de sa Cécilia. Mais il n'était pas aussi fou qu'elle. Il ne serait pas, lui, un vaincu. Il se planta au front l'idée de regagner ses terres, de devenir riche et de se tailler une place solide à l'ombre des puissants.

Ce jeune homme sec, au visage assez avenant pour plaire aux femmes mûres et aux filles rustaudes, courut donc les routes, cherchant qui vendre pour de l'or catholique, puisque telle était, en ce siècle, l'indiscutable religion de l'or. Il vagabonda une année entière, sans guère de repos, par les foires et les marchés, flairant l'air des tavernes, fouinant partout, sans trouver la moindre vie à se mettre sous la dent. Quelques noms, glanés au hasard des rencontres, aiguillonnèrent sa convoitise, ceux de Parfaits insaisissables dont certaines gens parlaient avec une exaltation secrète, à voix basse : Pons de Châteauverdun, Guillaume Bélibaste, l'évadé du Mur de Carcassonne. On disait d'eux merveilles ou pis que pendre, selon les bouches. Il les pourchassa comme des mirages fuyants, cheminant toujours plus au sud, doutant parfois de leur réelle existence. Parvenu à San Mateo, exténué, découragé, il avait décidé de ne pas aller plus loin et de rejoindre Narbonne par la mer. Des bavardages d'un cordonnier sans malice étaient alors tombées ces paroles si simplement offertes qu'il avait eu du mal à les gober : Guillaume Bélibaste était attendu d'un jour à l'autre, il était en chemin, avant une semaine il viendrait là, dans cette échoppe, embrasser Mofferret et le pommader de bénédictions.

Guillaume Belibaste était venu. Arnaud Sicre, apercevant cet homme si longtemps poursuivi, planté sur le seuil de la boutique, avait dû maîtriser son cœur en débandade avant d'oser parler. L'errance, la patience, la traque étaient finies. La proie était là, devant lui. Désormais, il lui fallait livrer un nouveau combat, infiniment plus subtil et dangereux que ceux traversés jusqu'à ce jour. Il lui fallait jouer les bons croyants avec assez de conviction pour ne pas éveiller les soupçons, ruser, funambuler au péril de sa vie entre mensonge et vérité, gagner enfin la confiance de l'hérétique pour l'attirer un jour sur les terres de Monseigneur l'évêque de Pamiers. Il s'était avancé dans cette obscure bataille aussi prudemment que possible.

Et maintenant, errant par les ruelles de San Mateo, voilà qu'il se sentait défait, et étonné de l'être. Le hasard, ou quelque présence invisible, venait de faire trébucher son cœur en le forçant à dire tout crûment son secret le plus profond devant le seul homme au monde qu'il voulait à toute force tromper. Se pouvait-il que ce magicien de Philippe, du haut de son ciel, lui ait joué ce tour ? Certes, ses projets n'étaient pas compromis. Sans doute, même, son innocence éberluée avait-elle ému Bélibaste. Mais justement, c'était bien cela qui le désemparait et le mettait en rage, comme s'il s'était trouvé tout à coup le cul nu devant cet homme. Il revint en traînant la savate vers la boutique du cordonnier. Partout autour de lui, maintenant, il pressentait des questions déconcertantes, des pièges insoupçonnés. Il se dit qu'en une année de chasse et d'espoir il avait tout cent fois prévu, sauf ce qui allait sans doute survenir.

Arrivant au plein vent de la place, il aperçut Mofferret qui raccompagnait Guillaume Bélibaste vers le coin de l'église. Il s'attarda derrière un platane pour n'être pas vu. Il n'avait plus envie de parler, et redoutait un peu le regard aigu de l'hérétique. Les deux hommes, au loin, s'attardèrent un moment. Le cordonnier semblait soucieux, son Monseigneur aussi. Mais Bélibaste s'engouffra dans la ruelle qui descendait vers le rempart. Alors Arnaud Sicre courut à l'échoppe. Il voulait que Mofferret le trouve au travail, quand il reviendrait.

Quelques jours plus tard, Raymond de Castelnau s'en fut présenter Bélibaste aux croyants de Catalogne, avant de retourner en Toulousain où ses fidèles l'espéraient depuis trop longtemps. Raymond, poussant sa mule chargée de mercerie, bouda toute la première matinée du voyage, fort mécontent d'avoir trouvé son compagnon installé dans la maison de Raymonde. Guillaume prit la mine contrite, feignit d'avoir quelque vergogne et attendit patiemment que le bonhomme s'apaise. En ce jour de novembre qui lui fouettait les sangs, il refusait toute pensée qui pourrait troubler la paix de son âme, assuré qu'il était désormais de retrouver ses aises à son retour, la chaleur d'un foyer, l'amour sûr d'une femme.

Il forniquait, soit, et joyeusement, sans le moindre remords, puisque ce n'était là qu'un péché subalterne : son compère le lui avait assuré, il s'était jeté sur cette bonne nouvelle comme un chien affamé sur un gigot et, sacrédieu, pour rien au monde il n'en aurait démordu. D'ailleurs, depuis qu'il n'éprouvait plus aucune honte à goûter les bontés du giron de Raymonde, il n'en aimait que mieux les gens, les paroles de vérité lui montaient plus facilement au cœur, il priait avec une joie, une ferveur nouvelles, bref, Dieu était avec lui. Pierre Maury l'avait bien vu : la veille de ce voyage, il était venu chez Bélibaste lui apporter un panier de noix de la part de Guillemette, et l'avait trouvé si florissant, si rayonnant, qu'il lui avait dit naïvement, butant sur des mots trop allègres pour sa bouche :

– Monseigneur, je vous vois aujourd'hui plus large et plus grand qu'autrefois. Vous êtes devenu un vrai Parfait.

Guillaume en avait ri aux larmes, et lui avait répondu qu'il était ainsi parce qu'il ne se souciait plus de ses péchés, car Dieu, il le savait maintenant, ne s'irritait pas des fautes humaines mais au contraire s'en amusait beaucoup, comme un père indulgent s'amuse des merdoiements de ses fils. Pierre était parti perplexe, mais dans ses yeux brillaient des lampions. Pour la première fois de sa vie, son Monseigneur lui avait fait du bien.

La bouderie de Raymond de Castelnau, décidément, ne pouvait pas ébrécher ce bonheur tout neuf qui lui ravivait les joues et allumait malgré lui des lumières moqueuses dans son regard, dès qu'il se sentait à l'abri des coups d'œil furibonds de son compagnon. Mais Raymond n'était pas homme à laisser traîner des rognes inutiles. Après qu'ils eurent fait halte à l'abri du vent pour déjeuner d'un pâté de poisson, son visage carré, grossièrement taillé mais d'une si tendre bonté, quand il voulait, se fit à nouveau amical. Il assura son capuchon sur son crâne ras, enfouit les mains dans ses manches et se mit à parler, l'air malicieux, de la douceur de ce pays, de la paix qui y régnait et de la facilité que l'on avait à berner les curés de ces villages.

– Le risque est grand, dit-il, que l'on s'endorme, que l'on s'alourdisse sous les couettes des bonnes femmes, et que l'on oublie les malheurs de notre terre toulousaine. Aussi, mon bon Guillaume, j'ai décidé ceci : dans un an, si Dieu veut que je vive encore, je viendrai prendre ta place à San Mateo, et tu retourneras en Ariège. Seul.

Guillaume baissa la tête en grommelant une approbation embarrassée. Puis il répondit avec une soudaine mélancolie :

– Dans un an, messire Raymond, qui sait où nous serons, vous et moi ?

A nouveau ils cheminèrent en silence, mais cette fois comme des frères qui vont ensemble vers de lourdes nuées. Tout au long de leur tournée commune, qui dura une vingtaine de jours, ils ne parlèrent plus ni de leurs inquiétudes ni des fautes qu'ils portaient. Ils se contentèrent de prier aux heures justes et de déposer dans de très humbles maisons leurs semences de paroles. Ils étaient résignés à leur sort, aux malheurs à venir, mais à ceux qui les accueillirent ils ne prêchèrent que l'espoir. Ils furent partout traités avec une affection exigeante. Ces bonnes gens chassés de leur pays où ils avaient laissé leurs biens et souvent leurs amours étaient affamés des becquées de lumière que les Parfaits leur apportaient. Guillaume dut cent fois promettre de revenir souvent.

Le dernier jour, les deux hommes se séparèrent sans tristesse, mais sans grand espoir de jamais se revoir. Ce fut au bord de l'Ebre, près de Tortosa, qu'ils se dirent adieu. Au moment de s'embrasser, Raymond de Castelnau ne fit à Guillaume aucune recommandation nouvelle, et Guillaume ne chargea son aîné d'aucun message pour son pays, où il n'avait maintenant que des amis inconnus. Tout était dit, toute politesse superflue. Chacun pouvait aller son chemin librement, car ce qui devait advenir était l'affaire de Dieu. Mais ils se sentaient joints à jamais par ces obscures galeries de l'âme où les paroles ne peuvent passer. Ils se quittèrent comme pour une durée de nuit : une brève embrassade, et les visages se tournèrent vers les horizons opposés.

Guillaume arriva à San Mateo un jour de pluie battante, transi, fourbu, mais aussi content qu'un soldat de retour de campagne. Sibille et le feu fringant dans la cheminée lui firent une fête bondissante. Raymonde lui parut dolente, malgré ses efforts pour n'en laisser rien voir. Quelque chose était arrivé qu'elle avait peur de dire. Guillaume la harcela avec une tendresse inquiète, lui demandant sans cesse ce qui l'attristait.

— Rien, répondait-elle en s'efforçant de sourire.

Il se mit à l'épier. Elle n'avait pas l'air malade, elle n'était pas vraiment chagrine, au contraire. Il flaira dans ses attitudes, ses regards, une sorte de fierté secrète, de contentement inavouable. Il lui lança quelques réflexions malsonnantes qu'elle accueillit avec une étrange humilité, ce qui ne fit qu'accroître sa mauvaise humeur. Il se fit soupçonneux. Nul ne savait, à San Mateo, que Raymonde et lui s'aimaient et couchaient ensemble. Nul n'imaginait que Monseigneur Bélibaste puisse être parjure à son vœu de chasteté. Aux yeux de tous, Raymonde était sa servante, fraternelle et respectée. Se serait-elle par malheur vantée d'être aimée de lui et joliment baisée chaque soir ? Guillaume sentit monter une sueur froide à son front. Si elle avait fait cela, il était perdu, brisé. Il ne pourrait plus faire de bien à personne. Les gens ne voudraient plus l'écouter, ils le mépriseraient, ils le jetteraient aux loups. Il sortit sur le pas de la porte ruminer ces méchantes bouffées de trouille qui roulaient dans sa tête et le nouaient jusqu'aux boyaux.

La nuit n'allait pas tarder. Des nuages lourds, tourmentés, pesaient sur la cime des arbres. Il y avait dans cette fin de jour comme une grande fatigue maussade. Il entendit Raymonde l'appeler. Il se retourna. Il la vit debout, bien droite, dans la pénombre de la pièce. Elle triturait ses mains croisées sur son tablier, sa bouche tremblait, elle le regardait, elle aurait voulu parler avec les yeux. Elle dit enfin :

– Guillaume, je suis enceinte.

Un torrent tonitruant, soudain, submergea son esprit. C'était pire que si elle avait confessé leur amour devant tous. C'était pire mais c'était beau à hurler de bonheur. Il s'entendit rire aux éclats et ne vit plus que des éclairs dans une brume obscure, car il pleurait aussi. « Bélibaste, se dit-il, garde-toi de la foudre. » Il chercha à tâtons un tabouret et l'appui de la table, entendit un gargouillement de flacon. Raymonde, calmement, lui servait un plein gobelet de vin. Il l'empoigna et le vida d'un trait. Elle l'emplit à nouveau. Debout derrière lui elle posa les mains sur ses épaules. Elle bien droite, lui voûté comme un vieux, ils restèrent un moment silencieux, remués par des flots de sentiments contraires. Puis Raymonde reprit ses gestes quotidiens, ranima le feu dans la cheminée et mit la soupe à cuire. Elle n'avait plus peur. Guillaume avait réagi comme elle le prévoyait. Il fallait maintenant attendre qu'il s'apaise. Ce qu'il déciderait pour l'avenir serait bien. Au printemps prochain, il leur faudrait sans doute fuir San Mateo. Où iraient-ils ? Il saurait, lui. Elle se sentait insouciante à tout ce qui n'était pas le prochain battement de cœur. Elle avait déjà cette solide patience des femmes qui portent l'essentiel dans le ventre.

Quand elle servit la soupe du soir, Bélibaste était à peu près calmé. Le péril était encore lointain, il avait le temps d'y parer. Le vin aidant, il se laissa aller à imaginer cet enfant que Raymonde portait. Peu à peu, il pencha du côté du bonheur. Son écuelle vidée, Sibille grimpa sur lui et se mit à l'agacer en riant. Raymonde passa à portée de sa main. Il la saisit par les jupons, l'attira sur ses genoux, et berça très tendrement la mère et la fille enfermées dans ses bras, baisant leurs joues et leurs yeux fermés. Alors ils entendirent du bruit dehors. Aussitôt Raymonde se dégagea et courut à la porte en rajustant sa coiffe. C'était Arnaud Sicre.

Elle le salua à peine, coucha Sibille et grimpa dans son lit. Arnaud, demeuré seul avec Monseigneur Bélibaste, lui demanda de le bénir, puis l'interrogea sur sa vie avec une sorte d'acharnement qui pouvait passer pour de l'admiration passionnée. Guillaume s'efforça de répondre exactement à ses questions, comme font les hommes assez recuits par les douleurs de la vie pour ne plus craindre aucun jugement. En vérité, dans la confusion où était son esprit ce soir-là, Arnaud lui fit du bien. Quand, passé minuit, il s'en alla, Guillaume était en paix. Il avait fait tout son possible pour se faire aimer sans tricherie de ce chiendent adolescent qui lui rappelait ses hargnes du temps où il était berger.

12

Vers la fin janvier, de sinistres nouvelles arrivèrent à San Mateo, portées par Pierre Issaura, qui avait accompagné Raymond de Castelnau jusqu'à Puigcerda. A peine entré sur les terres du comté de Foix, messire Raymond s'était fait prendre. On l'avait conduit à Pamiers où jusqu'à son brûlement il avait refusé de se nourrir et de prononcer la moindre parole. Sur le bûcher n'avait flambé qu'un corps décharné d'où l'âme, sans doute, s'était déjà évadée. On avait vu à travers flammes son visage impassible et ses yeux grand ouverts, tandis que ses vêtements s'enflammaient et qu'une écharpe de feu s'enroulait autour de son cou. Puis des tourbillons de fumée l'avaient enveloppé. Alors, sous le ciel obscurci, des gens, dans la foule, étaient tombés à genoux en pleurant, malgré la présence de soldats et de moines qui hurlaient des prières. Monseigneur de Castelnau était mort avec une extrême dignité. Ce fut tout ce que Pierre Issaura put dire pour raffermir le courage de ceux qui l'avaient aimé.

Bélibaste ne fut pas accablé. Son chagrin fut sec, austère : il était résigné à la perte de cet homme qui s'était trouvé sur sa route, le jour de sa pire débâcle, pour empoigner son âme à l'instant où il la laissait choir. Après que Guillaume lui eut dit adieu, au soir de leur dernier voyage, Raymond de Castelnau avait rejoint Philippe dans sa mémoire, comme s'ils étaient déjà du même au-delà. Depuis, ces deux frères aînés étaient ensemble gardiens de son destin. Il les fréquentait assidûment, conversait souvent avec eux, leur tournait figure quand il désirait Raymonde et rappelait leur présence avant de parler de Dieu aux bons croyants de San Mateo. Philippe et Raymond ne manquaient jamais à ses appels. Guillaume les sentait vivre puissamment en lui. Ils n'étaient pas dociles, maniables à sa guise comme des ombres, mais semblables à des gens d'une solide santé qui auraient choisi de cheminer, dormir, rire, discutailler, prêcher dans sa tête hospitalière ainsi qu'ils le faisaient autrefois dans le monde. La nouvelle de la mort de Raymond n'altéra pas ces vies enfouies dans l'âme de Bélibaste. La surface de son esprit fut seule tourmentée. Imaginant l'odeur de chair brûlée, les rumeurs de la foule, les croix brandies sur cette place de Pamiers qu'il connaissait, il eut le cœur soulevé d'horreur et brailla sa haine des curés, tandis que ses hôtes intimes, qu'il vit au fond de lui quand il ferma les yeux, semblaient parler tranquillement de la vie, de ses plaisirs, de ses difficiles passages, sans se soucier de sa colère.

Pourtant, quand Pierre Issaura fut reparti pour Flix, où il demeurait, Guillaume ne parvint pas à retrouver la paix forte et rayonnante qui avait illuminé son dernier automne à San Mateo. Il redevint irritable, geignard. Le ventre de Raymonde n'était pas encore assez rond pour donner à jaser, mais cela ne tarderait guère. Il se mit à traiter méchamment la jeune femme et perdit toute patience avec Sibille, qui n'osait plus s'approcher de lui. Il se sentait maintenant à l'étroit dans cette maison qu'il avait tant aimée. Il étouffait. Dans ses rognes muettes, il lui arrivait de penser à cet enfant à naître comme à un ennemi dont Raymonde était la complice. L'idée lui vint de se débarrasser d'elle, de la jeter dehors avec son poison sous ses jupes. Il n'osa pas l'imaginer morte, de peur de lui porter malheur. En vérité, il l'aimait très fort, très lourd, et contre cet amour il butait du front avec un désespoir de moins en moins supportable.

Un drame vint le distraire un moment de ces méchantes ruminations. Un soir, fort tard, Pierre Maury vint le chercher. Bélibaste le vit si pâle et furibond qu'il craignit d'abord un danger imminent. Un espoir très amer effleura son esprit : s'il devait fuir sur l'heure, au moins serait-il du même coup libéré de cette femme en travail de marmot qui encombrait sa vie.

– Nous avons besoin de vous, Monseigneur, lui dit Pierre.

Guillaume en fut presque déçu. Ils s'en allèrent dans la nuit glacée, le dos courbé contre les tourbillons de poussière neigeuse qui leur piquaient durement les yeux et la bouche. De longs gémissements de loups, des hululements de tempête dans des trous de rochers leur coururent aux trousses jusqu'au rempart. Guillaume, tenant ferme son capuchon gonflé par la bourrasque, fit sonner son pas sur le chemin glacé avec une rage salutaire, comme s'il s'arrachait enfin à ses empêtrements et partait en guerre contre les dragons de l'hiver.

Arrivé chez les Maury, il s'ébroua et se chauffa longuement les mains avant de bénir Guillemette qui, dès qu'elle eut soigneusement calfeutré la porte de chiffons, s'en vint papillonner autour de lui en époussetant la neige de ses vêtements. Jean Maury le salua sans un mot et revint s'accouder à la table, muet, morne. Jeanne n'était pas là. C'était d'elle que l'on voulait parler à Bélibaste.

Jeanne avait décidé de ne plus travailler. Elle avait passé l'après-midi à jouer les régentes dans la maison, donnant des ordres arrogants à sa mère et menaçant, à la moindre protestation, de vendre sa famille au curé de San Mateo. Jean Maury, à la tombée de la nuit, était revenu de la vigne exténué et pelant de froid. Elle avait refusé de faire chauffer de l'eau pour dégourdir ses pieds. Ils en étaient venus aux gifles. Finalement, Jeanne s'était enfuie chez Mofferret en braillant qu'on la persécutait. A l'heure présente, elle devait y être encore. Ce pauvre garçon d'Arnaud Sicre y logeait, et elle le reluquait avec de telles mines, depuis quelques jours, qu'elle avait sans doute résolu de faire de lui sa paillasse pour la nuit.

– Misère de mon ventre, gémit Guillemette, cette fille nous poussera tous au bûcher, Monseigneur, si nous n'y prenons garde.

– Ils veulent la tuer, dit Pierre Maury, l'air sombre, en désignant du menton son frère et sa tante. Quand je suis arrivé, je les ai trouvés en train de comploter sa mort. Jean veut la mener demain dans la montagne, l'estourbir et la jeter au fond d'une cascade.

– Je pense qu'il serait plus sage de l'empoisonner, répondit Guillemette.

Elle se mit à pleurnicher dans son tablier. Elle se voyait déjà à la veillée funèbre, jérémiant dans le concert des matrones. Pierre, tremblant, les dents serrées, leva la main sur l'échine de sa tante en faisant mine de vouloir l'assommer.

– Messire Guillaume, dit-il furieusement, empêchez ce malheur. Dites-leur qu'il est abominable de tuer un être humain, qu'ils seront des porcs puants s'ils le font, et sûrement précipités en enfer.

Il se trouva tout désemparé, pensant soudain que Bélibaste avait assassiné un homme, autrefois, à Cubières, et que ces paroles étourdies devaient lui faire mal. Guillaume vit son embarras, sourit tristement et répondit :

– Il est abominable de tuer un être humain, même si l'on a excuse de l'emportement ou de la nécessité. Si vous le faites, dame Guillemette, vous traînerez un cadavre pourrissant dans votre tête jusqu'à la fin de votre vie, et rien, ni les prières, ni les macérations, ni le service de Dieu, ne pourra vous l'ôter.

– Je déteste trop ma fille pour la laisser s'installer dans ma cervelle, répondit la grosse femme. Je sais bien, moi, que je serai tranquille.

Les mains croisées sous sa vaste poitrine, l'air effronté, elle regarda Bélibaste. Un petit rire méchant trembla dans sa gorge. Aucun doute : la bougresse, confortablement assurée de son bon droit, n'aurait pas le moindre remords. « Elle ne croit pas à mes fantômes », pensa Guillaume. Il en fut vexé. Il se mit en colère, brandit des foudres et des malédictions à faire trembler les murs de la maison. Il dit enfin :

— Demain matin je parlerai à Jeanne. Elle ne reviendra pas ici et vous n'aurez plus rien à craindre d'elle. Je vous interdis de lui faire le moindre mal. Sinon, je prierai Dieu de vous foutre la peste au cul. Je Le connais : Il m'exaucera.

Guillemette se mit à pousser des gémissements de pleureuse.

— Monseigneur, dit-elle, je veux bien m'en remettre à vous. Si vous nous débarrassez de cette diablesse, je vous promets que nous ne toucherons pas un cheveu de sa tête. Dieu nous garde, nous ne sommes pas de mauvaises gens.

Bélibaste, satisfait de la voir matée, se tourna vers Pierre et lui dit avec un sourire de loup :

— Je déteste les assassins heureux.

Il empoigna son manteau. Jean Maury, avant qu'il ne sorte, s'agenouilla et lui demanda sa bénédiction. Il était reconnaissant de se voir soulagé de la corvée d'un meurtre. Guillaume lui posa familièrement la main sur la tête et s'en fut.

Pierre le raccompagna. Ils cheminèrent dans les ténèbres, poussés par le vent, les épaules étroitement accolées. Guillaume ne sentit ni le froid ni la fatigue. Une exaltation toute neuve lui gonflait la poitrine : il venait de sauver une vie. Cela ne lui était jamais arrivé. Quand Pierre Maury lui demanda l'hospitalité pour la nuit, car il lui répugnait maintenant de dormir chez Guillemette, Bélibaste lui répondit qu'il pourrait rester autant qu'il voudrait dans sa maison.

— Soyons désormais comme deux frères, lui dit-il. Je n'aime personne au monde autant que toi.

Il pensa : sauf Raymonde, et serra Pierre sur son cœur, en riant.

Le lendemain matin, il s'en alla chez Mofferret. Le vent était tombé, et il avait beaucoup neigé. Il lui fut infiniment doux d'entendre crisser ses pas sur la terre plus blanche que le ciel, dans le silence à peine troublé par des croassements de corbeaux. A nouveau il se sentit maître de sa vie, capable de démêler les pires embrouillements sans souffrance pour personne. Il avait sauvé Jeanne. Il allait lui trouver une place de servante chez cette veuve noiraude et joviale pour qui Pierre Maury travaillait. Il la sermonnerait sévèrement, elle filerait doux désormais. Il pensa à Blanche avec une affection admirative et rancunière. Elle était du même âge et pareillement teigneuse, mais Jeanne n'avait pas son exigeante fierté. « Elle est assez sotte pour me craindre », se dit-il. Cela l'amusa. Tous ses fidèles de Catalogne étaient ainsi : respectueux, attentifs à ne pas le mécontenter. Il régnait sur elle, aussi sage que Salomon et content comme un coq. Il eut une soudaine poussée de confiance. Pourquoi donc ne serait-il pas capable de rétablir la paix dans sa maison, au contentement de tous, comme il l'avait fait chez les Maury ?

   Avec l'amour, la sérénité et la grâce des justes, il devait trouver à sortir du pétrin où le tenaient Raymonde et sa menace de marmot. Il ne voulait pas envisager de quitter discrètement San Mateo : on avait besoin de lui ici. Et traînant aux basques une femme et deux enfants, pauvre comme il l'était, où irait-il ? S'il avouait à tous ses coucheries, ce serait peut-être pire : il s'imaginait avec horreur chassé sous les crachats de son trône de sage. Il devrait fuir, avec, outre la misère aux trousses, le mépris des bons croyants. Il lui fallait rester dans ce village sans avoir à souffrir de ses amours clandestines. Comme il arrivait sur la place, où des enfants piaillants bâtissaient un homme de neige, un brin d'idée lui vint, que pour l'heure il laissa dans un recoin de son esprit.

Mofferret et Arnaud Sicre accueillirent Bélibaste avec des mines un peu intimidées mais pimpantes, gaillardes. Jeanne était à l'étage où elle faisait le ménage. On l'entendait fredonner. Guillaume comprit aussitôt que les deux jeunes gens avaient couché ensemble. Il prit l'air sévère et demanda à Sicre s'il savait que sa luronne avait des idées de traîtrise.

— Ne craignez rien, Monseigneur, lui répondit le garçon. Elle ne vendra personne, J'ai calmé sa colère et tourne-boulé ses idées.

Il l'avait fait, en vérité, avec passion, car il redoutait que Bélibaste soit contraint de fuir, et d'avoir à le poursuivre encore jusqu'aux mille diables. Avant le printemps il ne pouvait revenir à Pamiers où il espérait que les Inquisiteurs lui donneraient de l'argent pour appâter l'hérétique et acheter les complicités nécessaires à ses projets. D'ici là, il fallait que l'ordre règne et que nul ne bouge. Cependant, Arnaud s'était réveillé de bon matin les jambes emmêlées à celles de Jeanne, la joue chaudement posée sur sa poitrine maigre, et ronronnant avec délices. Il avait tiré la couverture sur leur tête, et ils avaient ensemble découvert la bouleversante douceur de n'être plus misérables et seuls en ce monde. Ils n'en étaient pas encore revenus. Guillaume vit cela à la lumière un peu brumeuse qui brillait dans le regard du garçon, malgré ses airs de conquérant faraud. Il en fut ému et content. Il lui demanda d'un ton bourru s'il était amoureux.

— Je crois, répondit Arnaud, que Jeanne et moi allons nous établir ensemble, avec votre permission et celle de dame Guillemette.

Les choses tournaient joliment. Bélibaste s'émerveilla de ce pas de danse du destin. Ses projets à propos de Jeanne étaient maintenant caducs : il n'avait pas imaginé que cette grande gigue revêche pouvait inspirer l'amour. Mais ainsi tout était mieux qu'il ne l'avait prévu. Il joua, pourtant, les grands seigneurs perplexes : de quoi vivraient-ils donc, ces deux traîne-misère ? Arnaud était hébergé par Mofferret mais il n'avait pas un sou, et Jeanne n'avait pour dot que sa carcasse efflanquée et sa langue de vipère. Le garçon lui répondit qu'elle aiderait son cousin Pierre Maury à rapetasser le vieil enclos, jusqu'au printemps.

— Dès les premiers beaux jours, dit-il, j'irai voir ma tante à Lavelanet. Elle est riche et de bonne religion. Elle me donnera assez d'argent pour me marier, et payer grassement votre bénédiction.

— Ainsi soit-il, dit Bélibaste. Je parlerai donc à Guillemette. Toi, pour l'heure, surveille ta bonne amie, et ne la laisse pas bavarder à tort et à travers, sinon, c'est à coups de trique que je bénirai votre mariage.

Il s'en alla tranquille et guilleret. Dans le courant d'air glacé de la poterne qui donnait sur les champs, il trouva un jeune merle à demi mort de froid qui picorait la neige. Il s'agenouilla devant lui, tendit doucement la main. L'oiseau se laissa prendre sans même battre des ailes. Il le glissa sous son manteau, à la place du cœur. En d'autres temps, enfermé dans ses rancunes et ses embarras d'âme, il ne l'aurait même pas vu. Cette fois, il se dit : « encore une vie sauvée ». Menue, dérisoire, mais elle le gonfla de bonheur et de fierté. Décidément, la grâce de Dieu était sur lui. Il fallait en profiter pour faire preuve de vaillance. Aujourd'hui ou jamais il dissiperait les menaces qui pesaient sur sa maison.

Il rumina l'idée qui lui était venue, tout à l'heure, en montant chez Mofferret. Il la trouva tortueuse mais séduisante, et chemin faisant parvint à se persuader, dans l'état de contentement où il se trouvait, qu'elle lui était dictée par l'amour et le souci du bien commun. Il poussa la porte de sa maison, resta un instant sur le seuil, les poings sur les hanches, l'air vaguement rieur et satisfait. Il regarda Pierre Maury occupé à confectionner une poupée de chiffons pour Sibille, puis Raymonde penchée sur le foyer. Elle tourna la tête, en rajustant son châle sur les épaules.

– Guillaume, dit-elle, fermez vite, vous laissez entrer le froid.

– N'avez-vous pas envie d'un peu de lumière ? répondit Bélibaste, avec des mines de prophète auréolé. Il fait sombre comme dans un four, ici dedans.

La porte, rabattue d'un coup de talon, claqua derrière lui. Il vint au coin du feu, et sur quelques brins de paille posa le merle sauvé. Sibille s'en émerveilla, voulut le caresser, mais l'oiseau, déjà requinqué, s'envola à travers la pièce à grands coups d'ailes maladroits et s'en alla chercher refuge dans la charpente. Sibille tapa des mains et des pieds, exigeant de Bélibaste et de Pierre qu'ils aillent le chercher.

– Dieu m'en garde, répondit Guillaume en riant. Il me plaît, moi, que ma maison ait un oiseau dans la tête.

Raymonde se mit à balayer en observant Bélibaste à la dérobée. Il avait un air qui ne lui plaisait pas. Elle eut envie d'être seule avec lui pour pouvoir le cuisiner tranquillement, lui faire dire les incongruités qu'il avait en tête. Elle vint jouer du balai entre les pieds de Pierre Maury et le bouscula juste assez pour lui faire sentir qu'il devait partir. L'autre comprit parfaitement, mais Guillaume le retint et s'installa devant le feu, les jambes étalées, prenant des aises de maître après Dieu, sans se rendre compte qu'il encombrait le passage et gênait tout le monde.

– Arnaud Sicre s'est entiché de ta cousine Jeanne, lui dit-il d'un ton papelard. Cela me plaît, car les hommes solitaires sont en perpétuel danger de se perdre. Ceux que l'amour barbouille sont plus fermement plantés dans la vie. Une femme dans une maison est la meilleure médecine qui soit contre les tentations de l'amertume et du vagabondage. Tout à l'heure, en chemin, méditant sur ces choses, je pensais que décidément le mariage plaît à Dieu, et je m'attristais de te voir toujours seul, à vingt-cinq ans d'âge. Pierre, tu devrais prendre épouse, cela te ferait grand bien.

— Voilà une belle idée, répondit Pierre Maury en rougissant, mais qui voudrait de moi ? Je suis trop pauvre et je pue trop fort le mouton. Allons, Monseigneur, vous avez envie de me taquiner.

— Tu es un homme de vraie bonté, de santé solide, carré d'épaules et plaisant de visage, peut-être un peu mélancolique et timide à mon gré, mais il paraît que cela plaît aux femmes de bon sens. Qu'en penses-tu, Raymonde ?

Bélibaste, l'air faussement innocent, regarda son compagnon et la jeune femme, tout à coup muets et si embarrassés qu'ils se détournèrent l'un de l'autre avec de petits rires tristes. Il y eut un moment de gestes sans but, de gêne pesante.

— Il faut que je retourne à l'enclos, dit Pierre.

Il sortit sans saluer personne. Guillaume ne bougea pas de sa chaise et prit l'air méditant, Raymonde se remit à son ménage avec une moue de mauvais augure, tous deux restèrent un long moment silencieux, enfermés dans la même peur de ce qui se tramait derrière le front de l'autre. Ce fut Raymonde qui céda la première.

— Avoue que tu veux me marier à Pierre Maury, salaud, rugit-elle en essuyant les larmes qui débordaient de ses yeux.

C'était dit, enfin. Guillaume se leva, l'air un peu égaré, enlaça sa compagne, la berça dans ses bras en gémissant à son oreille des protestations d'amour. Ainsi faisant, il se disait : « Doucement, Bélibaste, doucement, mon Dieu, faites qu'elle ne s'affole pas, qu'elle ne me déteste pas, qu'elle ne me tue pas avec ses yeux de perdue, faites qu'elle comprenne. » Elle le repoussa. Il vit qu'elle ne pleurait plus. Il en fut soulagé. Il la prit aux épaules, la fit asseoir en face de lui.

— Raymonde, dit-il, c'est par souci de toi que je veux cela.

— Mais c'est ton fils que je porte dans le ventre, répondit-elle avec sa voix d'enfant coléreuse. Je ne peux le donner à un autre homme.

– Et que crois-tu que je porte, moi, à m'en casser la tête ? De l'amour, du pur amour pour toi. Il te faut épouser Pierre, sinon, que deviendras-tu ?

– Peu m'importe, je n'ai peur de rien, sauf de te voir mourir.

– Moi j'ai peur de tout, répondit sourdement Guillaume, les armes soudain rendues. Je suis un piètre vivant, Raymonde, je ne suis jamais tranquille, la peur est toujours présente dans mon amour pour toi, comme une brume perpétuelle. Elle est là, tapie au plus chaud de la tendresse, au plus doux de la paix. J'ai peur des malheurs possibles. J'ai peur que tu tombes malade. Quand je te vois confiante et rieuse, j'ai peur du mal que l'on pourrait te faire à cause de moi. Veux-tu que je te dise quelle prière je fais, tous les soirs ? Père Saint, épargnez Raymonde et Sibille. Détournez sur moi les peines qui leur sont destinées. Je veux bien porter leurs fardeaux, je veux bien charrier triple misère dans mon corps et mon âme, je m'en débrouillerai de bon cœur si c'est le prix à payer pour que Raymonde et Sibille vivent sans douleurs. J'ai mille fois plus peur de te voir souffrir que de souffrir moi-même.

– Pauvre homme, pauvre homme, dit Raymonde tout attendrie, tu ne m'as jamais parlé avec autant d'amour. Pourquoi faut-il que tu le fasses le jour où tu veux me chasser ?

– Avec Pierre tu vivras en paix, c'est tout ce qui m'importe.

– Et toi, comment vivras-tu ?

Il hésita devant le mot qu'il savait décisif. S'il avouait maintenant que leur séparation lui serait une délivrance, elle se résignerait. Il remua la tête comme un cheval qui renâcle. Il ne voulait pas qu'elle le croie pressé de se défaire d'elle. Il eut envie de dire : « ne me tourmente pas ». Il dit :

– En paix.

Alors Raymonde se détourna et son esprit partit un moment à la dérive, abandonné à une rêverie infiniment découragée. Puis des sanglots lui montèrent à la gorge. Avant qu'ils ne l'empêchent de parler, elle murmura :

– Pour l'amour de toi je t'obéirai, si Pierre Maury veut de moi.

Guillaume ricana tristement.

– Fais-moi confiance, dit-il, il voudra de toi.

Elle se pelotonna sur son tabouret, enfouit le visage dans son tablier. Il retint un élan de tendresse. Entre eux venait de se creuser un grand trou de misère qu'il n'avait plus le pouvoir de franchir. Il se leva, aussi éreinté que s'il sortait d'une journée de guerre. Sibille le fit sursauter, le tirant par la tunique et désignant le haut de l'échelle. Son merle pépiait, penché au bord du lit. Elle voulut monter le chercher. Il la prit dans ses bras, l'embrassa très tendrement. Puis il la poussa vers sa mère et s'en alla.

Il lui fallait parler à Pierre Maury sans tarder, en finir au plus vite avec ce harassant travail de rupture qu'il avait entrepris un peu étourdiment, sans avoir estimé sa réelle mesure. Pataugeant dans la neige épaisse qui avait effacé les sentiers, il grimpa à la bergerie par la pente la plus raide de la colline, soufflant et priant à voix haute pour ne pas se laisser le loisir de réfléchir. Pierre était occupé à construire une cabane près de l'enclos désert. Les troupeaux et les autres bergers étaient en hivernage dans la plaine de Lérida. Seul à perte de vue entre le gris du ciel et le blanc du monde, parmi ses rondins il avait des gestes tranquilles de bâtisseur d'arche. Il fut très surpris de voir Bélibaste apparaître au bout du champ, courant comme un canard éclaboussé de flocons d'écume. Il le laissa reprendre haleine. Dieu merci, son Monseigneur n'avait pas l'air soucieux. Ses joues étaient rouges comme s'il les avait frottées de vin, et son regard gaillard. Il s'efforçait de sourire, malgré son essoufflement.

- Je suis venu parler un moment avec toi, pour que le temps te dure moins, dit-il.

Pierre n'en crut pas un mot. Il remercia d'un grognement amusé et se remit à ébrancher ses troncs d'arbres. Guillaume vit bien qu'il ne pourrait ruser à sa guise : son compagnon n'était pas décidé à lui faciliter la tâche. Alors il se jeta vaillamment à la baille.

— Pierre, dit-il, tu as dû tout à l'heure avoir quelques bourdonnements d'oreilles, car Raymonde m'a longuement parlé de toi. Sais-tu qu'elle te trouve tout à fait aimable ? J'ai pensé qu'il fallait que je vienne t'annoncer cette bonne nouvelle. Je crois qu'elle t'épouserait volontiers, pour peu que tu aies le même désir. Or, tu n'ignores pas ce que je pense du mariage : un homme de bonne religion ne doit pas y rechigner. Fonder une famille de chrétiens véritables est un devoir de grande importance, en ces temps de ravages et de persécutions. Par ailleurs, Raymonde est une bonne fille. Pourquoi donc ne ferais-tu pas ce que je te dis, bougre d'âne, au lieu de me laisser m'emberlificoter dans ces bavardages d'entremetteur ?

Il eut une bouffée de rage contre lui-même. « Quelle honte et quel malheur, se dit-il, de puer ainsi les fourbes, de se racler l'esprit jusqu'à la boue puante, de se traîner dans la merde pour mendier la vie ! Si ce pauvre Pierre me voyait comme je suis, j'en souffrirais plus que sous le fer rouge d'un bourreau. » Mais Pierre Maury le regardait avec une joie timide, en hochant lentement la tête.

— Monseigneur, dit-il, Raymonde n'est pas de ma condition. Elle est fille d'un maître de forge, et je ne suis qu'un berger sans le moindre sou. Il ne serait peut-être pas convenable qu'elle m'épouse.

— Qui décide du convenable, ici ? dit Bélibaste. L'aimes-tu, oui ou non ?

— Je n'ai guère pensé à cela. Je la trouve bien faite et jolie, mais je me suis toujours contenté de filles de rencontre. Je n'ai jamais vraiment aimé, sauf dans ma première jeunesse. J'ai trop souffert quand mon amie est morte. Je me suis juré de ne plus me laisser émouvoir par le regard des femmes.

— Puisque tu n'aimes pas Raymonde, dit Guillaume, tu

peux l'épouser sans danger. Quoi qu'il arrive, tu ne souffriras pas.

Il fit mine de s'en aller. Il était accablé de fatigue et de dégoût. Pierre le poursuivit.

— Monseigneur Guillaume, je ferai ce que vous voudrez. Quand vous m'avez mis cette idée de mariage en tête, je n'osais pas la trouver à mon goût. En vérité, je serais bien content qu'une femme tienne ma maison au chaud en mon absence. Comprenez-moi : je parle d'amour comme un singe, mais j'en rêve comme un puceau.

— A demain, répondit Bélibaste. Epargne-moi tes génuflexions, imbécile.

Il empoigna un bâton et s'éloigna à pas pesants. Avant de se laisser aller sur la pente de la colline, il se retourna. Pierre Maury n'avait pas repris son travail. Il regardait au loin ce drôle d'homme qu'il aimait. Il se sentait capable de lui sacrifier sa vie, s'il le fallait. Et pourtant, à l'heure présente, Guillaume Bélibaste lui semblait aussi étranger qu'un pèlerin en chemin pour le bout du monde.

Bélibaste s'en alla chez Guillemette Maury. Il lui annonça sèchement le prochain mariage de Pierre et celui, plus lointain, de Jeanne avec Arnaud Sicre, puis il la prévint, avec un sans-gêne de soudard, qu'il dormirait chez elle jusqu'à ce que Raymonde ait quitté sa maison. La bonne femme, bouleversée par tant de nouvelles imprévues, versa d'abondantes larmes en poussant des braillements excessifs. Guillaume laissa passer l'orage, renfrogné au coin du feu, et ne sortit même pas de son accablement muet quand cette grosse folle l'aspergea de vin en voulant lui servir à boire malgré la tremblote qui l'agitait.

Ce soir-là, Mofferret et Arnaud Sicre vinrent avec Jeanne à la maison Maury. Guillemette, un moment, prit un air dédaigneux et fit semblant de ne pas voir sa fille, mais elle n'y put tenir longtemps. Mofferret s'ingéniant à les réconcilier, elles eurent tôt fait de lui clouer le bec et reprirent langue en se traitant mutuellement de carne et de diablesse. Puis Pierre se trouva au centre des conversations. On railla son amour pour Raymonde. Il fut troublé à l'extrême de s'entendre joyeusement accusé d'avoir caché son jeu. Il se défendit jusqu'à s'énerver et traita de peigne-culs les gens de sa famille. On le laissa en paix. Alors, tiraillé entre l'inquiétude et le contentement, il but un peu plus que de raison, et le vin aidant, se demanda à haute voix s'il n'allait pas commettre la plus ridicule sottise de sa vie. Bélibaste ricana méchamment.

– Tu la feras, dit-il. Quand une farce est commencée, vaille que vaille il faut la jouer jusqu'au bout. Demain tu seras marié.

On lui demanda quelques paroles propres à réchauffer les cœurs. Avec une sombre vaillance il parla des malheurs de Dieu dans le monde et du courage nécessaire aux bons croyants, puis il récita autant de Pater que de convives, les mains posées sur la tête de chacun. Quand il alla se coucher, la paix régnait sur la maison.

Le lendemain matin, Guillaume envoya Pierre Maury chercher Raymonde et Sibille. Il voulait que le mariage soit célébré au plus vite, sans réjouissances particulières ni cérémonie solennelle, car le Parfait qu'il était n'avait guère de temps à perdre avec ces affaires charnelles. Des sueurs lui venaient au front à l'idée de voir sa Raymonde au bras de Pierre, ce péteux qu'il commençait déjà à détester. Plus vite il les ficellerait ensemble, mieux il se porterait. Les mariés arrivèrent vers midi, aussi farauds et perplexes l'un que l'autre. Guillemette se crut obligée de serrer Raymonde sur son cœur en versant encore quelques larmes. Raymonde aussi pleura en s'efforçant de répondre aux vœux de la matrone. Alors Pierre vint l'embrasser timidement sur la joue, lui prit la main et l'encouragea d'un sourire. Guillaume en fut si fort agacé qu'il renversa des tabourets en les poussant du pied pour faire de la place aux époux qui devaient s'agenouiller devant lui. Ce fut un bien pauvre et triste mariage, expédié en deux Pater et un sermon bâclé sur la nécessité d'avoir des enfants, bien que toute chair soit diabolique, pour maintenir vivante la vraie croyance en Dieu. Bélibaste, prétextant un jeûne imposé par quelques fautes mineures, ne voulut pas rester au repas que Guillemette avait préparé. Saluant brièvement l'assemblée, il croisa un regard éperdu de Raymonde qu'il emporta, courant sur le chemin neigeux, comme une blessure.

Sa première nuit solitaire fut paisible, bien que son cœur fût lourd. Le silence de la maison, qu'aucune vie, sauf la sienne, n'encombrait plus, lui parut froid mais ample, pur à respirer, et propice à établir une nouvelle connivence avec Dieu. Douillettement installé dans son grand lit, les yeux fermés, jusqu'à ce que le sommeil se prenne il écouta le vent, dehors, les craquements de la charpente, et s'imagina vivant désormais en ermite, libéré de toute tentation, respecté des hommes et vénéré des femmes comme un héros revenu de toutes les guerres de l'âme.

Mais le petit matin dissipa ces rêveries complaisantes. Une fois le feu ranimé dans la cheminée, Guillaume se trouva désœuvré. Errant entre ses quatre murs à la recherche d'un croûton de pain, il se cogna partout à l'absence de Raymonde et de Sibille. Il voulut les chasser de son esprit, mais il ne put même pas concevoir de finir sans elles ce jour qui commençait à peine. Il sentit monter dans sa gorge un tonitruant appel au secours. Il le ravala à grand-peine. Il allait devenir fou s'il restait là, misérablement enfermé dans sa tanière. Un ermite, lui ? Avec ces torrents de rage dans les artères, ce dévorant désir de présences, de voix, d'amour charnu ? Que le diable le garde d'être jamais de ces stupides arbres secs qu'aucun vent ne remue. Il fallait qu'il sorte, qu'il voie des gens, qu'il parle. Mais où aller ? Chez Guillemette Maury, où les nouveaux mariés avaient couché ? Il imagina soudain sa Raymonde, à l'heure présente, se réveillant à peine et s'étirant doucettement sous l'édredon, les seins à l'air, avec ce dadais de Pierre contre son flanc. Ces misérables devaient puer l'amour à faire rougir une maquerelle. Plutôt crever de faim, de froid, de solitude, que de se voir contraint de leur souhaiter le bonjour.

Crever : ce mot troua furieusement sa cervelle. « Décidément, se dit-il, ce monde et moi ne sommes pas faits l'un pour l'autre. » Il se laissa tomber sur un tabouret, s'accouda à la table, les yeux fixes, et ce fut comme s'il s'éveillait nu dans un désert. Toutes ses raisons de vivre lui parurent autant de chimères bâties à force de ridicule vanité. Le respect de ses fidèles ? Petite merde de poulailler. Le service de Dieu ? Grande fatigue pour des promesses de douleurs. Sans doute pouvait-il infléchir le destin de quelques humains, mais quoi, la vie, la vaste vie, du brin d'herbe à l'étoile, n'avait aucun besoin ni de son poids de viande ni de son infime souffle d'âme. L'amour, la jouissance ? Poussières, désormais. L'existence sans illusions dans la paix des sens ? Un flot de jurons lui vint à la bouche. Il ne se résignerait jamais au désenchantement du monde, à la plate vertu qui lui paraissait plus haïssable que ses pires démons. L'hiver et point d'argent, ni de pain, ni d'espoir. Allons, mourir serait facile. Il prierait jour et nuit par souci de propreté, et jeûnerait jusqu'à ce que l'esprit lui sorte du corps.

Il regarda le jour gris et neigeux par la lucarne. Et si Raymonde se repentait de l'avoir laissé seul ? Si elle revenait ? Il serait magnanime, l'accueillerait d'abord avec une gravité distante et peu à peu se laisserait amollir par ses supplications. Il pourrait à nouveau vivre avec elle sans danger. Maintenant qu'elle avait couché avec Pierre Maury, l'enfant avait un père, et lui, Guillaume, était du coup lavé de tout soupçon. Pouvait-elle penser à cela, cette écervelée ? L'espoir à nouveau bouillonnant dans son crâne, il appela Dieu à son aide, lui demanda d'inspirer sa Raymonde : qu'Il lui dise, Lui, qu'elle pouvait revenir sans crainte. Le merle qui nichait dans la charpente vint picorer des miettes sur la table. Il le saisit. La bouche contre sa tête tiède il murmura passionnément sa prière, ouvrit la porte et le lança de toutes ses forces en direction de San Mateo. L'oiseau tituba dans le ciel, disparut. Guillaume à nouveau s'enferma, jeta quelques bûches au feu et attendit, attentif aux moindres bruits du dehors.

Ce fut Arnaud Sicre qui vint, avec quelques provisions et des nouvelles que Bélibaste avala en grimaçant, comme une potion très amère. Raymonde et Pierre lui envoyaient le bonjour. Comme ils s'étaient levés tard ce matin, Pierre n'était allé à son travail que vers midi. Raymonde était restée à San Mateo pour aider Guillemette et Jean à la taille de la vigne. Elle avait l'air de se bien porter. Peut-être était-elle un peu lasse, ou énervée par les bavardages de la grosse mère.

– Mais vous-même, Monseigneur, me paraissez bien faible et triste, dit Arnaud. Dieu vous garde d'être malade, car nous avons tous grand besoin de vous en Catalogne.

Guillaume ricana et répondit d'un ton grognon que la misère et la froidure le tourmentaient quelque peu.

– Ne perdez pas courage, Monseigneur, dit Arnaud Sicre. Dès que cette neige sera fondue, les amandiers fleuriront, et comme je vous l'ai promis j'irai à Lavelanet, chez ma tante. Elle me donnera pour vous de l'argent et de beaux vêtements. Vous pourrez vivre richement, comme les Parfaits d'autrefois que les seigneurs d'Ariège et d'Argence protégeaient.

– Pierre Authié avait des gants fourrés et un manteau doublé de loup, dit rêveusement Bélibaste. Quand il parlait sur une place publique, l'église se vidait. Même le curé et ses enfants de chœur venaient sur le perron pour l'écouter. Il avait l'allure très noble et l'éloquence d'un saint. Moi, je suis plus pauvre qu'un charbonnier, plus seul qu'un chien perdu, et quand je parle, je ne fais trembler que la flamme d'une chandelle. Je suis le dernier souffle de la lignée. Je crois qu'il est grand temps que je m'éteigne.

– Vous avez besoin de compagnie, Monseigneur, répondit Arnaud. Si vous voulez, je viendrai habiter avec vous. Vous me raconterez vos tribulations. Vous m'apprendrez l'art de bénir, et les prières qui plaisent à Dieu.

Guillaume le regarda avec attention. Il se souvint que Raymond de Castelnau lui avait ordonné d'instruire un disciple avant de mourir. Arnaud Sicre était-il capable de porter Dieu sur ses maigres épaules, par les pires chemins du temps ? Assurément, ce garçon lui ressemblait. Il était aussi baiseur et tourmenté que lui. Il finirait comme lui, déchiré dans des buissons de questions et de sentiments inavouables.

– Reste avec Jeanne, dit-il. Aussi bête soit-elle, elle me vaut mille fois.

Arnaud sourit. Il prit dans le panier qu'il avait apporté une pomme fripée et la tendit à Bélibaste, qui la refusa. Alors il la croqua, jeta le trognon au feu et se leva pour partir. Il était content. Il sentait bien que l'hérétique avait de l'affection pour lui. Sur le pas de la porte, il voulut s'agenouiller, comme les autres le faisaient, pour recevoir sa bénédiction, mais Guillaume ne vit pas le geste ébauché. Il regardait au loin le chemin désert de San Mateo, et la cime blanche de la colline où travaillait Pierre Maury.

Il n'eut pas d'autres nouvelles de Raymonde, ni ce jour-là, ni le lendemain, et son désespoir empira. Le panier de provisions resta sur la table où Arnaud Sicre l'avait posé. Guillaume n'y toucha pas, ne but ni ne mangea. Pour contraindre et mortifier la rage qui le tenait, il resta de longues heures à genoux, les mains jointes, l'échine courbe, pathétique comme un fauve acharné à se faire agneau. Il se soûla de prières. Ce fut peine perdue. Au milieu d'un Pater, il se mit soudain à gueuler une bordée de jurons libérateurs, se dressa, jeta son manteau sur son épaule et sortit. Le soleil, parmi les nuages turbulents, penchait déjà sur le versant du soir. Il marcha droit devant lui dans la neige, à travers champs, ruisseaux gelés et fondrières, et ne s'arrêta qu'à la pleine nuit, cul par-dessus tête dans un trou de vieilles broussailles. Il y laissa quelques brins de chausses, faillit s'éborgner en bataillant contre des ronces sournoises et chercha les lumières de San Mateo au travers du bosquet de chênes secs où il était perdu. Il entendit des loups assez proches, s'arma d'un gros bâton, marcha hardiment vers la lisière en battant devant lui les branches basses. Ses douleurs d'amour étaient oubliées. Quand il sortit de l'embarras des arbres et des taillis, il aperçut à quelques centaines de pas les murailles sombres du village trouées de rares lueurs vacillantes. Il avait fait un vaste détour, et se trouvait à l'opposé du chemin de Valence.

Il devait, pour rentrer chez lui, contourner le rempart et passer devant la maison de Guillemette Maury, où dormait Raymonde auprès de Pierre. Quand il vit sa façade de vieux torchis au bord du sentier, il ne put s'empêcher de s'approcher du pas de la porte et de tendre l'oreille, espérant il ne savait quoi, un bruit de voix, un appel. Comment cette garce de Raymonde ne sentait-elle pas qu'il était là, presque à portée de main, grelottant, retenant son souffle pour n'éveiller personne, sauf elle ? Rien ne bougea derrière le mur, dans la tiède obscurité des paillasses. Alors, la rage revint si violemment au cœur de Guillaume qu'il brandit son bâton et se retint à peine de l'abattre contre les volets fermés. Il s'éloigna sans plus de précautions, buta contre un tonneau pourri qui s'effondra à grands fracas. Des chiens aboyèrent. Il les crut lancés à ses trousses et prit la fuite comme un voleur houspillé. Quand il n'entendit plus que son souffle rauque il s'arrêta, se retourna et se mit à crier, face à la nuit, des insultes dérisoires à d'invisibles bourreaux. Il rentra chez lui transi, crotté. Il se dit qu'il ne pourrait vivre une journée de plus ainsi. Il fallait que demain, quoi qu'il en coûte, Raymonde lui revienne.

Il ne dormit pas de la nuit. Son corps était recru de fatigue, mais il fut incapable d'assagir son esprit, sans doute aiguisé par le jeûne. Il s'échafauda des contes haletants et sur d'imaginaires places publiques tint au monde, à Dieu, à de fantomatiques assemblées appelées devant lui, de très agiles discours, éloquents, maîtrisés, imparables. Bien avant l'aube il se leva, plus agité qu'à son coucher. Il sortait d'un rêve violent, confus, peuplé de chiens féroces et de foules vivement colorées. Pourtant, il avait l'impression de n'avoir pas un seul instant plongé dans le sommeil. Sur la pierre de la cheminée, les cendres et les bûches à demi consumées étaient froides. Il lui faudrait, dans la journée, aller chercher du feu chez Guillemette. Il verrait donc Raymonde. Il la ramènerait. Après tout, elle était sa servante.

Il sortit sur le pas de la porte. Le temps s'était beaucoup radouci et la neige fondait. Le silence de la nuit était encore parfait, mais on sentait un frémissement d'éveil dans les hautes branches des arbres immobiles, dans l'air sombre, au-dessus de la courbe des collines. Les ténèbres se faisaient transparentes. De larges plaques brunes apparaissaient sur la garrigue où le redoux mouillait déjà la terre. Bientôt, les eaux ruisselleraient partout. Pour l'instant, le temps semblait encore suspendu, en attente d'éclosion. Une coulée de neige tomba du toit. Guillaume en prit une poignée, se barbouilla la figure et se pourlécha à grands coups de langue gourmande. Cette fraîcheur lui fut délicieuse comme un retour à l'air pur après un long étouffement. Il s'avisa qu'il avait une faim de loup. Il s'en alla fouiller dans le panier d'Arnaud Sicre, y trouva du pain, des pommes, et une gourde de vin. Il s'attabla, empoigna son couteau de berger qui pendait toujours à sa ceinture. Savourant lentement ces gestes simples avant les victuailles, il se souvint de son père et s'appliqua à imiter ses manières rassurantes. Il se refit ainsi une assise dans le monde, un poids d'homme, et ses pensées s'ordonnèrent.

Il aimait Raymonde plus profondément qu'il ne le croyait. Il avait toujours eu peur de la voir trébucher au moindre détour de la vie, sans savoir que cette peur charriait une sève. Maintenant qu'il était libéré de ses colères et de ses égarements, ne restait en lui que l'amour nu, semblable à une fleur douloureuse mais bien droite, enracinée dans ses couilles, épanouie dans sa tête, son feuillage répandu partout dans son corps. Cette fleur était née des misérables ténèbres où grouillaient aussi ses démons, ses effrois, et pourtant il sentait bien qu'aucune éclaboussure ne pouvait l'atteindre, que le feu même d'un bûcher ne pourrait la consumer. Certes, il souffrait durement, mais au moins il n'était plus tenté par de vaines révoltes. Il fallait que Raymonde revienne. Pour cela il était prêt, désormais, à tous les sacrifices. S'il devait confesser publiquement ses sentiments et ses fautes, il le ferait. S'il devait tout perdre, sa tranquillité, le respect de ses fidèles et l'affection de ses amis, il y était décidé. Il s'étonna que ce prix à payer ait pu lui paraître exorbitant. Il lui semblait, maintenant, presque dérisoire au regard de ce qu'il devait sauver.

Quand il eut fini de manger, le jour était levé, et un grand vent doux balayait les derniers reliefs de neige comme une écume dans les champs alentour. Guillaume décida d'aller parler à Pierre Maury, qui devait déjà être sur la colline à tailler ses rondins. Il ne voulut pas penser à ce qu'il allait lui dire et, cheminant par les sentiers changés en bourbiers, se contenta de s'affermir dans sa volonté de vaincre tous les obstacles qui le séparaient de Raymonde. Pierre, le voyant venir vers lui, poussé par le vent nuageux, eut quelque hésitation à le reconnaître. Bélibaste, en trois jours, avait maigri et pâli. Ses yeux pareils à deux tisons noirs et ses joues creusées, grisaillées par une barbe naissante, lui donnaient un air inquiétant. Son manteau était déchiré, crotté jusqu'aux épaules, autant que ses godasses et le bas de ses chausses. Il ressemblait à un vagabond chassé de partout. Pierre s'enquit aussitôt de sa santé. Guillaume lui répondit brièvement qu'elle était bonne, d'un ton qui décourageait l'insistance, et lui demanda s'il était content de son mariage.

– Content, pas content, qu'importe, dit Pierre. Je sais bien que je ne suis pas de bonne compagnie pour une femme, le lit et le coin du feu me sont des lieux trop inconfortables. Ici sur cette colline, avec ces nuages et le printemps qui vient, je me sens plus heureux et libre que partout ailleurs. Je crois que chacun doit savoir où est sa vie, et la suivre. C'est ce que je fais.

Bélibaste fit mine de réfléchir, le temps que s'apaise un peu la soudaine bourrasque d'espoir qui le tourneboulait. Puis il grogna :

– Ainsi, tu ne te plais pas avec Raymonde.

– Je n'ai pas dit cela, Monseigneur, elle est bonne et patiente. Je ne peux souhaiter meilleure épouse.

– Allons donc, répondit Guillaume, impitoyable. Je vois bien que l'attelage grince. As-tu fait ce qu'il fallait, au moins ? C'est par le ventre que la joie vient aux femmes. Dis-moi : as-tu fait rire un peu son ventre ?

– Autant que j'ai pu, dit Pierre, gêné, tout à coup, à ne plus savoir où tourner la tête. Mais notre Raymonde n'est pas très rieuse, Monseigneur. Nous sommes de même nature, elle et moi. Nous ne nous complaisons guère au lit.

– Quoi ? L'as-tu baisée, oui ou non ?

– Certes oui.

– Fort bien. Pierre, mon bon frère, je n'aime pas te voir insatisfait comme tu l'es. Regarde-moi : sais-tu pourquoi je suis creux des joues et pâle comme un décavé ? Depuis trois jours je jeûne et m'interroge. Je crains d'avoir fait une faute en te mariant. En vérité, je t'ai mis en prison. Tu vas dépérir et faire le malheur des tiens, si je ne te libère pas. Tu es une bête de grand vent, que diable ! J'aurais dû penser à cela. Allons, c'est dit : j'annule tes épousailles.

Il fut tant émerveillé par sa trouvaille qu'il prit aux épaules son compagnon et partit d'un éclat de rire sonnant. Pierre, d'abord éberlué, se mit à rire aussi, humblement, sans vraie joie. L'idée de n'avoir plus charge de femme ne lui déplaisait pas, mais il la trouvait indécente. Il s'était marié en bon croyant, et s'il n'était pas amoureux de Raymonde, il avait assez le souci de son bonheur et de sa dignité pour rechigner à se défaire d'elle, après trois jours d'usage, comme d'un vêtement mal taillé. Guillaume vint facilement à bout de ces réticences. Il tint à son ami un boniment effréné, le bénit mille fois, le rassasia d'absolutions et balaya d'un mot ses dernières hésitations :

— Je me charge de Dieu et de Raymonde, dit-il. Je te laisse la paix.

Il s'en fut en courant. Le vent dans le manteau, il disparut au bout du pré et s'en alla droit chez Guillemette. Raymonde était seule au coin du feu. Elle semblait l'attendre. Quand il lui ordonna de le suivre, elle ne parut pas étonnée. Elle prit Sibille dans les bras, et Bélibaste rassembla quelques braises pour sa cheminée éteinte, dans un pot de grès enveloppé de chiffons. Sur le chemin de leur maison, elle demanda :

— Que va dire Pierre ?

Elle était contente mais un peu effrayée. Guillaume lui prit la main et ne répondit pas. La tête haute, un vague sourire à la figure, il avait l'air d'un conquérant ébahi par sa victoire.

13

Peu de temps avant Pâques, Arnaud Sicre partit pour le pays d'Ariège, abondamment pourvu de recommandations et de messages pour les parents des exilés de San Mateo. Raymonde le pria d'aller à Junac, voir si son dernier frère vivait encore, et demander à Esclarmonde, son amie d'enfance, de lui rendre les quelques vêtements qu'elle avait laissés chez elle quand elle avait dû fuir. Elle lui confia un canif au manche de nacre. Il devait le donner à la demoiselle de Junac : elle saurait ainsi qu'il était un homme de confiance. Mofferret fit promettre à son apprenti d'aller dire une prière de sa part devant la porte de son ancienne échoppe, à Carcassonne, et de chercher partout sur son chemin des nouvelles de sa femme et de son fils perdus. Guillemette Maury le chargea de tant de commissions à faire en son nom, à Montaillou et alentour, qu'on dut la tempérer : Arnaud ne devait prendre aucun risque. Qu'il se renseigne sur l'état du pays, et surtout qu'il essaie d'apprendre si des Parfaits prêchaient encore en terre d'Ariège. Jeanne pleura beaucoup en le suppliant de revenir bientôt. Elle aurait aimé l'accompagner, mais Arnaud ne voulut pas d'elle. Il fut cependant si troublé de devoir quitter sa bonne amie qu'il la confia solennellement à la garde de Monseigneur Guillaume, et pleura contre sa joue en lui jurant fidélité. Il s'en alla décidé à satisfaire, autant que possible, ces bonnes gens. S'il pouvait ramener quelques bonnes actions dans sa besace, elles compenseraient un peu la trahison qu'il lui fallait maintenant consommer. Mieux aurait valu qu'il n'ait pas à fréquenter ce Bélibaste avant d'aller le vendre. Tout au long de son voyage, il s'efforça de ne pas penser à lui, sauf pour le détester, mais il y parvint mal. Il chemina souvent le front baissé, avec une grande tache d'ombre dans la tête.

Le soir même de son arrivée à Pamiers, poursuivi par un chien noir qui harcelait inexplicablement ses mollets depuis son entrée en ville, il s'en alla, derrière la cathédrale, cogner au portail de l'évêché. La nuit tombait, de gros nuages traversés de lueurs dorées pesaient sur la crête des remparts dont on voyait quelques créneaux, au bout de la rue pavée de galets bombés. Par un crépuscule semblable il avait autrefois rassemblé ses hardes et quitté sa maison sans espoir d'y jamais revenir. Mais ce souvenir ne l'émut guère : il était pour l'heure trop occupé à se débarrasser de ce chien qui le tirait en grondant par le pan de son manteau, et à répéter dans sa bouche les importantes nouvelles qu'il apportait au très sévère évêque Fournier. La lourde porte s'ouvrit en grinçant, la tête blafarde d'un vieux moine apparut par l'entrebâillement et l'examina de pied en cap. Arnaud s'inclina, balbutia qu'il avait de grandes choses urgentes à révéler à Monseigneur l'évêque, tout en lançant des ruades à ce putain de molosse acharné à lui faire perdre l'équilibre. On le fit entrer dans une vaste salle silencieuse au plafond trop haut orné de poutres ouvragées, au dallage si lisse et propre qu'il y devinait son reflet à la lueur des torches plantées dans les murailles. En face de lui, au-dessus d'une imposante cathèdre, un Christ en croix, peint sur le mur lointain, le regardait fixement. Ses grands yeux ovales lui parurent un peu stupides, et en tout cas heureusement indifférents à son sort, au vent obscur qui tourbillonnait dans sa tête, à ses douleurs de conscience tenues en bride par l'âpre volonté de plaire à ce considérable personnage devant qui il voulait comparaître. Il attendit là longtemps, immobile, osant à peine respirer, puis on vint le chercher pour le conduire dans une bibliothèque où l'évêque Fournier lisait debout devant un lutrin.

Le prélat lui parut de très haute taille. Son visage empâté était triste et las. Arnaud, sur le seuil, serra son manteau sur ses cuisses, imaginant dans un éclair d'effroi qu'il allait salir le tapis et se faire jeter dehors pour ce crime avant d'avoir pu dire le moindre mot. Fournier, d'un geste lent, lui fit signe de s'avancer, sans lever le front de son grand livre. Arnaud obéit, et tout soudain, dans un brouillard presque opaque, sans le moindre salut à l'évêque, trahit la foi de sa mère avec un infini soulagement, parla à longues phrases bouillonnantes, vidant le sang de son cerveau, prononçant dix fois le nom de Guillaume Bélibaste avec une méchanceté douloureuse, comme s'il tirait en laisse l'ombre sauvage de l'hérétique parmi les livres et les candélabres. Quand il se tut il tituba, ivre d'efforts et de vide dans son esprit. Fournier lui prit les mains et lui dit qu'il était un brave garçon. Alors il eut envie de l'embrasser comme un père, en riant et pleurant.

Plus tard, on lui offrit du vin, et on lui fit redire ce qu'il savait devant un greffier. Puis on lui donna trois pièces d'or et une bourse de sous d'argent. On inscrivit ses droits sur un parchemin : s'il ramenait Bélibaste en terre d'Ariège et le faisait arrêter, on lui rendrait les biens de sa famille, et lui serait octroyée, en outre, la maison que l'hérétique avait à Cubières. Quand il sortit de chez l'évêque, il faisait très sombre et il pleuvait. Un chien errant vint flairer ses chausses, reçut un coup de pied sur la gueule et s'éloigna en couinant. Arnaud Sicre, cette nuit-là, dormit au bordel de la ville.

Le lendemain, craignant de rencontrer des gens de sa connaissance à Pamiers, s'il s'y attardait, il décida de partir pour Junac. Il faisait un temps détestable. L'enceinte des remparts, à peine franchie, s'effaça dans la brume, et Arnaud, voûté contre le vent, s'en fut tout seul sur le chemin détrempé que des éclats de soleil faisaient luire par intermittence, entre deux nuées de grisaille turbulente.

A peine cheminait-il depuis une demi-heure qu'une pluie violente et glacée s'abattit sur son échine. Il courut se mettre à l'abri d'une cabane plantée en bordure d'un jardin potager, et là trouva un homme qui, comme lui, s'abritait de l'averse; Arnaud le salua en s'ébrouant et fit, pour engager une conversation de politesse, quelques réflexions sur la méchanceté du temps. L'homme, appuyé sur son bâton, le regarda en claquant violemment des dents et ne répondit pas. Il devait avoir une quarantaine d'années, il était assez grand et corpulent, de visage carré piqué de poils grisonnants. Son corps misérablement vêtu était secoué de frissons. Il avait un regard de bête traquée par la fièvre et la peur.

– Vous me paraissez bien malade, compère, dit Arnaud.

L'autre sourit faiblement et se remit à contempler l'averse du fond de la cabane, immobile, les yeux fixes. Sa bouche ne cessait de trembler. Arnaud l'entendit grelotter une prière. Il se défit de son manteau et le posa sur les épaules du bonhomme.

– Putain de saison, dit-il pour couper court aux remerciements.

Ses gestes de bonté allaient toujours avec une pudeur vindicative. Les moindres mots de reconnaissance le hérissaient. Il fit semblant de ne pas entendre l'homme qui le bénissait et s'en alla tâter du rideau de pluie qui tombait dru de l'autre côté de l'entrée, embrouillait ensemble les couleurs des arbres, du ciel, des champs, et se répandait en ruisselets sur la terre battue de l'abri. Cet homme n'était pas un voyageur ordinaire. Les marchands, les colporteurs, ne priaient pas ainsi. D'ailleurs, il n'avait pas de bagages. Arnaud se retourna et se mit à le flairer du regard avec une curiosité soupçonneuse. L'autre ne parut pas s'en émouvoir. Il dit simplement .

– Je m'appelle Sans Mercadier. Ce nom ne te dit rien,

fils ? Et Pierre Authié ? As-tu entendu parler du grand Pierre Authié ? Ah, voilà que ton œil s'allume. Il fut mon aîné, et j'ai longtemps prêché en sa compagnie. Ne crains rien, je ne veux pas faire de toi un hérétique. Je n'ai pas d'autre espoir que de mourir bientôt. Je ne suis plus qu'un mendiant crevant de fièvre, de froid, de faim. Vois, tu as devant toi le dernier de ces hommes que les plus grands seigneurs de ce pays vénéraient autrefois. Leurs paroles faisaient résonner les salles des châteaux, les miennes s'essoufflent dans une hutte de jardinier. Mais qu'importent les huttes et les châteaux, notre vraie maison, c'est l'âme du monde, je le sais maintenant, ils me l'ont dit, ils me le disent si tendrement ! Car tu ne les vois pas mais ils sont tous ici, autour de nous, aussi vrai que tu es à portée de mon bâton. Mon maître Pierre Authié, Amiel de Perles, Philippe d'Alayrac, et ce bon Castelnau, et Pons de Châteauverdun, le dernier brûlé, et Arnaud Marti, et la foule des autres que je n'ai pas connus, ils sont là, bougeant parmi nos corps, dans cette cabane à l'abri de la pluie. Ils te regardent et me regardent, je vois l'ombre de leurs vêtements, j'entends la rumeur de leurs voix, je sens leur souffle sur mon visage. Allons, fils, n'aie pas peur, ils nous protègent. A toi aussi ils veulent du bien. Pourquoi trembles-tu ? Je vais te rendre ton manteau, tu as froid. Ne t'en va pas, petit.

Sans Mercadier saisit le poignet d'Arnaud, qui poussa un gémissement et resta pétrifié, haletant, pris de terreur sacrée, incapable de s'arracher à la poigne du moribond et de fuir hors de ce nid de fantômes hérétiques qui allaient à coup sûr lui faire subir d'inimaginables vengeances. Il voulut appeler au secours le jour, la pluie, le vent. L'abri de la cabane lui parut hors du monde, et le seuil où s'escrimait l'averse, l'inaccessible porte de la vie.

– S'il te plaît, murmura le bonhomme, aide-moi à mourir. Les ombres de mes frères sont trop légères, j'ai besoin d'un vivant. Écoute-les. N'entends-tu pas leur voix ? Ils te supplient aussi, ils disent que tu as beaucoup de bonté au cœur.

Il laissa tomber son bâton et s'accrocha à la tunique d'Arnaud Sicre. Ses jambes ne pouvaient plus le porter. Il tomba à genoux. Arnaud l'aida à s'allonger sur la terre humide, enveloppa soigneusement son corps dans le manteau, s'accroupit près de lui et lui soutint la tête. Il éprouva soudain une inexplicable et très tendre pitié pour cet homme à bout de vie, paisible comme un enfant au bord du sommeil. Il lui était tout à fait impossible de l'abandonner là. Mais la terreur l'étouffait. Des gouttes d'eau tombaient du toit de la cabane sur sa nuque, sur ses épaules, et ruisselaient le long de son dos, et le glaçaient, mais il ne bougeait pas, il ne pouvait : une foule de défunts invisibles le cernait, se pressait autour de lui dans la pénombre et soulevait de terre une odeur âcre de moisi, d'humus puissant. D'innombrables regards pesaient sur sa tête penchée, il en était écrasé. Pourtant, ces présences n'étaient pas hostiles, au contraire. Il les sentait innocentes, affectueuses. Mais cette douceur lui était plus insupportable que la haine. Il aurait préféré se trouver face contre terre, au fond de l'enfer, devant un tribunal d'ombres impitoyables. Au moins aurait-il compris ce qui lui arrivait. Il eut envie de crier ses trahisons et ses misères dans cette brume de fantômes. Ces morts ne savaient pas qu'il était un traître. Qu'aucune grâce ne le touche, sinon toutes les grâces du monde seraient à jamais salies ! Il leva le front à grand-peine. La pluie, dehors, avait cessé. Un rayon de soleil fugace traversa la porte et s'en fut. Arnaud bredouilla :

— Je ne suis pas des vôtres.

Les morts ne l'entendirent pas. Il tourna de tous côtés la tête. Il ne fut délivré de rien. Il y avait toujours dans l'air cette tranquillité de songe qui l'épouvantait si fort. Sans Mercadier, les yeux fermés, se mit à palper ce bras qui le soutenait. Il dit faiblement :

— Il ne faut pas que tu aies froid, petit. Reprends ton manteau, je n'en ai plus besoin.

Alors Arnaud ne vit plus rien qu'un brouillard de larmes. Il cria, secoué de sanglots :

— Vous n'êtes pas le dernier, messire Sans. Monseigneur Bélibaste vit en Catalogne, entendez-vous ? Il viendra bientôt ranimer votre religion en terre d'Ariège, vous pouvez mourir tranquille, messire Sans !

— Il viendra brûler, répondit Mercadier. Dieu a quitté ce pays. Regarde les morts, comme ils sont bons et beaux.

Extasié, il désigna la lumière, dehors, un arbre et les nuages. Puis il se tourna vers Arnaud et dit encore :

— Tu es un bon passeur. Sans toi, j'aurais souffert à franchir le dernier pas. J'aurais souffert comme tu souffres. Approche ta joue, que je la caresse, fils. N'aie pas peur de l'avenir, ce que tu feras sera bien fait, je bénis d'avance tes actes. Ne cherche pas à te bien conduire, laisse aller ta vie, ce n'est pas toi qui gouvernes.

— Par pitié, messire Sans, ne dites pas cela, répondit Arnaud en tremblant. J'ai vendu Guillaume Bélibaste pour trois pièces d'or et une bourse de deniers.

— Ce n'est pas toi qui gouvernes, dit Sans Mercadier dans un souffle.

Sa tête roula de côté. Arnaud Sicre, le voyant mort, poussa un cri étouffé, s'écarta violemment de lui et se rencogna au fond de la cabane, comme si ce corps inerte était venimeux et le révulsait. Il mit longtemps à maîtriser ses tremblements.

Peu à peu, l'air alentour se vida de ces frémissements surnaturels qui le tenaient cerné. Tout redevint ordinaire. Au travers du toit de grosses branches et de lauzes filtraient des éclats de jour. Il y avait dans un coin des outils entassés et quelques guenilles. L'odeur d'humus était celle du jardin sous l'averse, une averse de printemps tout neuf. Les frères défunts de Sans Mercadier, s'ils avaient jamais hanté ces lieux, s'en étaient allés, emportant tout mystère. Arnaud s'approcha du cadavre et osa le toucher. Il s'enhardit jusqu'à abaisser les paupières sur les yeux vides, et laissa sa main effleurer la joue rugueuse. Sa frayeur se calma quelque peu. Avec précaution, pour ne pas trop le déranger, il défit Mercadier de son manteau et s'en vêtit. Puis il fouilla le petit sac de toile que le Parfait portait à la ceinture. Il n'y trouva qu'un livre aux coins de fer et une pelote de fil. Arnaud ne savait pas lire, mais il ne douta pas que ce fût là un ouvrage dangereux. Il le prit et s'en alla l'enterrer dehors, sous une motte d'herbe. Il ne voulait pas que l'on abîme le corps de cet homme, qu'il soit démembré et jeté au feu, comme l'on faisait aux hérétiques trouvés morts.

Il entendit au loin un roulement de chariot. Il courut sur le chemin et vit venir un attelage de bœufs qui traînait un pesant chargement de tonneaux et de sacs rebondis. Il faisait route vers Pamiers. Arnaud héla le charretier. Il lui dit, en désignant la cabane, qu'un mort était là, et qu'il fallait le conduire au cimetière. Il lui donna cinq deniers pour un cercueil et une messe. L'autre s'étonna de sa générosité. Il lui demanda si cet homme était de ses amis.

– Je ne l'ai jamais vu vivant, répondit Arnaud. Je l'ai trouvé, aussi froid qu'un caillou, là-bas dedans où j'étais allé m'abriter de l'averse. Il a dû trépasser dans la nuit. Cet argent était dans son sac. Si on en usait d'une autre manière, à coup sûr il porterait malheur. J'ai quitté Pamiers de bon matin, je vais à Junac. Faites ce que je vous ai dit, et ce mort vous gardera sûrement une place au ciel.

Comme il chargeait le cadavre parmi les sacs de blé et les barriques de vin, il lui baisa furtivement la main, avec ferveur.

Quand il se retrouva seul au milieu du chemin, il resta un moment immobile, pris d'un léger vertige ; comme à l'instant indécis, au sortir d'un rêve violent, où l'on n'a pas encore démêlé les sentiments de la nuit des vérités du jour. Le sol était maintenant solide sous ses pieds, les flaques d'eau luisantes au soleil revenu. Les arbres s'ébrouaient sur sa tête et des gens, au loin, cheminaient comme lui. Il se trouva bien vivant dans le monde à nouveau familier, et les paroles de Sans Mercadier, les traits de son visage, son agonie dans la pénombre de la cabane s'embrumèrent peu à peu, comme font les songes. Il avait pourtant vécu cela. Il se mit vivement en route et sentit une ombre le suivre. Elle était loin derrière, mais il en eut un méchant frisson dans le dos, dont il ne put se défaire.

Vers la fin de l'après-midi il fit halte dans une auberge, au bord du torrent de Crieux. Il y trouva quelques paysans et marchands de presque rien, tous fort silencieux, attablés le nez dans leur mangeaille, qui levèrent à peine le front quand il entra. Il demanda du jambon et du vin, et caressant le feu dans la cheminée, le temps qu'on le serve, fit quelques plaisanteries péniblement gaillardes pour remuer ces gens. Il aurait donné la moitié de sa bourse pour une soûlerie entre compagnons de voyage, tant il avait besoin d'oubli et de chaleur vivante. Il fit le matamore devant la fille du tavernier, qui devait avoir une quinzaine d'années. Elle le regarda d'un air admiratif en riant sottement. Les autres restèrent muets. Il se mit à boire seul, et quand il fut assez ivre, il se vanta bruyamment d'avoir vendu un puissant hérétique à l'évêque de Pamiers. Alors, un colporteur qui mangeait seul dans un coin se leva, et passant devant la table d'Arnaud pour sortir, cracha dans son écuelle en prenant garde de n'être vu de personne.

Un cri de rage arrêta l'homme au milieu de l'auberge. Avant qu'il ait eu le temps de se retourner, il sentit une cruche de vin lui frôler la tête et une assiette se fracasser entre ses épaules. Arnaud, trébuchant aux tabourets, fonça sur lui tête baissée. L'autre évita sans peine sa charge, le saisit par la nuque et le fond des chausses et l'envoya s'affaler sur une table où trois paysans buvaient. Arnaud se retrouva inondé de vinasse, pris dans un tourbillon de bois brisé, de poings et de sabots. Il fut prestement empoigné et jeté dehors, malgré ses hurlements et ses sursauts de fauve. Il tomba à plat ventre dans une flaque du chemin, éclaboussant des volailles qui s'égaillèrent à grands piaillements en battant lourdement des ailes. Il resta ainsi un moment, à demi assommé, puis parvint à se hisser à quatre pattes, vomit sa soûlerie et se traîna vers une grange voisine. A bout de forces, il se laissa tomber sur un tas de paille. Alors il s'avisa qu'il saignait abondamment du nez et du front. Il était glacé, trempé, couvert de fange et de vomissures. Il ne pouvait bouger, tant son corps était douloureux. Il resta ainsi prostré, haletant et grelottant. Il ne s'aperçut même pas que la nuit tombait.

Il fut dépêtré de son abattement par une lueur de lanterne qui se balançait au-dessus de sa tête. Il souleva une paupière. C'était la fille de l'aubergiste, menue et pâlotte, coiffée d'un bonnet de laine d'où tombaient deux tresses drues. Du bout du pied elle le remua, comme l'on fait aux pourritures dont en n'ose pas trop s'approcher. Il gémit, se leva à demi. Alors elle déposa par terre, à quelque distance, le manteau qu'il avait laissé dans l'auberge, une couverture et un bol de soupe. Puis elle s'en alla en courant. Il voulut l'appeler, la main tendue vers ce point de lumière qui s'éloignait dans la nuit comme une étoile titubante, mais il ne put grogner qu'un son informe. Il parvint à se mettre à genoux. Une énorme houle battait contre ses tempes. Il but le bouillon chaud et en fut un peu revigoré. Puis il s'enveloppa dans les hardes sèches que la fille avait apportées, s'enfouit aussi profond qu'il le put dans la paille. Il sentit lui revenir la chaleur de la vie.

Il aurait aimé s'endormir aussitôt, mais il ne put. Tous les événements qu'il avait vécus ces deux derniers jours l'assaillirent en une ruée désordonnée. L'évêque Fournier dans sa bibliothèque, la longue figure du greffier dans la lumière dorée d'un candélabre, la pluie sur les jardins, la cabane, Sans Mercadier grelottant entre ses bras dans la grisaille des fantômes, la charrette cahotante sur le chemin de Pamiers, l'auberge et la rossée qui l'avait enfin brisé, tout cela se mit à bouillonner dans son crâne comme en un chaudron de sorcière. Il voulut ordonner ces images, se démêler de leur foisonnement. Il ne comprenait rien à ce qui lui était arrivé. Ces gens, dans l'auberge, auraient dû l'admirer pour avoir osé vendre un de ces malandrins qui narguaient les polices. Pourquoi l'avaient-ils étrillé ? La bienveillance de Sans Mercadier et de son assemblée de morts le trouait encore, quand il y pensait, de flèches si douces qu'il avait envie de pleurer. Pourquoi ces hérétiques ne l'avaient-ils pas maudit ? « Ce n'est pas toi qui gouvernes », lui avait dit Sans Mercadier. C'était bien la plus absurde parole qu'il ait jamais entendue, lui dont l'ambition était justement de gouverner sa vie comme un cheval fermement tenu aux rênes. Mais ce que disaient les mourants était précieux et considérable, car ils étaient à portée de regard de l'au-delà, et découvraient ce qu'un vivant ne pouvait voir. Arnaud sentit s'insinuer en lui un désir sournois d'abandon à toutes les surprises, toutes les étrangetés du monde. « Qui me gouverne ? » se demanda-t-il, et aussitôt après se reprit. Il avait aujourd'hui rencontré des fous, voilà tout. Dieu merci, ils ne l'avaient pas détroussé. De vrais fous. Il sombra dans un sommeil opaque.

Le jour le réveilla. Il remua lentement ses membres. Il avait mal partout mais se sentit reposé. Il se leva. Ses vêtements étaient presque secs, raidis par la boue et des traînées d'ordures sanglantes. Les volets de l'auberge étaient encore clos. Il s'en alla se laver la figure au ruisseau, puis se tailla une belle canne de noisetier. Son manteau jeté sur l'épaule, il s'en fut par le grand chemin, la tête vide.

Pendant les trois jours de voyage qui le conduisirent à Junac, il ne décloua guère les dents et se tint à l'écart des compagnons de rencontre avec la méfiance d'un chat sauvage. Dans les tavernes où il fit halte, il dut faire sonner ses deniers avant qu'on le laisse s'attabler devant une cruche de vin, tant il était puant, sale et patibulaire. Partout il inspira une répugnance craintive et fut même chassé d'un village sous une grêle de cailloux pour avoir insulté une troupe d'enfants qui raillaient ses yeux pochés et ses chausses déchirées au cul. Il éprouva une jouissance très obscure à se voir méprisé et rejeté de tous. Il se trouvait ainsi justifié de détester le monde, et gonflé de secrète importance : nul ne soupçonnait sa bourse confortable ni sa condition d'espion attaché à la perte d'un puissant hérétique. Ces gens qui le regardaient de haut étaient donc non seulement haïssables, mais ridiculement ignorants. Il ressentait, à se dire cela, une satisfaction grinçante.

Cependant, à Ussat, qu'il traversa un matin de marché, il se décida à acheter des bottes et des vêtements neufs. Junac était tout proche. Il aurait à y parler de Raymonde, à demander des nouvelles de son frère. Il devait être propre et paraître de bonne fréquentation. Il y arriva l'après-midi du même jour. Cheminant par les ruelles tordues, il ne vit personne. Certaines maisons semblaient depuis longtemps inhabitées, l'herbe poussait aux murailles, d'autres tombaient en ruine. Sur quelques volets fermés, pourrissants, étaient cloués de vieux restes d'ailes de hiboux, de pattes de sangliers. Deux énormes rats traversèrent devant lui la venelle, s'engouffrèrent dans une chatière percée au bas d'une porte. Il entendit dans la maison envahie un bruit d'outils renversés, des galopades furtives. Sur la place, seul bougeait le feuillage d'un gros orme et le portail de l'église, qui grinçait et battait au vent. Le ciel, sur les toits moussus, était gris et bas. Tant de désolation emplit Arnaud d'amertume et de crainte. Une paix maussade régnait ici : celle de morts mécontents. Il s'efforça de ne point les troubler et retint le crissement de ses bottes neuves sur les pavés.

Il monta au château où vivait Esclarmonde. C'était une haute bâtisse austère ceinte d'un rempart de pierres sèches et bâtie, au sommet d'un bois, sur une butte qui dominait le village. Un cheval, dans la cour, mangeait du foin à l'abri d'un auvent. Un homme apparut sur le seuil de la demeure. Il était très grand, très large, rouquin comme un brasier. Il posa le poing sur le pommeau de son épée et la fit battre contre sa cuisse, l'air soupçonneux. C'était Gaillard de Junac. Arnaud lui dit qu'il venait voir sa sœur Esclarmonde, de la part de Raymonde Marti. L'autre haussa les épaules et sans mot dire à grands pas de mastodonte, s'en alla étriller son cheval. La porte, devant Arnaud, resta ouverte. Il entra dans une grande salle assez obscure, voûtée de plafond, fort poussiéreuse et délabrée Le carrelage était partout brisé et branlant. Une tapisserie fanée pendait à la muraille aussi piteusement qu'une guenille à une corde à linge. Des reliefs de repas et des débris d'écuelles traînaient pêle-mêle sur une longue table à tréteaux. Au fond de la salle, un bon feu flambait dans la cheminée. Esclarmonde se tenait devant. Elle était vêtue d'une méchante robe de moniale en pénitence. Sa chevelure noire tombait en désordre sur ses épaules, elle était très pâle et maigre. Arnaud vit tout de suite qu'elle était folle. Il la salua et lui dit que Raymonde l'envoyait, cherchant déjà comment prendre promptement congé. Elle battit des mains comme une enfant, poussa un cri perçant qui voulait être un rire et aussitôt ses yeux écarquillés, égarés, s'emplirent de larmes. Elle agrippa Arnaud par les épaules, enfouit la figure dans les plis de son manteau, resta ainsi, secouée de sanglots et de frissons. Il essaya gauchement de se défaire d'elle, mais cette pauvre fille avait des serres d'aigle. Il entendit, derrière lui, le pas lourd de Gaillard de Junac. Il fut pris de panique. L'homme empoigna sa sœur par les cheveux, l'arracha d'Arnaud et la fit asseoir brutalement dans un fauteuil.

– Pardonnez-la, dit-il. Elle est ainsi depuis que les troupes de l'évêque sont venues prendre les gens du village. Elle est restée seule ici deux mois d'hiver. Un jour, elle a trouvé des enfants morts, dans le bois, au pied du château. Quand je suis arrivé, elle vivait avec ces cadavres à moitié enfouis dans la neige. Vous direz tout cela à Raymonde, quand vous la verrez, car c'est arrivé par la faute de son père.

Arnaud Sicre baissa la tête et ne répondit pas. Gaillard prit deux gobelets renversés parmi les ordures qui jonchaient la table, servit du vin à ras bord. Puis il accusa rudement le vieux Marti de l'avoir vendu aux Inquisiteurs, lui et ses frères, par peur de la torture.

– Nous avons dû fuir dans la montagne, comme des proscrits, dit-il. Notre père, seigneur de Junac et de Capoulet, est mort peu après de chagrin, et les gens du village, tous hérétiques puisque leur maître l'était, se trouvèrent alors sans défense contre les entreprises de l'évêque Fournier. Les soldats sont venus un jour de novembre. Quelques hommes qui voulurent résister furent massacrés. Les autres, avec les femmes et les vieillards, furent conduits, sans le moindre bagage, Dieu sait où : je n'ai jamais plus entendu parler d'eux. Seuls, quelques enfants en bas âge et Esclarmonde, qui s'était cachée dans les caves du château, furent laissés là.

Gaillard vida d'un trait son gobelet, s'en servit un autre, puis posa sa puissante patte rousse sur la chevelure d'Esclarmonde et se mit à la caresser avec une tendresse de gros chien triste. Il dit encore :

– Je suis revenu au printemps, après que mes frères eurent décidé de s'exiler en Lombardie, et j'ai trouvé ma sœur comme je vous l'ai dit, plus affamée qu'une louve, choyant des enfants morts dans des berceaux de neige. Elle avait perdu la raison, comme ce pauvre pays où j'ai grand tort de vivre. Il n'y a plus ici d'honneur ni de pitié, plus de sagesse, plus d'espérance. Je ne sais pas pourquoi nous ne mourons pas tous. Parfois, l'envie me vient de prêcher l'insoumission à ce Dieu imbécile qui nous force à traîner nos corps, de jour en jour, dans un monde qui ne veut pas de nous. A quoi bon user nos dents à ronger des misères ? Nous avons vécu sacrément, autrefois, nous avons chassé, bataillé, joui des femmes et des récoltes. Du vin fumant coulait dans nos veines, en ce temps-là ! Que nous reste-t-il de tout cela ? Amertume et fatigue. Eh bien, pourquoi ne pas creuser nos fosses et nous y coucher comme des braves, sans regrets ni vaines prières, puisque la vie ne nous donne plus rien qui nous plaise ?

Il se tut. Comme Esclarmonde, immobile et rêveuse, il se mit à fixer les flammes dans la cheminée. On entendit dans des recoins des rats ronger des boiseries, et la pluie lointaine tomber sur des parquets moisis, par le toit crevé. Les dernières marches de l'escalier avant l'ombre de l'étage semblaient être le seuil d'une nuit infinie peuplée de bruits sans vie, de remuements sans corps. Dans cette salle trop vaste et délabrée où ils se tenaient tous les trois devant le feu, ils étaient comme les derniers vivants du monde dans l'antichambre du Jugement.

– Je dois partir, dit Arnaud. J'ai des promesses à tenir à Montaillou et à Carcassonne, avant de revenir en exil. Je veux aussi aller à Cubières, voir si la ferme de Monseigneur Bélibaste tient encore debout.

– Faut-il que ma maison vous déplaise et vous effraie pour que vous préfériez le mauvais temps à l'abri de ses murailles, répondit Gaillard, l'air sombre. Je vous comprends. Les spectres que nous sommes devenus, ma sœur et moi, ne sont pas de bonne compagnie. Cependant, nul n'a jamais franchi le seuil de cette porte sans que l'hospitalité lui soit offerte. Sachez donc que vous pouvez dormir ici, si vous voulez.

– Il doit rester, dit Esclarmonde, sans cesser de regarder le feu. S'il partait maintenant, il nous faudrait comprendre que la pire des tavernes vaut mieux que le château de Junac, et que les putes vérolées de Capoulet sont plus fréquentables que moi. Gaillard, allumez une chandelle, je veux aller m'habiller en femme noble.

Elle apparut pour le dîner, sa lumière tremblante à la

main, effrayante et belle comme les dames blanches qui hantent les marais. Sur un coin de table que Gaillard balaya d'un revers de manche, elle servit un lièvre rôti chassé de la veille. Nul ne parla sauf Gaillard, après qu'il eut essuyé sa barbe graisseuse. Il dit à Arnaud qu'il n'y avait plus aucun Parfait dans le pays. Les églises, à nouveau, s'emplissaient le dimanche de foules soumises qui ne croyaient pas en Dieu. On vivait désormais sans amour, sans compassion, sans pitié. La tristesse même n'avait plus cours : les gens se faisaient une gloire de leurs cruautés. Ceux qui plaignaient les torturés et les ruinés faisaient figure de niais, et l'on affectait de parler la langue des seigneurs du nord, chez les bourgeois de Foix ou de Toulouse, pour paraître à la mode. Arnaud prit un grand intérêt à entendre la longue litanie rageuse de son hôte : c'était là un discours fort beau et désespérant qu'il pourrait répéter à Guillaume Bélibaste avec une émotion de témoin passionné. On l'écouterait bouche bée, à San Mateo, on le bénirait en pleurant pour avoir traversé tant de drames. En vérité, il avait maintenant assez à raconter pour n'avoir plus besoin d'aller traînailler à Montaillou ou à Carcassonne, à la recherche d'un temps qui n'existait plus. Dès demain, il retournerait en Catalogne.

On lui donna une couverture de haute laine à demi rongée par les mulots, et il se coucha sur la pierre de la cheminée, près du feu brasillant. Les craquements et les gémissements de navire exténué qui emplissaient la vaste demeure le tinrent longtemps éveillé, avant que ne lui vienne un sommeil agité, traversé de sursauts. Vers minuit, un bruit de pas furtifs à l'étage, le fit se dresser. Il vit une ombre vive descendre les escaliers. Il ralluma fébrilement la chandelle aux braises. Esclarmonde était déjà devant lui. Il recula, la main devant la bouche pour étouffer le cri qui montait de sa gorge. Elle était vêtue d'une robe de mariée trop large pour son corps, coiffée d'une couronne de fleurs séchées. Sa chevelure noire tombait sur ses seins. Elle était très pâle et souriait, avec, dans le regard, la terrible innocence des insensés. Elle murmura attentive à ne pas troubler l'ombre :

— Messire Arnaud, je vous veux pour époux. Ne craignez rien, je ne vous encombrerai pas, je mourrai bientôt. Ne me repoussez pas, par pitié. J'aimerais m'en aller de ce monde avec le regret de vous.

Elle l'agrippa par sa tunique délacée et le contraignit à s'agenouiller avec elle. Elle posa le front contre son cœur, qui battait à grands coups douloureux. Il l'entendit prier. Puis elle s'allongea sur la pierre et l'attira. Elle était tout exaltée, elle s'échevelait à agiter la tête de droite et de gauche. Arnaud eut peur qu'elle ne crie. Il gémit :

— Mon Dieu, mon Dieu, ne m'obligez pas à jouir d'une folle. Je ne suis pas si méchant.

Elle se pelotonna contre lui, comme une enfant en désir d'affection. Il se mit à la bercer en lui caressant la joue, elle soupira d'aise. Elle ne voulait rien de plus que cette tendresse, rien de plus que connaître un instant la chaleur d'un homme dans la grande débâcle de sa vie. Ils restèrent enlacés, sans bouger, jusqu'à l'aube, écoutant, infiniment sereins et lumineux dans l'âme, les roulements du vent lointain, la colère des charpentes, les ricanements de la nuit alentour.

Quand le jour vint, Arnaud, craignant d'être surpris par Gaillard, se leva et se vêtit à la hâte. Alors Esclarmonde saisit le couteau qu'il portait à la ceinture, de la pointe se piqua le doigt, ouvrit la tunique du jeune homme et lui fit une croix de sang à la place du cœur. Puis elle dit fièrement :

— Va, mon époux.

Il tourna les talons et s'en fut en courant. Parvenu au village abandonné, il se retourna et vit sur le rempart la pauvre folle dans sa robe de mariée. Elle courait le long du créneau en criant au ciel des paroles qu'il ne comprit pas.

Arnaud Sicre arriva en Catalogne au début du mois de mai. Passé Lérida, il entra soudain en plein printemps rayonnant. Il le traversa dans un état d'étrange innocence. Il était vivant. Cela suffit à l'emplir de joie neuve et forte, après ses obscures tribulations. Il ne pensa plus aux rencontres qui l'avaient effrayé, ni au mal qu'il ferait bientôt à Bélibaste et à ces braves gens qui l'attendaient. Son ombre était maintenant légère devant lui, il la suivrait où elle voudrait le mener. Celui qui gouverne les vies, s'Il voulait sauver l'hérétique, se débrouillerait bien pour dévier le cours de l'avenir. Sinon, le Père Saint ferait comme d'habitude : Il se tairait, Il ferait l'inexistant, il laisserait aller la corde sur le chemin des combats et des cruautés ordinaires.

Parvenant en vue de la maison de Guillaume Bélibaste, Arnaud souhaita fugacement que Dieu se donne enfin la peine d'exister, le temps d'un miracle.

14

Bélibaste et Arnaud Sicre s'étreignirent sur le pas de la porte et se regardèrent longuement en silence, avec une joie fiévreuse, tous deux heureux de se retrouver sains et saufs après ces longues semaines de voyage hasardeux. Le premier mot d'Arnaud fut le nom de sa Jeanne. Il demanda si elle était là. Elle triait des légumes, avec Raymonde, sous la lucarne de la cuisine. Les deux jeunes gens se firent mille embrassades rieuses dans une grande bousculade de questions. Bélibaste voulut qu'aucune nouvelle ne soit donnée avant que tous les exilés de San Mateo puissent ensemble les entendre. Raymonde courut chercher Mofferret et la famille Maury, pendant que le voyageur, tenant Sibille sur ses genoux, buvait et mangeait, servi par Jeanne extasiée.

La petite maison enfumée s'emplit bientôt de gens bruyants qui firent à Arnaud Sicre une fête impatiente : ce garçon portait des réponses à leurs craintes, à leurs espoirs. Ils firent cercle autour de lui, et Arnaud fit à chacun l'aumône de quelques paroles vaguement rassurantes : à Mofferret il affirma qu'un compagnon de route avait rencontré sa femme et son fils en Catalogne. Il était possible qu'ils soient établis à Lérida, ou à Barcelone. En tout cas, ils étaient vivants, et Dieu, s'Il voulait, les pousserait peut-être un jour jusqu'à San Mateo. Le cordonnier en eut un regain d'espoir, et fut tant ému qu'il pleura sur l'épaule de son apprenti. L'autre se défit de lui pour jurer à Guillemette qu'il avait vu sa sœur Mengarde à Montaillou, et qu'elle était en bonne santé. Pierre Maury, entendant cela, fit une grimace de méfiance : la dernière fois qu'il était passé par son village, il s'était enquis de Mengarde.

On lui avait dit qu'elle était partie avec un homme du Toulousain. Il en fit la remarque, en ricanant. Arnaud, l'air offensé, soutint qu'il avait embrassé les joues fraîches de la bonne femme, et dormi au coin de son feu. Tout le monde le crut, sauf Pierre, qui quitta l'assemblée et s'en alla sur la colline éprouver la solidité de son enclos tout neuf. Personne ne le vit sortir car Arnaud, au même instant, parlait avec émotion d'Esclarmonde de Junac. Il avoua la vérité à Raymonde, qui l'écouta avec de grands soupirs, et à Bélibaste il raconta ce que lui avait dit Gaillard du triste état de leur pays. Enfin il fit à tous un beau récit de sa rencontre avec Sans Mercadier ; et finit en jetant sur la table sa bourse de deniers et ses trois pièces d'or.

– Ma tante, dit-il à Guillaume, vous fait don de cela et vous supplie de prier pour elle, car elle est malade. Au prochain mois d'août, deux grands personnages de votre Église, venus secrètement de Lombardie, séjourneront dans sa maison de Lavelanet. Elle vous invite instamment à les rejoindre, car vous êtes le dernier Parfait vivant dans nos régions, et l'on n'espère plus qu'en vous pour assurer le salut de la vraie foi. Avec l'argent qu'elle vous donne, vous pourrez voyager et subsister sans danger jusqu'à ce rendez-vous. Dès que vous serez à Lavelanet, elle vous pensionnera grassement, car, m'a-t-elle dit, il ne faut pas que Monseigneur Guillaume ait le souci de sa subsistance. Trop de nobles tâches l'attendent.

Chacun regarda Bélibaste avec une admiration anxieuse. Il en fut grandement troublé. Il était tout à coup plus riche qu'il ne l'avait jamais été, et investi de la mission la plus glorieuse qui soit. Il se trouva désemparé, ignorant, et tout à fait indigne de cette lignée de purs esprits qui avaient porté pendant des siècles, à travers les pires tourmentes, la vraie parole de Dieu. C'était pourtant à lui seul qu'était dévolu le soin de maintenir cette Parole vivante en ce monde. Il avait autrefois tué un homme, il avait touché le fond de cette misère d'où l'on ne revient que boiteux de l'âme, et c'était à lui seul que l'on faisait l'honneur terrible et sacré de confier la garde d'un peuple de croyants. En outre, on lui donnait assez d'argent pour se vêtir en grand bourgeois et inspirer le respect aux soudards. La vie, décidément, était un bien étrange labyrinthe.

Cependant, il lui faudrait quitter cette retraite sûre où il vivait benoîtement. Il lui faudrait abandonner, au moins pour quelque temps, Raymonde et Sibille, se méfier des moindres gens, s'habituer à nouveau à la peur du lendemain et reposer sa tête, tous les soirs, dans la main incertaine de Dieu. Était-il prêt à tout cela ? Les trois pièces d'or luisaient sur la table, dans la vague lumière du jour qui éclairait à peine la salle commune. Elles semblaient le narguer. D'un geste rapide de joueur de dés, il les prit et les empocha. Ne pouvaient-ils venir jusqu'en Catalogne, ces deux messagers lombards, au lieu de l'obliger à un voyage périlleux ? Il n'osa pas poser cette question, voyant les visages, autour de lui, si confiants en son courage. Il se détourna et sortit. Chacun comprit qu'il était gravement ému et voulait méditer seul ces grandes nouvelles. Raymonde retint Guillemette qui lui trottait aux trousses et l'invita à dîner, avec les autres gens de la communauté, pour fêter le retour d'Arnaud.

Sur le sentier de la colline, Belibaste rencontra Pierre Maury qui descendait de l'enclos, l'air buté comme en ses mauvais jours. Ils s'assirent au pied d'un muret de pierres chacun enfermé dans ses pensées. Ils restèrent ainsi un long moment renfrognés, l'un taillant distraitement une branche, l'autre mâchonnant des brins d'herbe. Guillaume, enfin, comme à regret, sortit les pièces d'or de sa poche et les fit tinter dans sa main en répétant à Pierre ce qu'Arnaud lui avait dit.

— Arnaud est un menteur, répondit Pierre Maury. Je suis sûr qu'il n'est pas allé à Montaillou. Et peut-être me trouverez-vous très merdeux, mais j'ai peur que sa tante de Lavelanet ne porte une robe d'évêque.

— Que vas-tu imaginer ? répondit Bélibaste, scandalisé. Arnaud est un peu vantard, mais il n'est pas un mauvais homme. Il aime rêver plus haut que son front. Je le connais : nous sommes faits, lui et moi, du même bois. Noueux, tordus, mais sans traîtrise.

Une subite inquiétude l'envahit. Il se sentit rougir et enfouit son visage dans ses mains, pour s'en cacher. Était-il lui-même sans traîtrise ? Lui revinrent à l'esprit ses serments malmenés. Et ce bon Pierre, ne l'avait-il pas roulé dans la farine en lui fourguant Raymonde enceinte et la lui reprenant ? Personne, à San Mateo, n'avait jamais soupçonné ses calculs misérables, ni ses inavouables rages d'amour. Il passait pour un sage paisible, lui, pauvre homme accablé de questions, d'envies vaniteuses, de frayeurs très basses. Pourquoi donc Arnaud Sicre, derrière ses airs d'innocence, ne cacherait-il pas, lui aussi, quelques ombres épaisses ? « Non ! pensa Guillaume, il ne peut être plus noir que moi. Il ne peut avoir comploté aussi froidement ma perte. D'abord parce qu'il n'est pas assez intelligent. Ensuite parce qu'il a de l'affection pour moi. » Il releva la tête et sourit. Quelques grains d'angoisse l'encombraient encore, mais il était presque rassuré. Il dit :

— Si je décide d'aller à Lavelanet, m'accompagneras-tu ?

Pierre fit « oui » de la tête, d'un air d'évidence.

— De grands travaux, de beaux devoirs m'attendent, reprit Bélibaste. J'ordonnerai de nouveaux Parfaits, des hommes purs et éloquents dont je serai l'aîné. Puis, quand la tante d'Arnaud m'aura donné l'argent qu'elle m'a promis, nous achèterons un cheval chacun et des bottes en cuir de Tolède. Nous reviendrons en Catalogne harnachés comme des nobles.

Pierre Maury le regarda avec une grande douceur triste et Guillaume eut honte de ce qu'il venait de dire. Il eut un petit rire gêné.

– Je crois que vous auriez grand tort de faire ce voyage, dit Pierre. Certes, si vous le faites, je vous suivrai pour vous protéger et vous aider à fuir quand les soldats de l'évêque vous courront aux trousses. Dieu veuille alors que nous revenions en Catalogne sans trop saigner des pieds. Je n'espère rien de mieux.

– Sais-tu que je peux faire de toi un Parfait, si tu le veux ?

– Je ne le veux pas. Peut-être, si Monseigneur Pierre Authié avait vécu, aurais-je aimé être son disciple. C'est lui qui m'a donné le baptême. Il était de ces hommes que l'on peut choisir pour père. Pas vous. Non point que je vous dédaigne, messire Guillaume, au contraire : je vous aime comme un frère. Je vous aime pour ce feu désordonné que je vois souvent brûler dans vos yeux, et plus encore pour nos communs souvenirs d'enfance. Vous n'avez guère changé, je vous le dis. Vous êtes toujours aussi imprévisible et naïf que vous l'étiez. Vous aviez déjà, autrefois, de ces coups de folie, ou de ces éclats de grâce qui ont fait de vous une brebis rebelle et solitaire. Moi, si j'avais eu le malheur de tuer un homme, je n'aurais pas su me jeter à Dieu comme vous l'avez fait. Je vous aime aussi pour cela. Mais je ne peux faire de vous mon maître, comprenez-moi : je vous ai vu courir au cul des filles, à douze ans, dans les vignes. Certes, vous êtes Parfait, et gravement, puisque vous voilà le dernier, si j'en crois les quelques nouvelles vraisemblables qu'Arnaud Sicre nous a portées. Eh bien, je ne veux que vous aider à le rester, m'efforcer de vous soulager quand vos fardeaux pèseront trop lourd, et vous servir de béquille, s'il le faut, jusqu'à ce que la vie nous donne congé.

Pierre Maury et Bélibaste restèrent tous les deux pensifs, les épaules accolées à l'abri du mur de cailloux, à demi enfouis dans les herbes hautes que la brise balançait doucement. Dans la gorge de Guillaume roulaient des mots d'affection et de reconnaissance qu'il ne savait pas dire. Pierre, d'un brin de paille, se mit à agacer un papillon posé sur son genou. Un moment, leur silence fut celui de deux hommes tranquilles accordés aux mêmes musiques du temps, flairant les mêmes parfums et les mêmes soucis. Puis Guillaume dit simplement, comme s'il parlait à la folle avoine devant lui :

– Pierre, sais-tu que Raymonde est enceinte ?
– Je le sais. Elle me l'a dit le soir de notre mariage. Raymonde est une femme simple et bonne. Je l'aurais peut-être aimée si vous m'en aviez laissé le temps. Mais il ne faut plus parler de ces choses.
– Pierre, Pierre, sais-tu qui l'a engrossée ? demanda Guillaume, soudain haletant et le front suant.
– Non.

Il dit ce mot comme on claque une porte. « Il sait », pensa Bélibaste. Et soudain, il fut si profondément délivré de tout orgueil, de toute question, qu'un soupir gémissant lui échappa et qu'un flot de larmes lui monta aux yeux. Mais il se retint par respect pour cet homme pudique qui maintenant affectait de contempler les montagnes lointaines, pour ne pas voir l'émotion de son compagnon. Guillaume se sentit maladroit comme un chiot trottant après le pardon d'un maître. Il tira Pierre par la manche, piteusement, pour qu'il le regarde. L'autre eut un sourire moqueur et se leva d'un bond.

– Qu'avez-vous, Monseigneur ? dit-il. Vous faites la figure d'un muet qui joue l'idiot pour avoir du pain. Allons, Raymonde a dû préparer un bon repas pour fêter le retour de l'énergumène. Il ne faut pas la faire attendre.

Ils descendirent d'un bon pas vers la vallée, Pierre Maury content, humant le ciel, et Bélibaste traînaillant et s'écorchant aux buissons épineux. Quand ils furent sur le grand chemin, Pierre parla des troupeaux qui reviendraient bientôt de l'hivernage, et du travail qu'il aurait, avec son frère et Guillemette, à tondre les moutons.

— Je vous donnerai quelques poignées de laine, dit-il, assez pour faire un vêtement à votre bonne femme. Il nous faut la soigner pour qu'elle nous fasse un beau garçon vigoureux et de bon caractère.

— Si nous allons à Lavelanet, répondit Guillaume, nous serons absents pour sa naissance. Mais à notre retour nous lui porterons des cadeaux, comme les rois Mages.

Quand ils arrivèrent à la maison où l'on s'affairait à grand bruit, Bélibaste était tout à fait ravigoté. Quelque chose de neuf, en lui, avait germé. Il ne savait pas encore quoi, cela ressemblait à une couleur nouvelle de la lumière. Il se sentait dépouillé de ses vanités ordinaires, allégé, plus humble et plus aimant que jamais. Il fut avec tout le monde d'une grande douceur, mais ce soir-là ne voulut pas prêcher : il affirma en riant qu'il s'en sentait indigne, et préférait que l'on s'amuse.

Tard dans la nuit, les convives s'en allèrent en trébuchant au seuil et braillant à la lune. Guillaume et Raymonde les accompagnèrent un moment. Ils aidèrent Guillemette à pousser devant elle Pierre et Jean Maury qui voulaient à toute force jouer aux dés au milieu du chemin, tandis qu'Arnaud Sicre traînait d'une main Mofferret ivre et de l'autre tenait Jeanne enlacée. Puis ils s'en retournèrent lentement chez eux, et s'attardèrent à se baigner de paix et de brise fraîche, sous les étoiles qui clignotaient au travers des feuillages noirs. Bélibaste voulut parler à Raymonde de sa conversation avec Pierre Maury, mais il ne put trouver les mots, d'autant que la jeune femme semblait mélancolique et lasse.

— Guillaume, dit-elle après longtemps de silence, je ne veux pas que tu partes. L'argent d'Arnaud sent la mort.

Il l'embrassa sur la tempe et lui demanda doucement pourquoi elle avait avoué à Pierre Maury qu'elle était enceinte.

— Pour ne pas porter malheur à l'enfant, répondit-elle. Je lui ai dit que j'avais hébergé un colporteur en ton absence.

– Tu as bien fait, mais il ne t'a pas crue.
– Non, il ne m'a pas crue.
Elle s'arrêta au bord du chemin et posa ses mains sur les joues de Bélibaste, cherchant le fond de son regard dans l'obscurité.
– Guillaume, dit-elle, si tu pars en Ariège je ne te reverrai plus. J'ignore si Arnaud Sicre est un espion, mais de bon ou de mauvais gré il te vendra, et tu brûleras. Rends-lui sa bourse et ses pièces d'or, pour l'amour de moi.
– L'argent ne m'engage à rien, répondit Bélibaste. Avec ce qu'il m'a donné, nous avons de quoi vivre jusqu'à l'hiver. Nous pourrons nourrir joliment notre fils.
Elle se serra frileusement contre lui, se hissa sur la pointe des pieds pour frotter sa joue contre celle de Guillaume, et murmura à son oreille, inquiète encore, mais espérante :
– Seras-tu près de moi pour la naissance de notre fils ?
– Je ne sais pas.
Ils revinrent à la maison sans plus rien dire, lentement, leurs pas accordés, leurs pensées pareillement amoureuses et mélancoliques. Un épais brouillard nocturne vint à leur rencontre, effaçant la courbe du chemin, le feuillage des arbres, les chants d'oiseaux et les parfums de la nuit. L'odeur de la terre mouillée les envahit, et ils n'entendirent plus que le bruit trop net, trop seul de leurs souliers dans la grisaille immobile. Ils cheminèrent un moment presque à l'aveugle, avec le sentiment désagréable d'errer au milieu des brumes imprécises et glaciales des jours à venir : Mais ils se tenaient l'un l'autre par l'épaule plus étroitement à chaque pas, et se réconfortèrent à l'idée qu'au moins, si cette traversée du brouillard annonçait de prochaines épreuves, ils les affronteraient ensemble, unis comme ils l'étaient à l'heure présente.
Ils retrouvèrent avec soulagement leur maison, ses remugles de mangeaille et de fumée, la flamme droite de la chandelle presque entièrement consumée sur la table, les bûches rougeoyantes dans la cheminée. Sibille dormait sur sa paillasse, les bras ouverts, parfaitement confiante

et abandonnée aux aventures du sommeil, comme seuls les enfants savent l'être. Raymonde se pencha sur elle et lui remonta la couverture sous le menton en chantonnant des murmures d'amour, tandis que Guillaume rallumait le feu et rallumait une bougie. Puis ils se regardèrent en souriant. Ils étaient chez eux. A se dire cela, un sentiment de chaleur solide et de sûre bonté leur gonfla la poitrine. Aucun mal, ici, ne pouvait les atteindre. Le cœur de leur monde battait là, palpitait autour de cette chandelle, de cette enfant endormie, de ce foyer. Il fallait être possédé du diable pour désirer s'en écarter, aller s'user, se déchirer, se perdre ailleurs. Raymonde ressentit cela si fort qu'elle crut le moment venu d'arracher à son homme la promesse définitive de ne pas aller en Ariège. Mais il se renfrogna et fit mine de monter se coucher sans vouloir répondre à ses questions. Alors, comme il gravissait l'échelle, elle le saisit par le pied et lui ôta sa chaussure. Elle la brandit en disant :

– Je connais une manière infaillible de consulter le sort. Mon père, autrefois, ne partait jamais en voyage sans s'être d'abord assuré que les présages étaient bons. Pour savoir si la bonne fortune était ou non de son côté, il mesurait avec son soulier la distance de la cheminée à la porte, en contournant les objets qu'il pouvait rencontrer sur son chemin. Si le talon à la dernière mesure, coupait la ligne du seuil, c'était de bon augure ; il pouvait partir tranquille, sûr de ne courir aucun danger, et de retrouver sa maison intacte à son retour. Sinon, il estimait que le sort était contraire, et remettait son voyage à plus tard.

Parlant ainsi, elle s'accroupit et se mit à arpenter la maison avec la godasse de Bélibaste, qui se piqua au jeu. Il fit place nette devant, accroupi lui aussi, époussetant le sol et traçant de l'ongle une ligne au bout de chaque pas. Au milieu de la pièce, Raymonde releva la tête et le regarda. Il eut un éclat de sourire dans l'œil. Elle dit :

– Promets que tu ne partiras pas si le talon ne coupe pas le seuil.

— Continue donc, fit Bélibaste, agacé. Je veux bien promettre tout ce qui te chante.

Ce n'était pas là un engagement en bonne forme. Raymonde hésita. Le regard pointu, elle examina Guillaume avec insistance. Elle sentit qu'elle perdrait son avantage si elle le harcelait encore. Alors elle s'efforça de se faire sorcière. Peut-être serait-elle assez forte pour envoûter son homme si elle y mettait assez d'application. Elle se remit à son travail d'arpentage en répétant dans sa tête des formules de magie un peu effrayantes qu'elle avait, un jour d'enfance, achetées à un berger de douze ans pour un baiser sur la bouche. Au dernier pas avant la porte, elle sut qu'elle avait gagné. Le talon resterait en deçà de la ligne du seuil. Guillaume aussi le vit. Il bouscula Raymonde pour reprendre sa chaussure, comme si tout cela n'était qu'un jeu de récréation. Mais la jeune femme résista avec une étrange violence. Il ne l'aurait jamais crue capable d'autant de hargne. Ce fut lui qui bascula cul par-dessus tête, tandis qu'elle allait rageusement au bout de l'épreuve. Puis elle s'abattit sur le corps de Guillaume renversé au pied de l'échelle, le saisit par les cheveux et lui secoua la tête en disant, avec une grande colère froide :

— Si tu pars, tu ne reviendras pas. Maintenant, je suis sûre de cela. Je veux que tu rendes son argent à Arnaud Sicre. Je veux que tu fasses le serment, sur la tête du fils que tu m'as fait, de ne pas quitter la Catalogne. Tu me dois cela, Guillaume. Je ne t'ai jamais rien demandé, j'ai toujours été auprès de toi comme une idiote obéissante. Tous les jours que Dieu nous a donnés depuis que nous vivons ensemble, je me suis escrimée à tout faire selon ta volonté, de peur que tu ne m'aimes plus si je n'étais pas soumise. Il faut cette fois que tu m'écoutes. Si tu pars, tu sortiras de mon corps et mon esprit. Je t'arracherai de moi, je ne crèverai pas de désespoir à t'attendre, entends-tu, Bélibaste ? Si tu me fais cette douleur, je ne voudrai jamais plus de toi, même si par miracle tu reviens avec un cheval sous le cul et des cadeaux plein les pognes.

Couchée de tout son long sur lui, elle cria ces derniers mots contre sa figure. Mais comme elle reprenait son souffle, il mordit sa bouche et l'embrassa pour la faire taire, empoigna ses fesses et poussa rudement du sexe contre son ventre, avec des ronronnements de fauve. Quoi ? Elle menaçait de ne plus l'aimer ? On allait bien voir si le corps de cette effrontée était aussi méchant que ses criailleries. Il la troussa sans tendresse. Elle s'arracha de lui, d'un bond se dressa debout, remit de l'ordre à ses jupons. Elle avait le feu aux joues et les larmes aux yeux. C'était la première fois qu'elle lui résistait ainsi. Il sourit comme un bêta, incapable de croire à une vraie révolte. Il dit :

– Qu'as-tu donc à te monter la caboche de la sorte ? Si je décide de faire ce voyage, crois-tu que ce sera de bon cœur ? Ma tête est comme un buisson de questions. Il me faut réfléchir, peser les risques et les devoirs.

– Pèse bien, bonhomme, répondit-elle. Mais n'oublie pas ton enfant à naître, et ne m'oublie pas non plus dans la balance, si je vaux plus pour toi qu'une servante bonne à baiser quand vient l'envie.

Il se leva en bafouillant des protestations, la prit dans ses bras, la serra fort contre lui et grogna tendrement à son oreille :

– Comment peux-tu dire cela, maudite folle, sacré nom de Dieu d'amour de ma vie ?

– Guillaume, Guillaume, je sais bien que tu m'aimes, lui répondit-elle avec une affection douloureuse, en le repoussant à grand-peine. Tu m'aimes comme un homme. Je veux dire : sans jamais douter que je serai toujours là, à trotter derrière toi, ou à garder la maison propre et chaude, s'il te faut partir seul courir les grands vents. Il te suffit de me sentir là où tu veux que je sois, proche ou lointaine, mais fidèle, et te voilà l'esprit tranquille. Certes, tu prends soin de moi, tu t'inquiètes de mon bonheur, tu me protèges, tu me crois sans doute infiniment fragile.

Si fragile que m'imaginer heureuse, tranquille, hors de ta protection te serait un insupportable scandale. Je ne t'en fais pas reproche. Tu te crois indispensable à ma vie, et cela te pèse parfois. Moi, il me plaît toujours de vivre près de toi, jamais tu ne me pèses. Mais ce n'est pas ta carrure d'homme qui me rassure et me fait du bien, c'est ta faiblesse, ce sont tes petits mensonges, tes vanités d'enfant. Même tes tyrannies me réchauffent le cœur. J'y vois de grands besoins d'amour, des appels maladroits. Tu ne connais presque rien de mes pensées, Guillaume. Non pas que je les dissimule, elles sont là, sur mon visage, dans mes gestes ordinaires, mes paroles quotidiennes, mais tu ne les vois ni ne les entends, pauvre cheval qui va son trot sur le chemin tracé, pauvre homme trop préoccupé de toi-même. Guillaume, Guillaume, tu as gaspillé beaucoup d'amour. J'en avais tant à te donner que cela n'était d'aucune importance. Maintenant, il faut que tu prennes soin de ce qui nous reste. Si tu vas en Ariège, je n'aurai pas le courage d'espérer, de guetter le bout de la route, je ne pourrai plus supporter de sentir mon cœur tomber chaque fois que l'on frappera à la porte, ni souffrir toutes les nuits mille morts à imaginer tes hurlements sur un bûcher. Si tu pars, Guillaume, je serai veuve. Je prendrai mes enfants et je m'en irai moi aussi, assez loin pour qu'aucune nouvelle de toi ne puisse jamais me parvenir.

Elle regarda son homme avec une douleur franche et fière, et les mains de Guillaume qui la tenaient aux épaules tombèrent lentement le long de son corps. Par la porte ouverte entraient maintenant de vagues lueurs. L'aube était proche. Ils n'avaient pas sommeil mais ils étaient épuisés. Raymonde frissonna, serra son châle sur sa poitrine et monta se coucher. Guillaume la suivit, un pied chaussé et l'autre nu. Dans l'obscurité des combles ils restèrent un moment allongés côte à côte, vêtus, sans presque se toucher. Puis Guillaume baisa doucement la joue de sa compagne. Elle resta distante. Alors il dit, à voix très basse :

— Je ne partirai pas.

Elle ne réagit pas, et il pensa qu'elle n'avait pas entendu. La porte, en bas, se mit à grincer et à battre. Il répéta, à peine plus distinctement :

— Raymonde, ne sois pas triste, je ne partirai pas.

Il caressa du bout du doigt le coin de sa bouche. Elle resta immobile et froide. Il chercha à distinguer son visage dans la pénombre. Il vit qu'elle avait les yeux ouverts et qu'elle pleurait.

15

Le début de l'été fut d'une vigueur soûlante. Il fit, deux mois durant, un temps à ne pas mettre une angoisse dehors, et pourtant Bélibaste ne parvint pas à s'accorder aux bontés du temps. Il ne goûta que de rares après-midi d'insouciance au pied d'une cascade où les enfants de San Mateo allaient se baigner nus et s'éclabousser à grands cris dans des lumières d'arcs-en-ciel éphémères. Il y amena Sibille, et surveillant ses jeux au bord du trou d'eau transparent, il retrouva de fugaces instants de sa propre enfance miraculeusement intacts, présents autour de son corps, à portée de sens, mais fuyants dès qu'il voulait les saisir et s'en faire un délice trop précis. Il connut là des mélancolies infiniment agréables et profondes, pareilles à des oasis sur un chemin très sec et turbulent. Car en dehors de ces moments savourés comme des amours clandestines, Raymonde lui mena la vie dure.

Un matin, Arnaud Sicre, qui venait tous les jours voir Bélibaste, se mit à lui parler avec un enthousiasme impudent de la vénération que les gens d'Ariège portaient, sans le connaître, à leur dernier Monseigneur. Guillaume l'écouta avec ravissement, et ne put faire moins que de l'inviter à son repas de midi. Raymonde, la figure revêche, se plut à les mal servir, choquant les écuelles, bousculant les cruches, et fit exprès de pousser du coude Arnaud rassasié à l'instant où il vidait son gobelet. L'autre s'étrangla, souilla de vin sa tunique et s'en alla de mauvaise humeur, malgré de molles protestations d'amitié. Alors Guillaume laissa déborder sa colère. Il traita Raymonde de merdeuse jalouse et leva la main sur sa tête pour l'effrayer. Puis, comme elle restait imperturbable, il l'accusa, avec une extrême mauvaise foi, de vouloir lui jeter un sort pour empoisser de malchance ce voyage qu'il lui fallait faire.

– Si je suis pris, ce sera par ta faute, lui dit-il. Après, tu regretteras de ne pas m'avoir béni, de ne pas avoir prié pour mon bon retour, mais il sera trop tard. Ton mauvais œil m'aura tué. Souviens-toi de ce que je te dis, et que le remords t'étouffe, si je meurs.

Elle haussa les épaules. Elle ne songea pas à s'offusquer, au contraire : les paroles de Guillaume étaient trop excessives pour ne pas dissimuler un désarroi de bon augure, mais il fallait encore le laisser macérer seul dans ses rognes. Elle virevolta au milieu de la cuisine, posa une cruche sur sa tête pour s'en aller puiser de l'eau au ruisseau, et passant devant son homme lui tira la langue, effrontément. Tandis qu'elle s'éloignait au soleil en roulant des hanches, il lui gueula au train de prodigieuses insultes, mais sa colère était brisée. Un grand rire furieux l'envahit. Comme elle était fière et piquante, cette fine mouche ! Il eut envie d'empoigner sa taille et de rouler avec elle dans l'herbe luisante, de la manger de baisers, d'entendre son rire délivré dans ce triomphe de printemps, de se rendre à sa volonté en la soumettant au désir qu'il avait d'elle. Il sortit pour la poursuivre. Alors il vit arriver Pierre Maury au bout du chemin, un sac gonflé de laine sur l'épaule. Il soupira et pesta entre ses dents : ce bougre d'âne ne pouvait pas plus mal venir. Avant qu'il ne soit trop proche, pour que tout ne soit pas perdu de son bel élan, il cria, le soleil dans les yeux :

– Raymonde, je t'aime !

Elle se retourna dans l'ombre d'un peuplier. Elle sourit. Le buste et la tête raides sous la cruche, elle ploya le genou, fit une révérence. Guillaume la trouva si émouvante qu'il ouvrit à nouveau la bouche pour lui faire le serment qu'elle espérait tant. Mais Pierre, au même instant, leva la main et le salua, de loin. Il hésita entre l'un et l'autre. Raymonde se détourna pour se pencher au bord de l'eau. Il était trop tard, peut-être à jamais. Bélibaste resta stupide avec l'idée soudaine que quelque chose, ou quelqu'un d'invisible, entre sa femme, son compagnon, les arbres et le ciel, venait de lui clouer le bec. « Dieu veut que je parte », se dit-il. A quelques pas de lui, Pierre Maury embrassait maintenant Raymonde sur les joues et Sibille se roulait en riant sur le sac tombé dans l'herbe. A l'ombre de l'arbre trouée de lumières, ils lui semblèrent tous les trois innocents et un peu irréels, comme au paradis.

Ils entrèrent ensemble dans la maison, en plaisantant. Pierre vida son sac de laine devant la cheminée : c'était un cadeau pour l'enfant de Raymonde, qui maintenant gonflait un peu son ventre. La jeune femme fut souriante et volubile comme elle ne l'avait pas été depuis longtemps. Elle offrit à Pierre d'être le parrain de son fils, ce qui contraria Guillaume : il ne voulait pas entendre parler de ces choses qui remuaient en lui des souvenirs honteux. Il sortit humer le ciel, tandis que Pierre, avec une belle jovialité, répondait à Raymonde qu'au regard de tous il serait non point le parrain mais le père de cet enfant, et qu'il s'occuperait très volontiers de lui, si Dieu lui prêtait vie.

— Il sera berger, dit-il. C'est le métier de ceux qui naissent hors du troupeau.

Ils partirent tous deux d'un grand éclat de rire, puis Pierre s'en alla rejoindre Bélibaste qui rêvassait dehors. Ils firent quelques pas en silence, le long du ruisseau que frôlaient en rase-vagues de grosses libellules sous des cascades de rayons de soleil tombés des feuillages. Pierre vit bien que son Monseigneur était tout embarrassé de questions. Il attendit donc patiemment qu'elles lui soient posées, en jouant à réveiller le bourdonnement d'insectes assoupis sur des feuilles d'eau, du bout d'un brin d'herbe. Guillaume enfin lui dit tout le mal que Raymonde pensait de son projet de voyage.

— Si j'étais dans votre peau, Monseigneur, répondit-il, c'est à Dieu que je demanderais son avis sur cette affaire, car il vous faut accomplir Sa volonté, rien d'autre.

— Je crois qu'Il veut que je parte, dit Bélibaste, mais je n'en suis pas sûr. En vérité, je ne sais qui me pousse, qui me retient, Dieu ou l'orgueil, ou la peur, ou le flot du hasard. Depuis quelques semaines, plus rien ne pèse sur ma vie. Je me sens libre de choisir mon chemin, et cela m'inquiète.

— D'ordinaire, notre Père répond par un songe aux gens comme vous, qui savent les grandes prières. Moi qui ne les connais pas, je me contente d'interroger les oiseaux. Je flaire les signes, les présages. Ils ne me disent rien qui vaille, ces temps-ci.

Bélibaste soupira :

— Si je pars, je serai pris.

— Monseigneur, il vous faut considérer que Dieu et les oiseaux n'habitent pas le même ciel, dit Pierre. Ils ne nous parlent pas des mêmes choses. Les bons et les mauvais signes sont comme les vents, les nuages. Ils nous disent, avant de partir en voyage, si des orages nous attendent, ou si nous pouvons espérer la paix. Les gens de ma sorte les écoutent parce qu'ils n'ont que leur poids de viande à perdre ou à sauver. Mais ceux qui se sont donnés à Dieu doivent tendre plus haut l'oreille et le regard pour entendre Sa volonté. Si le Père vous demande d'aller en pays d'Ariège et de traverser des tempêtes, il vous faudra marcher, coûte que coûte, malgré les mauvais oiseaux.

— Voyez-moi ce bêta, ricana Bélibaste. Et pourquoi donc n'aurais-je pas le droit de me soucier de ma vie, moi aussi ?

— Parce que vous avez en garde des biens qui valent plus que votre vie. Si vous devez mourir, il faut que ce soit sans péché pour que Dieu vous accueille. Sinon, qui témoignera devant Lui de notre foi ? Vous avez charge de nos âmes.

– Imbécile, crois-tu que je me préoccuperai de fardeaux imaginaires, le jour où le fouet des bourreaux m'écorchera les fesses ?

– Je ne te donnerais pas du Monseigneur à tout bout de phrase, Guillaume, si je ne le croyais pas.

Pierre dit cela calmement, en regardant droit son compagnon. Bélibaste en eut la gorge ficelée comme par un licou. Il bredouilla :

– Pierre, Pierre, tes foutus discours m'embrouillent et me font mal. La volonté de Dieu, le poids des âmes, tout cela me paraît souvent inconsistant comme une rêverie, comme une brume qui s'évapore dès que l'on tend la main vers elle. Quand je lève le nez au ciel, je n'y vois rien, il est trop vaste. Ma vie seule me semble solide, et je la trimballe sans trop savoir ce que je dois faire d'elle. Je n'ai rien voulu de ce qui m'est arrivé jusqu'à présent. J'ai marché. Je veux bien marcher encore, aller à tous les diables pour parler à des gens, car je sais faire cela, les mots d'espoir et de bonne foi me viennent bien à la bouche, et je les dis toujours avec une belle joie au cœur. Mais sacrénom, je ne veux pas mourir, et toi, Pierre, tu ne veux pas que je meure.

– Certes non, Guillaume, je ne ne veux pas, répondit Pierre Maury.

Ils ne dirent rien d'un long moment, tous deux rêveurs au bord du ruisseau. Puis Pierre poussa du coude Bélibaste et désigna une truite immobile dans le courant, à l'abri d'un caillou moussu. Ils s'absorbèrent à la regarder, les yeux brillants. Guillaume agita une branche de noisetier qui effleurait l'eau. Le poisson disparut, des papillons s'envolèrent vers le ciel en titubant à travers les feuillages. Pierre se coucha à plat ventre sur la berge, but dans le creux de ses mains et s'aspergea le visage. Puis il dit :

– Je connais un devin sarrasin à Bénicarlo, il habite

une cabane au bord de la mer. Allez le voir, il vous donnera peut-être quelque conseil utile. Il est aveugle, mais il distingue tout de la vie basse.

Bélibaste fit une grimace dégoûtée et se frotta les yeux pour dissimuler la lueur d'intérêt qui s'allumait malgré lui dans son regard. Jamais de sa vie il n'avait consulté un devin. Il s'était parfois trouvé devant un de ces crocheteurs d'âme, au hasard des auberges. Il avait toujours tourné autour d'eux avec un mépris très affecté. En vérité, il éprouvait à l'égard de ces gens la réticence fiévreuse d'un puceau qui n'ose pas entrer au bordel. Il fit semblant de trouver saugrenu le conseil de Pierre. Il en plaisanta, mais décida en secret d'aller bientôt, à l'insu de tous, se frotter un peu aux excitantes magies de cet Arabe aveugle.

L'occasion lui fut offerte quelques jours plus tard, quand Raymonde le prévint qu'elle avait l'intention d'aller un prochain matin à Montblanch voir sa sœur, et tenter de se réconcilier avec elle. Depuis la dernière visite de Pierre Maury, l'atmosphère s'était un peu allégée à la maison Bélibaste. Guillaume et Raymonde s'étaient assez rabibochés pour que leurs conversations malveillantes soient de temps en temps submergées par des débordements de tendresse torrentueuse et désolée. Ils avaient convenu de ne plus parler de ce projet de retour au pays qui empoisonnait leur avenir, mais ils ne parvinrent pas à vivre une heure ensemble sans en être préoccupés. Raymonde semblait-elle triste et fatiguée ? « Elle pense à mon voyage », se disait Guillaume, et le cœur, soudain, lui pesait. Ou bien, en ses instants de mauvaise humeur, il se laissait croire qu'elle cherchait à tomber malade pour l'empêcher de partir. Il lui lançait alors quelque réflexion aigre et douloureuse qui dégénérait en dispute. Mais si Guillaume était un peu trop distant, « il ne se préoccupe plus de moi, il se prépare à fuir », pensait Raymonde. Et elle le harcelait de mauvais sourires, de coups d'œil soupçonneux qu'il ne supportait pas. Le soir, quand Sibille était endormie, venaient parfois, au bout de ces déchirements, des revanches de caresses et des pleurs aussi, dans les bras l'un de l'autre, sans qu'ils sachent ce qu'ils pleuraient.

Le jour où Raymonde décida d'aller à Montblanch, où sa sœur, que Bernard Laufre avait abandonnée, vivait misérablement, Bélibaste se risqua à lui parler, l'air faussement distrait, de ce devin de Bénicarlo qui savait lire l'avenir. Il prétendit vouloir creuser ses magies, par curiosité, et peut-être l'attirer dans sa religion, s'il n'était pas trop bête. Raymonde ne fut pas dupe de ces prétextes. Un petit feu de joie se ranima dans ses yeux. Que Guillaume veuille consulter ce marchand de mirages était un signe favorable : sa décision de retourner en terre d'Ariège n'était pas tout à fait prise. Elle se retint, pourtant, de trop attendre de son voyage à Bénicarlo. Elle savait profondément, bien que l'espoir, en elle, ne veuille pas s'éteindre, que ces jours de beau soleil étaient les derniers de leur vie commune.

Bélibaste s'en alla donc vers la mer, un matin de dimanche. Au loin, derrière les remparts de San Mateo, les cloches de la grand-messe résonnaient dans le ciel bleu. Il leur tourna le dos et s'enfonça dans les chants d'oiseaux, sur le sentier touffu qui longeait le ruisseau. Il prit à ce voyage solitaire un plaisir puissant. Battant les broussailles à grands coups de canne, il sentit monter en lui une vigueur très jouissive, comme au temps de sa jeunesse où il traquait les lièvres dans les bois de Cubières. Rien, en ce temps-là, ne le menaçait, et il ne fuyait pas les rencontres de hasard. Il avait oublié cette belle confiance. Il la retrouva dans la sauvagerie des futaies et la respira délicieusement, à pleine poitrine. Quand il arriva sur la garrigue pelée qui descendait en pente douce vers les brumes éblouissantes de la mer, il fit sonner son pas sur les cailloux, affamé d'espace et de liberté comme un ogre. Décidément, il n'avait que trop longtemps croupi à San Mateo. Il ne douta pas que l'aveugle de Bénicarlo, s'il n'était pas un turlupin, l'encouragerait à revenir au pays. Il lui achèterait pour une pièce d'or de bonne chance. Il pourrait ainsi partir tranquille, même si Raymonde s'obstinait à lui porter la guigne.

Devant une minuscule baraque bâtie de carcasses de barques et de vieilles voiles rouges, il trouva l'homme assis sur le sable, au ras des vagues dont les moins paresseuses venaient lui lécher les pieds dans des chuintements de salive. Il s'appelait Djama. Il était vêtu d'un sac de lin d'où sortaient, par des déchirures, ses bras maigres et sa tête coiffée d'un turban pouilleux. Ses yeux blancs semblaient contempler obstinément l'horizon. Il ne parut même pas avoir conscience de la présence de Bélibaste qui le salua d'abord d'une voix forte comme on interpelle les sourds. L'autre ne réagit pas. Guillaume se pencha vers lui pour lui toucher l'épaule. Alors le devin sursauta avec un grognement d'endormi brusquement réveillé. Il leva une main très calleuse et sale pour toucher à tâtons la figure de son visiteur. Guillaume, accroupi à sa hauteur, en profita pour jeter un coup d'œil à l'intérieur de la baraque. Elle était presque vide. Point de chaudron, ni de philtres, ni de talismans exotiques. Quelques chiffons, une gourde et des poissons secs extrêmement puants étaient suspendus à une corde, sous la voile de vieux pourpre qui servait de toit, et colorait l'antre d'une douce lumière de feu. Guillaume, avec une anxiété de joueur de dés, dit simplement à Djama qu'il devait partir en voyage, et resta la bouche ouverte à scruter les mouvements de son visage.

– Je ne peux rien pour toi, je ne peux rien, répondit l'autre d'une voix geignarde. Laisse-moi tranquille, je ne suis qu'un pauvre vieil homme.

« Comédie de sorcier », pensa Bélibaste. Cet homme n'était pas vieux. Les mèches de cheveux entortillés qui tombaient de son turban étaient d'un noir luisant. Mais dans sa bouche les dents étaient rares, malsaines, et les rides de son front lui donnaient un air si craintif, si pitoyable, qu'il ne pouvait inspirer le moindre respect.

Apparemment, Djama disait vrai. Il semblait n'avoir pas plus de pouvoir qu'un mendiant.

– Donne-moi de ton pain, dit-il en palpant fébrilement le sac de Bélibaste, qui pendait à son cou.

Guillaume sortit un croûton enveloppé dans un torchon, et le fit flairer au bonhomme en jouant à feinter ses mains d'aveugle qui voulaient le happer.

– Il faut payer, dit-il. Du bon pain pour de la bonne clairvoyance, avec de bons oignons pour de bons présages, et du vin, et de l'or, si tu me promets une grande fortune.

L'autre se prit au jeu et répondit en riant :

– Je peux te donner autant de bonnes paroles que tu voudras en avaler, Monseigneur. Mon ventre en est plein.

Il péta bruyamment.

– De vastes, de très pures paroles !

– La vérité, dit Guillaume, un peu haletant. C'est ce qu'il me faut : la vérité.

Djama gloussa et fit un geste fataliste.

– Comme tu voudras, dit-il.

Le cou tendu vers le ciel, le regard fixe, il se mit à promener ses doigts autour du corps de Bélibaste assis sur ses talons, immobile, vaguement circonspect. L'aveugle, d'un geste de chat, en profita pour lui voler son croûton de pain. Il le porta à ses narines, fit la grimace, et le jeta sur le sable par-dessus son épaule.

– Il sent la mort, dit-il. Toute ta peau sent la mort.

Ces mots tombèrent comme un verdict. Guillaume pâlit, de douloureuses ténèbres envahirent son esprit, son cœur dégringola au fond de sa poitrine. Il saisit durement les poignets du devin en disant :

– Que me chantes-tu là, pauvre fou ?

L'autre, agitant la tête, se mit à brailler comiquement une psalmodie nasillarde qui se brisa en petits éclats de rire.

– Un chant funèbre, dit-il. Un chant funèbre pour un âne qui s'entortille les pattes dans des questions idiotes.

Une soudaine colère embrasa Guillaume. Il rugit, empoigna le devin par le cou, serra fort, secoua, acharné à faire rentrer sa lamentation dans la gorge de ce mauvais oiseau, pour qu'elle n'éveille pas les monstres et les invisibles démons qu'il sentait déjà remuer autour de lui.

– Tais-toi, salaud ! Tais-toi ! hurla-t-il. Veux-tu me porter malheur ?

Djama, éructant, la langue pendante, se mit à baver misérablement. Son turban se défit et tomba sur ses yeux. Il battit l'air de ses longs bras en bredouillant, à petits hoquets de mécanique cassée :

– Je dis la vérité, la vérité, la vérité.

Alors Bélibaste le lâcha, se traîna à reculons, comme si des flammes par milliers grandissaient, là, à ses pieds, tandis que le devin, délivré, le souffle rauque, maudissait abondamment entre ses dents pourries cet effrayant chrétien qui ne méritait pas plus ses services qu'un chien.

– Pardonnez-moi, balbutia Guillaume. Je veux bien vous écouter, dites-moi ce que vous savez, je ne vous ferai aucun mal, je vous donnerai tout l'or que j'ai.

Il voulut prendre sa main pour la baiser, mais Djama le repoussa furieusement.

– N'approche pas, dit-il. Que celui qui te gouverne te parle s'il veut. Moi, je n'ai rien à apprendre aux gens de ta sorte. Va-t'en.

Il se mit à lui lancer des poignées de sable. Bélibaste, les bras devant la figure, se releva et s'enfuit. Loin derrière lui, il crut entendre le devin rire et crier :

– Marche sans peur, Monseigneur ! Dieu délivre les confiants !

Il ne s'arrêta qu'aux premiers buissons de la garrigue, à bout de souffle, les tempes battantes. Quand il eut repris haleine, il s'en alla, trébuchant aux cailloux et titubant comme un homme ivre, au hasard, hors des sentiers.

La nuit le surprit dans un désert de caillasses, errant, perdu, l'esprit sec empli du seul bruit des lauzes dérangées sous ses pas, qui résonnait au loin dans l'air trop calme. Il ne s'était guère éloigné de la mer : il en devinait la brume et l'immensité décourageante au-delà des crêtes grises. Quant il fit trop sombre pour pouvoir encore avancer sans danger, il fit halte, se laissa tomber contre un rocher, et son sac sur le ventre se recroquevilla, enfermé comme au fond d'un œuf dans une solitude vaste, noire et pure. Seuls, de temps en temps (mais il avait perdu le temps) des grincements de rocs et des bruissements d'ailes sans oiseaux vinrent effleurer l'air autour de lui. Il ne dormit pas. Il ne fit aucune prière. Ni colère, ni peur, ni mélancolie ne le troublèrent. Il laissa éclore sans passion des pensées dans sa tête, et les observant, il se sentit peu à peu dédoublé, d'abord fragilement, puis il prit conscience qu'un Bélibaste d'une invincible tranquillité, insoupçonné jusqu'à présent, se penchait avec une curiosité rieuse sur l'autre, celui qu'il avait toujours été, et qui se démenait pitoyablement dans les filets de sa drôle de vie. Il vit que les mailles en seraient bientôt rompues, quoi qu'il arrive, qu'il meure ou survive. Il n'en fut pas ému ni effrayé. Il se dit simplement qu'il ne faudrait pas oublier cette certitude, et surtout le sentiment de paix qui l'accompagnait, quand ce Bélibaste tout neuf se serait à nouveau enfoncé dans les ténèbres de son esprit, chassé par les turbulences de son corps et la présence du monde.

Cette nuit-là, il sut que c'en était fini de ses hésitations. Il partirait aussitôt que possible, avec Arnaud Sicre et Pierre Maury, pour les verdures foisonnantes du pays d'Ariège. Cette décision le soulagea infiniment, mais il sut aussi qu'il la regretterait et se maudirait mille fois de n'avoir pas écouté Raymonde. De fugitives images de ses rages futures le firent sourire. Il pousserait sa carcasse rétive où elle devait aller, parce que c'était ce qu'il devait faire. Il ne chercha aucune raison à ce devoir. Pas un instant il n'imagina qu'il obéirait ainsi à la volonté de Dieu. Il n'avait plus aucun souci, aucun besoin de Dieu. Il irait en terre d'Ariège pour y libérer son esprit de ses fardeaux. Qu'il vive ou meure, il serait enfin libre de tout lien, accordé à ses aspirations véritables. Ses espoirs les plus profonds, les plus confus seraient accomplis. Il fut certain de cela, sans vraiment savoir ce qu'il espérait.

L'aveugle de Bénicarlo lui avait fait du bien, finalement. Lui aurait-il vendu les meilleurs présages du monde, Guillaume aurait encore hésité, douté, et peut-être au bout du compte aurait-il succombé aux prières de Raymonde qui désirait si fort le garder au chaud dans sa maison, faute de pouvoir l'enfermer dans son ventre. Elle rêvait d'être pour toujours enceinte de lui. C'était cela, son amour. Elle refusait d'accoucher de son homme, de se défaire de sa présence, de sa chaleur contre sa peau. Il faudrait bien pourtant qu'elle lui ouvre la porte, et le laisse aller. Pauvre Raymonde ! Il vit dans son esprit son visage suppliant. Une si grande tendresse l'envahit qu'il sentit rouler des larmes vers ses tempes, et pourtant sa résolution ne fut pas ébranlée. C'était le Bélibaste empêtré qui pleurait. L'autre, le tout neuf, l'invincible, veillait sur lui et le consolait sans avoir rien à dire. Oui, l'aveugle de Bénicarlo lui avait fait du bien en lui plantant brutalement son trépas sous le nez. Il avait toujours imaginé la mort lointaine, et pourtant elle avait été, jusqu'à présent, son plus constant effroi. Maintenant il osait la regarder droit. C'était peut-être à San Mateo qu'elle l'attendait, s'il ne se défaisait pas de sa vieille peau. Voilà ce que Djama avait flairé : les oripeaux de sa vieille vie, ses mensonges, ses peurs, ses paresses, son amour frileux. Tout cela, oui, sentait la mort. Tout cela, il le savait bien, le pourrissait. Il était temps qu'il parte, le cœur et l'esprit nus, à nouveau propre, et respirant librement. A quoi bon penser à ce qui l'attendait au bout de son voyage ? La vie sans doute, d'autres empêtrements et d'autres morts, jusqu'à la dernière. Celle-là, quels que soient les périls ou ses précautions, le prendrait à son heure.

La lune et ses troupeaux d'étoiles brillaient sacrément dans le ciel. Guillaume eut envie de reprendre son chemin dans le désert de caillasses bleutées, de descendre vers l'ombre de la vallée où il retrouverait sans doute un sentier. Quand il se releva, il lui sembla que le Bélibaste qu'il avait traîné à grand-peine jusque-là restait couché à ses pieds comme une défroque de fantôme. Il en eut un grincement de cœur mais se sentit léger, audacieux et abandonné comme il ne l'avait jamais été. « Dieu délivre les confiants », se dit-il. Où avait-il entendu ces mots ? Avant de partir, il brisa un fragment de la pierre où il avait posé la tête et l'emporta comme un talisman dans son poing. Il fallait qu'il se souvienne à jamais de ce qui venait de naître dans ce champ de cailloux.

Il retrouva Raymonde le lendemain matin et fut avec elle d'une douceur rayonnante. Il l'amena en promenade dans la garrigue pour lui raconter, aussi clairement qu'il le put, ce qui s'était passé à Bénicarlo et, la nuit suivante, dans son esprit. Elle mit une émouvante application à le comprendre. Quand il eut fini de parler, elle leva son visage vers lui, sur la cime de la colline où ils avaient fait halte, et lui sourit, malgré sa bouche un peu tremblante. Elle se sentit soudain fière de son homme, de sa conviction puissante. Enfin il savait ce qu'il devait faire. Il ne trichait pas, tout était clair. Il n'y avait plus à lutter. Elle ferait ce qu'il voudrait, elle avait confiance, elle attendrait sans crainte son retour et serait digne de lui. Elle ne pleura pas. Elle parut même, elle aussi, délivrée. Ils redescendirent vers San Mateo en se tenant par la main. Ils éprouvaient maintenant l'un pour l'autre une tendresse paisible et poignante que rien ne pouvait plus altérer. Raymonde dit qu'elle avait conduit sa sœur à Béceite, chez Mersende, une parente des Maury. Elle pourrait aller la voir souvent, désormais. Puis ils parlèrent de leur enfant à naître. Bélibaste voulut qu'il soit appelé Pierre. C'était le prénom de son père. Raymonde promit.

Quelques jours avant le départ, comme elle se trouvait un instant seule avec Pierre Maury, elle éclata brusquement en sanglots. Pierre la prit dans ses bras et la berça longuement, avec une affection un peu gauche, presque amoureuse. Elle ne voulut rien dire de sa peine et s'apaisa peu à peu. Après ce moment d'abandon, elle s'efforça de paraître plus sereine et souriante qu'auparavant, mais Pierre n'en fut pas abusé.

Ce jour-là, elle se réconcilia avec Arnaud Sicre. Elle confia Guillaume à sa bonne garde et le supplia de veiller sur lui nuit et jour. Au regard qu'elle eut, Arnaud comprit tout de sa vie commune avec le Parfait. Il en fut tout englué de mélancolie et d'amertume. La dernière nuit qu'il passa à San Mateo, il avoua à Jeanne sa trahison et ses projets. Il lui dit qu'elle pouvait, si elle voulait, aller réveiller Bélibaste et le prévenir de ce qui se tramait contre lui. Mais Jeanne n'entendit même pas ces derniers mots. Elle eut un grand élan contre la poitrine d'Arnaud et, l'œil gourmand, lui posa une foule de questions admiratives. Elle aussi était fière de son homme, mais Arnaud, la voyant ainsi excitée, se sentit soudain vidé de tout amour pour elle, et décida secrètement de ne jamais plus revenir en Catalogne.

Guillaume Bélibaste et ses deux compagnons quittèrent San Mateo à l'aube du 15 juillet.

16

Le premier soir ils firent halte à Béceite, chez l'aubergiste Pierre Prior qui les accueillit jovialement, comme à son habitude. Il connaissait depuis leurs premiers jours d'exil Bélibaste et Pierre Maury, ne partageait pas leur croyance mais avait de la sympathie pour eux. Ce rondouillard pacifique était lui aussi un réfugié, non pour fait d'hérésie mais pour avoir couché avec sa patronne, au temps où il était marmiton dans une hôtellerie de Narbonne. Il avait été trahi par l'exubérance de son amante : le cocu, accouru dans l'étable où ils s'ébattaient, avait manifesté une envie de meurtre si convaincante que ce bon Prior avait jugé bon de disparaître. Chaque fois que Bélibaste descendait chez lui, le bonhomme lui contait intarissablement son histoire. Cette fois encore il le fit, tandis que ses hôtes se régalaient d'un très copieux pâté de poissons, qu'Arnaud Sicre paya.

Quand ils eurent dîné, Guillaume voulut aller rendre visite à la vieille Mersende, qu'il aimait beaucoup pour la lumière de ses yeux et le tranquille bon sens de ses paroles. Cependant, elle hébergeait désormais la sœur de Raymonde, et il appréhendait de rencontrer cette fille à la fierté excessive dont le souvenir lui cuisait encore le cœur. Il s'attarda donc à la table de l'auberge, espérant que Blanche serait couchée quand il arriverait chez Mersende. Arnaud étant resté à boire, il s'en fut à la pleine nuit avec Pierre Maury, au pas de promenade. La maison de

Mersende était au fond d'une impasse fréquentée ce soir-là par une étrange quantité de chats. Il y en avait un sur chaque rebord de fenêtre. Ils regardèrent passer les intrus, les griffes enfouies dans la fourrure, l'œil lunaire. D'autres, errant parmi les ordures de la ruelle, vinrent se frotter à leurs mollets, le dos renflé, avec des miaulements de putes. Ils étaient en trop grand nombre pour n'être pas inquiétants et vaguement répugnants. Guillaume les chassa à coups de pied en pestant contre ces bêtes du diable qui venaient là le racoler, et fit assez de tapage pour que des têtes de vieillardes blafardes apparaissent entre les volets en crachant de rudes insultes. Un jet puissant de pot de chambre s'abattit aux pieds des deux hommes, éclaboussant leurs chausses. Les chats s'égaillèrent furtivement. La porte de Mersende s'ouvrit, au fond du cul-de-sac.

Blanche était dans sa chambre. La vieille femme voulut l'appeler, pour qu'elle vienne saluer Monseigneur Bélibaste, mais il la retint avec des mines de bon père soucieux de ne point déranger le sommeil d'un enfant. Il dit un Pater, les mains sur la coiffe de Mersende agenouillée devant lui, puis, attablé le dos au feu, tandis que Pierre Maury, à son côté, s'absorbait à faire jouer la lueur de la chandelle dans son gobelet de vin, Guillaume parla d'Arnaud Sicre et du long voyage qu'il leur faudrait poursuivre dès l'aube prochaine. Mersende l'écouta en hochant la tête. Quand il eut fini de parler, elle joignit les mains comme pour conjurer de menaçantes calamités, poussa un long soupir et dit plaintivement :

– Monseigneur, vous êtes d'une grande imprudence. Que savez-vous de cet Arnaud Sicre ? Presque rien. Monseigneur Pierre Authié n'aurait pas agi comme vous. Il aurait envoyé devant, un de ses compagnons pour s'assurer qu'aucun piège ne lui était tendu. Arnaud vous a dit qu'il avait une tante cousue d'or à Lavelanet ? Savez-vous au moins si elle n'est pas une invention de traître ? Pierre, pourquoi n'es-tu pas allé rendre visite à cette femme avant d'entraîner messire Guillaume dans une aventure aussi hasardeuse ? Tu nous aurais évité bien du souci.

— Mersende a raison, répondit Pierre. Nous avons été trop légers. Ce voyage est dangereux, et les chats que nous avons rencontrés tout à l'heure dans la ruelle ne m'ont pas rassuré, je vous le dis. Ils étaient sinistres comme des messagers de mort. Mais il paraît que nous ne pouvons pas renoncer.

— Je m'en suis remis à Dieu, dit Guillaume, un peu énervé : Je sais qu'Il me protège et me veut du bien.

Sa voix n'était pas ferme, et la vieille Mersende lui lança un de ces coups d'œil qui passent par les chas d'aiguilles. Elle vit dans l'esprit de Guillaume la faille par où entrait, depuis sa nuit dans la caillasse de Bénicarlo, un vent de désespérance tranquille. Elle vit aussi qu'il n'entendrait aucun conseil. « C'est vrai que Dieu le pousse, pensa-t-elle. Il va où il doit. » Elle eut un sourire de grande pitié.

— Garçons, dit-elle, une idée me vient. Demain, avisez une bonne taverne sur la route et enivrez votre Arnaud. Quand il sera assez mûr pour que sa langue parte sans lui en promenade, que Pierre le prenne à l'écart et fasse le sournois. Qu'il lui propose de vendre Monseigneur Guillaume aux Inquisiteurs. Les ivrognes ne savent pas mentir. S'il est de bonne foi, il fera un beau scandale, et vous serez rassurés.

Ces paroles firent beaucoup rire Guillaume et Pierre. Mersende les regarda en gloussant doucement, contente d'elle. Pierre, le visage comme un soleil réveillé, convint que c'était là un moyen de sonder la cervelle d'Arnaud Sicre.

— Nous n'apprendrons rien, mais peu importe, dit Bélibaste. S'il nous amuse, nous n'aurons pas perdu notre temps. Je n'ai jamais vu Arnaud ivre. Il doit être faraud comme un coq, le bec maigre et les yeux ronds.

Il le singea comiquement, et Pierre, son capuchon rabattu sur les yeux, contrefit le traître. Les deux hommes, emportés par un élan de jeunesse joueuse, amusèrent tant

Mersende que des larmes illuminèrent son regard gris, et que ses joues fripées rosirent.

— Oh, mes fils, dit-elle quand elle eut repris son souffle, comme il me plaît de vous voir ainsi ! Dieu m'est témoin que vous n'êtes pas faits pour le malheur. Seigneur, gardez ces deux enfants des méchants qui nous gouvernent, ce sera bonne justice. Pourquoi ne pouvons-nous vivre toujours contents et sans souci ? Il est si bon de rire.

— Le rire est meilleur que la prière pour le salut de l'âme, mère Mersende, dit Guillaume en prenant des mines d'évêque sentencieux.

La vieille femme se retint de pouffer, fit semblant de s'offusquer et lui lança une bourrade en grognant :

— Guillaume, Guillaume, est-ce qu'un Monseigneur doit parler ainsi ?

— Notre Bélibaste n'est pas un Monseigneur comme les autres, dit Pierre. Il est assez hérétique pour ne plaire ni à Dieu ni à diable.

— C'est vrai, répondit Guillaume avec une soudaine mélancolie. C'est bien là mon malheur, petit frère. Mère Mersende, bien le bonsoir. Il nous faut aller dormir.

Ils se levèrent, à nouveau graves tous les trois. Puis Mersende fit aux deux voyageurs de gémissantes recommandations de prudence, Ils l'embrassèrent et sortirent dans la nuit tiède.

La porte était à peine fermée derrière eux qu'un volet grinça dans le coin le plus obscur de la maison et que Guillaume s'entendit appeler à voix basse. Il se retourna. Il vit Blanche, en chemise, debout sur le seuil de la remise à blé qui lui servait de chambre. Son cœur lui bondit dans la gorge. Elle lui fit signe d'approcher. Il regarda Pierre, l'air indécis, haussa les épaules et s'enfonça à pas traînards dans l'encoignure obscure. Il éprouva une grande émotion à se retrouver en face de Blanche. Elle avait l'air toujours aussi fragile et redoutable. Elle avait embelli. Ils restèrent un moment face à face sans savoir que dire. Puis Guillaume voulut poser la main sur sa chevelure, pour la bénir peut-être, surtout pour échapper à son regard qui lui trouait l'esprit. Mais son geste resta suspendu, car elle ne baissa pas la tête. Elle sourit gauchement, en murmurant :

– Je ne voulais pas que vous partiez sans que je vous aie souhaité bonne chance.

Il sentit son cœur fondre. Un grand élan d'affection le prit pour cette fille droite, pour son visage pâlot et désarmé levé vers le sien, pour ses yeux où brillaient ensemble tendresse, défi et lumières d'enfance. Il hésita à caresser sa tempe, n'osa pas. Ce fut Blanche qui pencha la tête de côté et emprisonna ses doigts entre la joue et l'épaule. Elle se frotta doucement contre leur peau rugueuse, les yeux baissés, mais quand elle sentit que Guillaume allait la prendre dans ses bras, elle se rencogna dans l'ombre de la muraille et à nouveau planta son regard dans le sien, pour le tenir à distance.

– Raymonde m'a donné de tes bonnes nouvelles, dit-il. Nous avons souvent parlé de toi, à San Mateo. J'aurais aimé que tu sois ma petite sœur.

Elle eut un air de rancune, et Guillaume craignit un instant qu'elle lui réponde une méchanceté, mais elle soupira, et il vit une grande vague de détresse amoureuse submerger tout dans ses yeux.

– J'aurais aimé aussi, dit-elle. Dieu te garde.

Elle lança les bras autour de son cou, lui baisa la joue, recula vivement dans l'ombre et Guillaume, tout étourdi, se retrouva les bras ballants devant la porte qui lui claquait au nez. Il s'en fut en titubant, par la ruelle déserte. Il ne vit pas le moindre chat, et Pierre ne l'avait pas attendu.

Le lendemain, tout au long du chemin qui les conduisit à Asco, Bélibaste et Pierre Maury taquinèrent Arnaud Sicre avec l'entrain vivace et un peu cruel de deux adolescents s'amusant d'un compagnon niais. Arnaud ne s'en formalisa guère, et prit d'abord ces agacements pour de l'affection déguisée. Cependant, quand, sur le coup de midi, ils s'arrêtèrent pour dîner à l'ombre d'une chênaie, les soins cocasses que l'on prit de sa santé l'intriguèrent, et il pressentit qu'on voulait lui faire avaler quelque couleuvre. Il demanda carrément à ses compagnons pourquoi ils le tarabustaient et riaient de lui sous cape. Les autres prirent des airs naïfs et faussement étonnés qui le rassurèrent : Guillaume et Pierre n'avaient pas vraiment l'intention de lui nuire, sinon ils auraient rusé plus subtilement. C'est ce qu'il pensa. Ils reprirent la route après une courte sieste, traînant la savate dans la poussière, vaguement soûls de soleil. Pierre s'étant attardé pour vider son ventre, Arnaud chemina un moment seul avec Bélibaste, qui prit le jeune homme par l'épaule et se mit à prier à voix haute, tout en marchant, le regard perdu au loin. Quant il eut fini son Pater, il eut un soupir de satisfaction, comme après une lampée d'eau fraîche, et dit à son compagnon :

– Dieu veuille que tu sois toujours aussi bon garçon qu'aujourd'hui, Arnaud. Si tu devais me trahir, ma plus grande douleur serait de te maudire, car je t'aime beaucoup malgré la peur que tu me fais à me conduire dans un pays où j'ai tant d'ennemis.

– Monseigneur, je ne suis pas aussi bon que vous le croyez, répondit Arnaud Sicre avec une émotion très sincère. Il m'est arrivé de mentir et de faire du mal à de bonnes gens, Dieu me pardonne. Mais à vous je ne veux causer aucun dommage. Si vous pensez qu'un malheur vous attend en terre d'Ariège, il est encore temps de retourner à San Mateo. J'irai seul chez ma tante et je lui rendrai volontiers son argent. Je ferai ce que vous voudrez. Que puis-je vous dire d'autre ?

– La vérité, Arnaud. Dis-moi que tu es un traître et que tu te repens.

– Dieu du ciel, Monseigneur Guillaume, balbutia le garçon en s'arrêtant au milieu du chemin, pensez-vous vraiment que je veuille vous vendre ?

– Voyez-moi cette pucelle qui rougit comme un coquelicot, répondit Bélibaste en riant. Allons, allons, je plaisantais.

Pierre Maury, qui les rejoignait à cet instant, les aiguillonna du bout de son bâton, pour qu'ils avancent. Ils marchèrent d'un bon pas jusqu'au soleil couchant.

A l'auberge d'Asco où ils firent halte, Bélibaste entra le premier, l'air conquérant, et d'abord, frappant du poing sur la table d'hôte, réveilla en sursaut l'unique client du lieu, un vieux cavalier poussiéreux qui roupillait là, la tête dans ses bras. Le bonhomme, contrarié par l'arrivée fanfaronne de ces trois lurons aux bottes traînardes, s'en alla en ronchonnant dormir dehors, sur un banc de bois planté à l'ombre d'une treille infestée d'insectes. Pierre, braillant à la cantonade, demanda du vin. Une hôtesse à la trogne de poivrote leur souhaita mollement la bienvenue, les servit copieusement et s'en revint à son coin de feu où mijotait une soupe malodorante. Tandis qu'ils prenaient leurs aises et remplissaient les gobelets, Arnaud Sicre, qui n'avait jamais vu ses compagnons aussi délurés, les observa, l'air rusé. Ces bougres, à n'en pas douter, lui préparaient une mauvaise farce. Mais ils n'étaient guère habiles à tendre leur piège. Ils ne savaient pas jouer les fauves. Ils n'avaient jamais aiguisé leurs griffes dans la fréquentation des tavernes où se jouaient des vies aux dés. Ils n'avaient pas la pratique de ces bas-fonds bordéliques où l'on risquait un couteau dans la nuque pour un mot à peine tordu. Arnaud, si. Pour survivre, il avait dû apprendre à jauger d'un regard les puissants idiots et les faibles sournois, à se frayer un chemin dans leurs veuleries, à surveiller les mains nerveuses. Bélibaste et Pierre Maury se lançaient des clins d'œil un peu trop appuyés. Ils l'encourageaient un peu trop vivement à vider son gobelet plein à ras bord. Ils voulaient l'enivrer et s'y prenaient comme des compères de foire. Ils étaient de piètres méchants.

Arnaud but d'un trait, goulûment, fit claquer sa langue et se mit à rire, l'air aussi satisfait qu'un bêta régalé par des princes. Puis, comme Pierre emplissait à nouveau sa timbale avec des mines de maquereau :

— Doucement, camarade, dit-il. Le cul me pèse déjà, et mes jambes mollissent. Mais foutre que j'ai soif et que ce vin est bon !

Il flaira la piquette en observant ses compagnons. Bélibaste, le regard trop brillant, l'encouragea d'un petit hochement de tête.

— Bois, mon fils, lui dit-il. Tu mérites un peu de bon temps pour le mal que tu te donnes à m'accompagner où je dois aller, alors que tu aurais pu rester à San Mateo avec ta luronne de Jeanne.

— Jeanne ? répondit l'autre en ricanant. Je ne l'aime plus. Tout bien pesé, elle est trop maigre et trop revêche.

Il but, tandis que les autres riaient, et reposant son gobelet vide, se sentit les tempes bourdonnantes et une lourde fatigue au cœur. De vieux espoirs l'assaillirent, qu'il croyait à jamais endormis. Comment avait-il pu être assez stupide pour vouloir épouser Jeanne, assez répugnant pour désirer s'encoconer dans le giron d'une femelle idiote ? Il se laissa aller à grogner d'inaudibles invectives. Il se sentit un peu somnolent, remué par une très mauvaise humeur, mais il était encore maître de son esprit. Il exagéra son empâtement naissant, et dodelinant de la tête, se dit qu'il ne devait pas vider un gobelet de plus sous peine de tomber dans le piège tendu. Les yeux mi-clos, il vit se pencher devant lui la cruche que tenait le poing de Pierre Maury. Il se mit à rire à petits coups nasillards, souleva une paupière. Les visages qui lui faisaient face n'étaient plus ceux de compagnons de bamboche. Ils étaient tendus, attentifs aux signes de l'ivresse. Pierre Maury souffla quelques mots furtifs à l'oreille de Bélibaste, qui sourit, leva sa timbale et dit d'une voix forte :

— Arnaud, buvons encore une lampée à la bonne fin de notre voyage. Que diable, tu ne peux pas me refuser cela.

Arnaud Sicre se composa une mine de pitre et répondit une bordée de protestations affectueuses en s'entortillant complaisamment la langue. Puis il porta son gobelet à la bouche mais ne but guère, laissant dégouliner le vin en ruisselets sur le menton. Il se pourlécha et s'essuya d'un revers de manche puis, comme la cruche était vide, il l'empoigna et la fit tournoyer au-dessus de sa tête en appelant à boire et en invitant paillardement l'hôtesse à venir se joindre à leur beuverie. Cette fois, les autres le jugèrent fin soûl, et prêt à mordre à l'hameçon.

Alors, sans plus de grimaces complices, Bélibaste sortit humer l'air de la nuit. Le cavalier qu'il avait tout à l'heure chassé de la salle commune ronflait paisiblement sous la treille, la bouche ouverte parmi des chants d'oiseaux. La lune l'éclairait à travers le feuillage bruissant. On aurait dit cet homme pétri de ténèbres et de lumière dorée. Guillaume vint s'asseoir doucement près de lui. Son front s'environna de feuilles de vigne et de grappes de raisin luisantes, encore vertes. Il ne bougea plus. Peu à peu, sa fatigue et son anxiété se diluèrent dans la tranquillité accueillante de l'ombre. Alors il perçut dans cette nuit d'été une sorte d'allégresse secrète qui semblait infiniment attentive à le réconforter, à ranimer en lui un courage joyeux. Un frisson d'envie le prit : il voulut confier sa vie à ces frémissements compatissants, confesser ses fautes au feuillage nocturne, aux menus pépiements si tendrement rieurs, aux ronflements sonores de l'homme aussi, aux couleurs profondes et paisibles de la nuit. Ses fautes, il les sentit soudain dérisoires, et pourtant elles lui pesaient encore. Il se retint de respirer pour s'avancer dans ce songe éveillé où il percevait la présence d'un Dieu complice et fraternel, mais si effarouchable que le moindre grincement pouvait le faire fuir. Immobile comme un animal à l'affût, il attendit une réponse à sa confession sans paroles. Elle ne vint pas. Mais il flaira un puissant parfum de fleurs chaudes, entendit chanter un coq, aboyer des chiens, au loin, et sourit sans savoir s'il s'abusait délicieusement ou jouait vraiment aux signes avec Dieu.

Un grand remue-ménage dans la salle commune le fit sursauter. L'homme endormi près de lui grogna et se tourna contre la muraille en tirant son manteau sur sa tête. Guillaume, avant de se décider à bouger, se dit que Pierre savait maintenant si Arnaud Sicre était un espion ou non. Il dut faire effort pour se convaincre que cette question était de quelque importance. Que ferait-il, si ce pauvre garçon était coupable de manigances répugnantes ? Il décida qu'il ne se séparerait pas de lui, qu'il l'absoudrait, le ramènerait à San Mateo et s'échinerait à l'aimer jusqu'à ce que le cœur d'Arnaud se fende, et que la délivrance de tous ses péchés lui vienne en larmes ruisselantes.

Pierre apparut dans l'encadrement de la porte, tournant en tous sens la tête pour appeler Guillaume qu'il ne pouvait voir. Il charriait sur son dos Arnaud Sicre désossé comme un pantin de paille, mais braillant qu'il tenait le plus fier salaud de la chrétienté et ne le lâcherait plus. L'un traînant l'autre, ils sortirent sous la lune. Pierre, au milieu de la cour, essaya d'empoigner son fardeau pour s'en dépêtrer. Ils tournoyèrent ensemble, titubèrent jusqu'à la lisière du pré et tombèrent lourdement dans un bouquet de hautes herbes. Là, ils luttèrent un moment confusément, Arnaud lançant de grandes baffes molles, Pierre le massacrant d'insultes et cherchant à maîtriser ces bras de moulin à vent qui menaçaient de l'éborgner. Bélibaste sortit de sa cachette, tout secoué de rire. L'envie lui vint de se laisser choir sur ses compagnons, de rouler avec eux dans l'herbe humide et de leur livrer la plus joyeuse bataille de sa vie. Mais Arnaud l'aperçut, se releva d'un bond du ventre de Pierre qu'il chevauchait, et vint se pendre à ses épaules en bafouillant pâteusement que l'autre porc, qui se remettait péniblement debout, voulait vendre son Monseigneur aux Inquisiteurs de Pamiers. Guillaume, riant de plus belle, fit semblant de le croire, saisit Pierre par le col et lui brandit le poing sous le nez. Puis les deux hommes se regardèrent, l'air profondément heureux, essoufflés et débraillés comme des garnements, tandis qu'Arnaud se détournait pour pisser sur un massif de fleurs.

Ce soir-là, Bélibaste et Pierre Maury prirent soin de leur larron comme d'un frère cadet. Ils le couchèrent entre eux sur la paille de la grange, le déshabillèrent et lui appliquèrent des compresses froides sur le front pour éteindre le feu de son crâne, car Arnaud joua les ivrognes jusqu'au délire. Il effraya même ses compagnons en simulant l'épouvante devant d'horribles visions. Il s'exalta si fort à ce spectacle fictif qu'il fut pris de vrais sanglots, s'endormit épuisé, pâle comme un cadavre, et hoqueta encore longtemps dans son sommeil. Le lendemain matin, Bélibaste lui demanda s'il se souvenait de ce qu'ils avaient fait et dit la veille. Arnaud, l'œil encore vague, lui répondit que non, sauf qu'il avait voulu assommer Pierre, mais il ne savait plus pourquoi.

— Mieux vaut, fils, lui dit Guillaume. Sinon, tu voudrais l'assommer encore, et moi avec. Sache seulement que ta soûlerie nous a mis en grande joie. Nous t'aimons mieux, depuis hier.

Ils sortirent de la grange en humant le soleil frais et ficelant leurs chausses. Ils aperçurent le vieux cavalier devant l'auberge, qui sellait son cheval. Comme ils étaient d'humeur joyeuse, ils lui firent quelques saluts effrontés et se moquèrent un peu de ses gestes d'endormi. L'autre grogna dans sa barbe un bonjour très méfiant en assurant sa dague à la ceinture. Pierre et Arnaud, le voyant si mal embouché, passèrent prudemment au large, mais Guillaume voulut l'amadouer et s'approcha de lui, la figure fendue par un sourire de curé. Il vit alors que le vieillard était aveugle : ses yeux étaient blancs, exactement semblables à ceux du devin de Bénicarlo. Il entendit brutalement résonner dans son crâne le verdict de Djama qui le condamnait à mort. Il bredouilla une cascade de jurons. L'homme, craignant sans doute une attaque de voyous, empoigna à tâtons le fouet qui pendait à la selle de sa bourrique. Guillaume s'éloigna à reculons, pris de vertige, convaincu que ce regard vide qui cherchait le sien était la porte de l'enfer.

Quand il eut rejoint ses compagnons sur le grand chemin, il ne voulut pas répondre à leurs questions moqueuses, et tant que la plaine fut large derrière eux il marcha voûté, jetant de fréquents coups d'œil par-dessus son épaule, comme s'il redoutait que l'aveugle ne chevauche encore à ses trousses. Son esprit barbouillé d'angoisse lui disait qu'il n'avait pas rencontré cet homme par hasard. Etait-il seulement un homme, ou l'un de ces anges fatidiques qui attendent parfois les gens près des bornes de leur vie ? Il se laissa emporter par de très sombres rêveries, imaginant des chasseurs invisibles partout à l'affût autour de lui. Mais pas un instant ne lui vint l'envie d'interrompre son voyage, au contraire : il lutta contre sa débâcle comme un bœuf obstiné, laissant derrière lui, à chaque pas, des lambeaux de ses fantômes, et gagnant du terrain sur le museau de la mort. Devant lui était le sentier de plus en plus abrupt dans la bruyère et la rocaille, l'air respirable, la lumière rassurante, le salut. Peu à peu, une rude jubilation l'envahit. Il se sentit en travail de victoire.

Pierre Maury et Arnaud Sicre ne prirent pas garde à ce combat intime. Ils cheminèrent tranquillement en se racontant leur vie, s'inquiétant à peine des roulements de tonnerre lointains et des nuages lourds qui montaient dans le ciel. Cependant, leur insouciance ne dura guère. Sur le coup de midi, Pierre s'arrêta pour désigner à ses compères une grosse pie qui s'obstinait à les accompagner depuis une bonne heure, et se posait fréquemment devant eux en pépiant avec une étrange vivacité. Pierre, toujours attentif aux signes et aux présages, estima que cette bonne bête voulait les mettre en garde contre un danger pressant.

— Si j'étais seul, dit-il en regardant Guillaume, je rebrousserais chemin.

Bélibaste, en un bref instant de rage, se vit revenu à San Mateo, plongeant à nouveau dans la mollesse de son ancienne vie, retrouvant Raymonde et l'enfant, les mensonges inévitables, la poussière des jours. Il venait de s'arracher douloureusement à tout cela, il venait de ranimer à grand-peine le feu de cet espoir sans objet qui le tenait vivant depuis le matin d'automne où il avait fui Cubières avec Philippe d'Alayrac. De sacrés désarrois le tenaillaient encore, mais quoi, il les préférait à la honte d'un retour, tête basse, dans sa vieille peau. Il demanda à ses compagnons s'ils avaient peur. Pierre, se détournant et contemplant les nuées au loin, fit signe que oui, de la tête, tandis qu'Arnaud s'escrimait à effrayer l'oiseau noir accroché, les ailes battantes, à la cime d'un rocher tout proche. Alors Guillaume se mit à les houspiller durement, à leur gueuler au train, avec des sanglots dans la gorge :

— Que penseraient de moi les messagers lombards qui m'attendent et les fidèles qui m'espèrent au pays s'ils apprenaient que la rencontre d'une pie a suffi pour me détourner d'eux ? Il me faut marcher. Quoi qu'il m'arrive, je ne peux plus m'en retourner.

— Alors, que Dieu nous garde, répondit Pierre Maury en soupirant.

Il se remit à gravir le sentier, la tête basse, sans plus se soucier des grondements d'orage ni du vol des oiseaux. Parvenus sur la crête de la montagne, ils découvrirent devant eux la vaste plaine de l'Ebre balayée par des éclats de soleil qui fusaient du moutonnement des nuages. Guillaume et Pierre s'assirent dans l'herbe pour se rafraîchir de quelques goulées d'eau et de vent vif. Arnaud partit devant, en prétendant que s'il se reposait avant l'auberge il n'aurait plus le courage de repartir. En vérité, un soldat de l'évêque Fournier l'attendait à Flix. Arnaud devait prévenir cet homme que l'hérétique était en route, et qu'il serait dans quelques jours à Castelbon, aux portes du comté d'Ariège, où il convenait de rameuter la troupe pour dresser une embuscade.

Quand il eut disparu derrière les buissons qui dégringolaient vers la vallée, Bélibaste, étrangement apaisé depuis sa rencontre avec la pie, eut envie de se confier à son frère d'errance. Il lui parla sans oser le regarder, le front tourmenté et la parole cahotante.

– Pierre, dit-il, je sens comme un mur invisible se construire dans mon dos à mesure que j'avance. Si je voulais m'en retourner, il me serait impossible de faire un pas. J'ai peur de ce qui m'attend dans notre foutu pays, mais je suis heureux, car jamais de ma vie je ne fus aussi sûr de suivre le bon chemin. Maintenant que je n'ai plus besoin de personne pour marcher, il me vient à l'idée que cette route, devant moi, n'est plus la tienne. Nous avons beaucoup partagé de nos vies, mais tu sais qu'un jour vient où, sans que l'amitié se défasse, chacun doit reprendre son balluchon de destin et s'en aller seul où Dieu le guide. Je crois que ce jour est venu. L'oiseau, tout à l'heure, s'est planté devant toi pour te détourner de ce voyage. Tu dois l'écouter, car il était le messager de celui qui gouverne ta vie. Il faut que tu me quittes. A ta place, j'irais m'établir à Majorque avec une femme à mon goût. Mais si tu veux m'obéir une dernière fois, tu passeras par San Mateo, où j'ai laissé de grandes blessures. Tu sais bien, en vérité, ce qui me préoccupe. J'aimerais que tu prennes soin de mon fils à naître et de Raymonde, cette perle d'épouse que je me suis donnée sans en avoir le droit, et qui me fait pleurer chaque fois que je revois sa belle figure dans ma tête. Si tu fais cela, je me sentirai libre de tout remords et de toute inquiétude envers elle, et je te dirai adieu sans aucune douleur, sûr de ne pas faire ton malheur.

– Je vous conduirai d'abord à bon port, Guillaume, répondit Pierre Maury avec une belle tranquillité. Après quoi je vous promets de revenir en Catalogne et de faire ce que vous dites. Raymonde et son fils ne manqueront de rien, ni de pain ni d'affection.

— Pierre, Pierre, dit Bélibaste en secouant la tête comme s'il s'arrachait chaque mot de la gorge, pense aux mauvais présages que nous avons rencontrés. Tu ne dois plus me suivre. Faut-il que je te chasse ? Va-t'en au diable si tu veux, oublie San Mateo s'il te déplaît d'y retourner, mais, sacré nom de Dieu, ne me fais plus de l'ombre. Je veux que tu vives.

— Ne vous préoccupez pas de ma vie, je sais ce que je dois en faire, répondit Pierre, la colère aux joues. Je vous accompagnerai parce que c'est mon devoir. Quelle sorte de merde charriez-vous dans le crâne pour imaginer que je puisse vous abandonner ? Moi aussi j'ai peur de ce qui nous attend. Mais je préfère mille nuits de coliques au souci que j'aurais de vous voir partir seul. Si vous me chassez, je vous suivrai quand même, de loin, comme un chien idiot que je suis. Marchons maintenant, il est tard. Ce pauvre Arnaud va s'inquiéter de nous.

Il se leva, jeta son sac sur l'épaule et descendit vers la vallée, à grandes enjambées rageuses. Bélibaste, brandissant son bâton, trébuchant derrière lui parmi les buissons, se mit à l'agonir d'insultes et de menaces, de loin. Il ne le rejoignit qu'au bord de l'Ebre, fumant toujours de rage mais trop essoufflé pour brailler encore. Il abattit la main sur sa nuque.

— Donne-moi à boire, triple couillon, dit-il pour obliger son compagnon à faire halte.

Il s'aspergea le gosier d'eau, à la régalade, fit claquer sa langue et dit avec une jubilation méchante :

— Tu regretteras de m'avoir suivi en Ariège, imbécile. Tu regretteras même de m'avoir connu. Toutes tes bonnes actions de bigot, tu les regretteras. Tu seras arrêté, on t'enferrera les chevilles. Tu t'arracheras les poils en maudissant le pétrin où tu seras, mais trop tard. Tu crèveras seul avec les insultes d'un bourreau dans les oreilles pour toute consolation. Moi, pendant ce temps, je me gobergerai chez la tante d'Arnaud et je dirai : « Ce grand benêt n'a que ce qu'il mérite. Que le diable l'emporte ! »

Il brailla ces derniers mots et se tut, la bouche ouverte, car un grand rire silencieux secouait la poitrine de Pierre, fendait sa gueule et plissait ses yeux. Guillaume en resta un moment ébahi, puis poussa un rugissement en bousculant son compagnon à grandes bourrades, mais l'autre ne fit que rire de plus belle jusqu'à perdre le souffle et demander grâce.

– Monseigneur, dit-il, une idée me vient : nous devrions nous enchaîner l'un l'autre et nous traîner ainsi jusque devant les moines de Pamiers. Je te dénoncerais comme hérétique pour avoir la vie sauve, tu me vendrais pour le même profit, et nous repartirions ensemble du tribunal comme deux magiciens de foire pour aller vendre très cher de mauvais présages sur les places publiques.

Alors Guillaume se laissa gagner lui aussi par une grande joie furibonde, débridée, extravagante, criant le nom de Dieu comme on appelle un compère, la tête levée vers les nuages, les mains en porte-voix, disant :

– Père Saint, crache la foudre sur les pieds de cet homme si Tu ne veux pas qu'il aille crever comme un âne en terre d'Ariège !

Et Pierre, le singeant :

– Père Saint, foudroie Bélibaste, c'est un renard ! Foudroie-le si Tu ne veux pas qu'il aille se soûler seul avec les écus de notre bonne tante de Lavelanet !

Et tous deux ensemble, les bras ouverts, rivalisant de brailleries :

– Hé, Père Saint, sors de tes nuages, nous sommes là, au bord de l'Ebre, en Catalogne ! Nous vois-tu ? C'est pour toi que nous marchons, putain de Dieu ! Ne nous laisse pas seuls ! Aide-nous, Père Saint ! Aime-nous ! Nous sommes deux vagabonds de bonne volonté, aie pitié de nous, salaud ! Réponds-nous !

Ils se turent un moment, espérant peut-être un signe dans le ciel, mais ils ne virent rien que la cime des arbres sous les nuages gris, immobiles. Alors Guillaume gonfla sa poitrine, serra les poings, se ramassa, bien planté sur ses jambes écartées, et hurla de toutes ses forces, à s'en faire jaillir le sang de la gorge, hurla comme un cracheur de feu, comme un porc écorché, le nom de Dieu, le seul nom de Dieu, jusqu'à ce que soit épuisé tout le souffle de son corps, jusqu'à s'effondrer à genoux, la voix brisée, en crachant ses entrailles. Pierre s'accroupit près de lui et le prit aux épaules pour le réconforter.

– Il ne nous a pas foudroyés, dit-il en souriant. Allons, Guillaume, je crois que nous pouvons avancer, maintenant.

– Il ne nous entend pas, murmura Guillaume. Il n'entend jamais. Peut-être ne sait-Il même pas que nous existons.

L'orage s'abattit d'un coup, réveillant les feuillages et soulevant sur la rivière une bouillonnante poussière d'eau. Ils s'en allèrent en courant vers Flix. Quand ils arrivèrent en vue du village, un arc-en-ciel éphémère trembla sur l'Ebre et s'en alla se perdre derrière les toits luisants où les nuages étaient encore lourdement plombés. La pluie cessa comme elle était venue. Guillaume et Pierre se défirent de leur tunique ruisselante et la mirent à sécher au bout de leur bâton, qu'ils portèrent sur l'épaule, comme une bannière. Ils marchèrent en silence, reniflant les parfums de la terre mouillée. L'averse leur avait fait du bien, aux champs aussi, au ciel, à l'air ravivé. Ils voulurent s'arrêter chez Cabitog où Bélibaste avait vécu, mais sa maison semblait abandonnée. Arnaud les attendait sur le seuil de l'auberge, impatient mais content : le messager de l'évêque Fournier était reparti pour Pamiers avec de bonnes nouvelles.

Au matin du quatrième jour de leur voyage, quand Bélibaste et Pierre Maury mirent le chemin sous leurs pieds, ils sentirent, aux frémissements de l'air autour d'eux, à certains frissons de cœur bien accroché, qu'ils en avaient fini avec la traversée des mauvais signes. En fait, dès ce jour, les métamorphoses des nuages, les manigances des oiseaux, les songes, les faux hasards, ne les tourmentèrent plus. Ils ne rencontrèrent que des moissonneurs sur d'énormes charretées de gerbes, des filles craintives dans les champs, des éperviers immobiles entre terre et soleil, des lièvres bondissants dans des maquis de thym, et partout la bienveillante puissance de l'été. Pierre retrouva sa tranquillité et se mit avec Arnaud à faire des projets de visite aux bordels de Toulouse. Seul, Bélibaste ne fut pas satisfait de l'indifférence des jours. Il pensa qu'il y avait dans l'air, autour de lui, comme un renoncement du Ciel à le retenir. Il n'en dit rien à ses compagnons mais se tint constamment sur ses gardes, parfois riant secrètement de sa méfiance, que rien ne justifiait, parfois convaincu que désormais le danger lui tomberait dessus sans crier gare, et qu'il lui fallait s'obstiner à affûter son inquiétude, s'il voulait s'en sauver.

Un soir, ils se perdirent en pleine montagne, sans plus savoir s'ils étaient encore en terre étrangère ou respiraient déjà l'air de leur pays. Tout au long de la journée, ils n'avaient rencontré, sur des pâturages en plein ciel, que des bergers évasifs qui leur avaient indiqué, du bout de leur bâton, un horizon hérissé de pics où s'accrochaient des lambeaux de vieille neige. Ils avaient cheminé avec acharnement, suants, silencieux. Ils avaient gravi des cols chauves jusqu'à l'os et découvert enfin une vallée, à leurs pieds, où bouillonnait un torrent parmi d'énormes rocs et des trous de cavernes. Il y avait une petite maison au toit d'ardoise, de l'autre côté de l'eau. Ils la bénirent, car le crépuscule était proche. Cependant, parvenus sur la berge, ils virent qu'ils n'atteindraient pas sans peine ce refuge : il leur faudrait d'abord traverser de sacrés tourbillons, et des fracas d'écume qui les assourdissaient. Jusqu'aux dernières lueurs du jour ils cherchèrent un passage vers l'amont, mais n'en trouvèrent pas. Or, ils n'avaient guère envie de dormir dehors : le froid montagnard leur piquait déjà l'échine, et des loups rôdaient.

Ils en avaient aperçu une horde, au loin, en descendant vers la vallée. Ils tâtèrent un peu à la crête des vagues. Elles étaient glacées. Ils se lancèrent des défis bravaches, chacun espérant qu'un autre risquerait avant lui la noyade. Pierre enfin s'aventura sur un gué empierré, comme un funambule. Bondissant de rochers en cailloux moussus, il parvint à pied sec au milieu du torrent. Arnaud vint s'accrocher à ses épaules sur la plate-forme très étroite où il se tenait en piteux équilibre. Au-delà, ils devaient s'enfoncer dans l'eau jusqu'à la taille et lutter contre le courant déferlant, au risque d'être emportés vers des gueules béantes.

Arnaud s'y décida tout soudain : il se jeta vaillamment à la baille, trébucha, tomba en avant, battit l'eau, parvint à agripper une saillie et à se hisser sans trop de mal sur la rive. Alors Pierre fit signe à Bélibaste de venir le rejoindre. L'autre, le pied très hésitant, lui obéit. Mais arrivé où son compagnon l'attendait, il se pencha sur le bouillon furieux qui l'aspergeait de bruine et refusa catégoriquement d'y tremper l'orteil, braillant qu'il ne savait pas nager et qu'il ne quitterait pas ce roc. Arnaud, de la berge, lui tendit la main en criant des encouragements qui se perdirent dans les rugissements du torrent. Pierre le poussa à petits coups retenus et tenta de lui fouetter les sangs en hurlant à son oreille des insultes de moins en moins rigolardes. Bélibaste, sur son socle au milieu de l'écumante bourrasque, dansa d'un pied sur l'autre, gesticula comme pour s'accrocher au ciel, mais ne plongea pas. Alors Pierre lui dit de monter sur son dos, ce qu'il accepta de faire avec une extrême répugnance. L'un portant l'autre, ils se risquèrent dans le courant. Le premier tourbillon n'en fit qu'une avalée. Ils roulèrent pêle-mêle sur les galets du fond. Guillaume, affolé, aveuglé par les gerbes d'eau, piétina son compère, se jeta désespérément vers la rive, se sentit empoigné par la main et s'écorcha le ventre à ramper jusqu'à l'herbe. Il vit Arnaud courir à la rescousse de Pierre que le flot emportait. Quand ils revinrent tous les deux de l'ombre, ruisselants et grelottants, ils passèrent devant Bélibaste, toujours affalé sur le pré, sans même lui jeter un coup d'œil, tant ils étaient en rogne contre lui.

La maison, très exiguë, avait le toit fendu. C'était un refuge de bergers qui sentait la suie et la paille moisie, mais ils s'en contentèrent de bon cœur après tant de fatigues et de frayeurs. Ils y trouvèrent de l'étoupe sèche et purent faire du feu. Guillaume se rencogna à l'écart de la cheminée où il se mit à prier en claquant des dents, décidé à ne rien manger et à garder ses vêtements mouillés sur la peau pour expier sa mauvaise conduite. Les autres le laissèrent un moment macérer, puis Arnaud Sicre vint lui tendre un croûton mouillé et poser une couverture sur ses épaules.

– Allons, Monseigneur, lui dit-il, je suis tout de même content de ne pas vous avoir perdu.

– Vois-tu, Arnaud, dit Pierre Maury en souriant avec malice, notre Bélibaste a toujours avancé de mauvais gré. Ce n'est pas qu'il soit une méchante bête, bien au contraire. Je suis sûr qu'il ira au paradis. Mais à contre-cœur.

Guillaume resta muet et grelotta dans son coin jusqu'à ce que les autres fussent endormis. Quand il les entendit ronfler, il se rapprocha du feu avec des précautions de voleur. Le sommeil le prit tout rougeoyant et confit dans une chaleur délicieuse.

Le froid les réveilla au petit jour devant les bûches à demi consumées. Arnaud, le premier sur pied, s'en alla en reconnaissance le long du torrent. A peine sorti du chaos de roches qui cernait la vallée, il aperçut, à une demi-heure de marche dans les prés, les tours trapues du château de Castelbon dressé au milieu d'un troupeau de maisons très humbles et bancales. Ce pauvre village lui parut, dans la gloire du soleil naissant, émouvant comme une cité promise, mais effrayant aussi comme le seuil d'un monde inconnu. Là-bas, entre ces toits et ces murailles, à la fin de ce jour qui se levait à peine, le voyage finirait, et commencerait une épreuve redoutable à laquelle Arnaud n'avait jamais voulu penser : la nuit prochaine, il serait enfermé avec Bélibaste. Il lui faudrait vivre en sa compagnie dans le même cachot, et coucher sur la même paille, enchaîné au même anneau scellé dans le mur, jusqu'au jugement, d'où il sortirait riche. Mais cela, il ne voulait pas encore l'espérer, par prudence superstitieuse.

Il revint en courant vers le refuge, pour annoncer à ses compagnons qu'ils avaient dormi sans le savoir en terre d'Ariège, et que le village qu'ils avaient si longtemps cherché la veille était tout proche. Il trouva Bélibaste agenouillé au bord de l'eau, en train de se laver la figure, et Pierre Maury qui bouclait son sac. Les voyant ainsi confiants et tranquilles, il ne leur dit rien. L'envie lui vint de les entraîner vers Puigcerda, où on ne les attendait pas. Entre la paix qu'il gagnerait à sauver le Parfait et les désagréments qu'il aurait s'il ne le vendait pas, son cœur se mit à battre à lui rompre les côtes. Il s'éloigna de quelques pas vers l'amont et décida soudain de s'en remettre au sort : si les autres le suivaient sans rien dire sur le sentier qui grimpait vers la cime, ils auraient la vie sauve. Mais il entendit Bélibaste crier son nom. L'hérétique, désignant l'aval, lui demanda ce qu'il avait vu à la sortie du défilé. Il répondit :

– Castelbon.

Et redescendit tête basse, traînant sa besace dans l'herbe, tandis que Pierre et Guillaume s'exclamaient joyeusement.

La place du village n'était pas plus vaste que le feuillage du grand orme planté au milieu. Entre l'église et la taverne, un raidillon de galets grimpait à la poterne du château, flanquée de deux tours débonnaires. Arnaud demanda à ses compagnons de l'attendre à l'ombre de l'arbre, le temps qu'il aille saluer le bayle du village, qu'il prétendit connaître de longue date. Une dizaine de soldats avec deux moines dominicains l'attendaient dans les grandes salles délabrées de la maison seigneuriale où personne n'habitait plus depuis la lointaine croisade albigeoise. Comme Arnaud s'éloignait, Bélibaste lui cria de se hâter. L'autre fit un signe de la main, sans se retourner, et sembla se voûter. Pierre s'en alla à la taverne acheter du vin et quelques provisions. Quand Guillaume vit les soudards ferraillants dévaler la brève ruelle, il n'essaya pas de fuir. Il s'adossa au tronc de l'orme en pensant simplement qu'il avait toujours su qu'Arnaud Sicre était un traître.

17

Pierre Maury, de la taverne, vit les soldats envahir la place du village. Il bondit dehors en hurlant le nom de Guillaume. Arnaud Sicre, l'air égaré, se précipita vers lui, les mains en avant pour le bâillonner. Ils s'empoignèrent, roulèrent debout le long de la muraille, trébuchèrent à la pierre d'un seuil et s'effondrèrent ensemble, à travers une porte pourrie, parmi les volailles d'un obscur poulailler. Arnaud se releva le premier, sa dague au poing, et sans quitter Pierre du regard recula lentement jusqu'au coin le plus sombre en essuyant sa bouche qui saignait.

— Va-t'en, dit-il, à toi je ne veux aucun mal. La vie du Parfait me suffit pour racheter les biens de ma famille. Ne m'oblige pas à te vendre aussi. Retourne à San Mateo et méfie-toi de Jeanne. Elle savait. Va vite.

Il frappa du pied, fendit l'air de son couteau pour chasser Pierre. Par l'encadrement de la porte, tous deux virent Bélibaste, les poignets liés, grimper vers le château au milieu d'un faisceau de piques. Pierre se traîna à genoux dehors et regarda, hébété, son compagnon disparaître derrière un pan de mur. Il écouta encore un moment le ferraillement des bottes et des armes, puis Arnaud Sicre déboula du réduit ténébreux comme un molosse affolé, et s'en alla en courant sur les traces de la troupe. Le bruit de sa galopade fut bref et dérisoire après le fracas des soldats : le vent dans le feuillage de l'orme suffit à l'effacer. Alors Pierre se mit debout. Autour de lui les maisons ombragées, le perron de l'église, la forge déserte et la cime crénelée des tours au-dessus des toits, tout baignait à nouveau dans l'innocence de l'été. Un volet grinça, une tête de femme apparut par une lucarne. Les gens du village avaient été prévenus par le bayle, ils s'étaient tous terrés chez eux, et maintenant que les bruits de bataille et l'odeur de la mort étaient dissipés, quelques-uns risquaient le museau hors de leur trou.

Pierre s'avança au milieu de la place, accablé comme s'il traînait à ses savates tous les chemins du monde. Des portes s'ouvrirent et des gens vinrent vers lui, craintivement. Ils le regardèrent comme une bête étrangère, sans pouvoir décider s'il était aussi vulnérable qu'un chien errant ou chargé de pouvoirs obscurs, redoutables. Pas la moindre lueur de bienveillance ou de pitié sur ces visages. Il eut un geste de fatigue pour qu'on lui fasse place et le cercle indécis, qui peu à peu le cernait, s'ouvrit. Il s'en alla par la ruelle qui descendait au torrent, sans hâte. Il savait qu'on ne le poursuivrait pas.

Quand il se retrouva seul, parmi les monts et les prés, avec le ciel trop haut sur la tête, le cœur, soudain, lui manqua. Il eut un grand hurlement muet, tomba à genoux au milieu d'un champ de fleurs mauves et dorées où bourdonnaient des abeilles, et resta longtemps prostré dans l'indifférence du monde, submergé par sa douleur nouvelle, jusqu'à ce qu'il s'y accoutume un peu et se sente reprendre vie. Alors il leva le visage et contempla le château de Castelbon. Il le regarda comme la plus haute et la plus terrible borne sur le chemin de son existence. Il faudrait désormais qu'il marche seul, sans paroles de bénédiction, sans ami, sans témoin. Seul. Le plus cher et le plus lourd de ses frères était là, derrière ces murailles, et n'en sortirait que pour brûler comme un poteau de bois, comme si la chair, le sang, les mystères du corps d'un homme ne pesaient pas plus, sur la balance de Dieu, qu'un poteau de bois. Après tant d'années de fraternité, tant de sentiments et de pain partagés il n'avait même pas pu dire adieu à Guillaume. Il n'avait même pas pu sceller le temps vécu avec lui d'un mot, d'un dernier regard, d'un serrement de main. Dieu ne leur avait même pas fait l'aumône de cela. Une porte était restée béante entre eux, qui grincerait et battrait absurdement jusqu'à la fin des temps. Il n'y avait décidément aucune pitié dans ce monde. Il se mit debout. Avec un désespoir très brûlant et fier, il adressa un ultime salut à son frère bâtard et tant aimé, une fervente prière d'homme à homme qu'il confia au vent afin que sa vie, autant qu'il ait prise sur elle, soit comme un travail bien fait, malgré le mauvais vouloir de Dieu. Puis il pensa à Raymonde, à Sibille, à tous ceux de San Mateo, et partit en courant sur le chemin de la Catalogne.

Bélibaste fut enchaîné sur la terrasse de la tour de guet du château de Castelbon, et enfermé dans cette prison de plein vent en compagnie d'Arnaud Sicre, qu'on laissa libre de toute entrave pour qu'il puisse protéger sa vie si l'hérétique la menaçait. Tous deux assis face à face contre les créneaux opposés, l'un chargé de chaînes et l'autre secoué d'irrépressibles tremblements, ils restèrent jusqu'à la nuit silencieux. Mais pas un instant Guillaume ne quitta des yeux celui qui l'avait trahi, et chaque fois que l'autre releva la tête il rencontra ce regard sombre, non point haineux mais terriblement tranquille et obscurément triomphant. Guillaume Bélibaste n'avait plus peur. Il n'était même pas étonné de se trouver aussi simplement paisible sur cette fin de route qu'il avait tant de fois imaginée avec terreur. Il regardait Arnaud qui l'avait conduit là. Il savait bien qu'il le clouait, à l'examiner ainsi, qu'il l'enfonçait dans des tréfonds d'angoisse. Il en éprouva une sorte de jouissance secrète et pointue, même pas une saveur de vengeance : une allégresse d'oiseau. Puis il eut un élan d'affection, comme il en vient pour un enfant au bord des larmes. Les premières étoiles s'allumaient dans le ciel. Il les contempla en disant :

— Arnaud, si tu le veux, cette nuit nous mourrons ensemble, comme deux frères inséparables. Nous nous jetterons du haut de cette tour et nous tomberons tout droit aux pieds de Dieu. Nous serons jugés. Je plaiderai pour toi. Tu sais que je parle bien quand il le faut. Tu seras sauvé, je te le promets. Tu n'auras plus à souffrir de tes méchancetés, tu n'auras plus peur, tu seras libre.

« Il a perdu la raison », se dit Arnaud, et il se recroquevilla dans son épouvante en gémissant et faisant « non » de la tête. Bélibaste voulut s'approcher de lui, pour le consoler, mais au bout des chaînes ferrées à ses chevilles il ne put que tendre ses mains liées, sans parvenir à l'atteindre. Alors l'autre osa le regarder et reprit un peu courage. Même s'il cherchait à le piéger avec ses airs de bonté, l'hérétique ne pouvait lui faire aucun mal, ni le contraindre en quoi que ce soit. Il devait se tenir à distance, voilà tout, et se boucher les oreilles si les paroles de ce diable le secouaient trop durement.

— Puisque tu ne veux pas mourir avec moi, lui dit Guillaume, il te faudra vivre quand je serai brûlé. Comment feras-tu ? Nous sommes pareils, toi et moi. Tu ne seras jamais un assassin heureux. Tu me trimballeras toute ta vie dans ton crâne, et comme je serai lourd, pauvre enfant ! Moi aussi j'ai tué un homme, autrefois, et il a fallu que tu me fasses prendre pour que j'en sois délivré. Il ne me pèse plus. C'était un franc salaud. D'autres s'en seraient vite débarrassés, comme d'une chiée au bord de la route. Moi, je me suis jeté dans la folie de Dieu.

Il resta pensif un moment. La nuit, peu à peu, envahit le visage d'Arnaud en face de lui, et le cercle des créneaux dentelés comme une couronne de géant dans le fourmillement des étoiles. Il se fit un pur silence, que vinrent à peine troubler quelques frôlements de vent.

— Nous sommes presque au ciel, dit Bélibaste. Crois-tu en Dieu, Arnaud ? Il faut. A force de croire en Dieu, si l'on s'acharne assez, on finit un jour par l'inventer. Alors Il naît. Il est d'abord un enfant très chétif. Il faut veiller sur Lui, s'effrayer de Ses mauvaises mines, Le nourrir comme un four qui menace à tout instant de s'éteindre, Le gaver d'espérances folles, de fagots d'amour. Non point de cet amour qui fait trembler le menton des bigotes, mais du feu des couilles, du désir méchant comme une griffe de chat, de cette hargne à vouloir l'impossible qui fait mentir quand on se veut limpide, qui salit, qui fait mal, qui ravage toutes les lumières de l'esprit. De tout ce que l'on souffre par amour, même les déconvenues pisseuses, les lâchetés, les mélancolies de bordel, de tout cela il faut faire la chair de Dieu. Quel foutu travail ! Tu le feras, Arnaud, puisque tu veux vivre. Et un jour tu te retrouveras comme moi, sans plus rien à brûler, enfin soulagé de tous les fardeaux, même ceux de l'espérance, avec dans le corps Dieu seul, comme un grain d'or surgi de la terre noire. J'ai toujours su qu'Il était là. Non : Il a toujours su que j'étais là, à Le chercher dans mes fouillis, dans mes broussailles. Les voies de Dieu ne sont pas impénétrables, Arnaud. Seuls, ceux qui ont peur de se perdre disent cela. Moi je me suis cent fois perdu, c'est ma gloire, et Dieu m'a trouvé, c'est Sa victoire. Que fera-t-Il de mon corps ? De la cendre, et de mon esprit, qu'importe : ce qu'Il voudra. Moi, j'ai assez trimé.

Il se tut, puis se coucha à plat ventre sur les dalles de la terrasse pour essayer de distinguer la figure d'Arnaud Sicre. Les chevilles suspendues aux chaînes, il se souleva sur les coudes, allongea le cou autant qu'il put et se mit à rire doucement en voyant les yeux du garçon grand ouverts dans l'ombre, qui le regardaient avec une sorte d'inquiétude fascinée.

– Hé, petit, murmura Guillaume, je crois bien que je t'emmerde avec mon beau sermon. Tu penses sans doute qu'au bout du compte tu es bien plus rusé que moi, puisque je vais crever et que tu vas vivre. Ecoute : dès notre première rencontre, devant la boutique de Mofferret, j'ai su que tu étais un espion, et que tu étais venu me chercher pour me conduire au bûcher.

— Ce n'est pas vrai, vous n'avez jamais flairé le piège, répondit Arnaud Sicre dans un sanglot d'effroi.

— Tu m'as dit ce jour-là que tu étais un bon croyant. J'ai bien vu que tu mentais : tu ne m'as pas salué comme un fidèle l'aurait fait. Tu n'as pas plié le genou et baissé la tête pour que je te bénisse. Tu ne connaissais pas nos usages. J'ai pensé : cet homme te porte la mort. Ce fut comme une lueur, aussitôt aperçue, aussitôt disparue. Elle s'est cachée au fond de moi. Elle m'est revenue tout à l'heure, aveuglante, quand j'ai vu les soldats sortir par la porte du château où tu étais entré. Non, non, ce n'est pas toi qui m'as conduit ici. Pour cela, sois tranquille. Je suis venu seul à mon rendez-vous avec la paix. Ah, foutredieu, je savais, je savais depuis toujours qu'il était un lieu dans le monde où je n'aurais plus ni colères, ni soucis, ni fatigues, où je pourrais déposer mes amitiés trop lourdes, aimer ma femme sans qu'elle ne pèse plus sur moi. Je n'ai plus peur du cours du temps. Que t'a-t-on promis pour que tu m'accompagnes en croyant me tirer en laisse, pauvre petit? Les vignes et la ferme de ta mère? Ma maison de Cubières?

— Oui ! hurla Arnaud Sicre à bout de débâcle, ravagé de larmes et de hoquets. On m'a promis ce que vous dites. Je ne veux pas finir comme un vagabond, moi, je ne veux pas de grands bonheurs non plus, je veux assez d'argent pour vivre, un toit sur ma tête, rien d'autre. A moi, Dieu n'a rien donné, ni rien demandé. Il ne m'a pas nourri quand j'avais faim, ni vêtu quand j'avais froid. Je vous ai trahi parce que je veux un manteau, un cheval, et des champs devant ma porte. Je veux être un homme ordinaire. Pouvez-vous comprendre cela dans votre crâne de saint fou ?

— Quand je serai mort, pense à refaire la charpente de notre maison de Cubières, répondit tranquillement Bélibaste. Si la toiture n'est pas déjà effondrée, elle ne tiendra pas un hiver de plus. La dernière fois que Pierre Maury est passé par chez nous, il pleuvait dans la cuisine. Mais les murs étaient encore solides. Quand le prieur de l'abbaye t'aura rendu nos moutons, tu pourras y vivre à l'aise.

— Je ne veux pas de votre maison, répondit Arnaud en bégayant, tant il était scandalisé. Je ne suis pas un charognard. Mon Dieu, mon Dieu, vous êtes avec moi d'une bonté épouvantable.

— Si c'est à Dieu que tu dis cela, murmura Guillaume, tu as raison : la bonté de notre Père est épouvantable. Ce que nous croyons être notre vie, la souffrance, la mort même ne pèsent rien auprès de ce qu'Il veut sauver dans ces étranges bêtes palpitantes qui s'appellent, pour un court instant dans le monde, Arnaud Sicre ou Guillaume Bélibaste.

— Et que veut-Il sauver ? demanda Arnaud d'une petite voix avide.

— Je ne sais pas. Je sens, je ne peux dire. C'est là.

Les mains liées, il se palpa la poitrine comme pour éprouver la présence de cette chose si précieuse qu'il semblait entendre remuer aussi, et savourer comme un bon fruit. Il dit encore :

— Je me fous de la beauté des fleurs, de la grandeur du ciel. La vie des fleurs est affaire de fleurs, celle du ciel affaire d'étoiles. C'est vers l'extrême dénuement qu'il faut aller, au-delà des mille apparences du monde et de nos égarements, parce que Dieu est là, dans l'extrême dénuement, dans l'extrême pauvreté de la cime. Notre vie est une montagne à gravir, Arnaud. Nous nous perdons longtemps dans les forêts, mais si nous ne rechignons pas à la souffrance, vient le jour où nous arrivons aux pâturages, au-dessus des arbres et des broussailles. Il faut monter encore, jusqu'au désert de cailloux. Là, nous nous maudissons d'avoir abandonné la douceur des prairies, et nous pensons avec une énorme rage contre nous-mêmes : « Quels imbéciles nous sommes ! » Mais une foutue pointe d'aiguillon nous pousse encore, et il faut s'échiner jusqu'au sommet du dernier roc où plus rien ne fleurit. Pour y parvenir, il a fallu peu à peu se délester de tout, mais faire feu de toute espérance, et surtout de tout amour, qu'il soit de chair ou d'esprit. Là est le secret, ne l'oublie pas. Car ce que nous aurons pu porter d'amour jusqu'à l'aridité de la cime, c'est Dieu. Il prend alors tout l'espace de l'âme, où rien d'autre ne reste. Sa bonté est de nous avoir contraints à grimper où Il peut nous emplir. Terrible bonté, tu l'as dit. Les damnés sont ceux qui arrivent sans le moindre grain d'amour au bout de leur course. Ceux-là meurent terrorisés. Les autres, à leur dernier instant, se détournent du monde, parce qu'ils ont trouvé mieux.

— Ma mère est morte ainsi, dit Arnaud en pleurant doucement. Elle a voulu que je sorte de la chambre avec Monseigneur Philippe. Elle m'a souri quand j'ai passé la porte, puis elle a regardé ailleurs. Moi je n'irai pas au ciel, je ne la retrouverai pas, je serai damné.

— Toi? répondit Bélibaste. Tu seras sauvé, compère, sauvé avec pertes et fracas. Dieu, en te chassant de ta maison, t'a mis sur le chemin de la montagne. Tu as renâclé, tu as voulu racheter tes biens avec ma vie, l'aiguillon va se faire plus dur dans ton dos et tu marcheras, parce que tu es doué d'inquiétude et d'espérance. N'as-tu pas souffert à me vendre? Tu as souffert. Deux ou trois fois tu as tenté de me détourner de la mort, je le sais maintenant. Ce matin encore, si nous t'avions suivi, Pierre et moi, nous ne serions pas venus à Castelbon. Mais Dieu n'a pas voulu que je Lui échappe, Il m'attendait ici, sur cette tour de guet. Il fallait que tu m'y conduises, et d'abord que tu m'attires hors de San Mateo où je m'engraissais comme une vache au pré. Tu as fait ce que tu devais, et quand je serai mort, tu continueras. Un conseil, pour moins souffrir : ôte-toi de la cervelle que tu as le pouvoir de gouverner ta vie. Laisse aux autres cette illusion. Toi, tu dois savoir que tu es dans la main de Dieu. As-tu vraiment espéré vivre tranquille, les pieds au soleil, à Pamiers ? Allons donc ! Tu n'as déjà plus en tête que ta délivrance. Tu trotteras à sa poursuite, tu trotteras, mon âne. Tu vas en courir des chemins, des chemins sous tes pieds, des chemins dans ton crâne ! La fatigue, la révolte, le désespoir et le feu d'amour aux entrailles, voilà ce que je te lègue, fils. Voyez-moi ce marmot : comment peux-tu espérer te gonfler de bajoues, faire le maquignon sur les foires et le bourgeois à la grand-messe avec une tête pareille, avec ces yeux d'affamé, ces larmes et cette morve qui te barbouillent. Couillon, va ! Tu seras sauvé, je te dis, parce qu'en ce bas monde tu es un perdu, comme moi.

Il accueillit le front d'Arnaud sur son épaule avec un grognement affectueux. Le garçon, agenouillé, étreignit Bélibaste comme un fils que les pires monstres harcèlent, en répétant pitoyablement :

– Que faut-il que je fasse, mon Dieu, que faut-il que je fasse ? Ne mourez pas, Monseigneur, je vous en supplie, ne m'abandonnez pas, je n'aurai jamais la force de vivre comme vous dites.

– Ta force, pauvre enfant, tu ne la connais pas, répondit Guillaume. Tu ne parviendras pas à l'épuiser. Elle te persécutera, elle te poussera où tu ne voudras pas aller, tu souhaiteras qu'elle t'abandonne, tu envieras les fainéants et la tranquillité des grandes faiblesses, mais baste, tu n'y goûteras pas. Moi aussi j'ai cru que je n'aurais pas le courage de vivre comme je devais. En vérité, je ne l'avais pas : c'est le courage qui m'a eu. Il t'aura. A Flix, où j'ai vécu autrefois, Raymond de Castelnau m'a fait promettre un jour de ne pas quitter ce monde sans avoir fait un disciple. Voilà bien le seul serment auquel je n'aurai pas failli, en fin de compte. J'ai fait un disciple, c'est toi. Sois tranquille, je ne t'imposerai pas les foutaises de l'ordination. Mes pauvres frères aînés, si purs, trop purs ! Depuis leur brûlement, Philippe et Raymond habitaient mon crâne et me parlaient souvent. Je les cherche, maintenant, je ne les trouve pas. Sont-ils parvenus où j'en suis, avant de mourir ? Plus haut, peut-être, jusqu'aux étoiles où je n'irai jamais. Toi non plus, Arnaud, tu n'iras pas aux étoiles. Dieu n'y est pas assez humain pour nous. Que Philippe me pardonne, je ne t'enseignerai pas ce qu'il m'a enseigné, car je n'ai pas assez de foi dans les bonnes écritures, et je ne t'imposerai rien, j'ai trop failli pour en avoir le droit. Je suis le dernier des Parfaits : après moi il n'y en aura jamais de pires, ni de meilleurs. Je ferme la porte de la lignée des maîtres, j'ouvre devant toi la route des solitaires increvables, des insoumis, des sans pouvoir. Tu cacheras sous tes haillons le feu d'amour et la folie de Dieu, ta patrie sera celle des pèlerins perpétuels : les chemins et les basses tavernes. Rien ne te distinguera des mendiants inquiétants ni de ces petits malandrins qui ne savent même pas voler une goutte de vin sans le payer d'une raclée. Les princes et les évêques te mépriseront. Ce sera ta chance et ta puissance. Car ainsi tu pourras traverser les siècles, ce que nous, les Parfaits, n'avons su faire. Tu rencontreras tes semblables par hasard, je veux dire : par la seule grâce de Dieu. Tu leur parleras en secret, tu allumeras le feu en eux, et tu reprendras ta route, sans rien leur demander. Ainsi se propagera ta descendance comme un incendie souterrain qui un jour, peut-être, embrasera les palais et les trônes. Plus un homme a de pouvoir, plus il fait froid auprès de lui. Un voleur peut être digne d'amour et de confiance, un roi, un pape, jamais. Mais peu importent ces sentences, car tu n'auras guère l'occasion, ni toi ni tes pareils, de partager le pain et l'oignon cru avec un roi ou un pape, au bord d'une route. Ainsi toi et tes pareils ne serez jamais aveuglés par leurs gloires bêtasses, et vous n'aurez pas à endurer la puanteur de paroles mortes que ces gens portent dans la bouche. Arnaud, je vais mourir content de t'avoir mis au monde. Cependant, fils, mon contentement n'ira pas jusqu'au bûcher qui m'attend. Je ne veux pas que tu me voies marcher au supplice, car je sens que je vais sacrément gueuler et me débattre, et le spectacle que je donnerai pourrait bien te désespérer. La vérité, c'est maintenant que je la dis, dans cette nuit où tu pleures si bonnement sur mon épaule. Le jour de mon trépas, je ne dirai plus rien qui vaille. Donc, tu donneras quelques sous au bourreau pour qu'il m'étrangle proprement avant d'allumer les bûches sous mes pieds, et tu t'en iras.

— Je lui donnerai tout ce que j'aurai, ma maison, mes vignes et l'argent de ma bourse pour qu'il vous épargne et vous fasse évader, répondit Arnaud. Nous partirons ensemble, Monseigneur, nous irons où vous voudrez.

— Si je devais survivre, fils, dit Bélibaste en ricanant, tu aurais intérêt à te méfier de moi, car alors me viendrait une foutue colère contre la saloperie que tu m'as faite. Non, je ne veux pas retomber sur terre. Dieu me paraîtrait à nouveau illusoire. Cette fois, je me perdrais, peut-être à jamais. J'ai fait ce que je devais faire, j'ai dit ce que je devais dire, je vais bien, petit. Toi seul peux encore me faire du mal profond, avec tes tentations. Alors, ne parle plus. Laisse aller le fil des jours qui viennent, il conduit à ma dernière maison. Celle-là, ne me la vole pas, je t'en supplie, et si tu peux, aide-moi à marcher droit jusqu'à ce qu'elle soit en vue. Tu diras aux Inquisiteurs ce qu'ils attendent de toi, tu prendras ce qu'ils te donneront, la ferme de ta mère et la mienne. Tu en feras don au premier pègreleux venu. Ainsi, tu scandaliseras le beau monde, mais tu éveilleras peut-être une âme ou deux, quelque part. C'est une bonne farce à jouer.

Arnaud eut un petit rire enfantin et Bélibaste se mit à le bercer en priant tranquillement. Tout ce qui restait de nuit, ils ne dirent plus rien. Un peu avant l'aube, le soldat qui vint les chercher les trouva endormis, affalés ensemble contre un créneau. Il crut d'abord que les deux hommes s'étaient entre-tués. Il appela de l'aide. Mais quand il vit l'hérétique et son délateur se lever dans l'ombre encore épaisse, l'idée lui vint qu'ils avaient sans doute ignoblement joui l'un de l'autre. Alors il se précipita sur eux et les bastonna du manche de sa pique, en gueulant des insultes obscènes.

Sur la place de Castelbon les attendait un chariot bâché cerné par la troupe. On les y fourra tous les deux pour les soustraire aux regards du peuple, tout au long du chemin qui devait les conduire à Pamiers. Bélibaste se pelotonna dans un coin et s'abandonna aux cahots de la route. Il ne parvint ni à prier, ni à dormir, ni à parler à Arnaud Sicre assis près de lui comme un veilleur de mourant. Ils ne sortirent de leur abattement qu'au soir de leur premier jour de voyage, quand ils entendirent autour du chariot des bruits de dispute et de brève bataille. Guillaume crut un instant que des gens, avertis de sa capture, s'efforçaient de le délivrer. Il regarda Arnaud avec une grande anxiété, puis soupira, ferma les yeux et se laissa retomber sur le plancher de la charrette. Ce n'était qu'une bande de paysans très misérables descendus d'un village voisin. La famine les égarait : ils s'imaginaient que sous la bâche était dissimulé un trésor de mangeaille que l'on portait à quelque prélat. La troupe les dispersa très rudement. Ils s'égaillèrent dans les champs, et de loin crièrent des imprécations haineuses que les cahots du chariot et le piétinement des chevaux rendirent bientôt dérisoires.

Le lendemain vers la fin de l'après-midi, le pavement de la route se fit tout à coup plus sonnant, et le trot du convoi plus vif. Guillaume Bélibaste et Arnaud Sicre surent ainsi qu'ils approchaient des remparts de Pamiers. Dans la pénombre de la toile tendue sur leur tête et soigneusement lacée aux ouvertures, la chaleur suffocante les avait tenus toute la journée somnolents dans une sueur poisseuse. La proximité de leur possible séparation les ranima et raviva leurs gestes, mais ils ne dirent pas un mot. Arnaud se mit à claquer des dents. Le regard lointain, il chercha la main de Bélibaste et la serra avidement. Ils restèrent ainsi, se tenant l'un l'autre, de plus en plus tendus, attentifs aux bruits et aux passages d'ombre jusqu'à ce que la troupe fasse halte sur une place, dans un concert de grincements, de claquements de sabots et de voix joyeuses. La bâche fut vivement délacée. Bélibaste poussa son compagnon devant lui en disant, l'air égaré, que tout irait bien et qu'il le bénissait.

Arnaud fut conduit chez l'évêque où il fut invité à raconter par le menu, devant greffier, quelle avait été l'existence de Bélibaste et la sienne à San Mateo. Le garçon parla longtemps et répondit aux questions qu'on lui posa en s'appliquant, avec un doux acharnement, à ne rien omettre, à tout dire exactement. Il exigea que tout soit noté, jusqu'aux moindres détails, ce qui fit plusieurs fois sourire les moines. En vérité il aurait voulu se vider de sa vie passée, se mettre nu jusqu'à la moelle de l'âme, mais plus il parla, plus il s'emplit de sentiments inexprimables, et quand l'interrogatoire fut clos, vers minuit, il protesta, l'air effaré : il n'avait presque rien dit, il voulait qu'on l'entende encore. L'évêque Fournier le consola paternellement et le félicita pour sa bonne volonté. Il avait fait du bon travail, la Sainte Église lui en saurait gré. Le procès de Bélibaste, maintenant, ne serait que de pure forme, les crimes de l'hérétique contre la religion étaient rédhibitoires et ne faisaient de doute pour personne. On n'aurait à exiger de lui qu'une confession publique avant de le jeter au feu.

Le lendemain matin, Guillaume comparut devant le tribunal de l'Inquisition, en présence d'Arnaud. Le petit peuple de Pamiers, alerté par les soldats de l'escorte qui, toute la nuit, avaient mené grand tapage dans les cabarets et les bordels de la ville, s'était assemblé devant la maison des Dominicains, où siégeaient les juges. Cette foule silencieuse, à peine troublée par quelques escarmouches d'enfants, n'était guère menaçante. Pourtant l'évêque Fournier s'irrita de sa présence et exigea qu'on la disperse. Guillaume parla donc, debout au milieu de la salle, dans une lointaine rumeur de cris et de cliquetis d'armes. Avec une extrême fierté, il confessa toutes les méchancetés de sa vie : le meurtre du berger sur la pâture de

Cubières, ses lâchetés et son manque de confiance en Dieu. Il s'accusa d'avoir séduit Raymonde, de lui avoir fait un enfant et de l'avoir donnée en mariage à son meilleur ami sans rien lui dire de l'engrossement. Il avoua qu'il était venu en Ariège par cupidité, car Arnaud Sicre lui avait promis beaucoup d'argent. Il dit enfin, en regardant les moines :

— Souviens-toi de cela, Arnaud. Je n'ai jamais été meilleur que toi, et pourtant j'ai trouvé ce que je cherchais. Tu trouveras aussi. Si tu t'acharnes assez, tu trouveras peut-être longtemps avant de trépasser.

Il dut gueuler ces derniers mots pour que le garçon les entende, car l'évêque Fournier cognait de sa crosse contre le plancher de l'estrade en exigeant le silence. Rien d'autre ne fut dit, sauf la sentence de mort.

Elle fut exécutée le 24 août, dans la cour du château de Villerouge-en-Terménès, près de Cubières. C'était la résidence d'été de l'archevêque de Narbonne : Bélibaste étant né sur ses terres, sa vie appartenait à ce saint homme. Il y eut peu de monde pour le voir brûler : quelques paysans, hommes et femmes, quelques petits enfants assis dans la poussière, un moine armé d'un long crucifix, et Arnaud Sicre. Il faisait grand soleil sur l'esplanade et les gens se tenaient dans l'ombre des murailles. Seul, Arnaud était devant le bûcher. Guillaume, dès qu'il eut franchi l'enceinte de la cour, ne vit que lui. Il pensa simplement qu'il lui fallait marcher droit, pour lui faire honneur, sans trébucher, malgré le vertige qu'il avait. Il avança sans savoir s'il y parvenait, car sa tête était vide et perdue très haut, dans l'éblouissement du ciel. Devant le tas de bûches, il se tourna vers le garçon. Il lui dit d'une voix claire :

— Ai-je été convenable, Arnaud ?

Il y avait dans son regard tant d'extase et d'épouvante qu'Arnaud ne put le soutenir. Il s'abattit à genoux, le visage dans les mains. Bélibaste regarda un instant le crucifix se balancer contre le ciel, puis le bourreau l'étrangla en le liant au poteau.

Épilogue

De retour à San Mateo, Pierre Maury fit ce qu'il avait promis à Guillaume. Il prit Raymonde sous sa protection et fut avec elle comme un frère vigilant et ambigu. En vérité, la mort de leur compagnon les délivra, en quelque manière, et les apaisa. Ils se découvrirent l'un pour l'autre un amour placide et profond, sans tumulte, mais sans faille. Raymonde, en plein mois d'août, mit au monde un fils qui ne vécut guère. Dès qu'elle fut relevée de couches, Pierre partit avec elle s'établir à Béceite, chez Blanche et la vieille Mersende. Peut-être furent-ils heureux, quelque temps. Puis Mersende mourut, et Guillemette Maury, avec Jeanne et Mofferret, se perdirent dans une épidémie de peste, à Lérida. Alors Pierre voulut revenir au pays. Il s'en alla seul, espérant trouver une maison pour Raymonde et Blanche, en Toulousain. Il se croyait oublié. Il croyait à jamais effacée l'empreinte des Parfaits sur les chemins, et le souvenir de ceux qui les avaient servis. Il se trompait. Il se fit prendre à Tarascon-sur-Ariège et condamner à la prison perpétuelle. Il vécut quatre années enchaîné à la muraille d'un cachot sans lumière, puis mourut. Son corps fut jeté aux ordures.

Quant à Arnaud Sicre, il renonça à ses biens et s'en alla sur les routes, transfiguré par un feu qui le fit souvent passer pour un fou, et parfois pour un saint. Il courut les marchés et les foires, avec des hordes de mendiants. Sur des estrades de saltimbanques ou des tables d'ivrognes il joua les bouffons, inventant pour quelques sous des cantiques blasphématoires et tenant aussi, contre les évêques et les seigneurs, de furieux discours qui finissaient étrangement en paroles d'amour. Il vécut ainsi de la charité de ceux qui s'amusaient de lui. Mais aucune humiliation ne put le faire démordre d'une espérance inexprimable qui parfois réduisit au silence des crapules notoires. Il souffrit longtemps. Un matin d'hiver, seul et presque nu au bord d'une source, il quitta la vie avec la certitude déraisonnable de ne jamais mourir.

Ainsi des hommes traversent les jours et les nuits du monde, cherchent et parfois trouvent pour quelle œuvre ils sont un instant venus.

DU MÊME AUTEUR

Démons et merveilles de la science-fiction
essai
Julliard, 1974

Départements et territoires d'outre-mort
nouvelles
Julliard, 1977
et «Points» n° P732

Souvenirs invivables
poèmes
Ipomée, 1977

Le Grand Partir
roman
Grand Prix de l'humour noir
Seuil, 1978
et «Points» n° P525

L'Arbre à soleils
Légendes du monde entier
Seuil, 1979
et «Points» n° P304

Le Trouveur de feu
roman
Seuil, 1980
et «Points Roman» n° R695

L'Inquisiteur
roman
Seuil, 1984
et «Points» n° P66

Le Fils de l'ogre
roman
Seuil, 1986
et «Points» n° P385

L'Arbre aux trésors
Légendes du monde entier
Seuil, 1987
et «Points» n° P361

L'Homme à la vie inexplicable
roman
Seuil, 1989
et « Points » n° P305

La Chanson de la croisade albigeoise
(traduction)
Le Livre de poche, « Lettres gothiques », 1989

L'Expédition
roman
Seuil, 1991
et « Points » n° P524

L'Arbre d'amour et de sagesse
Contes du monde entier
Seuil, 1992,
et « Points » n° P360

Vivre le pays cathare
(avec Gérard Siöen)
Mengès, 1992

La Bible du hibou
Légendes, peurs bleues, fables et fantaisies
du temps où les hivers étaient rudes
Seuil, 1994
et « Points » n° P78

Les Sept Plumes de l'aigle
récit
Seuil, 1995
et « Points » n° P1032

Le Livre des amours
Contes de l'envie d'elle et du désir de lui
Seuil, 1996
et « Points » n° P584

Les Dits de Maître Shonglang
Seuil, 1997

Paroles de Chamans
Albin Michel, « Carnets de sagesse », 1997

Paramour
récit
Seuil, 1998
et « Points » n° P760

Contes d'Afrique
illustrations de Marc Daniau
Seuil, 1999

Contes du Pacifique
illustrations de Laura Rosano
Seuil, 2000

Le Rire de l'Ange
Seuil, 2000
et « Points » n° P1073

Contes d'Asie
illustrations d'Olivier Besson
Seuil, 2001

Le Murmure des contes
Desclée de Brouwer, 2002

La Reine des serpents
et autres contes du ciel et de la terre
« Points Virgule » n° 57

Contes d'Europe
illustrations de Marc Daniau
Seuil, 2002

Contes et recettes du monde
(avec Guy Martin)
Seuil, 2003

L'Amour foudre
Seuil, 2003
et « Points » n° P1613

Contes d'Amérique
illustrations de Blutch
Seuil, 2004

Contes des sages soufis
Seuil, 2004

Le Voyage d'Anna
roman
Seuil, 2005
et « Points Grands Romans » n° P1459

L'Almanach
Éditions du Panama, 2006

RÉALISATION : PAO ÉDITIONS DU SEUIL
IMPRESSION : BRODARD ET TAUPIN À LA FLÈCHE
DÉPÔT LÉGAL : MAI 2007. N° 94552 (41004)
IMPRIMÉ EN FRANCE

Les Grands Romans

P260. Le Guépard, *Giuseppe Tomasi di Lampedusa*
P301. Dieu et nous seuls pouvons, *Michel Folco*
P306. Bélibaste, *Henri Gougaud*
P387. Les Seigneurs du thé, *Hella S. Haasse*
P452. La Femme de chambre du Titanic, *Didier Decoin*
P874. L'Opéra de Vigata, *Andrea Camilleri*
P1128. Les Adieux à la Reine, *Chantal Thomas*
P1290. La Dormeuse de Naples, *Adrien Goetz*
P1334. L'Amandière, *Simonetta Agnello Hornby*
P1458. Sisyphe, roi de Corinthe, *François Rachline*
P1459. Le Voyage d'Anna, *Henri Gougaud*
P1460. Le Hussard, *Arturo Pérez-Reverte*
P1461. Les Amants de pierre, *Jane Urquhart*
P1462. Corcovado, *Jean-Paul Delfino*
P1500. La Tante marquise, *Simonetta Agnello Hornby*
P1501. Anita, *Alicia Dujovne Ortiz*
P1568. La Rose pourpre et le Lys, tome 1, *Michel Faber*
P1569. La Rose pourpre et le Lys, tome 2, *Michel Faber*
P1570. Sarnia, *G.B. Edwards*
P1571. Saint-Cyr/La Maison d'Esther, *Yves Dangerfield*
P1586. Femme en costume de bataille, *Antonio Benitez-Rojo*
P1587. Bellérophon, cavalier de l'Olympe.
       Le Châtiment des Dieux II
       François Rachline
P1588. Le Pas de l'ourse, *Douglas Glover*
P1627. Equador, *Miguel Sousa Tavares*
P1628. Du côté où se lève le soleil, *Anne-Sophie Jacouty*
P1629. L'Affaire Hamilton, *Michelle de Kretser*
P1630. Une passion indienne, *Javier Moro*
P1674. L'époux divin, *Fransisco Goldman*
P1689. En la forêt de Longue Attente.
       Le roman de Charles d'Orléans, *Hella S. Haasse*
P1696. La Sœur de Mozart, *Rita Charbonnier*
P1697. La Science du baiser, *Patrick Besson*
P1700. Dans l'ombre du Condor, *Jean-Paul Delfino*

Collection Points

DERNIERS TITRES PARUS

P955. Sérénissime assassinat, *Gabrielle Wittkop*
P956. L'Ami de mon père, *Frédéric Vitoux*
P957. Messaouda, *Abdelhak Serhane*
P958. La Croix et la Bannière, *William Boyd*
P959. Une voix dans la nuit, *Armistead Maupin*
P960. La Face cachée de la lune, *Martin Suter*
P961. Des villes dans la plaine, *Cormac McCarthy*
P962. L'espace prend la forme de mon regard, *Hubert Reeves*
P963. L'Indispensable Petite Robe noire, *Lauren Henderson*
P964. Vieilles dames en péril, *Margaret Yorke*
P965. Jeu de main, jeu de vilain, *Michelle Spring*
P966. Carlota Fainberg, *Antonio Muñoz Molina*
P967. Cette aveuglante absence de lumière, *Tahar Ben Jelloun*
P968. Manuel de peinture et de calligraphie, *José Saramago*
P969. Dans le nu de la vie, *Jean Hatzfeld*
P970. Lettres luthériennes, *Pier Paolo Pasolini*
P971. Les Morts de la Saint-Jean, *Henning Mankell*
P972. Ne zappez pas, c'est l'heure du crime, *Nancy Star*
P973. Connaissance de la douleur, *Carlo Emilio Gadda*
P974. Les Feux du Bengale, *Amitav Ghosh*
P975. Le Professeur et la Sirène
Giuseppe Tomasi di Lampedusa
P976. Éloge de la phobie, *Brigitte Aubert*
P977. L'Univers, les dieux, les hommes, *Jean-Pierre Vernant*
P978. Les Gardiens de la vérité, *Michael Collins*
P979. Jours de Kabylie, *Mouloud Feraoun*
P980. La Pianiste, *Elfriede Jelinek*
P981. L'Homme qui savait tout, *Catherine David*
P982. La Musique d'une vie, *Andreï Makine*
P983. Un vieux cœur, *Bertrand Visage*
P984. Le Caméléon, *Andreï Kourkov*
P985. Le Bonheur en Provence, *Peter Mayle*
P986. Journal d'un tueur sentimental et autres récits
Luis Sepúlveda
P987. Étoile de mère, *Gale Zoë Garnett*
P988. Le Vent du plaisir, *Hervé Hamon*
P989. L'Envol des anges, *Michael Connelly*
P990. Noblesse oblige, *Donna Leon*
P991. Les Étoiles du Sud, *Julien Green*
P992. En avant comme avant !, *Michel Folco*
P993. Pour qui vous prenez-vous ?, *Geneviève Brisac*
P994. Les Aubes, *Linda Lê*

P995. Le Cimetière des bateaux sans nom
Arturo Pérez-Reverte
P996. Un pur espion, *John le Carré*
P997. La Plus Belle Histoire des animaux, *Boris Cyrulnik,
Jean-Pierre Digard, Pascal Picq, Karine-Lou Matignon*
P998. La Plus Belle Histoire de la Terre, *André Brahic, Paul
Tapponnier, Lester R. Brown, Jacques Girardon*
P999. La Plus Belle Histoire des plantes, *Jean-Marie Pelt,
Marcel Mazoyer, Théodore Monod, Jacques Girardon*
P1000. Le Monde de Sophie, *Jostein Gaarder*
P1001. Suave comme l'éternité, *George P. Pelecanos*
P1002. Cinq mouches bleues, *Carmen Posadas*
P1003. Le Monstre, *Jonathan Kellerman*
P1004. À la trappe !, *Andrew Klavan*
P1005. Urgence, *Sara Paretsky*
P1006. Galindez, *Manuel Vázquez Montalbán*
P1007. Le Sanglot de l'homme blanc, *Pascal Bruckner*
P1008. La Vie sexuelle de Catherine M., *Catherine Millet*
P1009. La Fête des Anciens, *Pierre Mertens*
P1010. Une odeur de mantèque, *Mohammed Khaïr-Eddine*
P1011. N'oublie pas mes petits souliers, *Joseph Connolly*
P1012. Les Bonbons chinois, *Mian Mian*
P1013. Boulevard du Guinardó, *Juan Marsé*
P1014. Des lézards dans le ravin, *Juan Marsé*
P1015. Besoin de vélo, *Paul Fournel*
P1016. La Liste noire, *Alexandra Marinina*
P1017. La Longue Nuit du sans-sommeil, *Lawrence Block*
P1018. Perdre, *Pierre Mertens*
P1019. Les Exclus, *Elfriede Jelinek*
P1020. Putain, *Nelly Arcan*
P1021. La Route de Midland, *Arnaud Cathrine*
P1022. Le Fil de soie, *Michèle Gazier*
P1023. Paysages originels, *Olivier Rolin*
P1024. La Constance du jardinier, *John le Carré*
P1025. Ainsi vivent les morts, *Will Self*
P1026. Doux Carnage, *Toby Litt*
P1027. Le Principe d'humanité, *Jean-Claude Guillebaud*
P1028. Bleu, histoire d'une couleur, *Michel Pastoureau*
P1029. Speedway, *Philippe Thirault*
P1030. Les Os de Jupiter, *Faye Kellerman*
P1031. La Course au mouton sauvage, *Haruki Murakami*
P1032. Les Sept Plumes de l'aigle, *Henri Gougaud*
P1033. Arthur, *Michel Rio*
P1034. Hémisphère Nord, *Patrick Roegiers*
P1035. Disgrâce, *J.M. Coetzee*
P1036. L'Âge de fer, *J.M. Coetzee*
P1037. Les Sombres Feux du passé, *Chang-rae Lee*

P1038. Les Voix de la liberté, *Michel Winock*
P1039. Nucléaire Chaos, *Stéphanie Benson*
P1040. Bienheureux ceux qui ont soif…, *Anne Holt*
P1041. Le Marin à l'ancre, *Bernard Giraudeau*
P1042. L'Oiseau des ténèbres, *Michael Connelly*
P1043. Les Enfants des rues étroites, *Abdelhak Sehrane*
P1044. L'Île et Une Nuit, *Daniel Maximin*
P1045. Bouquiner, *Annie François*
P1046. Nat Tate, *William Boyd*
P1047. Le Grand Roman indien, *Shashi Tharoor*
P1048. Les Lettres mauves, *Lawrence Block*
P1049. L'Imprécateur, *René-Victor Pilhes*
P1050. Le Stade de Wimbledon, *Daniele Del Giudice*
P1051. La Deuxième Gauche, *Hervé Hamon et Patrick Rotman*
P1052. La Tête en bas, *Noëlle Châtelet*
P1053. Le Jour de la cavalerie, *Hubert Mingarelli*
P1054. Le Violon noir, *Maxence Fermine*
P1055. Vita Brevis, *Jostein Gaarder*
P1056. Le Retour des caravelles, *António Lobo Antunes*
P1057. L'Enquête, *Juan José Saer*
P1058. Pierre Mendès France, *Jean Lacouture*
P1059. Le Mètre du monde, *Denis Guedj*
P1060. Mort d'une héroïne rouge, *Qiu Xiaolong*
P1061. Angle mort, *Sara Paretsky*
P1062. La Chambre d'écho, *Régine Detambel*
P1063. Madame Seyerling, *Didier Decoin*
P1064. L'Atlantique et les Amants, *Patrick Grainville*
P1065. Le Voyageur, *Alain Robbe-Grillet*
P1066. Le Chagrin des Belges, *Hugo Claus*
P1067. La Ballade de l'impossible, *Haruki Murakami*
P1068. Minoritaires, *Gérard Miller*
P1069. La Reine scélérate, *Chantal Thomas*
P1070. Trompe la mort, *Lawrence Block*
P1071. V'là aut' chose, *Nancy Star*
P1072. Jusqu'au dernier, *Deon Meyer*
P1073. Le Rire de l'ange, *Henri Gougaud*
P1074. L'Homme sans fusil, *Ysabelle Lacamp*
P1075. Le Théoriste, *Yves Pagès*
P1076. L'Artiste des dames, *Eduardo Mendoza*
P1077. Les Turbans de Venise, *Nedim Gürsel*
P1078. Zayni Barakat, *Ghamal Ghitany*
P1079. Éloge de l'amitié, ombre de la trahison
       Tahar Ben Jelloun
P1080. La Nostalgie du possible. Sur Pessoa
       Antonio Tabucchi
P1081. La Muraille invisible, *Henning Mankell*
P1082. Ad vitam aeternam, *Thierry Jonquet*

P1083. Six mois au fond d'un bureau, *Laurent Laurent*
P1084. L'Ami du défunt, *Andreï Kourkov*
P1085. Aventures dans la France gourmande, *Peter Mayle*
P1086. Les Profanateurs, *Michael Collins*
P1087. L'Homme de ma vie, *Manuel Vázquez Montalbán*
P1088. Wonderland Avenue, *Michael Connelly*
P1089. L'Affaire Paola, *Donna Leon*
P1090. Nous n'irons plus au bal, *Michelle Spring*
P1091. Les Comptoirs du Sud, *Philippe Doumenc*
P1092. Foraine, *Paul Fournel*
P1093. Mère agitée, *Nathalie Azoulay*
P1094. Amanscale, *Maryline Desbiolles*
P1095. La Quatrième Main, *John Irving*
P1096. La Vie devant ses yeux, *Laura Kasischke*
P1097. Foe, *J.M. Coetzee*
P1098. Les Dix Commandements, *Marc-Alain Ouaknin*
P1099. Errance, *Raymond Depardon*
P1100. Dr la Mort, *Jonathan Kellerman*
P1101. Tatouage à la fraise, *Lauren Henderson*
P1102. La Frontière, *Patrick Bard*
P1103. La Naissance d'une famille, *T. Berry Brazelton*
P1104. Une mort secrète, *Richard Ford*
P1105. Blanc comme neige, *George P. Pelecanos*
P1106. Jours tranquilles à Belleville, *Thierry Jonquet*
P1107. Amants, *Catherine Guillebaud*
P1108. L'Or du roi, *Arturo Pérez-Reverte*
P1109. La Peau d'un lion, *Michael Ondaatje*
P1110. Funérarium, *Brigitte Aubert*
P1111. Requiem pour une ombre, *Andrew Klavan*
P1113. Tigre en papier, *Olivier Rolin*
P1114. Le Café Zimmermann, *Catherine Lépront*
P1115. Le Soir du chien, *Marie-Hélène Lafon*
P1116. Hamlet, pan, pan, pan, *Christophe Nicolas*
P1117. La Caverne, *José Saramago*
P1118. Un ami parfait, *Martin Suter*
P1119. Chang et Eng le double-garçon, *Darin Strauss*
P1120. Les Amantes, *Elfriede Jelinek*
P1121. L'Étoffe du diable, *Michel Pastoureau*
P1122. Meurtriers sans visage, *Henning Mankell*
P1123. Taxis noirs, *John McLaren*
P1124. La Revanche de Dieu, *Gilles Kepel*
P1125. À ton image, *Louise L. Lambrichs*
P1126. Les Corrections, *Jonathan Franzen*
P1127. Les Abeilles et la Guêpe, *François Maspero*
P1128. Les Adieux à la Reine, *Chantal Thomas*
P1129. Dondog, *Antoine Volodine*
P1130. La Maison Russie, *John le Carré*

P1131. Livre de chroniques, *António Lobo Antunes*
P1132. L'Europe en première ligne, *Pascal Lamy*
P1133. Les Nouveaux Maîtres du monde, *Jean Ziegler*
P1134. Tous des rats, *Barbara Seranella*
P1135. Des morts à la criée, *Ed Dee*
P1136. Allons voir plus loin, veux-tu ?, *Anny Duperey*
P1137. Les Papas et les Mamans, *Diastème*
P1138. Phantasia, *Abdelwahab Meddeb*
P1139. Métaphysique du chien, *Philippe Ségur*
P1140. Mosaïque, *Claude Delarue*
P1141. Dormir accompagné, *António Lobo Antunes*
P1142. Un monde ailleurs, *Stewart O'Nan*
P1143. Rocks Springs, *Richard Ford*
P1144. L'Ami de Vincent, *Jean-Marc Roberts*
P1145. La Fascination de l'étang, *Virginia Woolf*
P1146. Ne te retourne pas, *Karin Fossum*
P1147. Dragons, *Marie Desplechin*
P1148. La Médaille, *Lydie Salvayre*
P1149. Les Beaux Bruns, *Patrick Gourvennec*
P1150. Poids léger, *Olivier Adam*
P1151. Les Trapézistes et le Rat, *Alain Fleischer*
P1152. À livre ouvert, *William Boyd*
P1153. Péchés innombrables, *Richard Ford*
P1154. Une situation difficile, *Richard Ford*
P1155. L'éléphant s'évapore, *Haruki Murakami*
P1156. Un amour dangereux, *Ben Okri*
P1157. Le Siècle des communismes, *ouvrage collectif*
P1158. Funky Guns, *George P. Pelecanos*
P1159. Les Soldats de l'aube, *Deon Meyer*
P1160. Le Figuier, *François Maspero*
P1161. Les Passagers du Roissy-Express, *François Maspero*
P1162. Visa pour Shanghai, *Qiu Xiaolong*
P1163. Des dahlias rouge et mauve, *Frédéric Vitoux*
P1164. Il était une fois un vieux couple heureux
       Mohammed Khaïr-Eddine
P1165. Toilette de chat, *Jean-Marc Roberts*
P1166. Catalina, *Florence Delay*
P1167. Nid d'hommes, *Lu Wenfu*
P1168. La Longue Attente, *Ha Jin*
P1169. Pour l'amour de Judith, *Meir Shalev*
P1170. L'Appel du couchant, *Gamal Ghitany*
P1171. Lettres de Drancy
P1172. Quand les parents se séparent, *Françoise Dolto*
P1173. Amours sorcières, *Tahar Ben Jelloun*
P1174. Sale temps, *Sara Paretsky*
P1175. L'Ange du Bronx, *Ed Dee*
P1176. La Maison du désir, *France Huser*

P1177. Cytomégalovirus, *Hervé Guibert*
P1178. Les Treize Pas, *Mo Yan*
P1179. Le Pays de l'alcool, *Mo Yan*
P1180. Le Principe de Frédelle, *Agnès Desarthe*
P1181. Les Gauchers, *Yves Pagès*
P1182. Rimbaud en Abyssinie, *Alain Borer*
P1183. Tout est illuminé, *Jonathan Safran Foer*
P1184. L'Enfant zigzag, *David Grossman*
P1185. La Pierre de Rosette, *Robert Solé et Dominique Valbelle*
P1186. Le Maître de Pétersbourg, *J.M. Coetzee*
P1187. Les Chiens de Riga, *Henning Mankell*
P1188. Le Tueur, *Eraldo Baldini*
P1189. Un silence de fer, *Marcello Fois*
P1190. La Filière du jasmin, *Denise Hamilton*
P1191. Déportée en Sibérie, *Margarete Buber-Neumann*
P1192. Les Mystères de Buenos Aires, *Manuel Puig*
P1193. La Mort de la phalène, *Virginia Woolf*
P1194. Sionoco, *Leon De Winter*
P1195. Poèmes et chansons, *Georges Brassens*
P1196. Innocente, *Dominique Souton*
P1197. Taking Lives / Destins violés, *Michael Pye*
P1198. Gang, *Toby Litt*
P1199. Elle est partie, *Catherine Guillebaud*
P1200. Le Luthier de Crémone, *Herbert Le Porrier*
P1201. Le Temps des déracinés, *Elie Wiesel*
P1202. Les Portes du sang, *Michel Del Castillo*
P1203. Featherstone, *Kirsty Gunn*
P1204. Un vrai crime pour livres d'enfants, *Chloe Hooper*
P1205. Les Vagabonds de la faim, *Tom Kromer*
P1206. Mister Candid, *Jules Hardy*
P1207. Déchaînée, *Lauren Henderson*
P1208. Hypnose mode d'emploi, *Gérard Miller*
P1209. Corse, *Jean-Noël Pancrazi et Raymond Depardon*
P1210. Le Dernier Viking, *Patrick Grainville*
P1211. Charles et Camille, *Frédéric Vitoux*
P1212. Siloé, *Paul Gadenne*
P1213. Bob Marley, *Stephen Davies*
P1214. Ça ne peut plus durer, *Joseph Connolly*
P1215. Tombe la pluie, *Andrew Klavan*
P1216. Quatre soldats, *Hubert Mingarelli*
P1217. Les Cheveux de Bérénice, *Denis Guedj*
P1218. Les Garçons d'en face, *Michèle Gazier*
P1219. Talion, *Christian de Montella*
P1220. Les Images, *Alain Rémond*
P1221. La Reine du Sud, *Arturo Pérez-Reverte*
P1222. Vieille menteuse, *Anne Fine*
P1223. Danse, danse, danse, *Haruki Murakami*

P1224. Le Vagabond de Holmby Park, *Herbert Lieberman*
P1225. Des amis haut placés, *Donna Leon*
P1226. Tableaux d'une ex, *Jean-Luc Benoziglio*
P1227. La Compagnie, le grand roman de la CIA, *Robert Little*
P1228. Chair et sang, *Jonathan Kellerman*
P1230. Darling Lilly, *Michael Connelly*
P1231. Les Tortues de Zanzibar, *Giles Foden*
P1232. Il a fait l'idiot à la chapelle !, *Daniel Auteuil*
P1233. Lewis & Alice, *Didier Decoin*
P1234. Dialogue avec mon jardinier, *Henri Cueco*
P1235. L'Émeute, *Shashi Tharoor*
P1236. Le Palais des Miroirs, *Amitav Ghosh*
P1237. La Mémoire du corps, *Shauna Singh Baldwin*
P1238. Middlesex, *Jeffrey Eugenides*
P1239. Je suis mort hier, *Alexandra Marinina*
P1240. Cendrillon, mon amour, *Lawrence Block*
P1241. L'Inconnue de Baltimore, *Laura Lippman*
P1242. Berlinale Blitz, *Stéphanie Benson*
P1243. Abattoir 5, *Kurt Vonnegut*
P1244. Catalogue des idées reçues sur la langue
       Marina Yaguello
P1245. Tout se paye, *George P. Pelecanos*
P1246. Autoportrait à l'ouvre-boîte, *Philippe Ségur*
P1247. Tout s'avale, *Hubert Michel*
P1248. Quand on aime son bourreau, *Jim Lewis*
P1249. Tempête de glace, *Rick Moody*
P1250. Dernières nouvelles du bourbier, *Alexandre Ikonnikov*
P1251. Le Rameau brisé, *Jonathan Kellerman*
P1252. Passage à l'ennemi, *Lydie Salvayre*
P1253. Une saison de machettes, *Jean Hatzfeld*
P1254. Le Goût de l'avenir, *Jean-Claude Guillebaud*
P1255. L'Étoile d'Alger, *Aziz Chouaki*
P1256. Cartel en tête, *John McLaren*
P1257. Sans penser à mal, *Barbara Seranella*
P1258. Tsili, *Aharon Appelfeld*
P1259. Le Temps des prodiges, *Aharon Appelfeld*
P1260. Ruines-de-Rome, *Pierre Sengès*
P1261. La Beauté des loutres, *Hubert Mingarelli*
P1262. La Fin de tout, *Jay McInerney*
P1263. Jeanne et les siens, *Michel Winock*
P1264. Les Chats mots, *Anny Duperey*
P1265. Quand j'avais cinq ans, je m'ai tué, *Howard Buten*
P1266. Vers l'âge d'homme, *J.M. Coetzee*
P1267. L'Invention de Paris, *Eric Hazan*
P1268. Chroniques de l'oiseau à ressort, *Haruki Murakami*
P1269. En crabe, *Günter Grass*
P1270. Mon père, ce harki, *Dalila Kerchouche*

P1271. Lumière morte, *Michael Connelly*
P1272. Détonations rapprochées, *C.J. Box*
P1273. Lorsque la nature parlait aux Égyptiens
Christiane Desroches Noblecourt
P1274. Les Réquisitoires du Tribunal des Flagrants Délires 1
Pierre Desproges
P1275. Les Réquisitoires du Tribunal des Flagrants Délires 2
Pierre Desproges
P1276. Un amant naïf et sentimental, *John le Carré*
P1277. Fragiles, *Philippe Delerm et Martine Delerm*
P1278. La Chambre blanche, *Christine Jordis*
P1279. Adieu la vie, adieu l'amour, *Juan Marsé*
P1280. N'entre pas si vite dans cette nuit noire
António Lobo Antunes
P1281. L'Évangile selon saint Loubard, *Guy Gilbert*
P1282. La Femme qui attendait, *Andreï Makine*
P1283. Les Candidats, *Yun Sun Limet*
P1284. Petit traité de désinvolture, *Denis Grozdanovitch*
P1285. Personne, *Linda Lê*
P1286. Sur la photo, *Marie-Hélène Lafon*
P1287. Le Mal du pays, *Patrick Roegiers*
P1288. Politique, *Adam Thirlwell*
P1289. Érec et Énide, *Manuel Vázquez Montalbán*
P1290. La Dormeuse de Naples, *Adrien Goetz*
P1291. Le croque-mort a la vie dure, *Tim Cockey*
P1292. Pretty Boy, *Lauren Henderson*
P1293. La Vie sexuelle en France, *Janine Mossuz-Lavau*
P1294. Souvenirs obscurs d'un Juif polonais né en France
Pierre Goldman
P1295. Dans l'alcool, *Thierry Vimal*
P1296. Le Monument, *Claude Duneton*
P1297. Mon nerf, *Rachid Djaïdani*
P1298. Plutôt mourir, *Marcello Fois*
P1299. Les pingouins n'ont jamais froid, *Andreï Kourkov*
P1300. La Mitrailleuse d'argile, *Viktor Pelevine*
P1301. Un été à Baden-Baden, *Leonid Tsypkin*
P1302. Hasard des maux, *Kate Jennings*
P1303. Le Temps des erreurs, *Mohammed Choukri*
P1304. Boumkœur, *Rachid Djaïdani*
P1305. Vodka-Cola, *Irina Denejkina*
P1306. La Lionne blanche, *Henning Mankell*
P1307. Le Styliste, *Alexandra Marinina*
P1308. Pas d'erreur sur la personne, *Ed Dee*
P1309. Le Casseur, *Walter Mosley*
P1310. Le Dernier Ami, *Tahar Ben Jelloun*
P1311. La Joie d'Aurélie, *Patrick Grainville*
P1312. L'Aîné des orphelins, *Tierno Monénembo*

P1313. Le Marteau pique-cœur, *Azouz Begag*
P1314. Les Âmes perdues, *Michael Collins*
P1315. Écrits fantômes, *David Mitchell*
P1316. Le Nageur, *Zsuzsa Bánk*
P1317. Quelqu'un avec qui courir, *David Grossman*
P1318. L'Attrapeur d'ombres, *Patrick Bard*
P1319. Venin, *Saneh Sangsuk*
P1320. Le Gone du Chaâba, *Azouz Begag*
P1321. Béni ou le Paradis privé, *Azouz Begag*
P1322. Mésaventures du Paradis
       Erik Orsenna et Bernard Matussière
P1323. L'Âme au poing, *Patrick Rotman*
P1324. Comedia Infantil, *Henning Mankell*
P1325. Niagara, *Jane Urquhart*
P1326. Une amitié absolue, *John le Carré*
P1327. Le Fils du vent, *Henning Mankell*
P1328. Le Témoin du mensonge, *Mylène Dressler*
P1329. Pelle le Conquérant 1, *Martin Andersen Nexø*
P1330. Pelle le Conquérant 2, *Martin Andersen Nexø*
P1331. Mortes-eaux, *Donna Leon*
P1332. Déviances mortelles, *Chris Mooney*
P1333. Les Naufragés du Batavia, *Simon Leys*
P1334. L'Amandière, *Simonetta Agnello Hornby*
P1335. C'est en hiver que les jours rallongent
       Joseph Bialot
P1336. Cours sur la rive sauvage, *Mohammed Dib*
P1337. Hommes sans mère, *Hubert Mingarelli*
P1338. Reproduction non autorisée, *Marc Vilrouge*
P1339. S.O.S., *Joseph Connolly*
P1340. Sous la peau, *Michel Faber*
P1341. Dorian, *Will Self*
P1342. Le Cadeau, *David Flusfeder*
P1343. Le Dernier Voyage d'Horatio II, *Eduardo Mendoza*
P1344. Mon vieux, *Thierry Jonquet*
P1345. Lendemains de terreur, *Lawrence Block*
P1346. Déni de justice, *Andrew Klavan*
P1347. Brûlé, *Leonard Chang*
P1348. Montesquieu, *Jean Lacouture*
P1349. Stendhal, *Jean Lacouture*
P1350. Le Collectionneur de collections, *Henri Cueco*
P1351. Camping, *Abdelkader Djemaï*
P1352. Janice Winter, *Rose-Marie Pagnard*
P1353. La Jalousie des fleurs, *Ysabelle Lacamp*
P1354. Ma vie, son œuvre, *Jacques-Pierre Amette*
P1355. Lila, Lila, *Martin Suter*
P1356. Un amour de jeunesse, *Ann Packer*
P1357. Mirages du Sud, *Nedim Gürsel*

P1358. Marguerite et les Enragés
Jean-Claude Lattès et Éric Deschodt
P1359. Los Angeles River, *Michael Connelly*
P1360. Refus de mémoire, *Sarah Paretsky*
P1361. Petite musique de meurtre, *Laura Lippman*
P1362. Le Cœur sous le rouleau compresseur, *Howard Buten*
P1363. L'Anniversaire, *Mouloud Feraoun*
P1364. Passer l'hiver, *Olivier Adam*
P1365. L'Infamille, *Christophe Honoré*
P1366. La Douceur, *Christophe Honoré*
P1367. Des gens du monde, *Catherine Lépront*
P1368. Vent en rafales, *Taslima Nasreen*
P1369. Terres de crépuscule, *J.M. Coetzee*
P1370. Lizka et ses hommes, *Alexandre Ikonnikov*
P1371. Le Châle, *Cynthia Ozick*
P1372. L'Affaire du Dahlia noir, *Steve Hodel*
P1373. Premières armes, *Faye Kellerman*
P1374. Onze jours, *Donald Harstad*
P1375. Le croque-mort préfère la bière, *Tim Cockey*
P1376. Le Messie de Stockholm, *Cynthia Ozick*
P1377. Quand on refuse on dit non, *Ahmadou Kourouma*
P1378. Une vie française, *Jean-Paul Dubois*
P1379. Une année sous silence, *Jean-Paul Dubois*
P1380. La Dernière Leçon, *Noëlle Châtelet*
P1381. Folle, *Nelly Arcan*
P1382. La Hache et le Violon, *Alain Fleischer*
P1383. Vive la sociale !, *Gérard Mordillat*
P1384. Histoire d'une vie, *Aharon Appelfeld*
P1385. L'Immortel Bartfuss, *Aharon Appelfeld*
P1386. Beaux seins, belles fesses, *Mo Yan*
P1387. Séfarade, *Antonio Muñoz Molina*
P1388. Le Gentilhomme au pourpoint jaune
Arturo Pérez-Reverte
P1389. Ponton à la dérive, *Daniel Katz*
P1390. La Fille du directeur de cirque, *Jostein Gaarder*
P1391. Pelle le Conquérant 3, *Martin Andersen Nexø*
P1392. Pelle le Conquérant 4, *Martin Andersen Nexø*
P1393. Soul Circus, *George P. Pelecanos*
P1394. La Mort au fond du canyon, *C.J. Box*
P1395. Recherchée, *Karin Alvtegen*
P1396. Disparitions à la chaîne, *Åke Smedberg*
P1397. Bardo or not Bardo, *Antoine Volodine*
P1398. La Vingt-Septième Ville, *Jonathan Franzen*
P1399. Pluie, *Kirsty Gunn*
P1400. La Mort de Carlos Gardel, *António Lobo Antunes*
P1401. La Meilleure Façon de grandir, *Meir Shalev*
P1402. Les Plus Beaux Contes zen, *Henri Brunel*

P1403. Le Sang du monde, *Catherine Clément*
P1404. Poétique de l'égorgeur, *Philippe Ségur*
P1405. La Proie des âmes, *Matt Ruff*
P1406. La Vie invisible, *Juan Manuel de Prada*
P1407. Qu'elle repose en paix, *Jonathan Kellerman*
P1408. Le Croque-mort à tombeau ouvert
       Tim Cockey
P1409. La Ferme des corps, *Bill Bass*
P1410. Le Passeport, *Azouz Begag*
P1411. La station Saint-Martin est fermée au public
       Joseph Bialot
P1412. L'Intégration, *Azouz Begag*
P1413. La Géométrie des sentiments, *Patrick Roegiers*
P1414. L'Âme du chasseur, *Deon Meyer*
P1415. La Promenade des délices, *Mercedes Deambrosis*
P1416. Un après-midi avec Rock Hudson
       Mercedes Deambrosis
P1417. Ne gênez pas le bourreau, *Alexandra Marinina*
P1418. Verre cassé, *Alain Mabanckou*
P1419. African Psycho, *Alain Mabanckou*
P1420. Le Nez sur la vitre, *Abdelkader Djemaï*
P1421. Gare du Nord, *Abdelkader Djemaï*
P1422. Le Chercheur d'Afriques, *Henri Lopes*
P1423. La Rumeur d'Aquitaine, *Jean Lacouture*
P1424. Une soirée, *Anny Duperey*
P1425. Un saut dans le vide, *Ed Dee*
P1426. En l'absence de Blanca, *Antonio Muñoz Molina*
P1427. La Plus Belle Histoire du bonheur, *collectif*
P1429. Comment c'était. Souvenirs sur Samuel Beckett
       Anne Atik
P1430. Suite à l'hôtel Crystal, *Olivier Rolin*
P1431. Le Bon Serviteur, *Carmen Posadas*
P1432. Traité de savoir-vivre à l'usage des jeunes Russes
       Gary Shteyngart
P1433. C'est égal, *Agota Kristof*
P1434. Le Nombril des femmes, *Dominique Quessada*
P1435. L'Enfant à la luge, *Chris Mooney*
P1436. Encres de Chine, *Qiu Xiaolong*
P1437. Enquête de mor(t)alité, *Gene Riehl*
P1438. Le Château du Roi Dragon. La Saga du Roi Dragon I
       Stephen Lawhead
P1439. Les Armes des Garamont. La Malerune I
       Pierre Grimbert
P1440. Le Prince déchu. Les Enfants de l'Atlantide I
       Bernard Simonay
P1441. Le Voyage d'Hawkwood. Les Monarchies divines I
       Paul Kearney

P1442. Un trône pour Hadon. Le Cycle d'Opar I
Philip-José Farmer
P1443. Fendragon, *Barbara Hambly*
P1444. Les Brigands de la forêt de Skule, *Kerstin Ekman*
P1445. L'Abîme, *John Crowley*
P1446. Œuvre poétique, *Léopold Sédar Senghor*
P1447. Cadastre, *suivi de* Moi, laminaire…, *Aimé Césaire*
P1448. La Terre vaine et autres poèmes, *Thomas Stearns Eliot*
P1449. Le Reste du voyage et autres poèmes, *Bernard Noël*
P1450. Haïkus, *anthologie*
P1451. L'Homme qui souriait, *Henning Mankell*
P1452. Une question d'honneur, *Donna Leon*
P1453. Little Scarlet, *Walter Mosley*
P1454. Elizabeth Costello, *J.M. Coetzee*
P1455. Le maître a de plus en plus d'humour, *Mo Yan*
P1456. La Femme sur la plage avec un chien, *William Boyd*
P1457. Accusé Chirac, levez-vous !, *Denis Jeambar*
P1458. Sisyphe, roi de Corinthe. Le Châtiment des Dieux I
François Rachline
P1459. Le Voyage d'Anna, *Henri Gougaud*
P1460. Le Hussard, *Arturo Pérez-Reverte*
P1461. Les Amants de pierre, *Jane Urquhart*
P1462. Corcovado, *Jean-Paul Delfino*
P1463. Hadon, le guerrier. Le Cycle d'Opar II
Philip José Farmer
P1464. Maîtresse du Chaos. La Saga de Raven I
Robert Holdstock et Angus Wells
P1465. La Sève et le Givre, *Léa Silhol*
P1466. Élégies de Duino *suivi de* Sonnets à Orphée
Rainer Maria Rilke
P1467. Rilke, *Philippe Jaccottet*
P1468. C'était mieux avant, *Howard Buten*
P1469. Portrait du Gulf Stream, *Érik Orsenna*
P1470. La Vie sauve, *Lydie Violet et Marie Desplechin*
P1471. Chicken Street, *Amanda Sthers*
P1472. Polococtail Party, *Dorota Maslowska*
P1473. Football factory, *John King*
P1474. Une petite ville en Allemagne, *John le Carré*
P1475. Le Miroir aux espions, *John le Carré*
P1476. Deuil interdit, *Michael Connelly*
P1477. Le Dernier Testament, *Philip Le Roy*
P1478. Justice imminente, *Jilliane Hoffman*
P1479. Ce cher Dexter, *Jeff Lindsay*
P1480. Le Corps noir, *Dominique Manotti*
P1481. Improbable, *Adam Fawer*
P1482. Les Rois hérétiques. Les Monarchies divines II
Paul Kearney

P1483. L'Archipel du soleil. Les Enfants de l'Atlantide II
Bernard Simonay
P1484. Code Da Vinci : l'enquête
Marie-France Etchegoin et Frédéric Lenoir
P1485. L.A. confidentiel : les secrets de Lance Armstrong
Pierre Ballester et David Walsh
P1486. Maria est morte, *Jean-Paul Dubois*
P1487. Vous aurez de mes nouvelles, *Jean-Paul Dubois*
P1488. Un pas de plus, *Marie Desplechin*
P1489. D'excellente famille, *Laurence Deflassieux*
P1490. Une femme normale, *Émilie Frèche*
P1491. La Dernière Nuit, *Marie-Ange Guillaume*
P1492. Le Sommeil des poissons, *Véronique Ovaldé*
P1493. La Dernière Note, *Jonathan Kellerman*
P1494. La Cité des Jarres, *Arnaldur Indridason*
P1495. Électre à La Havane, *Leonardo Padura*
P1496. Le croque-mort est bon vivant, *Tim Cockey*
P1497. Le Cambrioleur en maraude, *Lawrence Block*
P1498. L'Araignée d'émeraude. La Saga de Raven II
Robert Holdstock et Angus Wells
P1499. Faucon de mai, *Gillian Bradshaw*
P1500. La Tante marquise, *Simonetta Agnello Hornby*
P1501. Anita, *Alicia Dujovne Ortiz*
P1502. Mexico City Blues, *Jack Kerouac*
P1503. Poésie verticale, *Roberto Juarroz*
P1506. Histoire de Rofo, clown, *Howard Buten*
P1507. Manuel à l'usage des enfants qui ont des parents difficiles
Jeanne Van den Brouk
P1508. La Jeune Fille au balcon, *Leïla Sebbar*
P1509. Zenzela, *Azouz Begag*
P1510. La Rébellion, *Joseph Roth*
P1511. Falaises, *Olivier Adam*
P1512. Webcam, *Adrien Goetz*
P1513. La Méthode Mila, *Lydie Salvayre*
P1514. Blonde abrasive, *Christophe Paviot*
P1515. Les Petits-Fils nègres de Vercingétorix
Alain Mabanckou
P1516. 107 ans, *Diastème*
P1517. La Vie magnétique, *Jean-Hubert Gailliot*
P1518. Solos d'amour, *John Updike*
P1519. Les Chutes, *Joyce Carol Oates*
P1520. Well, *Matthieu McIntosh*
P1521. À la recherche du voile noir, *Rick Moody*
P1522. Train, *Pete Dexter*
P1523. Avidité, *Elfriede Jelinek*
P1524. Retour dans la neige, *Robert Walser*
P1525. La Faim de Hoffman, *Leon De Winter*

P1526. Marie-Antoinette, la naissance d'une reine.
Lettres choisies, *Évelyne Lever*
P1527. Les Petits Verlaine *suivi de* Samedi, dimanche et fêtes
Jean-Marc Roberts
P1528. Les Seigneurs de guerre de Nin. La Saga du Roi Dragon II
Stephen Lawhead
P1529. Le Dire des Sylfes. La Malerune II
Michel Robert et Pierre Grimbert
P1530. Le Dieu de glace. La Saga de Raven III
Robert Holdstock et Angus Wells
P1531. Un bon cru, *Peter Mayle*
P1532. Confessions d'un boulanger, *Peter Mayle*
et *Gérard Auzet*
P1533. Un poisson hors de l'eau, *Bernard Comment*
P1534. Histoire de la Grande Maison, *Charif Majdalani*
P1535. La Partie belle *suivi de* La Comédie légère
Jean-Marc Roberts
P1536. Le Bonheur obligatoire, *Norman Manea*
P1537. Les Larmes de ma mère, *Michel Layaz*
P1538. Tant qu'il y aura des élèves, *Hervé Hamon*
P1539. Avant le gel, *Henning Mankell*
P1540. Code 10, *Donald Harstad*
P1541. Les Nouvelles Enquêtes du juge Ti, vol. 1
Le Château du lac Tchou-An, *Frédéric Lenormand*
P1542. Les Nouvelles Enquêtes du juge Ti, vol. 2
La Nuit des juges, *Frédéric Lenormand*
P1543. Que faire des crétins ? Les perles du Grand Larousse
Pierre Enckell et Pierre Larousse
P1544. Motamorphoses. À chaque mot son histoire
Daniel Brandy
P1545. L'habit ne fait pas le moine. Petite histoire des expressions
Gilles Henry
P1546. Petit fictionnaire illustré. Les mots qui manquent au dico
Alain Finkielkraut
P1547. Le Pluriel de bric-à-brac et autres difficultés
de la langue française, *Irène Nouailhac*
P1548. Un bouquin n'est pas un livre. Les nuances des synonymes
Rémi Bertrand
P1549. Sans nouvelles de Gurb, *Eduardo Mendoza*
P1550. Le Dernier Amour du président, *Andreï Kourkov*
P1551. L'Amour, soudain, *Aharon Appelfeld*
P1552. Nos plus beaux souvenirs, *Stewart O'Nan*
P1553. Saint-Sépulcre !, *Patrick Besson*
P1554. L'Autre comme moi, *José Saramago*
P1555. Pourquoi Mitterrand ?, *Pierre Joxe*
P1556. Pas si fous ces Français !
Jean-Benoît Nadeau et Julie Barlow

P1557. La Colline des Anges
       Jean-Claude Guillebaud et Raymond Depardon
P1558. La Solitude heureuse du voyageur
       précédé de Notes, *Raymond Depardon*
P1559. Hard Revolution, *George P. Pelecanos*
P1560. La Morsure du lézard, *Kirk Mitchell*
P1561. Winterkill, *C.J. Box*
P1562. La Morsure du dragon, *Jean-François Susbielle*
P1563. Rituels sanglants, *Craig Russell*
P1564. Les Écorchés, *Peter Moore Smith*
P1565. Le Crépuscule des géants. Les Enfants de l'Atlantide III
       Bernard Simonay
P1566. Aara. Aradia I, *Tanith Lee*
P1567. Les Guerres de fer. Les Monarchies divines III
       Paul Kearney
P1568. La Rose pourpre et le Lys, tome 1, *Michel Faber*
P1569. La Rose pourpre et le Lys, tome 2, *Michel Faber*
P1570. Sarnia, *G.B. Edwards*
P1571. Saint-Cyr/La Maison d'Esther, *Yves Dangerfield*
P1572. Renverse du souffle, *Paul Celan*
P1573. Pour un tombeau d'Anatole, *Stéphane Mallarmé*
P1574. 95 poèmes, *E.E. Cummings*
P1575. Le Dico des mots croisés.
       8 000 définitions pour devenir imbattable, *Michel Laclos*
P1576. Les deux font la paire.
       Les couples célèbres dans la langue française, *Patrice Louis*
P1577. C'est la cata. Petit manuel du français maltraité
       Pierre Bénard
P1578. L'Avortement, *Richard Brautigan*
P1579. Les Braban, *Patrick Besson*
P1580. Le Sac à main, *Marie Desplechin*
P1581. Nouvelles du monde entier, *Vincent Ravalec*
P1582. Le Sens de l'arnaque, *James Swain*
P1583. L'Automne à Cuba, *Leonardo Padura*
P1584. Le Glaive et la Flamme. La Saga du Roi Dragon III
       Stephen Lawhead
P1585. La Belle Arcane. La Malerune III
       Michel Robert et Pierre Grimbert
P1586. Femme en costume de bataille, *Antonio Benitez-Rojo*
P1587. Le Cavalier de l'Olympe. Le Châtiment des Dieux II
       François Rachline
P1588. Le Pas de l'ourse, *Douglas Glover*
P1589. Lignes de fond, *Neil Jordan*
P1590. Monsieur Butterfly, *Howard Buten*
P1591. Parfois je ris tout seul, *Jean-Paul Dubois*
P1592. Sang impur, *Hugo Hamilton*
P1593. Le Musée de la sirène, *Cypora Petitjean-Cerf*

P1594. Histoire de la gauche caviar, *Laurent Joffrin*
P1595. Les Enfants de chœur (Little Children), *Tom Perrotta*
P1596. Les Femmes politiques, *Laure Adler*
P1597. La Preuve par le sang, *Jonathan Kellerman*
P1598. La Femme en vert, *Arnaldur Indridason*
P1599. Le Che s'est suicidé, *Petros Markaris*
P1600. Les Nouvelles Enquêtes du juge Ti, vol. 3
Le Palais des courtisanes, *Frédéric Lenormand*
P1601. Trahie, *Karin Alvtegen*
P1602. Les Requins de Trieste, *Veit Heinichen*
P1603. Pour adultes seulement, *Philip Le Roy*
P1604. Offre publique d'assassinat, *Stephen W. Frey*
P1605. L'Heure du châtiment, *Eileen Dreyer*
P1606. Aden, *Anne-Marie Garat*
P1607. Histoire secrète du Mossad, *Gordon Thomas*
P1608. La Guerre du paradis. Le Chant d'Albion I, *Stephen Lawhead*
P1609. La Terre des Morts. Les Enfants de l'Atlantide IV
Bernard Simonay
P1610. Thenser. Aradia II, *Tanith Lee*
P1611. Le Petit Livre des gros câlins, *Kathleen Keating*
P1612. Un soir de décembre, *Delphine de Vigan*
P1613. L'Amour foudre, *Henri Gougaud*
P1614. Chaque jour est un adieu *suivi de* Un jeune homme est passé
Alain Rémond
P1615. Clair-obscur, *Jean Cocteau*
P1616. Chihuahua, zébu et Cie.
L'étonnante histoire des noms d'animaux
Henriette Walter et Pierre Avenas
P1617. Les Chaussettes de l'archiduchesse et autres défis
de la prononciation
Julos Beaucarne et Pierre Jaskarzec
P1618. My rendez-vous with a femme fatale.
Les mots français dans les langues étrangères, *Franck Resplandy*
P1619. Seulement l'amour, *Philippe Ségur*
P1620. La Jeune Fille et la Mère, *Leïla Marouane*
P1621. L'Increvable Monsieur Schneck, *Colombe Schneck*
P1622. Les Douze Abbés de Challant, *Laura Mancinelli*
P1623. Un monde vacillant, *Cynthia Ozick*
P1624. Les Jouets vivants, *Jean-Yves Cendrey*
P1625. Le Livre noir de la condition des femmes
Christine Ockrent (dir.)
P1626. Comme deux frères, *Jean-François Kahn et Axel Kahn*
P1627. Equador, *Miguel Sousa Tavares*
P1628. Du côté où se lève le soleil, *Anne-Sophie Jacouty*
P1629. L'Affaire Hamilton, *Michelle De Kretser*
P1630. Une passion indienne, *Javier Moro*
P1631. La Cité des amants perdus, *Nadeem Aslam*

P1632. Rumeurs de haine, *Taslima Nasreen*
P1633. Le Chromosome de Calcutta, *Amitav Ghosh*
P1634. Show business, *Shashi Tharoor*
P1635. La Fille de l'arnaqueur, *Ed Dee*
P1636. En plein vol, *Jan Burke*
P1637. Retour à la Grande Ombre, *Hakan Nesser*
P1638. Wren. Les Descendants de Merlin I, *Irene Radford*
P1639. Petit manuel de savoir-vivre à l'usage des enseignants
  Boris Seguin, Frédéric Teillard
P1640. Les Voleurs d'écritures *suivi de* Les Tireurs d'étoiles
  Azouz Begag
P1641. L'Empreinte des dieux. Le Cycle de Mithra I
  Rachel Tanner
P1642. Enchantement, *Orson Scott Card*
P1643. Les Fantômes d'Ombria, *Patricia A. McKillip*
P1644. La Main d'argent. Le Chant d'Albion II
  Stephen Lawhead
P1645. La Quête de Nifft-le-mince, *Michael Shea*
P1646. La Forêt d'Iscambe, *Christian Charrière*
P1647. La Mort du Nécromant, *Martha Wells*
P1648. Si la gauche savait, *Michel Rocard*
P1649. Misère de la Ve République, *Bastien François*
P1650. Photographies de personnalités politiques
  Raymond Depardon
P1651. Poèmes païens de Alberto Caeiro et Ricardo Reis
  Fernando Pessoa
P1652. La Rose de personne, *Paul Celan*
P1653. Caisse claire, poèmes 1990-1997, *Antoine Emaz*
P1654. La Bibliothèque du géographe, *Jon Fasman*
P1655. Parloir, *Christian Giudicelli*
P1656. Poils de Cairote, *Paul Fournel*
P1657. Palimpseste, *Gore Vidal*
P1658. L'Épouse hollandaise, *Eric McCormack*
P1659. Ménage à quatre, *Manuel Vázquez Montalbán*
P1660. Milenio, *Manuel Vázquez Montalbán*
P1661. Le Meilleur de nos fils, *Donna Leon*
P1662. Adios Hemingway, *Leonardo Padura*
P1663. L'avenir c'est du passé, *Lucas Fournier*
P1664. Le Dehors et le dedans, *Nicolas Bouvier*
P1665. Partition rouge
  poèmes et chants des indiens d'Amérique du Nord
  Jacques Roubaud, Florence Delay
P1666. Un désir fou de danser, *Elie Wiesel*
P1667. Lenz, *Georg Büchner*
P1668. Resmiranda. Les Descendants de Merlin II, *Irene Radford*
P1669. Le Glaive de Mithra. Le Cycle de Mithra II, *Rachel Tanner*
P1670. Phénix vert. Trilogie du Latium I, *Thomas B. Swann*

P1671. Essences et parfums, *Anny Duperey*
P1672. Naissances, *Collectif*
P1673. L'Évangile une parole invincible, *Guy Gilbert*
P1674. L'époux divin, *Fransisco Goldman*
P1675. Petit dictionnaire des étymologies curieuses
       Pierre Larousse
P1676. Facéties et Cocasseries du français, *Jean-Loup Chiflet*
P1677. Ça coule sous le sens, expression mêlées
       Olivier Marchon
P1678. Le Retour du professeur de danse, *Henning Mankell*
P1679. Romanzo Criminale, *Giancarlo de Cataldo*
P1680. Ciel de sang, *Steve Hamilton*
P1681. Ultime Témoin, *Jilliane Hoffman*
P1682. Los Angeles, *Peter Moore Smith*
P1683. Encore une journée pourrie
       ou 365 bonnes raisons de rester couché, *Pierre Enckell*
P1684. Chroniques de la haine ordinaire 2, *Pierre Desproges*
P1685. Desproges, portrait, *Marie-Ange Guillaume*
P1686. Les Amuse-Bush, *Collectif*
P1687. Mon valet et moi, *Hervé Guibert*
P1688. T'es pas mort !, *Antonio Skármeta*
P1689. En la forêt de Longue Attente.
       Le roman de Charles d'Orléans, *Hella S. Haasse*
P1690. La Défense Lincoln, *Michael Connelly*
P1691. Flic à Bangkok, *Patrick Delachaux*
P1692. L'Empreinte du renard, *Moussa Konaté*
P1693. Les fleurs meurent aussi, *Lawrence Block*
P1694. L'Ultime Sacrilège, *Jérôme Bellay*
P1695. Engrenages, *Christopher Wakling*
P1696. La Sœur de Mozart, *Rita Charbonnier*
P1697. La Science du baiser, *Patrick Besson*
P1698. La Domination du monde, *Denis Robert*
P1699. Minnie, une affaire classée, *Hans Werner Kettenbach*
P1700. Dans l'ombre du Condor, *Jean-Paul Delfino*
P1701. Le Nœud sans fin. Le Chant d'Albion III, *Stephen Lawhead*
P1702. Le Feu primordial, *Martha Wells*
P1703. Le Très Corruptible Mandarin, *Qiu Xiaolong*
P1704. Dexter revient !, *Jeff Lindsay*
P1705. Vous plaisantez, monsieur Tanner, *Jean-Paul Dubois*
P1706. À Garonne, *Philippe Delerm*
P1707. Pieux mensonges, *Maile Meloy*
P1708. Chercher le vent, *Guillaume Vigneault*
P1709. Les Pierres du temps et autres poèmes, *Tahar Ben Jelloun*
P1710. René Char, *Éric Marty*
P1711. Les Dépossédés, *Robert McLiam Wilson et Donovan Wylie*
P1712. Bob Dylan à la croisée des chemins. Like a Rolling Stone
       Greil Marcus